VERLIEB DICH NIE IN DEINE ZWEITE WAHL

Eine Freunde-zu-Liebenden Romantikkomödie

Liebe ist kompliziert
Buch 1

KATE O'KEEFFE

Übersetzt von
PIA VIKTORIA PAUSCH

Wild Lime Books

Aus dem Englischen von Pia Viktoria Pausch

Originaltitel: *Never Fall for Your Back-up Guy*, 2021

Urheberrecht © 2025 Kate O'Keeffe

ISBN: 978-1-991378-03-3

Für meinen Vater, den ich jeden Tag vermisse.

Prolog

„Es liegt nicht an dir, sondern an mir."

Ich hebe mein volles Glas halb an die Lippen und blinzle ungläubig über die klebrige, hölzerne Tischplatte des Soho-Pubs zu Zack, dem Mann, mit dem ich seit fast zwei Monaten zusammen bin (nun ja, sechs Wochen und fünf Tage, aber wir wollen ja nicht pedantisch werden).

„Wie bitte?" Meine Stimme durchbricht rau das Geplauder und die Musik – irgendeine 80er-Jahre-Rockballade über die Liebe, und dass man bloß nie aufgeben darf. Vor wenigen Augenblicken haben wir noch gemeinsam darüber gelacht.

Aber jetzt fühlt es sich plötzlich irgendwie seltsam an.

Zack fährt sich mit den Fingern durch sein sand-blondes Haar, seine Lippen sind zu einem schmalen Strich zusammengepresst. „Weißt du, die Sache ist die, Zara, du bist jetzt gerade an einem Punkt in deinem Leben, wo alles wirklich toll ist, und ich finde dich toll. Total toll."

So weit, so... *toll*.

„Es ist nur so, dass ich noch nicht an diesem Punkt bin. Obwohl, sicherlich werde ich eines Tages so weit sein, bestimmt. Aber jetzt noch nicht, oder in nächster Zeit. Ich stehe an einem ganz anderen Punkt. Verstehst du?"

Äh, nein?

„Wovon genau redest du? Ich komme nicht ganz mit." Ich lächle und versuche, locker zu wirken, obwohl ich bereits ahne, was als Nächstes kommt.

„Okay. Ich werde es dir erklären. Du bist hier", er faltet die Hände zu einer Raute und lässt sie über dem Tisch schweben, „und ich bin dort." Er bewegt seine Hände auf die andere Seite. „Siehst du diesen Abstand? Das ist die Kluft zwischen uns, und keiner von uns kann diese Kluft überqueren, weil, nun ja, weil männerverschlingende Krokodile zwischen uns sind. Verstehst du?"

„Männerverschlingende Krokodile?" Ich ziehe meine Augenbrauen hoch. „Ich bin aber kein Mann."

„Ha! Scherzkeks. Das hätte ich fast vergessen."

Ich konzentriere mich wieder auf das Gespräch. „Weißt du, als du vorhin sagtest: 'Es liegt nicht an dir, sondern an mir', klang das fast so, als würdest du mit mir Schluss machen wollen." Ich lache laut auf, damit er merkt, dass ich den Gedanken an Trennung überhaupt nicht ernst nehmen kann. Wir sind doch Zara und Zack. Zack und Zara. Wir werden uns doch nicht trennen. Schon als wir zusammenkamen, fand ich den Klang unserer beiden Namen großartig, wie ein Pop–Duo aus den 70ern. Und ich dachte, wir hätten etwas Besonderes.

Zack, so scheint es, sieht es anders.

Seine Miene bleibt unverändert. „Ich will dich unbedingt in meinem Leben haben." Er kneift seine Augenbrauen besorgt zusammen und greift nach meiner Hand.

Ich atme erleichtert – und ehrlich gesagt überrascht – die Luft durch die Zähne aus. „Gut zu wissen. Du hast mich wirklich einen Moment lang erschreckt."

„Es ist nur..."

Aha. Er hat noch nicht alles gesagt.

„Du bist an diesem Punkt hier, wo du eine Bindung willst, und ich bin an diesem Punkt da..."

Er gestikuliert wieder von einer Stelle des Tisches zur anderen.

Ich platze ein irritiertes „Jetzt reicht es aber mit deinen Punkten!" heraus.

Die Leute an den Nachbartischen drehen ihre Köpfe in unsere Richtung. Ich ignoriere sie. Stattdessen zwinge ich mich, ruhig zu bleiben, bevor ich ihm ein angespanntes Lächeln schenke. „Ich bin mir nicht sicher, ob diese Vorstellung für mich funktioniert."

„Wirklich? Für mich schon."

Klar.

Ich lege meine Handflächen auf die klebrige Tischplatte, überlege es mir rasch anders, hebe sie wieder hoch und sage: „Machst du gerade Schluss mit mir?"

Er kräuselt die Nase und antwortet: „In gewisser Weise... ja."

Die Hoffnung schrumpft in mir. „Ich verstehe."

„Aber ich will dich weiter in meinem Leben haben, weißt du, als mehr als nur eine nette Freundin. Mehr wie eine sexy Freundin. Verstehst du?"

„Eine sexy Freundin?"

Was habe ich jemals in diesem Typ gesehen?

„Nur weil wir nicht zusammen sind, heißt doch nicht, dass wir nicht ... du weißt schon. Wann immer wir es wollen."

Ich ziehe meine Augenbrauen hoch bis zum Haaransatz. „Erzählst du mir gerade allen Ernstes, dass du mit mir Schluss machst und weiter mit mir ins Bett gehen willst?"

„Wäre das so schlimm?", fragt er.

Ich stehe so schnell auf, dass es sogar mich selbst überrascht. Mein Stuhl kippt krachend nach hinten um, und ich weiß, dass jetzt die halbe Kneipe zu mir rüber glotzt. „Ja, Zack, das wäre schlimm. Sehr, sehr schlimm."

Er zuckt mit den Schultern. „Deine Entscheidung, Zara, aber du weißt, dass es sinnvoll wäre."

Ich will meine Handtasche vom Boden schnappen, doch sie hat sich in der Lehne des umgefallenen Stuhls verheddert, und ich bin gezwungen, mit ihr zu ringen. Hitze schießt mir in die Wangen. „Nein, das ist nicht sinnvoll.", erwidere ich und versuche, die Situation wieder unter Kontrolle zu bekommen, obwohl das unmöglich scheint. „Es ist überhaupt nicht sinnvoll. Du kannst an deinem 'Punkt' bleiben und ich bleibe gerne an meinem. Ich hoffe nur, dass dich die männerverschlingenden Krokodile nicht erwischen."

„Mach kein Theater. Du hast noch nicht mal ausgetrunken."

Ich betrachte das unberührte Glas Wein auf dem Tisch. Meine Hand zuckt. Es wäre so einfach, es in die Hand zu nehmen und es ihm ins Gesicht zu schütten, wie es eine *Real Housewife* in diesem Moment tun würde. Doch ich widerstehe der Versuchung. Ich mag zwar abserviert worden sein, aber ich habe immer noch meinen Stolz.

Stattdessen sage ich: „Man sieht sich.", ohne ihn jemals wiedersehen zu wollen, mache auf dem Absatz kehrt und stürme gedemütigt und mit glühenden Wangen aus dem Pub. Draußen atme ich tief die kühle Abendluft ein.

Wie kann er mir das antun? Hatten wir nicht etwas gemeinsam? Wir waren Zara und Zack. Wir waren *gut* zusammen.

Oder etwa nicht?

Ich stürme die belebte Straße hinunter in Richtung U-Bahn, während Zorn, Demütigung und Bedauern in meinem Kopf um die Vorherrschaft ringen.

Der Zorn gewinnt, aber nur knapp.

An der nächsten Ecke werden meine Schritte langsamer.

Wenn ich ganz ehrlich zu mir bin, war Zack kein besonderer Freund. Nicht wirklich. Er war ziemlich selbstverliebt und wir hatten im Grunde nicht viel gemeinsam. Ich meine, ich habe wirklich versucht, seinen Musikgeschmack zu mögen, aber ihm beim Singen zuzuhören, wie er aus vollem Halse in ein Mikrofon brüllt, was ihm *Piraten* bedeuten – im Ernst, das gibt's – war einfach nicht mein Ding, egal wie oft er versuchte, mich von seinem Gesang zu überzeugen.

Ich erreiche die U-Bahn-Haltestelle, zeige am Drehkreuz meine Oyster Card und nehme die Rolltreppe nach unten.

Normalerweise fällt mir die Trennung von einem Mann, den ich gerade erst ein paar Monate kenne, nicht so schwer. Ich meine, es ist ja nicht so, als wären wir seit Jahren zusammen gewesen und hätten schon über unsere gemeinsame Zukunft gesprochen oder sowas. Tatsächlich bin ich bis zum letzten Jahr mit einer ganz anderen Einstellung durchs Leben gegangen, für mich zählte bloß *der Moment.* Ich tat immer nur das, wozu ich gerade Lust hatte, und dabei Spaß zu haben, das war mir das Allerwichtigste. Eine ernsthafte Beziehung mit einem Mann –

vor allem mit einem, der auf Piratenrock steht – war nicht einmal vorstellbar.

Aber dann geschah etwas.

Ich bin älter geworden.

Okay, nicht alt. Ich bin nicht fünfundneunzig oder so. Ich bin letztes Jahr neunundzwanzig geworden, dieses witzige Alter, das letzte Jahr, in dem man offiziell jung ist. Die Leute haben mir schon vorhergesagt, dass ich mich ändern werde. Und so kam es auch.

Ich wurde ernst.

Ich bin erwachsen geworden.

Klingt komisch, nicht wahr? Ich, die sorglose, glückliche, selbstbewusste Zara Huntington-Ross. Liebt den Spaß, denkt nie an morgen. Ich lebte einfach mein Leben, Tag für Tag, voller Vergnügen.

Aber dann begann ich, mich plötzlich auf meine Karriere als Innenarchitektin zu besinnen und schloss eine Partnerschaft mit meiner Freundin Scarlett, der engagiertesten Person, die ich kenne. Die ständigen Partys mit meinen besten Freunden, Tabitha, Lottie, Kennedy und Asher, wurden plötzlich weniger wichtig. An manchen Samstagabenden blieb ich sogar zu Hause und fuhr lieber zu meinen Eltern, um mit der Familie abzuhängen. Ich, die *in der Highschool den größten Spaß* hatte – okay, zwar immer nur mit meinen Freundinnen. Aber trotzdem.

Und das Ausgehen mit Jungs? Das war plötzlich weniger ein Sport und wurde mehr zu einer Suche nach dem Richtigen.

Das führte mich zu Zack und seiner Piratenmusik.

Gerade als ich unten in der U-Bahn-Station ankomme, rauscht ein Zug heran. Ich steige ein, suche mir einen Sitzplatz und lasse mich schwerfällig darauf fallen. Ein Typ in einem Kilt, der wie eine schlechte Imitation von Jamie aus *Outlander* aussieht, mustert mich vom anderen Ende des

Ganges. Ich schenke ihm ein „Danke, aber nicht mit mir"-Lächeln und starre aus dem Fenster in die Finsternis, während der Zug durch die unterirdischen Tunnels von London donnert.

Jetzt, mit fast dreißig, habe ich das Gefühl, dass mir die Zeit davonläuft. Ich bin kein Teenager mehr. Wenn ich alles haben will – Karriere, Ehemann, einen Haufen Kinder, ein paar Hunde und glückliche Hühner im eigenen Garten – dann muss ich bald jemand passenden kennenlernen. Das Problem ist, dass ich immer auf Idioten wie Zack treffe, die nicht am gleichen Punkt sind wie ich. Typen, die beneidenswerterweise keine biologische Uhr im Kopf haben, die laut wie eine Bongotrommel dahintickt.

Während ich sitze, tue ich, was ich immer tue, wenn ich jemanden zum Reden brauche. Ich hole mein Handy hervor und beginne, eine E-Mail zu schreiben. Ich muss nachdenken. Ich muss eine Lösung finden.

Ich brauche meinen Vater.

Mein lieber Papa, fange ich an.

Weißt du noch, wie ich mit einer Reihe von Typen ausgegangen bin, die du nicht ausstehen konntest? Erinnerst du dich, wie du immer gesagt hast, sie suchten nur ihr Vergnügen und seien nicht die Sorte, mit denen du deine Tochter zusammen sehen willst? Tja, ich geb's nur ungern zu, aber du hattest Recht.

Aber sei jetzt bitte nicht schadenfroh oder sowas.

Zum ersten Mal in meinem Leben will ich mehr. Ich möchte einen Mann treffen, der mich umhaut, so wie du Mama umgehauen hast.

Wie finde ich den Richtigen für mich?

Wo kann ich einen Mann wie dich finden?

Ich könnte wirklich deine Hilfe gebrauchen.

Du fehlst mir. Hab dich lieb.

Deine Za-Za xoxo

Ich starre noch einen Moment auf das Display, bevor

ich auf *Senden* drücke, dann lehne ich mich in dem unbequemen Schalensitz zurück. Der Möchtegern-Outlander Jamie taxiert mich erneut mit Blicken, also schließe ich die Augen und hoffe, dass er mich nicht sieht, wenn ich ihn nicht sehe.

Sehr erwachsen, ich weiß.

Die Suche nach dem Richtigen ist *schwer*. Sehr, sehr schwer.

Wenn es doch nur irgendeine Gewissheit gäbe, dass – selbst falls mein Versuch, die große Liebe zu finden, scheitern sollte –, ich immer noch das bekommen könnte, was ich mir so sehr wünsche. Ich meine Heiraten, Kinder, Hunde und Hühner im Garten. Auf jeden Fall Hunde, Hühner und Garten.

Was ich brauche, ist ein Sicherheitsnetz, jemanden, auf den ich zurückgreifen kann, falls meine Suche nach dem Richtigen nicht klappt.

Und dann trifft es mich wie ein Schlag ins Sonnengeflecht. Ich brauche eine Reserve, einen Ersatzmann zum Heiraten, einer der jetzt schon auf der Ersatzbank sitzt, falls der Richtige nicht kommen sollte. Ja! Das ist es, was ich brauche. Ich brauche einen Mann, auf den ich mich verlassen kann, der für mich da ist, wenn alles andere den Bach runter geht. Ich brauche einen, der mich auffängt, wenn ich abstürze, jemanden, den ich wirklich mag, jemanden, den ich kenne, jemanden, mit dem ich mir vorstellen kann, alles zu erreichen, was ich mir wirklich wünsche, auch wenn es *nicht* die romantische große Liebe ist.

Die U-Bahn bleibt kreischend und ruckelnd stehen, und ich schaue aus dem Fenster. *Fulham Broadway*. Meine Haltestelle.

Ich steige aus und reihe mich in die Schlange der Menschen ein, die alle gedankenverloren die Treppen hochsteigen. Oben auf der Straße komme ich wie jeden Tag an einem Restaurant vorbei, aus dem es köstlich nach frischgebackenem Knoblauch-Naan und indischen Gewürzen duftet. Mein Magen knurrt in der Hoffnung, etwas zu essen zu bekommen. Da meine Verabredung mit Zack geplatzt ist, hatte ich noch kein Abendessen.

Ich schaue hoch und lese den Namen *Bollywood Star*. Ich treffe eine schnelle Entscheidung. Ein Chicken Tikka Masala und ein Knoblauch-Naan-Brot werden definitiv dazu beitragen, mein wundes Herz zu trösten. Oder zumindest meinen Magen zu füllen.

Auf den Weg zum Eingang werfe ich einen Blick durchs Fenster und bekomme große Augen. Dort sitzt Asher McMillan, einer meiner engsten Freunde, an einem Tisch. Mit seinen über 1,80 Metern, sonnengebräunter Haut, einem kantigen Kinn und dichtem, dunklen Haar ist er kaum zu übersehen. Meine Schwägerin Emma sagt immer, er sehe aus wie Taylor Lautner in *Twilight*, nur besser angezogen. Und sie hat recht (mit seinem Aussehen *und* seiner Kleidung). Ein leichter Stoppelbart betont seine Kinnpartie, und seine tiefbraunen Augen sind immer voller Schalk. Im Moment richtet er sie auf seine Verabredung, eine gestylte Blondine vom Typ Cheerleader mit Wimpern, die so dicht und lang sind, dass sie ihre Augenlider bei jedem Wimpernschlag ordentlich trainiert. Und jetzt gerade trainiert sie ihren Augenaufschlag an ihm.

Aber ich denke an etwas ganz anderes.

Asher wäre der perfekte Ersatzmann für mich. Er ist nicht nur einer meiner besten Freunde und ein echter Spaßvogel. Er ist auch nicht auf der Suche nach einer ernsten Beziehung – obwohl er irgendwann in der Zukunft sesshaft werden möchte. Ich weiß das, weil er es mir selbst gesagt hat. Aber im Moment genießt er es, ein junger, heißer Amerikaner in London zu sein, mit allem, was das mit sich bringt.

Außerdem ist er ein toller Kerl. Er versteht mich. Er wird auch verstehen, dass es nur ein Sicherheitsnetz sein soll, nichts Ernstes. Er wird verstehen, dass ich nach dem Richtigen suche.

Ich winke ihm, und als sich unsere Blicke kreuzen, schießen seine Augenbrauen nach oben, bevor sich sein attraktives Gesicht in ein Grinsen verwandelt. Ich mache eine Geste, die ihm sagt, dass ich gleich ins Lokal kommen werde, um seine Verabredung zu stören, dann bahne ich mir einen Weg zwischen den Tischen hindurch zu seinem Tisch.

Er steht auf und begrüßt mich mit einer kurzen Umarmung und einem breiten Grinsen. „Habe ich dir nicht gesagt, du sollst aufhören, mich zu stalken, Zee. Im Ernst, das wird mir langsam unheimlich."

Mein Kichern endet in einem Schnauben. „Als ob ich *dir* jemals nachstellen würde."

„Tja, du solltest eigentlich auf deinem eigenen Date sein, mit Zeke oder Zane oder wie auch immer er heißt, und doch platzt du hier mitten in mein Date."

„Er heißt Zack, und wir haben uns gerade getrennt."

„Soll ich jetzt traurig sein?"

Ich presse die Lippen zusammen und schüttle den Kopf.

„Gut, denn ich habe den Kerl gehasst."

„Nein, hast du nicht."

„Ähm, doch, hab' ich. Er war ein Idiot."

„Ash, du hast ihn nur einmal getroffen."

„Und er hat sich die ganze Zeit selbst im Spiegel angeschaut."

Ich denke an den Tag zurück, als ich Zack meinen Freunden vorstellte. Das war in meiner Stammkneipe, wo die Wände mit Spiegeln verkleidet sind. „Er dachte, es hätte sich etwas in seinem Bart gefangen", protestiere ich.

„Die ganze Nacht lang?" fragt Asher.

„Hm."

Zugleich drehen wir uns zu Ashers Freundin, die von ihrem Platz am Tisch mit einem verärgerten Gesichtsausdruck zu uns hoch schaut.

„Hallo du. Erinnerst du dich an mich?", sagt sie leise – mit einer gewissen Schärfe.

„Entschuldige", antwortet Asher. „Das ist meine gute Freundin, Zara. Zara, das ist..." Er hält mitten im Satz inne, und ich weiß, dass er jetzt nach dem Namen des armen Mädchens sucht. Nach zu langer Zeit landet er bei Caroline und atmet erleichtert aus. „Zara, das ist Caroline, mein Date für heute Abend."

Mit zusammengekniffenen Zügen hebt sie eine Augenbraue in seine Richtung. „Ich heiße *Carolyn*, nicht Caroline."

„Mensch, das tut mir leid. Das ist mein Akzent. Amerikanisch."

Ihre Gesichtszüge werden weicher und ihre Lippen verziehen sich zu einem Lächeln. „Ist schon in Ordnung. Dein Akzent ist ja so süß."

Er schenkt ihr ein blendendes Lächeln und ich verdrehe innerlich die Augen. Okay, ich verdrehe sie auch äußerlich, weil das so typisch Asher ist. Er ist so gutaussehend und so charmant, dass er glatt den Namen seines Dates vergessen kann. Ich hingegen erinnere mich an jedes kleinste Detail meines Dates und werde *trotzdem* abserviert.

Die Welt ist ungerecht.

„Danke", antwortet Asher, und die beiden werfen sich einen Blick zu, der mich fast zum Kotzen bringt.

„Carolyn, macht es dir was aus, wenn ich mir Asher

kurz ausleihe? Ich muss ihn nur rasch etwas fragen und dann gehört er dir. Versprochen."

Ihr Blick schweift zwischen Asher und mir hin und her, während sie offensichtlich überlegt, ob sie uns gehen lassen soll. Am Ende wird ihr offensichtlich klar, dass ich keine Bedrohung bin. Sie nickt und sagt: „Ja, aber nimm ihn nicht zu lange in Beschlag."

„Werde ich nicht." Ich ziehe an Ashers Arm und führe ihn zum Ausgang.

„Zwingst du mich, meine Verabredung abzubrechen?", fragt er, als ich durch die Tür auf die Straße trete. „Weil es ziemlich gut lief."

Draußen auf dem Bürgersteig drehe ich mich zu ihm um. „Wenn du dir nur ihren Namen merken könntest. Ich bin sicher, du hast ihren Namen noch nie richtig ausgesprochen."

Er zuckt mit den Schultern. „Ich dachte, ich hätte es gerade eben geschafft, ihren Namen richtig rauszubringen." Er grinst schwach, bevor er sagt: „So gern ich mich von hübschen Frauen aus Restaurants abschleppen lasse, kannst du mir verraten, worum es hier eigentlich geht? Ich bin mit einer sehr attraktiven Frau verabredet, die vielleicht Caroline heißt, vielleicht auch nicht."

Ich komme gleich zur Sache. Es gibt keinen Grund, um den heißen Brei herumzureden. „Asher, ich brauche dich."

Seine Augen weiten sich. „Wie bitte?"

„Ich brauche dich als Reservemann. Wenn wir beide bis zu einem bestimmten Alter nicht verheiratet sind, heiraten wir einander."

Er bricht in Gelächter aus und wirft den Kopf zurück, wobei er zwei perfekte perlweiße Zahnreihen zeigt. „Zara, bist du etwa betrunken?", fragt er.

Ich verschränke die Arme. Das ist nicht die Reaktion, die ich mir erhofft hatte. „Nein."

„Bist du high?"

„Nein!"

„Was ist denn mit dir los? Ich meine, es kommt nicht jeden Tag vor, dass mich ein Mädchen von meinem Date wegschleppt und mir einen Heiratsantrag macht."

Ich atme verzweifelt aus. „Das ist kein Heiratsantrag."

„Hört sich für mich irgendwie so an."

„Ich will damit nur sagen, dass wir uns gegenseitig unterstützen sollten. Auf diese Weise können wir, wenn keiner von uns den Richtigen findet, immer noch Kinder bekommen und heiraten und all das Zeug."

„Wow, Zara, ich hatte keine Ahnung, dass du so für mich empfindest."

Ich gebe ihm einen Klaps auf den Arm. „Könntest du bitte für eine Sekunde die Witze sein lassen und mir zuhören?"

„Okay. Schieß los, Mädchen, das mich heiraten will." Er kneift die Lippen fest zusammen, um sein Grinsen zu unterdrücken. Es klappt nicht.

Ich werfe ihm einen scharfen Blick zu. „Nur damit das klar ist, ich mache dir keinen Antrag. Du wärst nur ein Ersatz, nichts weiter. Wenn ich die Liebe meines Lebens nicht finde, werden wir beide als allerletzten Ausweg heiraten."

„Du weißt, wie man einen Mann umgarnt."

„Siehst du, das ist die Sache. Ich muss dir nicht schmeicheln, denn ich will dich nur als eine Art Sicherheitsnetz. Ich bin nicht in dich verliebt, ich will nicht mit dir vögeln, dich heiraten oder deine Kinder bekommen."

Er macht eine Geste wie ein Messer durchs Herz. „Autsch. Das tut weh."

„Du bist nicht in mich verliebt und du willst auch nicht

mit mir vögeln, also lass uns hier nicht zu dramatisch werden. Lass mich lieber erklären, was ich will."

„Was du wirklich willst? *What you really really want?*", stichelt er und zitiert dabei meine Lieblingsgirlband der 90er, die Spice Girls.

Ich ignoriere seinen Scherz und beginne, auf dem Bürgersteig auf und ab zu gehen, während ich mich über die Genialität meines Plans freue. „Weißt du, ich möchte mich in jemanden verlieben. *Zutiefst* verlieben. Ich will die Art von Liebe, die ich noch nie hatte, die Liebe, die einen umhaut. Die Liebe, die alles in deinem Kopf und in deinem Herzen in Beschlag nimmt."

„Du willst deine große Liebe finden."

„Ja! Das Problem ist, dass ich schon seit einem Jahr suche und nichts gefunden habe."

„Ein Jahr ist nicht so lang."

„Ich weiß, aber ich habe nächste Woche Geburtstag und –"

„Und du flippst aus", beendet er den Satz für mich, und ich nicke zögernd. „Dreißig ist nicht so schlimm, Zara. Glaube mir, das ist es nicht. Ich denke, du wirst es überleben, so wie ich es überlebt habe. Mit mir oder ohne mich als Rückendeckung."

„Bei einer Frau ist das was anderes, Asher. Wir Frauen haben diese biologische Uhr eingebaut, die jeden Tag lauter und lauter tickt."

„Kannst du nicht in ein paar Ohrstöpsel investieren?"

Ich lache verzweifelt. Was ich an Asher so liebe – seine lustige Art, seine Fähigkeit, die Dinge auf die leichte Schulter zu nehmen –, macht die Sache viel schwieriger, als ich dachte. „Kannst du bitte nur eine Minute lang ernst bleiben?"

Sein Lächeln wird schwächer. „Sicher. Mach nur."

„Ich würde der Sache, ich weiß nicht, fünf Jahre

geben? Ja, das fühlt sich richtig an. Dann wäre ich fünf-unddreißig, und bis dahin ist genug Zeit, um den Mann meiner Träume zu finden und noch einen Haufen Kinder, Hunde und Hühner zu haben, bevor es zu spät ist."

Er hebt die Brauen. „Hühner? In *Fulham*?"

„Ich werde aufs Land ziehen", antworte ich mit einer Handbewegung. „Also, was sagst du?" Ich sehe ihn mit einem hoffnungsvollem Blick an. Er *muss* ja sagen.

„Das sind fünf Jahre und eine Woche."

„Ja."

„Und du wirst währenddessen aktiv nach deiner großen Liebe suchen."

„Ja."

„Und wir beide gehen aus, mit wem wir wollen, bis dahin."

„Genau."

Er mustert mein Gesicht einen Moment lang, ich halte den Atem an, dann streckt er seine Hand aus. „Abgemacht."

Ein Glücksgefühl überflutet mich, während ich meine Arme um seinen Hals schlinge und seine Wangen mit Küssen überhäufe. „Danke, danke, danke!"

Er lacht, wirft einen Blick durchs Fenster auf seine Verabredung, und löst dann meine Hände von seinem Hals. „Vielleicht ein bisschen weniger in der Öffentlichkeit zeigen, bis wir verheiratet sind. Okay, Frauchen?"

Ich lasse ein aufgeregtes Kichern hören. „Du musst mich ja nicht heiraten, weißt du."

Er lächelt mich an. „Das kann man nur hoffen."

Ich umarme ihn noch einmal kurz, bevor ich mich verabschiede und Carolyn durch das Fenster ein zufrie-denes Lächeln zuwerfe. Während er zu seinem Tisch zurückkehrt, kaufe ich mein Essen zum Mitnehmen und hopse dann leichtfüßig die Straße hinunter zu meiner Wohnung.

Eine Stunde später liege ich im Pyjama auf meinem Bett und tippe eine weitere E-Mail, bevor ich das Licht ausschalte und einschlafe.

Mein lieber Papa,

Du kannst meine letzte E-Mail ignorieren. Ich hab eine Lösung. Ich hab jetzt mein Sicherheitsnetz. Und bald, das weiß ich, werde ich meine große Liebe finden.

Du fehlst mir. Hab dich lieb.

Deine Za-Za xoxo

Kapitel Eins

„Wir werden verlieren. Haushoch verlieren. Du musst die großen Geschütze auffahren, Geburtstagskind." Asher hält mir seinen Billardqueue hin, ein Lächeln umspielt seine Mundwinkel.

Ich nehme einen Schluck aus meinem Glas, schiebe meine langen dunklen Haare hinter die Ohren und schenke Asher mein bestes Lächeln. „Mach ich gerade. Rauf dir bloß nicht die Haare!"

Er runzelt die Augenbrauen und streicht sich über den dicken dunklen Haarschopf. „Meine Haare? Ich denke, die sind ziemlich gut an meinem Kopf angewachsen."

„Das ist eine Redensart, Ash. Die ist hier in England ziemlich verbreitet." Ich werfe ihm einen Blick zu, nehme ihm den Billardqueue aus der Hand und umrunde den Tisch, um den besten Winkel für meinen nächsten Stoß zu finden. „Und außerdem bist du schon über dreißig. Die Tage deiner luxuriösen Lockenpracht könnten gezählt sein."

„Nie. Im. Leben. Ich verliere auf keinen Fall meine Haare. Niemals."

Ich werfe ihm einen abschätzenden Blick zu. Selbst ohne Haare wäre er immer noch ein echter Herzensbrecher. „Ich kann mir dich so gut als Glatzkopf vorstellen."

„Als Glatzkopf?", lacht er. „Nicht cool, Frauchen. Nicht cool."

Seit wir vor einer Woche unseren gegenseitigen Deal geschlossen haben, nennen wir uns gegenseitig „Frauchen" und „Gespons". Es ist ein harmloses Geplänkel, weil wir beide wissen, dass wir es nie wirklich durchziehen werden.

„Mein Vater ist Ende fünfzig und hat noch immer superdichtes Haar", fährt er fort, offensichtlich immer noch von meiner Bemerkung verstört. „Genauso wie sein Vater, und der vor ihm. Wirklich, wir haben eine lange Reihe von Vorfahren mit nachweislich gutem Haar in der Familie McMillan."

Ich lächle. „Ist das so?"

„Oh, ja." Er fährt sich mit den Fingern durchs Haar, das, wie ich zugeben muss, ziemlich dicht ist. „Diese Hübschen sind hier, um zu bleiben."

Ich lehne meinen Billardqueue an den Tisch. „Wisst ihr, was ich glaube? Ich glaube, dieser Mann protestiert zu viel."

„Komm schon, Zara. Lass den armen Kerl in Ruhe", sagt meine Freundin Kennedy lachend von ihrem Platz an der Bar aus. Ihr Lächeln mit den perfekten Zähnen und ihre langen Locken machten sie zum Publikumsliebling in der Reality-TV-Show *Dating Mr. Darcy.* Ich habe Kennedy von meiner Schwägerin Emma geerbt, die mit ihr in dieser Fernsehshow auftrat. Wie ihr Kennedy damals anvertraute, wollte sie als Single American Girl in der neuen Stadt nicht allzu viel Zeit mit verheirateten Menschen verbringen – vor allem nicht mit Emma und meinem Bruder Sebastian, die sehr verliebt sind und andauernd knutschen.

Sie wollte mit anderen Singles unterwegs sein und so wurden wir ihre Clique.

„Danke, Kennedy", sagt Asher zu ihr. „Wir Amerikaner müssen zusammenhalten."

„Auf jeden Fall", stimmt Kennedy zu und lächelt dabei.

„U.S.A.! U.S.A.!" skandiert Asher mit erhobener Faust, als wäre er in einem Sportstadion.

Meine Freundinnen Lottie, Tabitha und ich machen einen kollektiven, britischen Augenaufschlag.

„Du bist peinlich, Asher", sagt Tabitha, während sie ihren Drink leert. „Wir brauchen noch eine Runde." Tabitha ist meine wilde Freundin aus der Schule, die sehr gerne in den Tag hineinlebt. So wie ich früher auch. Sie ist bekannt dafür, dass sie nach einer durchfeierten Nacht entweder hoch auf einem Baum festsitzt – oder in einer Gefängniszelle wegen Trunkenheit und ordnungswidrigen Verhaltens.

Sie ist sehr lustig.

„Du brauchst doch dauernd eine neue Runde, Schätzchen", bemerkt Lottie, die süßeste meiner Freundinnen und gleichzeitig meine Mitbewohnerin, mit einem schrägen Lächeln.

„Worauf willst du hinaus?", fragt Tabitha sie.

Lottie hebt ihre Hände zum Zeichen der Kapitulation. „Ich meine ja nur."

„Weißt du was? Es ist manchmal wirklich schwer, Amerikanerin in London zu sein", sagt Kennedy und lenkt die Aufmerksamkeit von Tabitha ab. „Stimmt's, Asher?"

„So wahr", antwortet er. „Als Amerikaner zu verstehen, was zum Teufel ihr Engländer alle daherredet, das ist schon mal die erste Hürde. Zum Beispiel *Rauf dir mal nicht die Haare*. Was soll denn das überhaupt heißen? Sind meine Haare in unmittelbarer Gefahr, abhanden zu kommen?"

„Jedenfalls kann dir keiner vorwerfen, dass du von deinem Haar besessen bist", sage ich lachend. „Der Ausdruck bedeutet entspannen. Und weißt du, wir sind nicht diejenigen, die so tun, als läge es an unserem Akzent, wenn wir den Namen unserer Verabredung falsch aussprechen."

„Ist dir das wirklich passiert, Asher?" fragt Kennedy mit großen Augen.

„Asher hat es nicht gerade schwer als Amerikaner in London, wenn man sich die vielen kleinen Engländerinnen ansieht, die bei ihm Schlange stehen. Was meinst du, Asher?" fragt Lottie auf ihre süße Art – mit einer gewissen Schärfe. Lottie mag die Sanfteste in unserer Freundesgruppe sein, aber sie kann auch auf ihre eigene Art unverfroren sein.

„Sie stehen nicht Schlange", protestiert er. „Zumindest nicht formal aufgereiht. Sie sind eher zufällig verstreut, da und dort. Aber vielleicht sollte ich mal vorschlagen, dass sie sich in einer Reihe aufstellen? Das würde die Sache für mich sehr viel einfacher machen."

„Seht ihr?" sage ich kopfschüttelnd. „Er macht das hervorragend."

„Nimm deine Chance wahr, Zee", sagt er zu mir.

Ich positioniere mich am Billardtisch, richte meinen Stoß aus und versenke die weiße Kugel Nummer dreizehn.

„Gut gemacht, mein Frauchen", sagt Asher und wir klatschen ab.

„Ihr zwei seid echt witzig", sagt Tabitha von ihrem Platz aus, wobei sie sich am Tisch abstützt. „Ihr wollt euch gegenseitig unterstützen und plötzlich hört man nur mehr *Frauchen* hier und *mein Ehemann* da."

„Vielleicht könnte Asher zum Ersatzmann für uns alle werden?" schlägt Lottie vor, und fügt dann hinzu: „Nein, wartet mal. Das würde nicht funktionieren, es sei denn, die britischen Ehegesetze werden geändert."

Ich ziehe eine Augenbraue hoch. „Das ist der Grund, warum es nicht funktionieren würde? Weil Polygamie verboten ist?"

„Willst du etwa nicht meine Schwägerin werden?" fragt Kennedy. „Ich bin beleidigt."

„Ja, ich auch", fügt Tabitha kichernd hinzu.

„Meine Damen, meine Damen", sagt Asher. „Es gibt keinen Grund, sich um mich zu streiten."

Wir drei brechen in Gelächter aus, und er wirft uns einen spöttischen, beleidigten Blick zu.

„Ashers Ego ist offensichtlich quicklebendig", bemerkt Tabitha.

„Und ihr habt doch hoffentlich kapiert, dass Asher und ich nicht wirklich heiraten wollen, oder? Wir sind nur ein Sicherheitsnetz füreinander. Fünf Jahre sind eine Menge Zeit, um den richtigen Partner zu finden", erkläre ich.

„Also, ich will nicht die Richtige finden", sagt Asher mit einem schrägen Lächeln, und ich schüttle den Kopf über ihn.

„Nein, du willst nur einen ständigen Nachschub an heißen Bräuten für den nächstbesten Moment", sagt Kennedy. „Willst du jetzt deine Chance nutzen, Zee, oder möchtest du Lottie und mich gleich zu den Gewinnern erklären?"

Ich gehe um den Tisch herum und überlege, welchen Stoß ich als nächstes machen soll. Es ist keine leichte Entscheidung, denn ein eindeutiges Ergebnis ist nicht in Sicht.

„Das wird kein Kinderspiel", sagt Kennedy, als ich anhalte, um die Kugeln und ihre Lage nochmal zu begutachten. „Ich würde sogar sagen, jetzt ist der Moment gekommen, an dem du gegen mich und Lottie verlierst. *Schon wieder.*"

Ich werfe ihr einen verächtlichen Blick zu, positioniere meinen Queue, und zack! Mein Queue saust über den Tisch und zielt auf die Kugel mit der Nummer 15. Die trifft die Kugel Nummer 8, so dass sie in die Tasche fliegt. „Nein!" rufe ich erschrocken aus.

„Wie schade", sagt Kennedy, während sie Lottie freudig abklatscht.

Ohne zu zögern springt Kennedy von ihrem Stuhl auf und legt mir ihre Hand auf die Schulter. „Ich glaube, es ist Zeit für die nächste Runde Drinks, Zee."

Ich schiebe meine Unterlippe vor. „Das war ein schwieriger Stoß. Ich glaube, den hättest nicht mal du richtig treffen können."

„Da hast du wahrscheinlich recht", antwortet sie lächelnd, „aber einen Drink will ich trotzdem."

„Ist das mir gegenüber fair, als Fast-Geburtstagskind?" frage ich.

„Ja", antworten sowohl sie als auch Lottie mit Überzeugung.

Ich nehme ihre Getränkebestellungen und mache mich auf den Weg zur Bar des belebten Londoner Pubs mit seiner antiken Holzdecke und den hohen Bleiglasfenstern. „Sorry. Ich hab das Spiel total vermasselt," sage ich zu Asher, der mit mir kommt.

„Das war ein schwieriger Stoß", antwortet Asher.

„Ja, stimmt. Aber wenigstens haben wir nicht gegen meinen Bruder verloren. Das hasse ich noch mehr."

„Und man sagt, du wärst konkurrenzfähig. Ich glaube, ich war bei all deinen Billardniederlagen gegen Sebastian dabei. Das war nicht schön."

Ich schüttle den Kopf. „Schon von Geburt an ein Trauerspiel."

„Du hast schon als Neugeborenes Billard gespielt?" Er weitet seine Augen in gespielter Überraschung. „Wow, ganz schön frühreif."

Ich stoße meinen Freund mit dem Ellbogen an. „Du bist witzig. Wenn ich so drüber nachdenke, frage ich mich, ob es auch Billardstöcke für Babys gibt? Das wäre doch total niedlich."

Er gluckst. „Niedlich und gefährlich. Kennst du viele koordinierte Babys?"

„Gutes Argument. Was willst du trinken?" Ich winke dem Barkeeper, „die Runde geht auf mich."

„Pass mal auf", sagt Asher und grinst, „Ich hab mir was ausgedacht."

„Wirklich?"

„Hör gut zu."

Der Barkeeper fragt: „Was darf ich bringen?" Er trägt kurioserweise ein Namensschild mit der Aufschrift *Priscilla*.

„Also gut, Buddy", beginnt Asher, und ich drehe mich überrascht zu ihm, denn er klingt höchst eigenartig.

„Ick nehm een großet Newky mit allem, *danke scheen,* Bester."

Ich kneife die Augen zusammen, Newky ist ein dunkles Bier aus Newcastle, das aus unerfindlichen Gründen ausgerechnet bei jungen Kaliforniern extrem populär ist. Außerdem klingt Asher gerade wie ein Hafenarbeiter aus dem tiefsten Eastend Londons, zumindest versucht er, so zu klingen.

„Hast du jetzt plötzlich einen schlimmen Sprachfehler,

oder ist das deine Annäherung an so etwas wie einen Cockney-Akzent?" Mir ist schon klar, das britische Englisch ist für Amerikaner immer ein Faszinosum, besonders der Londoner Cockney-Akzent.

„Hey! Ich finde, ich kann das schon ganz gut."

„Leider nicht."

„Sie hat recht", sagt Priscilla, der Barkeeper. „Es klingt schrecklich, mein Bester, und ich bin immerhin aus Australien." Sein breiter australischer Akzent ist auch nicht von schlechten Eltern.

Asher tut so, als sei er beleidigt. „Ich fand es toll. Ich wollte wie David Beckham klingen."

„Das klang aber eher wie der selige Dick Van Dyke in *Mary Poppins* aus dem Jahr 1963, weniger wie David Beckham", antworte ich. „So leid es mir tut, mein Allerliebster." Für jeden echten Engländer wäre das eine Beleidigung, aber nicht für einen Amerikaner wie Asher. Offenbar hat der *Mary Poppins*-Kinofilm mit Julie Andrews und Dick van Dykes lustigem, angeblichen Cockney-Akzent nicht nur Generationen von Amerikanern geprägt, sondern auch Generationen von Australiern in dem, was sie alle für echt britisches Englisch halten. Denn nun mischt sich der australische Barkeeper namens Priscilla erneut ein und bestärkt mich.

„Ja, so hat er sich angehört!" kommentiert er. „Genau wie der olle Dick Van Dyke im Film mit diesem verdammt schrecklichen, falschen Cockney-Akzent."

„Wie wär's, wennste mir jetzt n Bierchen bringst, Buddy, und ich arbeite an meiner Aussprache", gibt Asher lachend zurück.

Priscilla wirft ihm einen hochmütigen Blick zu. „Keine Sorge, Mister Van Dyke. Ich bin schon dabei. Sonst noch was?"

Wir gehen die Bestellliste für unseren Tisch durch und

bezahlen im Voraus, wie es im Pub üblich ist. Gemeinsam tragen wir die Getränke durch die Kneipe zurück zu unseren Freundinnen, die inzwischen alle auf Barhockern sitzen.

„Wie läuft eigentlich dein Einrichtungsladen, Zara? Hattest du in letzter Zeit wieder interessante neue Kunden?" fragt mich Kennedy, während ich einen Schluck von meinem Rotwein nehme.

„Oh, Scarlett kümmert sich um vieles. Sie hat mehr Erfahrung als ich. Sie ist schon seit Jahren als Innenarchitektin tätig und hatte einige tolle Beratungskunden. Du weißt schon, Promis, VIPs und Superreiche. Leute, die man aus dem Fernsehen kennt."

„True Crime Serienkiller aus dem Fernsehen?" sagt Asher.

„Nein, Ash. Keine Serienkiller. Echte Promis, berühmte Leute."

„Ist ja spannend! Jemand, den wir kennen?" fragt Kennedy.

„Ich darf nichts sagen."

Tabitha zieht die Augenbrauen hoch. „Ist Verschwiegenheit heutzutage so wichtig in eurer Branche?"

„Für manche Kunden schon", antworte ich. Ich schaue mich in der Kneipe um, bevor ich mich näher zu ihr heranlehne, und alle vier tun es mir gleich. Es ist zwar nicht so, dass uns jemand in diesem gut besuchten Pub belauschen würde, aber man kann nicht vorsichtig genug sein, oder? Wände haben Ohren und all das Zeug. „Es gibt da diese eine Kundin, die Scarlett allein betreut hat, weil sie ziemlich heikel war."

„Und?" Kennedy bohrt weiter.

„Und... sagen wir einfach, die Bezeichnung *royal* könnte auf diese Person zutreffen."

„Blaues Blut?" sagt Kennedy viel zu laut, und ich

bringe sie sofort zum Schweigen, während mein Blick durch den Raum schweift, doch sie fragt weiter. „Aber wer von den Royals? Harry und Meghan sind längst nicht mehr in England, also werden sie es nicht sein. Sind es vielleicht Kate und William? Oh, ich sage, es sind Kate und Will."

Ich lehne mich auf meinem Barhocker zurück und hebe beschwichtigend die Hände. „Ich habe schon zu viel gesagt", antworte ich, als müsste ich ein Staatsgeheimnis hüten und nicht, dass Scarlett vor ein oder zwei Monaten die Londoner Wohnung eines sehr, sehr unbedeutenden Royals neu eingerichtet hat.

Kennedy strahlt übers ganze Gesicht. „Schätzchen, das ist so cool. Die Royals!"

„Wer's glaubt", kommentiert Asher.

„Was? Warum willst du das nicht glauben?" frage ich. Ich bemerke, dass eine platinblonde Erscheinung auf uns zu schwebt.

„Du kannst sie gleich selber fragen."

Scarlett Lamington, meine Geschäftspartnerin und Freundin, kommt mit tänzelnden Schritten zu uns an den Tisch. Sie ist immer todschick gekleidet, und auch heute Abend macht sie da keine Ausnahme. Sie trägt ein figurbetontes Kleid, das knapp über dem Knie endet. Ihr platinblond gefärbtes langes Haar fällt in weichen Locken über ihre Schultern und ihre frisch manikürten Fingernägel leuchten knallrot. Mit ihrem Makeup und den hohen Absätzen sieht sie aus, als gehöre sie an einen viel glamouröseren Ort, nicht hier in unsere Stammkneipe.

„Ich freu mich so, dass du gekommen bist", sage ich zu ihr, während sie mich umarmt. Dabei atme ich unabsichtlich einen ganzen Lungenzug ihres teuren Parfüms ein.

„Deine Geburtstagsrunde im Pub hätte ich um nichts in der Welt verpassen wollen. Man wird ja nicht alle Tage dreißig." Sie macht ein Gesicht. „Gott sei Dank." Sie begrüßt alle mit einem herzlichen Lächeln. „Wie geht es euch denn? Wie schön, euch wiederzusehen."

„Zara hat uns gerade erzählt, dass du die neue Inneneinrichtung für ein Mitglied des Königshauses entworfen hast, Scarlett, aber sie will uns nicht sagen, für wen", sagt Kennedy, während Scarlett ihren kecken kleinen Hintern auf der Kante eines Barhockers platziert.

„Oh, das kann ich unmöglich verraten. Gewisse Leute bestehen absolut auf Diskretion", sagt sie mit geheimnisvoller Miene und wechselt augenblicklich das Thema. „Also, mit wem muss ich ins Bett gehen, um hier einen Drink zu bekommen?" Sie wirft Asher ein kokettes Lächeln zu.

„Ich hole dir einen Drink", biete ich an und springe auf. „Ich habe die vorige Runde für alle geschmissen, da ist es nur fair, wenn ich deinen Drink auch besorge. Was möchtest du?"

„Ich nehme einen Gin Tonic. Einen Premium Gin mit Aroma, bitte. Etwas mit Boysenbeere oder Grapefruit. Überrasch mich."

„Alles klar." Ich spüre eine Hand auf meinem Arm. Es ist Asher.

„Zee, du bleibst hier und amüsierst dich, du bist unser Fast-Geburtstagskind", weist Asher mich an. „Ich werde dir deinen Drink besorgen, Scarlett."

„Danke", antwortet sie.

Er schenkt mir ein Lächeln, bevor er zum Tresen geht, um Scarletts Gin Tonic zu ordern.

„Ist er nicht süß? Ich finde, wir sollten alle einen Asher haben", sagt Scarlett, und wir sehen ihm beide hinterher. Er stützt sich lässig auf die Theke, während er bei Priscilla bestellt, und ich frage mich, ob er jetzt wieder seinen schrecklich künstlichen Möchtegern-Cockney-Akzent ausprobiert. Ich hoffe um Priscillas willen, dass er das nicht tut.

Während Kennedy, Tabitha und Lottie miteinander plaudern, frage ich Scarlett: „Hat sich diese Josie Smith nochmal bei dir gemeldet?"

Sie verzieht ihr hübsches Gesicht. „Sie geht auch zu Karina Design. Kannst du das glauben? Noch ein Kundin an die große Ladenkette verloren."

Vor bald drei Monaten hat die Inneneinrichtungskette Karina Design gleich ums Eck von uns ein großes Geschäft in der Hauptstraße eröffnet, und seitdem verlieren wir immer mehr Kunden. In dieser völlig unvorhersehbaren, fast biblischen Konkurrenzsituation ist unser kleiner Laden naturgemäß der unterlegene David und Karina Design ist der Riese Goliath, und das alles fühlt sich überhaupt nicht gut an.

Mein Bauch verkrampft sich. „Im Ernst? Das ist schon der vierte Kunde in diesem Monat, den wir an diesen protzigen neuen Laden verlieren. Was sollen wir nur tun?"

„Ich weiß", antwortet sie mit einem Seufzer. „Aber wir können nur weiter versuchen, neue Kunden zu gewinnen. Vielleicht könnten wir die Laufkundschaft mit einem neuen, auffälligen Schaufenster besser auf uns aufmerksam machen? Vielleicht die Preise senken? Oder etwas Geld in Werbung investieren?"

„Wir müssen all das tun, und zwar schnell, sonst ist *ScarZar* bald Schnee von gestern." Wir haben unseren Laden *ScarZar* getauft, nach unseren beiden Vornamen, Scarlett und Zara.

„Sag das nicht", schnieft Scarlett. „Das ist ein schlechtes Omen."

Asher kehrt zurück und stellt den Drink vor Scarlett hin. „Was ist ein schlechtes Omen?"

„Negativ von ScarZar zu sprechen", antwortet sie. Sie

nimmt einen Schluck von ihrem Gin Tonic. „Oh, der ist köstlich. Ich kann die Wacholderbeeren schmecken, aber da ist noch etwas anderes drin, nicht wahr? Was ist es bloß? Schwarze Johannisbeere? Rose? Oh, ich weiß, Indigo."

„Indigo?" Ich frage mit einem Glucksen: „Wie kann man Indigo schmecken? Das ist doch eine Farbe, oder?"

„Es ist eine Regenbogenfarbe, richtig? Obwohl ich stark vermute, dass niemand wirklich weiß, was für eine Farbe es ist", kommentiert Asher und setzt sich zu uns. „Ich meine, wenn es lila-blau ist, warum nicht sagen, dass es lila-blau ist?"

„Siehste, und deshalb sind *wir* die Innenarchitekten, und nicht du", necke ich ihn.

Er lehnt sich näher an uns heran und fragt: „Habe ich eben richtig gehört, dass ihr Kunden verliert?"

„Wir kommen schon klar", antwortet Scarlett.

„Möchtest du meine neue Wohnung einrichten?", fragt er.

Ich lache. „Ich habe dir schon mal gesagt, du wirst dir das nicht leisten können."

Er hebt die Brauen. „Muss ich darum betteln?"

„Ist das dein Ernst?" Ich verenge meinen Blick.

„Ist Kelly Slater die größte Surflegende aller Zeiten?", fragt er zurück.

Ich werfe einen Blick auf Scarlett und wir kichern beide. Ich verstehe kein Wort, wenn Asher vom Surfen spricht. Da er aus San Diego stammt, ist er praktisch am Strand aufgewachsen, und es ist offensichtlich, dass er das Surfen und den Strand vermisst.

„Ich weiß nicht, wer diese Kelly Slater ist, also kann ich das nicht beantworten", antwortet Scarlett.

„*Er* ist elffacher Weltrekordhalter im Surfsport und *er* hat in der kalifornischen Wüste eine fantastische Surf-

Ranch eingerichtet, wo man auf künstlichen Riesenwellen trainieren kann. Es ist kein echter Strand, aber doch ziemlich fantastisch."

Scarlett wirft ihm einen leicht verächtlichen Blick zu. „Du wirst mich nie davon überzeugen können, mit dem Surfsport anzufangen, Asher."

Er hebt eine Augenbraue in ihre Richtung. „Das ist auch nicht meine Absicht. Glaube mir."

„Asher, fühl dich bloß nicht verpflichtet, uns mit deiner Wohnungseinrichtung zu beauftragen", sage ich. „Die Idee ist zwar nett von dir, aber wir wollen keine Almosen von Freunden und Familie. Wir finden unsere Kunden schon selbst."

„Aber du hast doch meine neue Wohnung selbst gesehen, Zee. Sie ist im Moment noch super öde und so gut wie leer. Sie könnte ein bisschen Design vertragen."

„Wir haben echte Kunden, weißt du. Echte, zahlende Kunden", sagt Scarlett mit Nachdruck.

„Ich wäre ein echter, zahlender Kunde, und ich hätte gern, dass Zara diesen Auftrag von mir übernimmt und meine Wohnung komplett einrichtet."

Ich blicke zu Scarlett. Nach einem kurzen Moment sagt sie: „Er scheint es ernst zu meinen."

Ich schenke meinem besten Freund Asher ein strahlendes Lächeln. „Dann nehme ich deinen Auftrag sehr gerne an. Danke, Ash."

Sein Lächeln erhellt sein ganzes Gesicht. „Großartig. Komm gleich nächste Woche vorbei und wir fangen an."

Tabitha legt ihren Arm um Ashers Schulter. „Wer kommt nächste Woche vorbei?" Sie spricht ein wenig undeutlich, weil sie schon ein wenig beschwipst ist.

„Ich werde Ashers neue Wohnung einrichten", erzähle ich ihr, und Kennedy und Lottie schalten sich in das Gespräch ein.

„Oh, das braucht deine Wohnung unbedingt", sagt Kennedy zu ihm. „Wenn deine Surfbretter nicht dort im Wohnzimmer stünden, wäre es völlig farblos bei dir."

„Vergesst nicht sein schäbiges schwarzes Ledersofa", sagt Lottie.

„Ist Schwarz überhaupt eine Farbe?" fragt Kennedy.

„Schwarz ist schwarz, Baby", erklärt Tabitha, die immer noch an Asher lehnt. „Hey, können wir jetzt mal auf das Fast-Geburtstagskind anstoßen?"

„Oh, ja, das machen wir," sagt Scarlett.

Alle erheben ihre Gläser.

„Auf Zara, unsere allerbeste Freundin, die jetzt leider dem Zahn der Zeit zum Opfer fällt", sagt Tabitha mit einem lauten Schluckauf und grinst in die Runde.

„Wie wäre es damit?" sagt Kennedy. „Auf Zara, die beste Freundin der Welt – und auf Asher."

„Danke, dass du an mich denkst", antwortet er.

„Also auf uns Freundinnen, inklusive Asher, und unsere allerbeste gemeinsame Freundin", wiederholen Lottie, Tabitha und Scarlett, während wir alle anstoßen und einen Schluck nehmen.

„Das klingt, als wäre ich fehl am Platz", beschwert sich Asher.

„Das bist du nicht. Du bist Asher", antworte ich.

„Ich brauche noch einen Drink", verkündet Tabitha übermütig, nachdem sie ihr Glas geleert hat.

„Das glaube ich kaum." Lottie springt auf. „Komm, Tabitha, wir bringen dich nach Hause. Es ist schon Mitternacht und die älteren Mitglieder unseres Freundinnenvereins brauchen ihren Schönheitsschlaf. Stimmt's, Asher und Zee?"

„Vielen Dank. Ihr werdet schon sehen, schwupps, und ihr werdet selber Dreißig! Und außerdem bin ich noch ganze drei Tage lang Neunundzwanzig."

„Ich versuche auch gerade verzweifelt, meine letzten Monate vor dem Dreißiger zu überstehen", sagt Kennedy.

Lottie stößt einen Seufzer aus. „Ja, ich auch."

„Du magst am kommenden Samstag dreißig werden, Zee, aber für mich siehst du noch keinen Tag älter als einunddreißig aus", sagt Asher und bekommt von mir einen Klaps auf den Arm.

„Hör nicht auf ihn, Schätzchen. Du siehst umwerfend aus und wir alle lieben dich", erklärt Tabitha. „Und das sage ich nicht nur, weil ich gerade eben ganz schnell zwei leckere Drinks gekippt habe, die mir ein klein wenig zu Kopf gestiegen sind."

„Sie hat Recht. Du bist super und wir bewundern dich alle", stimmt Lottie zu. Asher, Scarlett und Kennedy nicken.

„Oh, danke, Leute." Ich strahle sie an. ScarZar mag gerade in einer Krise stecken, und ich stehe unmittelbar vor dem gefürchteten Dreißiger, aber ich habe meine besten Freundinnen um mich, meine Londoner Familie.

Kapitel Zwei

MONTAG FRÜH STEIGE ich wie immer an der Kensington High Street aus der Londoner U-Bahn und mache mich auf den täglichen Weg zu unserem Interior-Designngeschäft. Anfangs hatten wir jede Menge Kunden. Nach einem Fortbildungskurs in Innenarchitektur gaben wir beide unsere bisherigen Jobs auf, um gemeinsam unseren Laden zu gründen – Scarlett war zuvor Marketingassistentin für ein Technologieunternehmen und ich war Grafikdesignerin. Wir waren beide unglaublich dankbar, dass wir in der Londoner Innenarchitekturszene für Furore sorgen konnten, auch wenn es nur ein winziger Erfolg war.

Wie immer, wenn ich an unserer Konkurrenz, der Einrichtungskette Karina Design, vorbei komme, bevor ich von der Hauptstraße in unsere Gasse abbiege, verlangsamt sich mein Tempo. Obwohl wir unseren charmanten kleinen Laden in der kopfsteingepflasterten Gasse lieben, ist uns klar, dass wir nicht mit dieser großen, auffälligen Ladenkette mithalten können.

Wir sind der Inbegriff des kleinen Einzelkämpfers, der sich gegen die großen Designketten mit ihren gigantischen Budgets und ihren Horden von angestellten Designern behauptet. Es geht uns wie Meg Ryan und Tom Hanks in *E-Mail für dich* – obwohl, ich bin mir ziemlich sicher, dass weder Scarlett noch ich eine Online-Liebesaffäre mit Karinas Eigentümerin haben, nicht zuletzt, weil die schon um die Achtzig ist.

Heute hat Karina wiedermal ein neues Schaufenster-Design. Eine Gruppe kanariengelber Stühle hängt von der Decke, darunter ein Meer von Kissen in leuchtenden Farben. Das ist ein echter Hingucker, einfach genial, und ich kann nicht umhin, ein wenig neidisch zu sein, denn unser Schaufenster ist nur ein Viertel so groß. Und weil unser Laden so klein ist, wäre es ein Verstoß gegen den Arbeitsschutz, Stühle von der Decke hängen zu lassen.

Ich gehe weiter die belebte Hauptstraße entlang und bleibe vor einem meiner Lieblingsläden stehen, einer Tierhandlung namens *Penelope's Pooches*, die immer ein oder zwei Welpen im Schaufenster hat, und heute ist keine Ausnahme. Es ist wirklich unmöglich, daran vorbeizugehen, ohne hinzuschauen. Ich wollte schon immer einen Hund haben, aber es schien nie der richtige Zeitpunkt.

Als ich heute vor dem blassblau gestrichenen Fenster stehenbleibe, blickt mich unter Wölkchen, die an einem Faden von der Decke hängen, ein bezauberndes kleines weißes Gesichtchen an.

Mein Herz setzt einen Schlag aus.

Das ist mein Hund.

Ja, schon klar, das ist jetzt wahrscheinlich nicht mein vernünftigster Gedanke heute. Aber er setzt sich beharrlich in meinem Hinterkopf fest.

Ich starre den Welpen verzückt an und gehe einen Schritt näher, wobei ich mein Gesicht fast gegen das kühle Glas drücke. Der Welpe hüpft aus seinem Körbchen und wedelt so heftig mit dem Schwanz, dass sein kleiner Körper kaum mithalten kann. Sein Gesichtchen ruft mir zu: *Kauf mich! Kauf mich! Ich gehöre dir!* mit jedem Hüpfen seines kleinen Körpers. Obwohl er winzig ist, wirkt er, als wäre er schon ein paar Monate alt.

„Hallo, kleiner Jack Russell", sage ich durch die Scheibe.

Der Welpe neigt seinen Kopf zur Seite und spitzt die Ohren. Mein Herz mag in diesem Moment normal schlagen, aber ich schmelze vor Rührung dahin, weil das kleine Wesen so begierig ist, mich kennenzulernen.

Ich beschließe, *nur ganz kurz* hineinzugehen, und mich umzusehen. Ich weiß, ich weiß. Niemand schaut sich *nur ganz kurz* einen Welpen an, den er unbedingt haben möchte, und geht dann einfach wieder weg. Wahrscheinlich ist das sogar ein menschenunmögliches Kunststück. Aber wer weiß? Vielleicht bin ich diese eine Person mit dem eisernen Willen.

Oder vielleicht auch nicht.

Ich drücke gegen die Tür, aber sie gibt nicht nach. Ich schaue hinein und sehe ein paar Leute in hellblauen Overalls die Regale einräumen. Ein Blick auf das Schild verrät mir, dass der Laden noch geschlossen ist.

Ich wende mich wieder dem Welpen zu, und er beginnt erneut, heftig zu wedeln. „Ich komme später wieder, okay? Pass nur auf, dass dich niemand mitnimmt."

Der Welpe starrt mich nur an.

Mit einem letzten Blick auf das Hündchen setze ich zögernd meinen Weg zu unserem Laden fort.

Fünf Minuten später schreite ich durch die Tür und sehe Scarlett am Telefon.

„Es tut mir sehr leid, dass Sie sich für eine andere Richtung entschieden haben, Janice. Gibt es irgendetwas, was wir tun können, um Sie umzustimmen?" sagt Scarlett hinter dem Schreibtisch.

Ich schaue auf ihre angespannten Gesichtszüge und das Herz fällt mir in die Hose. Ich forme mit den Lippen: „Janice Cromwell?", und als Scarlett mir grimmig zunickt, weiß ich, dass wir wahrscheinlich einen unserer größten neuen Kunden verloren haben.

„Nein, ich verstehe. Die haben einen guten Ruf, da muss ich Ihnen rechtgeben", fährt sie fort, während ich das Türschild von *Geschlossen* auf *Offen* stelle. „Wir sind zwar viel kleiner, aber wir haben diese persönliche Note, die so viele Kunden lieben, weil wir..."

Sie hält mitten im Satz inne und ich beiße mir auf die Lippe.

„Ja, danke, Janice ... okay ... wenn Sie es sich anders überlegen, Sie wissen, wo wir sind ... Ja, ich verstehe." Sie legt auf und hebt ihren Blick zu mir. „Janice Cromwell mit ihrer Sechszimmerwohnung in der exklusiven Stadtvilla am Sloane Square fühlt sich nicht länger in der Lage, unsere Arbeitsbeziehung fortzusetzen." Sie lässt die Schultern hängen und stößt enttäuscht die Luft aus.

„Sag nichts. Karina?"

„Ja. Ein weiterer Auftrag im Schredder."

„Ach, Scarlett. Das ist ja furchtbar. Wir hatten schon so viel Arbeit in den Entwurf gesteckt."

„Ich weiß, aber es war alles nur Zeitverschwendung.

Janice Cromwell hat unser Schiff verlassen und sich zur Konkurrenz begeben."

Ich beobachte, wie sie unseren gemeinsamen Arbeitskalender aufruft, wo wir alle unsere Termine eintragen, damit immer mindestens eine von uns im Geschäft ist. Sie löscht Janices Einträge, und im Nu sieht unsere Woche erschreckend leer aus.

„Gib die Hoffnung nicht auf", sage ich und versuche, die Fassung zu bewahren.

Sie zwingt sich zu einem Lächeln. „Du hast recht. Es wird eine neue Janice Cromwell kommen, mit einem riesigen Budget und teurem Geschmack."

„Na ja, wenigstens haben wir Asher als neuen Kunden gewonnen", sage ich grinsend.

Sie räuspert sich. „Freunde, die uns einen Gefälligkeitsauftrag geben, werden uns nicht retten können, Schätzchen.

„Ich weiß, aber es ist ein Anfang."

Scarletts Telefon klingelt schon wieder. Sie nimmt ab und sagt Hallo, während sie in den Lagerraum und die Miniküche im hinteren Teil des Ladens geht.

Ich streiche meinen Pferdeschwanz glatt und schaue mich im Laden um. Wir haben letzte Woche ein atemberaubend schönes, luxuriöses, smaragdgrünes Samtsofa geliefert bekommen, das ich mit einer Kollektion juwelenfarbener Kissen und einer Stehlampe aus Messing in Szene gesetzt habe. Es ist die Art von Sofa, in das Supermodels versinken, es sieht umwerfend glamourös aus, und ich freue mich jedes Mal, wenn ich es nur ansehe.

Auf dem Couchtisch aus Messing und Glas liegt ein Buch über Landschaftsgärtnerei nicht in der Mitte, also rücke ich es zurecht.

Ich schaue aus dem Fenster, in der Hoffnung, eine

Gruppe potenzieller neuer Kunden zu erspähen, die zu unserer Tür stürmt, aber der kleine Vorplatz ist leer, bis auf eine Schildpattkatze, die über das Kopfsteinpflaster spaziert.

„Okay, Schätzchen. Ich muss jetzt los. Küsschen. *Ciao ciao ciao.*" Scarlett verabschiedet sich auf ihre typische Art, und legt auf. Ich habe noch nie erlebt, dass sie sich einfach ganz normal verabschiedet hätte. Dabei ist sie nicht mal Italienerin. Sie kommt aus Solihull, einem Kaff bei Birmingham, aber das merkt man ihrem Akzent nicht an.

„Die letzte Nacht hat Spaß gemacht", sage ich, um das mühsame Thema von vorhin zu umschiffen.

„Es kommt ja nicht jeden Tag vor, dass eine meiner besten Freundinnen ein so schockierend hohes Alter erreicht", scherzt sie.

„Noch drei Tage, weißt du? Und außerdem wirst du selbst am Ende des Sommers dreißig, vergiss das nicht."

Sie steckt sich die Finger in die Ohren und trällert: „La la la la la. Was ich nicht höre, kann nicht passieren."

Ich grinse sie an. „Leugnen ist zwecklos, das kann ich dir aus eigener Erfahrung jetzt schon sagen."

„Wenigstens feierst du eine große Party in deinem schicken Elternhaus in Martinston", sagt sie und meint damit das Herrenhaus meiner Familie auf dem Land, etwas außerhalb von London, wo alle außer mir nach wie vor wohnen. „Ich habe mir ein traumhaftes Kleid für Samstag gekauft. Ich will für Harry gut aussehen."

„Du bist noch immer mit Harry Honeydew zusammen?"

„Allerdings. Er ist ein echter Fang. Ich werde ihn auf keinen Fall aufgeben."

„Weil du ihn magst. Richtig?"

„Ja, das auch", antwortet sie mit einer vielsagenden Handbewegung. „Wir werden beide kommen, um mit dir um deine Jugend zu trauern."

„Ich werde dreißig, nicht hundert. Und weißt du was? Es macht mir nichts aus, dreißig zu werden. Ich glaube sogar, dass es ziemlich klasse wird."

Sie hebt eine Augenbraue. „Klasse geht vielleicht ein bisschen zu weit, Schätzchen. Es ist ein weiterer Schritt ins Grab, oder noch viel schlimmer: zu den ersten Falten." Sie klappert dramatisches mit den Zähnen.

Ich verdrehe die Augen. „Du bist so eine Drama-Queen."

„Falten sind schon in unserem Alter eine reale und gegenwärtige Gefahr, Zara. Du musst sie ernst nehmen." Sie wirft mir einen besorgten Blick zu, und ich betrachte verlegen mein Gesicht in dem vergoldeten Spiegel an der Wand.

„Dreißig zu werden ist keine große Sache. Ich habe meinen Frieden damit gemacht."

„Ach ja?"

Zwar habe ich meinen engsten Freundinnen – Tabitha, Kennedy und Lottie – erzählt, dass Asher mein Ersatzehemann ist, aber Scarlett gegenüber habe ich es noch nicht erwähnt. Meine besten Freundinnen haben begriffen, dass es nur ein Sicherheitsnetz sein soll, dass ich den Kerl nicht wirklich heiraten will. Aber irgendwas sagt mir, dass Scarlett das alles vielleicht nicht so begreifen wird.

„Ich habe einen Plan."

„Du willst dir Botox spritzen lassen!", stellt sie aufgeregt fest.

„Nein. Es ist kein Antifaltenplan, Scarlett. Eher ein Lebensplan."

Sie verdreht ihre grauen, mit Eyeliner umrandeten Augen. „Sag mir nicht, dass du eine von diesen Life-Coach-Anhängerinnen geworden bist, die nur mehr das tun, was in ihrem großen Coaching-Lebensplan steht. Zu wem gehst du denn? Etwa zu Delilah Sorbonne? Zu mir sagte sie, ich solle mit Seeigeln arbeiten. Ich meine, was hat es damit auf sich? Kann man überhaupt einen Auftrag bekommen, wenn man mit Seeigeln arbeitet?" Sie erschaudert. „Igitt."

„Keine Seeigel. Ich habe einen Plan, um das zu bekommen, was ich will, das ist alles."

„Was willst du denn?"

„Was ich wirklich, wirklich will?" sage ich und wiederhole Ashers Spruch von den Spice Girls.

Scarlett sieht mich an, als ob ich den Verstand verloren hätte. „Du zitierst mir jetzt die Spice Girls?"

„Das sollte ein Witz sein."

„Nicht dein bester, Schätzchen. Ich frage noch einmal: Was ist es? Was willst du?"

„Du weißt ja, wie es im Dating-Dschungel zugeht. Es ist beängstigend und unberechenbar."

„Und das ist noch eine Untertreibung."

„Ich habe also einen Ersatzehemann für den Fall, dass es in der Liebe schief läuft. Er ist mein Sicherheitsnetz. Wenn ich in den nächsten fünf Jahren nicht den Mann meiner Träume treffe, werde ich meinen Ersatzmann heiraten."

„Du willst wen *heiraten*? Zara, du hast wirklich den Verstand verloren." Sie wirft die Hände in die Luft. „Das war's. ScarZar wird untergehen, denn meine Partnerin ist verrückt geworden. Noch heute wirst du von Männern in weißen Kitteln weggekarrt und ich muss allein gegen Karina weiterkämpfen."

„Darf ich dich auf meine frühere Bemerkung verweisen, dass du eine Drama-Queen bist?"

„Schätzchen, du musst zugeben, dass die Hochzeit mit einem Ersatzmann definitiv nur eine Ausgeburt des Wahnsinns sein kann."

„Es ist ein sehr praktischer Plan".

„Wer ist eigentlich der Auserwählte, der bei diesem Irrsinn mitmacht?"

„Asher."

Ihr fällt die Kinnlade herunter. Buchstäblich. „Asher? *Er* ist dein Ersatzmann und ... und er hat zugesagt, dich zu heiraten?"

„Ja, aber erst in fünf Jahren. Und es wird sowieso nicht passieren. Es ist nur ein Notfallplan. Mehr nicht."

Sie sieht mich fragend an. „Aber er ist doch hinreißend."

Ich bin ein wenig eingeschnappt.

Sie kneift ihre Lippen zu einem Strich zusammen. „Ich glaube, das ist das Bizarrste, was ich je in meinem ganzen Leben gehört habe: dass du Asher heiratest. Als Ersatz-mann. Was ist mit der Liebe? Was ist mit Seelenverwandt-schaft? Wo bleibt der Richtige? Willst du das alles nicht?"

„Oh bitte, versteh mich bloß nicht falsch. Ich bin weiter auf der Suche nach meinem Seelenverwandten, meiner großen Liebe. Aber auf diese Weise kann ich mir Zeit lassen und weiß, dass ich, wenn ich den Richtigen nicht finde, immer noch einen Ersatzehemann habe, ihn heiraten und eine Familie gründen kann. Das ist der perfekte Plan, und fünf Jahre sind doch eine Menge Zeit, um den Richtigen zu finden, sich zu verlieben und zu heiraten."

Scarlett sieht alles andere als überzeugt aus. „Möglich wär's."

„Ich plane auch, mir einen Hund anzuschaffen."

Sie schüttelt den Kopf und greift sich an die Stirn, als ob ich zu viel Information hineingepackt hätte. „Das auch noch?"

„Du weißt, dass ich mir schon lange einen Hund wünsche. Auf dem Weg hierher habe ich heute im Schau-fenster von Penelope's Pooches genau den gesehen, den ich haben möchte." Ich grinse, weil ich an den süßen Welpen im Schaufenster denken muss.

„Welche Rasse ist es denn?"

„Die beste. Ein Jack Russell."

„Wie niedlich! Toll, Zara. Hundebesitzerin, dazu ein Ersatzmann. Hast du eine Midlife-Crisis oder sowas?"

„Ich werde dreißig, nicht fünfzig."

„Erzähl mir mehr über den Hund. Oh, er könnte unser Ladenhund werden! Die Leute wären begeistert."

„Ich weiß! Genau das habe ich mir auch gedacht. Du kennst doch diese Modeboutique in der King's Road mit dem kleinen schwarzen Zwergpudel?"

„Ich gehe gerne dorthin."

„Und weißt du warum?"

„Du wirst mir sagen, dass es am Hund liegt und nicht an den schönen Kleidern."

„Es *ist* der Hund. Und die Kleider. Aber vor allem der Hund. Der Hund macht den Ort freundlicher, entspannter. Er verleiht ihm eine ganz eigene Persönlichkeit. Das ist es, was mein Hund für unseren Laden erreichen wird."

„Das gefällt mir. Wir können Fotos von unserem Schauraum machen lassen, auf denen der Hund zu sehen ist, wie er da sitzt, ganz süß dreinschaut und Jack Russell-mäßig Eindruck macht. Das könnte unser Markenzeichen sein, ein Symbol, um potenziellen Kunden zu zeigen, wer wir sind und was unsere Philosophie ist."

Ich kichere, die Aufregung kocht über. „Das ist eine große Aufgabe für einen so kleinen Hund, aber ich liebe es."

Sie lächelt. „Weißt du was? Ich glaube, ein Ladenhund könnte genau das Richtige für uns sein. Darf ich mitkommen, wenn du ihn holst?"

„Aber sicher, gerne!" Ich umarme sie und drücke sie fest an mich. „Du wirst es nicht bereuen."

„Solange der Hund nicht riecht."

Ich strahle sie an. „Er wird nur nach Rosen duften. Versprochen."

Die Glocke über der Tür bimmelt und ein Mutter-Tochtergespann kommt herein. Die Mutter trägt das, was ich gerne als Kensington-Uniform bezeichne: ein knie-langes Etuikleid unter einem schicken, maßgeschneiderten Mantel, dazu eine einreihige Perlenkette. Immer sind es einreihige Perlenketten.

Die Tochter hingegen ist ein Grufti im Gothic Style. Langes schwarzes Haar, weißes Makeup mit schwarz umrandeten Augen, und jedes Kleidungsstück, das sie trägt, ist schwarz, schwarz, schwarz.

„Hallo, meine Damen, und willkommen bei ScarZar Interiors. Was kann ich für Sie tun?"

„Meine Tochter ist gerade in ihre erste eigene Wohnung übersiedelt, und die Einrichtung dort ist einfach schauerlich", sagt Frau Kensington.

„Mama, *bitte*", beschwert sich die Tochter peinlich berührt. Sie ist vermutlich schon achtzehn oder neunzehn und schämt sich immer noch für ihre Mutter wie ein pubertierendes Mädchen. „So schlimm ist es nicht."

„Oh doch, Liebling, das ist es. Es ist einfach fürchter-lich. Die Tapete löst sich von den Wänden und du sitzt mit deinen Freunden auf Sitzsäcken statt auf Stühlen. Ich glaube, ich habe sogar eine leere Bierkiste in der Ecke gese-hen. Eine Bierkiste!"

„Das nennt man rustikal, Mama", antwortet die Tochter mit einem Augenrollen und einem Aufblitzen ihres Zungenpiercings.

„Nein, Liebling, das ist einfach nur geschmacklos, sonst gar nichts." Sie sieht mich an. „Meine Tochter braucht eine Design-Reha. Eine Stilberatung."

Ich schenke den beiden ein Lächeln. „Nun, ich bin

sicher, wir können Ihnen dabei helfen. Wonach suchen Sie genau? Jedenfalls Stühle und ein Sofa, nehme ich an? Ein paar neue Wanddekorationen und vielleicht einen Couchtisch als Ersatz für die Bierkiste?"

„Ich möchte, dass alles zusammen passt. Wohnzimmer, Schlafzimmer, Esszimmer. Machen Sie auch Außenbereiche?", fragt sie.

Scarlett materialisiert sich an meiner Seite. „Sie möchten die ganze Wohnung neu dekorieren? Hallo, ich bin Scarlett. Zara und mir gehört der Laden hier."

„Ich bin Victoria Hamilton, und das ist meine Tochter Chloe."

Wir geben uns die Hände, und die Tochter gebärdet sich, als wäre es das Unangenehmste, was sie je in ihrem Leben tun musste.

„Schön, Sie beide kennenzulernen, Victoria und Chloe", sagt Scarlett mit einem Lächeln. „Welcher Stil schwebt ihnen denn vor?"

Die große, schlaksige Tochter zuckt mit den Schultern. „Keine Ahnung."

„Und genau das ist das Problem", schimpft ihre Mutter und rollt die Augen.

„Ich sage immer, stehst du für nichts, dann fällst du auf alles herein", sagt Scarlett und versucht, wie eine Art fehlloser Stil-Guru zu klingen – obwohl ich weiß, dass sie nur einen Katy-Perry-Song zitiert. „Wie wäre es also, wenn ich Ihnen sage, was alles möglich ist?"

Victoria strahlt. „Das klingt fantastisch. Hört sich das nicht toll an, Chloe?"

„Schon möglich", murmelt sie wenig begeistert.

„Wir können alles anbieten: Modern, Hollywood Glamour, Landhaus, rustikales Landhaus, modernes Landhaus. Alle Landhausstile. Dann gibt es noch den ultramodernen, den Loft-Stil, den Hamptons-Stil und natürlich den blau-weißen Klassiker. Und nicht zu vergessen, es gibt..."

Ich beobachte, wie die Augen der Kunden glasig werden. Nun, um fair zu sein, Chloes Augen waren schon glasig, bevor Scarlett mit ihrer Aufzählung anfing, aber jetzt sieht auch ihre Mutter wie ein Reh im Scheinwerferlicht aus. Scarlett hat die Angewohnheit, die Leute mit viel zu viel Information zu überschütten. Sicher, sie kennt sich aus, aber sie muss es nicht jeder Person, die durch unsere Tür kommt, beweisen.

Karina, die uns die Kunden stiehlt, ist schuld an Allem.

„Vermute ich das richtig, Chloe, Sie mögen eher die dunklen Töne, mit subtilen Akzenten," werfe ich ein und ernte einen überraschten Blick von Scarlett. „Habe ich recht?"

„Schon möglich." Sie gibt nichts von sich preis.

„Wie wäre es, wenn ich Ihnen ein paar Beispiele zeige?"

Ihr Gesicht hellt sich zum ersten Mal auf, seit sie den Laden betreten hat. „Klar."

Ich führe sie und ihre Mutter zum Computer, wo ich Beispiele aufrufe, die Chloe gefallen könnten, passend zu ihrem Grufti-Styling. „Sehen Sie hier, dunklere Farbtöne, aber immer noch mit hellen Wänden und natürlichem Licht, um einen Kontrast zu schaffen? Würde Sie das ansprechen?"

Chloes Blick huscht von dem etwas düsteren Vorschlag zu ihrer Mutter. „Wie findest du das?"

„Ich finde es furchtbar, aber wenn es dir gefällt, Schatz, dann bezahle ich es gerne. Hauptsache, es ist nichts davon zu sehen", sagt Victoria und zeigt auf das Bild eines kerkerähnlichen Raums, dessen Wände mit Schwertern bedeckt sind.

„Das kann ich gut verstehen", antworte ich lächelnd. „Zu viele Schwerter machen keinen guten Eindruck."

„Ich will auch keine Schwerter, aber ich mag den Stil", sagt die Tochter.

„Wie wäre es, wenn ich ein paar Stoffmuster hole, die wir dann als Ausgangspunkt nehmen können?"

„Wunderbar", antwortet Victoria.

„Nehmen Sie doch Platz", sage ich und deute auf das smaragdgrüne Samtsofa. „Ich bin gleich wieder da."

Während ich unsere umfangreichen Materialproben durchstöbere, kommt Scarlett mir ins Lager nachgeschlichen. „Tut mir leid, ich habe es wieder übertrieben, nicht wahr?"

„Ist schon in Ordnung. Wirf den Leuten nur nicht gleich dein ganzes Wissen vor die Füße, so bald sie den Laden betreten. Sie könnten sich überfordert fühlen. Und dann ist da noch die Tatsache, dass die Tochter ziemlich offensichtlich in die Gothic-Richtung geht, weil sie sich ja selber wie ein Zombie stylt. Mit dem Landhausstil oder mit der marineblau-weißen Hamptons-Farbpalette kommen wir da nicht weit."

„Gutes Argument. Ich werde es vorsichtiger angehen. Ich habe Panik bekommen. Dass ich in letzter Zeit so viele Aufträge an Karina verloren habe, sitzt mir total in den Knochen."

„Ich verstehe dich. Es geht mir genau so. Aber die beiden sind eine echte Chance, also lass sie uns ergreifen, okay?"

Ihr verzweifelter Gesichtsausdruck verwandelt sich in ein zaghaftes Lächeln. „Wir brauchen jeden Auftrag."

„Das stimmt."

„Sag mal, hast du nicht bald dieses Treffen mit deinem zukünftigen Ehemann?"

„Mein zukünftiger Ehemann?" frage ich. „Ach ja, richtig. Du meinst Asher." Ich werfe einen Blick auf die nach-gemachte barocke Wanduhr. In etwas mehr als einer halben Stunde sollte ich ihn in seiner Wohnung in Notting Hill treffen.

Sie nimmt mir die Textilproben aus der Hand. „Geh du und tu, was du tun musst. Ich übernehme das hier, und ich verspreche, niemanden mit meinem umfangreichen Wissen zu überfordern."

Ich kichere. „Dein Problem ist wirklich, dass du zu viel weißt."

Sie grinst mich an. „Es ist schwer, eine Expertin zu sein. Und jetzt geh zu deinem Mann."

Ich nehme meine Handtasche, stecke mein Tablet hinein und sage: „Er ist bloß mein Ersatzmann, Scarlett".

Sie grinst mich an. „Das musst du dir nur immer wieder sagen."

Kapitel Drei

ICH BIN ein paar Minuten zu früh bei Ashers Wohnhaus in Nottinghill. Da ich noch etwas Zeit habe, besorge ich bei Starbucks zweimal Kaffee zum Mitbringen. Man muss die Kunden ja bei Laune halten, vor allem, wenn es beste Freunde sind.

Ich war zwar schon in Ashers neuer Wohnung, aber nur einmal, um mir vor ein paar Wochen ein Baseballspiel mit ihm anzusehen. Mir fiel auf, dass die Wohnung praktisch unmöbliert ist, aber ich schenkte dem nicht viel Aufmerksamkeit.

„Hallo?", meldet er sich über die Sprechanlage.

Ich grinse in die Kamera und halte einen Kaffeebecher hoch. „Ein großer Cappuccino mit Vollmilch, extra Schaum und Schokolade."

„Tja, ohne den Kaffee würde ich dich jetzt vielleicht nicht reinlassen", antwortet er, dann summt die Gegensprechanlage und die Tür schnappt auf.

„Du bist ein Komiker."

Ich nehme die drei Treppen hoch zu seinem Stockwerk, und er begrüßt mich im Flur mit einem Grinsen, das Telefon am Ohr.

„Klingt gut. Ich melde mich bei Chris und sage dir dann Bescheid... Ja, okay. Hör mal, Geoff, ich muss los. Meine zukünftige Ehefrau steht vor mir und hat einen frischen Kaffee in der Hand."

Ich ziehe eine Augenbraue hoch.

„Das erkläre ich dir ein anderes Mal. Wir sehen uns später im Büro." Er beendet das Gespräch und steckt sein Telefon in die hintere Hosentasche. „Persönlich gelieferter Kaffee. Daran könnte ich mich gewöhnen."

„Besser nicht. Das ist eine einmalige Sache, selbst wenn du deinen Kollegen erzählst, dass ich deine zukünftige Ehefrau wäre." Ich reiche ihm seinen Kaffee. „Was ich übrigens nicht bin."

„Doch, das bist du, jedenfalls so lange du Mr. Right noch nicht gefunden hast."

Da hat er Recht.

Er lässt mich an sich vorbei in die Wohnung. „Komm rein."

Ich betrete sein großes, geräumiges Wohnzimmer. Mit meinem Designer-Blick betrachte ich den Raum. Dass er groß ist, fiel mir schon auf, als wir uns vor ein paar Wochen gemeinsam das Spiel ansahen, aber dem herrlichen Parkettboden, der freiliegenden Ziegelmauer auf der einen Seite und den offensichtlich maßgefertigten Balken an der Decke des hohen Raums hatte ich noch keine besondere Aufmerksamkeit geschenkt. Mit seinen kahlen Wänden, den Fenstern ohne Vorhänge, dem übergroßen Fernseher über dem Kamin und dem schwarzen Ledersofa, das eher auf Komfort als auf Stil ausgelegt ist, verkündet der ganze Raum mit einer starken, männlichen Stimme: *Junggesellenbude.*

„Weißt du, Asher, mir gefällt, was du daraus gemacht hast. Du hast ein gutes Auge", sage ich mit einem ironischen Lächeln.

„Behandelst du alle deine Kunden so von oben herab, oder nur die teuflisch gut aussehenden?"

Ich kichere. „Nur die teuflisch gut aussehenden. Aber im Ernst, das ist so eine tolle Wohnung. Sie hat so viel Potenzial." Ich zeige auf seine Sammlung von drei Surfbrettern in der Ecke neben dem Fenster. „Und Surfbretter sind in London so sinnvoll. Die brauchst du unbedingt ... *niemals.*"

„Sie erinnern mich an zu Hause."

„Und an Kelly Slater."

„Wenigstens hast du mir gestern Abend zugehört."

„Es ist echt süß, wie du auf diesen Typen namens Kelly abfährst."

„Zum letzten Mal, er ist eine große Nummer."

Ich grinse ihn an. „Du bist so leicht zu überreden, mein lieber Zukünftiger." Ich zeige auf die leere Fläche vor einem der großen Fenster. „Noch keinen Esstisch gefunden, stimmt's?"

„Ich dachte, ich lasse mich lieber von meiner Designerin beraten, bevor ich mein Geld zum Fenster hinauswerfe. Mmmm, guter Kaffee."

Ich gehe an das andere Ende des Zimmers und drehe mich um, um es aus dieser Perspektive zu begutachten. Durch die Fenster hinter mir strahlt die Sonne herein, der ganze Raum ist sonnendurchflutet, und obwohl Möbel weitgehend fehlen, erkenne ich, wie schön es hier sein könnte. „Bevor ich Vorschläge mache und mein Herzblut für dieses Projekt gebe: Willst du wirklich, dass ich diesen Raum für dich einrichte?"

„Ich beauftrage dich nicht nur aus Gefälligkeit, falls du das meinst."

„Ich dachte, ich frage lieber nochmal nach, zur Sicherheit."

Er öffnet seine Arme weit. „Siehst du denn nicht, dass ich deine Hilfe brauche?"

„Dieser Raum ist so leer, hier könnte man Jodeln."

Er hält sich die Hände vor den Mund. „Echo, Echo, Echo!"

„Eher jodel-di-hei-ho", singe ich.

Er schüttelt den Kopf und verzieht das Gesicht. „Zee? Tu das nie wieder."

„Was? Was denn? Wieso? Ich habe in einer Schulaufführung von The Sound of Music die Liesl gespielt, das musst du natürlich wissen."

„Die Liesl hat aber nicht gejodelt."

„Oh, da liegst du aber falsch. Sie hat gejodelt, in dem Lied über den Ziegenhirten."

Er zieht eine Augenbraue hoch. „Woher weißt du das?"

Ich tippe mir an die Schläfe. „In meinem Gehirn ist eine Menge Information gespeichert, weißt du." Ich ziehe mein Tablet heraus, und wir setzen uns beide auf sein – zugegebenermaßen äußerst bequemes – hässliches Ledersofa. „An welchen Stil denkst du?"

„Ich weiß nicht. Bequem? Ist das ein Stil?"

„Mal sehen."

Ich schalte das Tablet ein, und sofort erscheint auf dem Display das Bild eines exquisiten Parfümflakons aus opakem und klarem gestreiftem Glas mit einem verschnör-kelten Silberverschluss.

„Was ist denn das?" fragt Asher.

„Mein Traum-Parfümflakon. Eines Tages hole ich ihn mir."

„Du hast ein ganzes Pinterest-Board nur für Parfüm-flaschen?"

„Das ist meine Sache", antworte ich abwehrend.

„Hm."

Ich sehe ihn aus den Augenwinkeln heraus an. „Was willst du andeuten?"

„Nichts. Ich wusste nur nicht, dass es Parfümflaschen-Pornos gibt."

„Du bist ja wiedermal saukomisch."

„Sammelst du sie oder so? Ich kann dir nämlich eine leere Flasche von meinem Parfüm geben, wenn du willst. Oder mein Deodorant, wenn du das auch magst."

„Sicherlich nicht. Parfümflacons sind wunderschöne Kunstwerke. Manche sind kaum bezahlbar. Vor allem dieser hier, eine Antiquität aus Muranoglas."

„Sehr schön."

„Das sagst du nur, weil mein Geheimnis gelüftet ist. Du weißt jetzt, dass ich eine Vorliebe für kleine Glasflaschen habe."

„Nein. Ich meine es ernst. Ich habe heute etwas Neues über Zara Huntington-Ross gelernt, und das gefällt mir irgendwie."

Ich lasse meinen Blick zu ihm gleiten, nicht sicher, ob er es sarkastisch meint. Sein Gesichtsausdruck verrät mir, dass es ihm ernst ist. „Sollen wir zu deinem Projekt übergehen?"

„Sicher."

Ich tippe auf den Bildschirm, um das Moodboard aufzurufen, das ich für ihn zusammengestellt habe.

„Sag mir, welches von diesen Bildern dir am besten gefällt." Ich habe das Board eigens für ihn zusammengestellt, bevor ich heute in den Laden ging. „Ich wollte für dich eine 'stilvolle Junggesellenbude' entwerfen. Nichts zu Ausgefallenes. Einfache, klare Linien."

Er sieht sich die Bilder an. „Das gefällt mir", sagt er und zeigt auf einen Entwurf in einer dunkleren Farbgebung mit einem hellbraunen L-förmigen Ledersofa, einem cremefarbenen Teppich und einem modernen Kronleuchter, der sich von der freigelegten Backsteinwand abhebt. „Mir gefällt diese Deckenleuchte."

„Das nennt man einen Kronleuchter, Asher."

„Das hört sich für mich sehr mädchenhaft an, prinzesshaft, aber ich bin doch total männlich, wie du weißt." Er hat ein Glitzern in den Augen, während seine Mundwinkel zucken.

„Genau das ist es, was mir in den Sinn kommt, wenn ich an dich denke: durch und durch männlich. Wie wär's mit dieser Deckenbeleuchtung?" Ich zeige auf ein anderes Bild. „Siehst du, wie diese Lichtbänder die Deckenbalken hervorheben? Sieht das nicht toll aus? Das könnten wir hier auch machen."

Wir schauen beide an die Decke.

„Das wäre cool. Bevor ich es vergesse, es gibt hier eine Sache, die nicht verhandelbar ist."

Ich schaue zum riesigen Plasmabildschirm über dem Kamin. „Lass mich raten. Dein Fernseher."

„Richtig."

„Damit du zu Hause sitzen und Wiederholungen von *Days of Our Lives* sehen kannst, weil du melancholisch bist und keine Freunde zum Ausgehen hast?" frage ich mit einem scheinbar unschuldigen Gesichtsausdruck.

„Ja. Sehr richtig. Ich bin ein Typ, der sich Wiederholungen von Daily Soaps anschaut", antwortet er tonlos.

„Ich mein's ernst. Du wirst nichts mit meinem Fernseher anstellen. Tonya bleibt genau da, wo sie ist."

„Tonya? *Im Ernst?* Du hast einen Fernseher namens Tonya?"

„Nur weil sie total wie eine 'Tonya' aussieht. Findest du nicht auch?"

Ich lasse meinen Blick wieder zu seinem Fernsehmonitor schweifen. „Ach, ja? Für mich sieht es wie ein Fernsehmonitor aus."

In gespielter Empörung zieht er die Luft ein. „Wie kannst du es wagen, meine Tonya zu beleidigen."

Ich schnaube kichernd. „Nun, es gibt eine gute Sache daran, dass du dein Fernsehgerät für eine Frau hältst: Du hast es mit ihr erstmals geschafft, eine Beziehung länger als einen Monat aufrechtzuerhalten."

„Moment mal! Ich hatte wirklich Beziehungen, die länger als einen Monat dauern."

„Ach, ja? Wann denn?"

„Zählt die Highschool?"

„Du hast vor über zehn Jahren die Highschool abgeschlossen?" frage ich und er nickt, „Tja dann. Die Highschool zählt nicht."

„Verdammt noch mal! Hm, lass mich nachdenken. Da gab's Jessy Sainsbury. Mit ihr war ich mindestens ein Jahr lang zusammen. Oder waren es sechs Monate? Ich habs vergessen."

„Siehst du? Seit ich dich kenne, hattest du noch keine Beziehung mit einer Frau, die länger als ein oder zwei Monate hielt."

„Du hast mich erwischt."

„Der Fernseher bleibt also, wo er ist, aber was ist mit..."

„Tonya. Tonya bleibt."

„Asher, ich nenne deinen Fernseher nicht bei einem

Frauennamen, schon gar nicht, wenn er nach der Eiskunstläuferin Tonya Harding benannt ist."

„Sie ist nicht nach Tonya Harding benannt", protestiert er. „Meine Tonya würde niemals einer anderen
Eiskunstläuferin einen Tritt ins Knie verpassen.

Ich kichere. „Weil deine Tonya ein Fernseher ist."

„Ich denke, ich könnte mir auch eine andere Innenarchitektin suchen."

„Ha ha." Ich zeige auf das Bild, das ihm gefallen hat,
und versuche, das Gespräch von seiner seltsamen Beziehung zu seinem Fernsehgerät weg zu lenken. „Bist du
glücklich, dass ich mir dieses Design für dein Wohnzimmer
ausgedacht habe?"

„Aber sicher. Was ist mit der Küche?"

„Ich liebe deine Küche. Der geäderte Marmor ist
wunderschön, und klassisch weiß."

„Nicht langweilig?"

Ich schüttle den Kopf. „Nicht langweilig."

„Okay. Dann sind Wohnzimmer und Küchenbereich
fertig. Das war einfach." Er stemmt sich hoch. „Ich bringe
dich jetzt ins Schlafzimmer, Frauchen."

„Okay. Zeig mir den Weg."

Wir schlendern über den Parkettboden und den mit
Teppichboden ausgelegten Flur, vorbei an dem, was sein
Arbeitszimmer zu sein scheint, vorbei am Badezimmer,
hinein in sein großes Schlafzimmer. Auch hier sind die
Wände weiß und leer, es gibt keine Vorhänge, das Bett ist
groß und mit einfacher weißer Bettwäsche bezogen. Genau
wie das Wohnzimmer ist es schlicht und spärlich eingerichtet.

Ich will es nicht leugnen. Es ist ein merkwürdiges
Gefühl, sich im Schlafzimmer eines nahen Freundes umzu-
sehen. Ich meine, ich kenne Asher ziemlich gut. Wir sind
Freunde, seit er vor zwei Jahren nach London gezogen ist

und wir uns auf einer von Tabithas legendären Partys kennengelernt haben. Wir haben uns auf Anhieb gut verstanden und sind seitdem die besten Freunde. Aber im Gegensatz zu meinen Freundinnen, bei denen ich schon übernachtet habe und mit denen ich mich fürs Ausgehen geschminkt und frisiert habe, war ich bis zu diesem Zeitpunkt noch nie auch nur in der Nähe von Ashers Schlafzimmer.

„Das Zimmer hat eine gute Größe, aber du brauchst Vorhänge. Im Hochsommer wird es um halb fünf Uhr morgens hell."

„Da kommst du ins Spiel, Zee."

„Dieser Raum muss definitiv überarbeitet werden."

„Ich betrachte mein Schlafzimmer nur ungern als Arbeitsplatz, wenn du weißt , was ich meine." Er wackelt vielsagend mit den Augenbrauen, aber ich schüttle den Kopf.

„Deine Sache, Ash. Nicht meine." Ich sehe eine benutzte Kaffeetasse auf dem Boden neben dem Bett. „Du hast ja nicht mal einen Nachttisch."

Er folgt meinem Blick. „Du meinst Nachttische fehlen? Ja, ich glaube, ich brauche welche."

Ich gehe am Bett vorbei und in den begehbaren Kleiderschrank. Im Gegensatz zum Schlafzimmer ist er randvoll mit Kartons, Kleidung und Schuhen in transparenten Plastikboxen, die sich bis zur Decke stapeln. „Hier bewahrst du also *alles* auf."

Er lehnt sich mit der Schulter gegen den Türrahmen. „Ich schätze, ich habe einen Haufen Zeugs, von dem ich nicht weiß, was ich damit tun soll."

„Ash, hier ist es so voll, dass man sich kaum umdrehen kann." lache ich.

„Diese Regale müssen auch ausgetauscht werden." Er

hält sich an einem Regal in Brusthöhe fest und rüttelt daran. „Siehst du? Beschissene Konstruktion."

„Ich kann das für dich ersetzen lassen. Ich kenne einige Garderobentischler."

„Es ist ein *Schrankraum*."

„Nur in Amerika. Hier in England ist es eine *begehbare Garderobe*." Ich zwänge mich an ihm vorbei und gehe ins Bad. Genau wie die Küche ist es ganz in Weiß gehalten, von der Badewanne und dem Waschbecken bis hin zu den Boden- und Wandfliesen. Die einzige Farbe im Raum stammt von Ashers Rasierschaumdose und verschiedenen Flaschen mit Shampoo und Lotion.

„Das ist ein schönes Bad", sage ich, als Asher neben mir ankommt. Das Badezimmer ist allerdings nicht riesig, und seine große, männliche Gestalt scheint den gesamten verfügbaren Raum neben mir auszufüllen.

„Es ist alles weiß, also langweilig. Stimmt's?"

„Es ist klassisch. Und es bedeutet, dass man es sauber halten muss."

„Das macht meine Haushälterin für mich." Als ich ihm einen fragenden Blick zuwerfe, sagt er: „Was? Ich bin ein vielbeschäftigter Mann. Ich habe keine Zeit zum Putzen."

„Nein, natürlich nicht."

„Was würdest du an diesem Badezimmer verändern?"

„Nichts. Es ist wunderschön. Aber du musst damit zufrieden sein."

„Es ist in Ordnung. Es ist nur langweilig."

„Wir besorgen dir ein paar Accessoires in deiner Lieblingsfarbe. Es sei denn, du willst die Kosten für neue Fliesen auf dich nehmen. Was ich persönlich für ein Verbrechen an diesem Badezimmer halten würde."

„Ich würde kein Verbrechen gegen ein Badezimmer begehen wollen."

„Tonya würde dich vermissen, wenn du ins Gefängnis müsstest."

„Siehst du? Du verstehst mich. Deshalb möchte ich, dass du meine Dekorateurin bist."

Ich lache. „Du lässt das Bad also so, wie es ist?"

„Ich lasse das Bad so, wie es ist."

„Gut."

„Ich habe auch ein paar Ideen für dein Schlafzimmer vorbereitet. Lass uns wieder hinsetzen, dann zeige ich sie dir."

Wir kehren ins Wohnzimmer zurück, wo ich ihm ein paar Schlafzimmerkonzepte zeige, die ihm gefallen könnten.

„Das gefällt mir", sagt er und zeigt auf ein grau getäfeltes Zimmer mit einem niedrigen Kingsize-Bett und modernen Holzmöbeln.

„Mir auch. Es ist kühl und raffiniert und doch gemütlich und einladend."

Er sieht mich emotionslos an. „Wenn du das sagst."

Ich streiche über das Display und klappe das Tablet zu. „Okay. Ich habe eine gute Vorstellung davon, was du suchst. Und du willst alle Möbel neu, mit Ausnahme von deinem lächerlich übergroßen Bett, richtig?"

„Ich habe dieses lächerlich übergroße Bett, wie du es nennst, gekauft, als ich aus den Staaten hierher nach London übersiedelt bin. Ich werde mich nicht davon trennen. Außerdem brauchte ich vier Männer und einen Kran, um es in den dritten Stock zu hieven. Das Bett bleibt hier."

„Du machst keine halben Sachen, oder? Aber woran denkst du, was das Budget angeht? Neu einrichten kann sehr teuer werden. Und bevor du antwortest: Du musst nicht gleich einen ganzen Haufen Geld ausgeben, nur weil es um Scarlett und mich geht. Wenn ich nur ein paar

Kissen, einen neuen Teppich und ein paar Nachttische besorgen soll, ist das völlig in Ordnung."

„Nein, ich will gleich aufs Ganze gehen. Das ganze Paket. Wie du sagst, dieser Ort könnte zu etwas Besonderem werden, und ich mag besondere Dinge. Also, nur zu. Lass deinen Zara-Zauber wirken."

„Ernsthaft?", frage ich, begeistert von der Aussicht, seine ganze Wohnung einzurichten, „Du willst *the full Monty*? Das volle Programm?"

„Ist the Full Monty nicht der englische Film, wo sich ein Haufen Männer nackt auszieht? Denn erstens bin ich überhaupt nicht daran interessiert, den zu sehen, und zweitens musst du warten, bis wir verheiratet sind."

„The full Monty heißt so viel wie volle Kanne. Alles auf einmal."

Er wackelt andeutungsweise mit den Augenbrauen und zwinkert mir zu. „Nun, wo ich herkomme, bedeutet das etwas ganz anderes."

„Genug der Anspielungen. Ich mache mich besser auf den Weg. Ich werde ein paar Ideen zusammenstellen und dir einen Überblick über das Budget verschaffen." Ich ziehe mein Handy heraus und schaue auf meinen deprimierend leeren Kalender. „Sollen wir uns in etwa einer Woche wieder treffen?"

„Aber klar." Er begleitet mich zur Tür. „Zurück in den Laden, oder?"

„Eigentlich möchte ich heute eines meiner Lebensziele verwirklichen."

„Bungee-Springen vom London Eye?"

„Geht das überhaupt?"

Er muss lachen. „Willst du damit sagen, dass du es in Betracht ziehen würdest, wenn es möglich wäre?"

„Natürlich nicht. Ich werde etwas viel Cooleres

machen. Ich hole mir heute einen Hund. Bei Penelope, um genau zu sein. Einen Jack Russell von Penelope's Pooches."

Seine Augenbrauen heben sich bis zum Haaransatz. „Ich glaub ich hör nicht recht!"

„Ich gehe jeden Tag an dieser Tierhandlung vorbei und jeden Tag denke ich mir, dass ich einen dieser Hunde haben möchte. Als ich heute dran vorbei ging, stand dieser entzückende kleine Jack-Russell-Welpe im Schaufenster, und ich sage dir, Asher, dieser Hund ist für mich bestimmt. Ich gehe jetzt dorthin."

„Du willst dir einen Welpen holen, den du in einem Schaufenster gesehen hast?"

Ich strahle ihn an, während mein Zwerchfell vor Vorfreude zittert. „Genau das."

„Hast du diese spezielle Melodie gehört, als du den Hund angeschaut hast, der angeblich dir gehören soll?" Er beginnt zu summen und nach ein paar Sekunden erkenne ich das Lied. *How much is that doggie in the window*, ein Superhit aus den Fünfziger Jahren, kürzlich mit dem neuen Text *How much ist that doggie from the shelter* für die Londoner Dancefloors gecovert. Will er mich jetzt überzeugen, einen Hund aus dem Tierheim zu holen?

„Wie viel kostet das Hündchen im Schaufenster? Echt jetzt?"

„Komm schon! Das ist der perfekte Soundtrack für diesen Moment. Das musst du doch zugeben."

Ich glucke. „Klar." Er hat offenbar nichts gegen Rassewelpen aus überteuerten Londoner Tierhandlungen. Gut so.

Er öffnet die Wohnungstür, hält sie mir auf und äußert neue Bedenken. „Bist du sicher, dass du dir ausgerechnet jetzt einen Hund anschaffen solltest, Frauchen?"

„Auf jeden Fall", sage ich voll Überzeugung. „Ich war mir noch nie in meinem Leben einer Sache so sicher."

„Du weißt, dass du mit ihm Gassi gehen musst und ihn füttern musst. All diese Dinge."

„Ich bin durchaus in der Lage, mit einem Hund Gassi zu gehen und ihn zu füttern", erwidere ich spitz. „Ich bin mit Hunden aufgewachsen. Mein Vater hatte immer einen ganzen Haufen Hunde, und ich habe viel mit ihnen gespielt."

„Was willst du tagsüber mit deinem Hund machen, wenn du bei der Arbeit bist?"

„Jack Russells sind klein genug, um sie mit zur Arbeit zu nehmen. Sie wird unser Ladenhund werden. Wir wollen als das Einrichtungsgeschäft mit dem süßen Hund bekannt werden. Scarlett ist bereits damit einverstanden, und die Leute werden es lieben. Glaub' mir."

„Aha."

Ich werfe ihm einen Seitenblick zu. „Hast du vielleicht etwas gegen Hunde? Du klingst nämlich gerade ein bisschen wie ein hündischer Griesgram."

„Was ist denn bitte ein hündischer Griesgram?"

„Jemand, der keine Hunde mag. Ist doch klar."

„Ich mag Hunde. Verdammt, ich *liebe* Hunde. Ich bin mir nur nicht sicher, ob du dir das gut genug überlegt hast."

„Na, dann ist es ja gut, dass du nicht mein Ehemann bist, stimmt's? Denn mein Hund wartet im Schaufenster von Penelope's Pooches darauf, dass ich seine neue Mami werde."

Er schüttelt den Kopf und verzieht den Mund zu einem Lächeln. „Na schön, du hast dich entschieden."

Ich nicke kräftig. „Ganz genau ."

„Wenn das so ist, dann kann ich es kaum erwarten, dein neues Hündchen kennenzulernen."

„Willst du mich begleiten? Ich bin gerade auf dem Weg dorthin, Scarlett wird auch da sein."

„So gern ich das auch täte, ich muss zurück an die Arbeit. Danke für alles, auch für den Kaffee."

„Gern geschehen. Ich freue mich darauf, deine Wohnung für dich einzurichten."

„Und ich freue mich für dich, dass du deinen Hund bekommst."

Ich kneife die Augen zusammen. „Nein, tust du nicht. Du findest mich unüberlegt und impulsiv."

„Ist es denn wichtig, wie ich dich finde?"

„Nein, eigentlich nicht. Gar nicht." Ich grinse ihn an und sage: „TTFN", bevor ich den Flur entlang in Richtung Treppe gehe.

„Erinnere mich daran, was 'TTFN' bedeutet?"

„*Ta ta for now* das heißt so viel wie Tschüssi einstweilen", rufe ich über meine Schulter. „Wirklich, Asher. Du lebst jetzt seit über zwei Jahren im guten, alten London. Mach dich mit dem Jargon vertraut, ja?"

„Wir sehen uns später", sagt er lachend, während er die Tür schließt.

Einen Moment später stehe ich wieder auf der Straße und habe hundert Ideen für Ashers Wohnung.

Aber diese Ideen müssen warten. Im Moment habe ich eine Verabredung mit dem Schicksal – mit dem Hundeschicksal, um genau zu sein.

Kapitel Vier

MEIN LIEBER PAPA,

Weißt du, wie sehr ich Kelly und Hannah geliebt habe, als ich ein Kind war? Nun, ich habe eine Entscheidung getroffen. Ich schiebe es nicht länger vor mir her. Ich denke nicht mehr „eines Tages", denn dieser eine Tag ist gekommen. Und der ist heute.

Ich hole mir heute meinen Hund.

Du fehlst mir. Hab dich lieb.

Deine Za-Za xoxo

Ich drücke auf „Senden" und stecke mein Handy zurück in die Handtasche. Papa wird die E-Mail bekommen. Er wird sich freuen, dass ich mir einen eigenen Hund zulege. Mit steigender Vorfreude klemme ich mir mein Tablet unter den Arm, knöpfe meinen Mantel gegen die kühle Londoner Luft zu und mache mich auf den kurzen Weg von der U-Bahn zu Penelope's Pooches.

Als ich den Laden erreiche, werfe ich einen Blick in das Schaufenster. Mit Schrecken stelle ich fest, dass von meinem Welpen nichts mehr zu sehen ist. Er wurde durch ein kleines flauschiges Knäuel ersetzt, das mich fröhlich ankläfft.

Aber mein kleiner Jack Russell darf nicht weg sein.

Warum habe ich heute Morgen nicht alles stehen und liegen gelassen und ihn mitgenommen? Könnte er bereits verkauft worden sein?

Ich schaue hoch und lese das Schild, das Kunden auffordert, hereinzukommen und „mit Penelope über Hunde zu reden". Tja, das ist genau das, was ich jetzt tun will.

„Entschuldige, bitte entschuldige!" Scarlett eilt die Straße entlang auf mich zu, ihr blondes Haar weht hinter ihr her, während sie sich an ihren aufgeknöpften Mantel klammert. „Ich wurde aufgehalten. Wir haben vielleicht einen neuen Kunden!"

„Hey, das ist ja toll. Wer ist es?"

„Eine Frau namens Delilah Smith." Sie schnappt nach Luft, ihre Wangen sind vom Laufen rot.

„Der Name kommt mir bekannt vor. Woher kenne ich sie?"

„Die Frau eines Fußballers. Verheiratet mit einem Tony Smith, der für Chelsea spielt."

Wir verziehen beide das Gesicht. Keiner von uns weiß viel über Fußball, geschweige denn, wer die Spieler sind.

„Jedenfalls will sie, dass wir uns ihre neue Villa in London ansehen. Es geht um eine komplette Neugestaltung." Sie klammert sich an meinen Arm. „Zara, es ist ein Haus mit acht Schlafzimmern, vier Wohnzimmern und einem Pool."

Ich blinzle sie an. „Ernsthaft? Und sie will, dass wir das ganze Haus neu gestalten?"

Sie presst die Lippen zusammen und nickt, ihre blauen Augen leuchten. „Kannst du das glauben? Wenn wir das schaffen, könnten wir bald mal im *Hello Magazine* erscheinen. Wir werden auf der Landkarte stehen, Schätzchen."

„Wir werden die Landkarte *anführen*."

„Apropos..." Ich nicke zum Eingang der Zoohandlung. „Lass uns das Hündchen holen – wenn es noch da ist. Es ist nicht mehr im Schaufenster."

Sie zeigt auf den weißen Flauschball. „Was ist mit dem da? Der ist doch niedlich."

„Es ist nicht der, den ich haben will." Ich stoße die Tür auf, trete ein und sehe mich um. Augenblicklich habe ich das Gefühl, in einer anderen Welt zu sein. An der Wand hängt das riesige, farbenfrohe Porträt eines West Highland Terriers, die Regale sind mit Hundebetten und Leckerlis gefüllt, und es gibt Hundezubehör von Mützen über Füßlinge bis hin zu Mäntelchen. Der Boden ist weich und federnd, und bei jedem Schritt, den ich mache, hüpfe ich wie auf einem übergroßen Ballon.

„Das ist verrückt", sagt Scarlett, während sie neben mir hüpft.

„Willkommen bei Penelope's Pooches", sagt eine sanfte, weibliche Stimme hinter uns.

Wir drehen uns um und sehen eine Frau um die Dreißig, mit Zöpfen, die ein wenig an Pippi Langstrumpf erinnern. Sie trägt einen hellblauen Overall, auf dem das Wort Penelope in leuchtend rosafarbenen Lettern prangt. Sie hat ein freundliches Lächeln auf ihrem prallen, ungeschminkten Gesicht.

Ich blicke von ihrem Namensschild zu ihr. „Hi, Penelope." sage ich. Als sie mir einen unsicheren Blick zuwirft, sage ich: „Du bist doch Penelope, nicht wahr?"

Ihr Lächeln wird breiter. „Nicht ganz."

Ich schaue mich im Laden um. In der Nähe stehen zwei weitere Angestellte, die beide damit beschäftigt sind, Regale einzuräumen, eine hält ein Klemmbrett in der Hand. Die beiden sind genauso gekleidet, bis hin zum Overall und den Zöpfen. „Wer von euch ist Penelope?"

„Oh, lass mich erklären. Du bist offensichtlich neu bei unserem Hundekonzept."

„Hundekonzept?" fragt Scarlett.

„Es ist eine Verschmelzung der Wörter 'Hund' und 'Konzept'. Hundekonzept."

Scarletts Augen blinzeln zu mir. „*Ahaaa.*"

„Unser Hundekonzept besagt, dass wir *alle* Penelope sind."

Ich ziehe fragend die Augenbrauen hoch. „Wirklich?" Eine Tür im hinteren Teil des Ladens schwingt auf und ein Mann kommt hereinspaziert. Auch er trägt genau den gleichen Overall, allerdings nicht die gleiche Frisur. „Auch die Jungs?"

„Sogar die Jungs", bestätigt sie.

Ich denke an „Priscilla", den australischen Barkeeper vom Freitagabend. „Ist das ein neuer Londoner Trend oder so? Männer mit Frauennamen anzusprechen?"

„Penelope ist eher eine Art zu sein, eine Weltanschauung, eine Lebensart, weniger eine Person."

Rüüüchtig.

„Wie funktioniert das genau?" fragt Scarlett.

„Eine Penelope ist eine Hundeliebhaberin, eine Lebensspenderin und -bewahrerin, eine Person mit Hundesensibilität und einem tiefen Verständnis für Natur und Umwelt. Eine Penelope ist nicht eine Person oder eine

Gruppe von Menschen, sondern du und ich. Oder sie kann es sein."

Nun, damit wäre ja alles klar.

„Heißt das, wir sind Penelopes?" Ich deute auf Scarlett und mich.

Sie mustert uns. „Das wäre möglich."

„Schätzchen, ich glaube, du musst dir einen Hund kaufen, um eine Penelope zu werden", sagt Scarlett.

Die Frau weicht vor uns zurück, mit einem schockierten Gesichtsausdruck, als hätte man sie mit einem glühenden Schürhaken angepiekst. „Man *kauft* keinen Hund."

„Nicht?" frage ich.

Penelope schüttelt vehement den Kopf. „Oh, nein. Du wirst Teil seines Rudels."

Scarletts Augen gleiten zu meinen. Ich weiß, was sie denkt. Und ich denke es auch.

„Entschuldigung. Ich glaube, was meine Freundin sagen wollte, ist, dass wir unbedingt Teil eines Hunderudels werden wollen."

„Oh nein, du willst die *Anführerin* eines Hunderudels sein, Zara", korrigiert Scarlett, und ich nicke zustimmend.

„Stimmt", bestätige ich. „Also, der Hund, für den ich mich interessiere, ist der, den du hattest..."

Penelope unterbricht mich mit einem strengen: „Wir benutzen das Wort *Anführer* hier bei Penelope's Pooches nicht."

„Wirklich?" frage ich.

„Wir vertreten ein egalitäres Konzept des hündischen Rudels. Das ist Teil unseres Hundekonzepts."

Dieser Laden ähnelt immer mehr einer Sekte als einer Zoohandlung. Und haben sie nicht die ganze Hierarchie eines Hunderudels falsch verstanden?

Scarlett stößt mir mit dem Ellbogen in die Rippen, und

ich gebe mein Bestes, um keine Miene zu verziehen. „Okay. Keine Anführer-Diskussion, und ich will auch keinen Hund *kaufen*. Was ich meine, ist, kann ich bitte … den Jack Russell *kennenlernen*, den Sie heute morgen im Schaufenster hatten?" Ich halte den Atem an und hoffe, dass ich das Richtige gesagt habe. Ist „kennenlernen" in der Hundesprache denn überhaupt zulässig? Wenn es so etwas überhaupt gibt, Hundesprache. Wobei ich stark vermute, dass es das nicht gibt.

Penelopes Gesichtsausdruck entspannt sich. „Du kannst unseren kleinen Jack Russell auf jeden Fall kennenlernen. Ein Glas Champagner?"

Ich bekomme fast ein Schleudertrauma von der überraschenden Kehrtwende.

„Das würden wir gerne, aber wir müssen danach wieder zur Arbeit", erkläre ich. „Ich will sie unbedingt kennenlernen. Ich meine, ich nehme an, sie ist eine Sie. Sie sieht aus wie eine Sie." Ich mache eine Pause und füge hinzu: „Oder seid ihr hier auch nicht-binär? Du weißt schon, als Teil eures Hundekonzepts?"

Penelope bricht in schallendes Gelächter aus, das in einem lauten Schnauben endet. „Oh, du bist so witzig. Das wäre ja *absurd*, wenn ein Hund nicht binär wäre. Stellt euch das mal vor!"

„Oh, völlig absurd", erwidere ich mit einem falschen Lachen, denn natürlich ist das *alles* nicht im Geringsten seltsam. Ich lenke sie wieder auf die anstehende Aufgabe. „Also, dieser Hund, der heute Morgen im Schaufenster war. Ist sie noch da?"

„Oh, ja. Bei uns bleiben die Hunde immer nur kurze Zeit im Schaufenster. Sie werden bald müde, wenn zu viele Leute sie anstarren."

Scarletts Nase gibt ein seltsames Geräusch von sich, als sie ein Lachen unterdrückt. Ich werfe ihr einen Blick zu.

„Natürlich", sage ich.

„Nach einer gewissen Zeit im Schaufenster fragen wir die Hunde, ob sie wieder in ihre Körbchen zurückkehren möchten. Heute hat Steve beschlossen, genau das zu tun. Wir lassen unseren Hunden gerne freie Hand. Das ist ein Teil unseres..."

„Hundekonzepts", beendet Scarlett für sie. „Ja, wir haben es verstanden."

„Ihr Name ist Steve?" frage ich verwirrt. „Seltsamer Name für ein Mädchen. Seltsam, aber süß."

Und ich kann ihn jederzeit ändern...

„Ihr voller Name ist Stevedore Clemence Norwich."

„Stevedore Clemence Norwich. Das ist ein toller Name. Ist ein Stevedore nicht ein Hafenarbeiter? Sie sah nämlich nicht gerade wie einer aus." Ich lache leise auf, verkneife es mir aber sofort, als ich den wenig amüsierten Gesichtsausdruck von Penelope sehe.

„Wir glauben, dass Stevedore ein sehr stolzer Hundename ist, mit einer langen, illustren Geschichte hier bei Penelope's Pooches".

Eine lange, illustre Geschichte? Ist der Laden nicht erst seit einem Jahr geöffnet?

Ich bemühe mich, ernst zu wirken, und vermeide es, Scarlett anzusehen, die immer noch mit kaum unterdrücktem Lachen neben mir schnaubt. „Natürlich. Es ist ein sehr stolzer Name, da bin ich mir sicher. Ich wollte nicht respektlos gegenüber, ähm, Stevedore sein."

„Ich brauche zuerst ein paar Auskünfte von Ihnen beiden." Sie zieht ein Tablet aus der Tasche ihres Overalls.

Scarletts Hände schießen in die Höhe. „Ich bin nicht diejenige, die sich dem Hunderudel anschließt. Das ist Zara. Ich bin nur die Begleitung." Sie fügt leise hinzu: „Außerdem bin ich ein Mensch."

„Wie lautet Ihr vollständiger Name?" fragt Penelope mich.

„Zara Huntington-Ross".

„Wohnen Sie in einer Wohnung oder in einem Haus mit Garten?"

„Ich wohne in einer Wohnung, die ich mit meiner Freundin Lottie teile. Auch sie liebt Hunde und wird sicher gut mit Stevie zurechtkommen."

Sie wirft mir einen strengen Blick zu. „Dann müssen wir Ihre Freundin auch kennenlernen."

„Natürlich."

„Und Ihre Wohnung sehen."

Sie stellt mir noch ein paar Standardfragen und notiert meine Antworten auf ihrem Tablet, während Scarlett durch den Laden geht und sich alles ansieht.

Dann nehmen die Dinge eine seltsame Wendung. Nicht, dass die Dinge nicht schon von dem Moment an seltsam gewesen wären, als wir den Laden betraten, natürlich. Aber sie werden definitiv noch seltsamer.

„Zara, wenn Sie ein Cowboy in einer amerikanischen Kleinstadt Ende des 18. Jahrhunderts wären und der Sheriff eine Gruppe von Männern zusammenrufen würde, um Bankräuber zu fangen, würden Sie sich den Banditenjägern anschließen?"

Ich blinzle sie an, mein Mund ist weit genug geöffnet, um Fliegen zu fangen. Oder sogar einen kleinen Vogel. „Wie bitte?"

„Wenn Sie ein Cowboy in einer Kleinstadt Ende des 18. Jahrhunderts wären und der Sheriff…", wiederholt sie.

„Ich meinte … warum? Wie kommen Sie denn darauf?"

Penelope – langsam frage ich mich, ob sie Seriennummern bekommen, wenn sie hier arbeiten, Penelope 0.1.2 und Penelope 0.1.3 – sieht mich streng an. „Frau Huntington-Ross, wir nehmen diesen Prozess bei Penelope's Pooches sehr ernst. Bitte unterbrechen Sie nicht."

„Bei allem Respekt, was haben Bankräuber und ein Haufen Cowboys damit zu tun, dass ich..."

Sie holt tief Luft.

„Ich meine, Teil eines Rudels mit Steve zu werden?"

„Wir müssen das herausfinden, damit wir Ihnen den richtigen Hund zuordnen können", antwortet sie, als hätte ich die unnötigste Frage aller Zeiten gestellt. „Wir können keine Kämpfertypen mit Hunden zusammenbringen, die sich lieber vor dem Kaminfeuer einrollen. Genauso wenig können wir einen blauen Buntstift mit einem gelben zusammenbringen, aber das versteht sich von selbst, wie Sie mir sicher zustimmen werden."

Sind wir jetzt bei Buntstiften angelangt? Es muss doch einen einfacheren Weg geben, den Welpen zu bekommen.

„Ach nicht?"

„Nein. Jeder, der den Farbkreis kennt, weiß, dass Blau und Gelb Gegensätze sind, und auch in der Beziehung zwischen Hund und Mensch wird das nicht zusammen passen."

„Richtig. Verstanden", antworte ich, ohne es im Geringsten zu verstehen.

„Und wenn Sie eine Farbe wählen könnten, welche wären Sie dann?"

„Ähm, kann ich eine der vorhandenen Farben wählen? Oder muss ich mir eine ausdenken?"

Sie zieht die Augenbrauen hoch, bevor sie etwas auf ihrem Tablet tippt.

„Moment. Bin ich jetzt durchgefallen?"

Sie ignoriert meine Antwort und löchert mich stattdessen mit weiteren willkürlichen und scheinbar irrelevanten Fragen. Nachdem sie festgestellt hat, dass ich nicht über heiße Kohlen als Teil eines Stammesinitiationsprozesses laufen möchte und dass ich die Farbe Türkis auf einer Skala von eins bis zehn mit einer soliden Sieben bewerte, sagt sie mir endlich, *endlich*, dass ich den Test bestanden habe, um für Steve in Frage zu kommen.

Wie ich das geschafft habe, werde ich nie erfahren.

„Haben Sie etwas, das nach Ihnen riecht und das ich Steve bringen könnte? Ihren Schal vielleicht."

„Sie wollen ihr meinen Schal zum Schnuppern geben?"

„Nicht nur schnuppern. Ich möchte, dass sie Ihre Essenz einatmet, Sie wirklich kennenlernt, bevor sie sich entscheidet, ob sie Sie treffen will oder nicht."

Ich habe all das durchgemacht, und trotzdem werde ich den Hund vielleicht nicht mal kennenlernen?

Ich ziehe den Seidenschal von meinem Hals und reiche ihn ihr.

„Setzen Sie sich doch einstweilen hierhin, und ich frage Steve, ob sie Sie kennenlernen möchte." Sie deutet auf einen Bereich des grünen Bodenbelags, der von einem niedrigen Lattenzaun umringt ist. „Wenn sie grünes Licht gibt, komme ich sofort mit ihr zurück. Wir sehen uns gleich!"

Als sie den Raum durch die hintere Tür verlässt, stoße ich einen Luftzug aus. Die ganze Sache ist mehr als seltsam, aber ich habe mich in Steve verguckt, also muss ich mitspielen.

Ich trete über den kleinen weißen Lattenzaun in den Laufstall. In diesem Gehege gibt es nämlich eine Auswahl an Kauspielzeug und ein paar Sitzsäcke, also suche ich mir einen aus und lasse mich hineinfallen.

„Du weißt schon, dass Steve ein total merkwürdiger Name für einen Hund ist, oder?" fragt mich Scarlett von der anderen Seite des Geheges.

„Ja, das ist es, aber es ist auch ziemlich niedlich."

„Niedlich ist 'Buddy' oder 'Teddy' oder 'Sternchen'. Nicht 'Steve'."

Ich sage mit leiser Stimme: „Ich wette, Penelope hätte etwas einzuwenden, wenn ich den Namen von Steve auf etwas anderes ändere."

„Aber wen interessiert das?", antwortet sie achselzuckend. „Ich gehe jetzt und schaue mir die Hundemode an."

Scarlett geht auf die andere Seite des Ladens und ich sitze hier und warte. Und warte. Ich beobachte, wie ein anderer Kunde den Laden betritt und sofort von einer der Penelopes begrüßt wird. Er will nur etwas Hundefutter, also ist er bald fertig und geht wieder, während ich immer noch warte.

Ich zücke mein Handy und beginne, Möbel für Ashers Wohnung auszusuchen. Ich kann diese Wartezeit genauso gut nützlich verbringen. Ich entdecke ein paar wunderschöne Paneele, die zu dem Look passen, den er sich für sein Schlafzimmer gewünscht hat, und eine hellbraune Ledersitzgruppe für das Wohnzimmer, auf der er es sich vor seiner Tonya bequem machen kann.

„Steve sagt, sie würde Sie gerne kennenlernen."

Ich schaue hoch und sehe meine Penelope mit Steve auf dem Arm. Der Welpe sieht mich an, sein weißes Schwänzchen wedelt wie ein Scheibenwischer bei einem Regenguss, und er windet sich, um auf den Boden gesetzt zu werden.

Ich springe aus dem Sitzsack, was keine Kleinigkeit ist, und schwärme: „Oh, sie ist so süß! Darf ich sie halten?" Ein warmes Gefühl erfüllt meine Brust.

„Das müssen Sie sie fragen", antwortet Penelope.

„Hallo, Steve. Ich bin Zara. Du hast an meinem Halstuch geschnuppert. Können wir kuscheln?"

Ihr Schwanzwedeln wird stärker, was Penelope zu

signalisieren scheint, dass Steve in der Tat gestreichelt werden möchte.

Ich nehme den wuscheligen, warmen, weichen kleinen Körper in meine Arme und sie klettert sofort meine Brust hoch und beginnt, an meinem Ohrläppchen zu lecken und zu knabbern. Es kitzelt und ich lasse ein Kichern hören, was sie nur noch aufgeregter zappeln lässt.

„Oh, Steve. Wer bist denn du, ja was bist denn du für ein süßes Mädchen? Du bist ja so süß", gurre ich. Als Antwort erhalte ich noch mehr Küsschen.

Penelope klatscht in die Hände und ich sehe sie überrascht an. „Es ist ein Match", erklärt sie, und sofort fangen die anderen bezopften Angestellten in ihren hellblauen Overalls zu applaudieren und kommen durch den Laden auf uns zu. Irgendwo drückt jemand auf die Play-Taste einer Stereoanlage, und kitschige Geigenmusik, wie man sie von alten Filmen kennt, erfüllt den Raum, während sich alle um mich herum versammeln und Scarlett amüsiert und verwundert zusieht.

Ich habe das Gefühl, dass ich Steve hoch über meinen Kopf halten sollte, während Sir Elton John einem Publikum von aufgeregten afrikanischen Wildtieren, die sich gleichzeitig vor Steves zukünftigem Status als „Königin des Dschungels" verbeugen, erklärt, dass dies der Kreis des Lebens ist.

Ich weiß nicht. Das wäre noch merkwürdiger als diese ganze Erfahrung an sich.

Und das will schon etwas heißen.

„Zara Huntington-Ross, Stevedore Clemence Norwich hat Sie als Mitglied ihres Rudels ausgewählt", erklärt meine Penelope, während die anderen nicken und zustimmend lächeln.

Ich schaue auf Steve hinunter. Ihre großen, dunkelbraunen Augen blicken zu mir auf, ihre Öhrchen stehen stramm, und ihre kleine, rosa Zunge ist bereit, mein Ohrläppchen noch einmal zu attackieren. Es ist Liebe auf den ersten Blick, schlicht und ergreifend.

„Ich würde mich gerne Steves Rudel anschließen", sage ich zu der versammelten Gruppe, die daraufhin erneut in spontanen Applaus ausbricht. Scarlett und ein paar Kunden schauen verwirrt und schweigend zu.

Eine halbe Stunde und eine Menge Papierkram später habe ich zugestimmt, dass Penelope am Samstagnachmittag meine Wohnung besichtigt – der früheste verfügbare Termin für die Überprüfung meines künftigen Hundeparadieses –, um sicherzustellen, dass es ein geeignetes Zuhause für Stevie ist, und ich verabschiede mich von meinem neuen Hündchen. Gemeinsam fahren Scarlett und ich zurück zu ScarZar, aufgeregt darüber, dass ich nur noch wenige Tage davon entfernt bin, Mutter meines eigenen kleinen Steve zu werden.

Kapitel Fünf

MEIN LIEBER PAPA,

Ich bin dreißig! Ist das zu fassen? Die große 30. Meine 20er sind weg, aus, vorbei. Dein kleines Mädchen ist erwachsen und es fühlt sich... komisch an. Falsch. Als sollte ich irgendwo sein, wo ich noch nicht angekommen bin. Irgendwo, wo ich viel erwachsener bin. Ergibt das einen Sinn?

Sagen wir einfach, ich arbeite daran.

Ich denke heute ganz viel an dich.

Du fehlst mir. Hab dich lieb.

Deine Za-Za xoxo

Die nächsten Tage stehen ganz im Zeichen von zwei Dingen: der Arbeit und der Feier zu meinem dreißigsten Geburtstag auf dem Land bei meiner Familie in Martinston. Ich wäre mehr als glücklich gewesen, diese Familienfeier zu vermeiden, aber Mama und Oma bestanden darauf, eine große Party zu organisieren. Der Deal wurde besiegelt, als Mum anbot, die ganze Sache zu bezahlen, einschließlich des Alkohols, und bei einigen meiner Freunde ist das eine verdammt große Ausgabe – ich denke nicht nur an Tabitha.

„Zara, das Catering wird um sechs geliefert, die Band kommt um halb sieben und wir müssen noch die Sitzordnung im Ballsaal festlegen", sagt Emma, meine Schwägerin, die in der Tür zu meinem ehemaligen Kinderzimmer steht, wo ich mich versteckt habe, um mich auf die Party vorzubereiten. „Aber vorher muss ich dir noch sagen, dass du einfach umwerfend aussiehst!"

„Findest du?" Verlegen streiche ich mein Kleid glatt. Die Party steht unter dem Motto „Black and White", und ich habe mich für ein weißes, figurbetontes Kleid entschieden, das bis zum Boden reicht, mit einem Schlitz an der Seite und einem Neckholder-Ausschnitt. Zusammen mit einem Paar pinkfarbener hochhackiger Sandalen und meinen seidig gewellten Haaren fühle ich mich wie eine Sirene der Leinwand.

„Ach was", antwortet sie grinsend. „Deine Doppelgängerin hat heute Abend nichts gegen dich in der Hand, Mädchen."

Emma liebt es, mir immer wieder zu erklären, wie sehr ich ihrer Meinung nach dem Bond-Girl Gemma Arterton ähnele, aber ich persönlich sehe das nicht so. Sie ist eine Million Mal schöner als ich – und ein Bond-Girl. *Hallo?!*

Ich drücke Emma einen Kuss auf die Wange und wische umgehend den Lippenstiftabdruck weg, den ich dort hinterlassen habe. „Du bist eine totale Schleimerin. Weißt du das?" sage ich grinsend.

„Ich stelle nur die Fakten fest."

Mein Bruder Sebastian erscheint in der Tür. Er legt seine Hände um die Taille seiner Frau, die ihn liebevoll ansieht, und sagt: „Meine wunderschöne Frau", bevor er sie küsst. In meiner Tür!

„Hm, Bruderherz", sage ich. „Hast du nicht dein eigenes Zimmer, in dem du weitermachen kannst? Du musst diese ganze Küsserei doch nicht in meinem Zimmer machen, oder?"

„Eigentlich wollte ich zu dir, aber ich wurde von meiner heißen texanischen Frau abgelenkt", antwortet Sebastian. „Du kannst es mir nicht verübeln. Sieh dir die Mutter meines Kindes an."

Emma strahlt ihn an. „Du bist der Beste."

Ich verdrehe die Augen, aber insgeheim freue ich mich für die beiden, dass sie sich gefunden haben. Aber müssen sie sich wirklich die ganze Zeit so verliebt aufführen? Die Antwort auf diese Frage ist ein klares Nein. Und die Tatsache, dass die beiden das erreicht haben, was ich mir so sehnlich wünsche, hat gar nichts damit zu tun. Ganz ehrlich, nichts.

„Na gut. Genug des Geredes. Emma, du wolltest mir etwas vom Catering und von der Band erzählen?"

Sie löst ihren bewundernden Blick gerade lange genug von dem meines Bruders, um zu antworten: „Wir müssen die restlichen Stühle in den Ballsaal bringen, bevor das Catering kommt."

„Mach dir darüber keine Sorgen", sagt Sebastian. „Ich habe ein paar Jungs, die das erledigen."

„Welche Jungs?" frage ich.

„Johnny hat eine SMS geschickt, dass er in etwa fünf

Minuten hier sein wird", sagt er und nennt seinen besten Freund, „und Charlie ist schon unten".

„Charlie Cavendish?" frage ich.

„Genau der. Ich gehe jetzt besser runter. Ihr zwei macht weiter mit dem, was Frauen vor Partys so machen."

Sebastian küsst Emma noch einmal auf den Mund – Gott sei Dank züchtig, denn es gibt eine Grenze, wie viel eine Schwester in ihrem Leben von diesem verliebten Gedöns mitansehen muss – und verlässt uns dann.

„Charlie Cavendish?" frage ich, während ich mir eine weitere Schicht Lippenstift auftrage.

„Magst du Charlie?" fragt Emma.

„Nein. Ich habe über Kennedy nachgedacht und darüber, dass sie und Charlie sich vom ersten Moment an gehasst haben. Was ist bloß mit den beiden los?"

„Keine Ahnung, aber es ist schon irgendwie witzig. Wusstest du denn nicht, dass er zu deiner Party kommt?"

„Mama hat die Gästeliste gemacht. Ich dachte mir schon, dass es in gewisser Hinsicht mehr ihre Party ist als meine."

„Wegen deines Vaters?"

Ich presse meine Lippen zu einem Strich zusammen. „Sie wird ihn heute Abend vermissen."

„Und du? Wie geht es dir damit?"

Ein Knoten bildet sich in meinem Bauch und meine Brust verspannt sich. Ich werfe einen Blick auf meine kleine Sammlung von Parfümflacons auf dem Schminktisch. Mein Vater hat mir den allerersten Flacon geschenkt, als ich zwölf Jahre alt war, und seitdem sammle ich sie. Der größte Teil meiner Sammlung befindet sich in meiner Wohnung in Fulham, aber ein paar bewahre ich hier auf, wenn ich zu Besuch bin und ihre Schönheit bewundern möchte.

„Ich wünschte, er wäre hier. Das ist alles."

„Das glaube ich dir." Emma zieht mich für eine kurze Umarmung zu sich. „Eine Vater-Tochter-Beziehung ist etwas ganz Besonderes. Man hat nur einen Vater."

Ich wende meinen Blick zu ihr und sehe Verständnis in ihren Augen. Mir steigen die Tränen hoch, und ich wische sie vorsichtig mit den Fingerspitzen weg. „Ich will mein Make-up nicht ruinieren. Ich habe ewig gebraucht, um diese blöden Wimpern hinzubekommen."

Emma holt ein paar Taschentücher aus der Box auf meinem Nachttisch. „Hier. Deine Wimpern sind noch an ihrem Platz."

Ich tupfe mir die Augen ab. „Daddy's Girl zu sein ist scheiße, wenn Dad nicht mehr da ist."

„Das ist wahr", antwortet sie leise, und ich weiß, dass es ihr auch so geht. Sie hat ihren Vater vor einigen Jahren durch einen Herzinfarkt verloren und ihm zu Ehren ihre Kollektion für Sportbekleidung nach ihm benannt.

„Klopf, klopf."

Ich blicke hoch und sehe Kennedy, Lottie und Tabitha in der Tür stehen. Sie alle halten bunt verpackte Geschenke in den Händen, sind schwarz gekleidet, jede in einem anderen Stil, und alle sehen absolut strahlend aus. „Hallo Mädels", sage ich mit einem wässrigen Lächeln.

„Oh, Schätzchen. Was ist denn los?" Lottie eilt innerhalb von zwei Sekunden zu mir herüber und lässt sich neben mir auf das Himmelbett plumpsen.

Ich putze meine Nase in eins der Taschentücher, die Emma mir gegeben hat. „Ich habe einen Vater-Moment, das ist alles."

„Ist ja klar", beschwichtigt sie. „Und du hast ein Recht darauf, so viele Momente zu haben, wie du willst, mit allem, was du willst. Das ist deine Party. *It's your party.*"

„... *and you cry if you want to.* Und du kannst weinen, wenn dir danach ist", beendet Tabitha den Satz, während sie sich ebenfalls auf mein Bett setzt. „Das alte Lied, nicht wahr? Nicht, dass ich dich weinen sehen will, natürlich nicht. Ich will, dass es eine tolle Geburtstagsparty für dich wird."

„Das wird es", sagt Emma und begrüßt meine Freundinnen. „Ich werde jetzt meinem heißen Ehemann unten helfen und euch Mädels zum reden allein lassen. Die Party fängt bald an, wir sehen uns dann unten, *okay y'all?*"

„Ich liebe es, wenn du ein *y'all* einwirfst", sage ich zu ihr. „Manchmal vergesse ich, dass du aus Texas kommst, wo sie statt *you all* immer *y'all* sagen."

„Born and raised. Geboren und aufgewachsen in Texas", sagt sie stolz. „Und bevor jemand von euch fragt: Nein, ich bin nicht auf einer Ranch groß geworden und ich kenne auch keinen einzigen Cowboy persönlich."

„Schade", sagt Kennedy. „Ich könnte jetzt einen Cowboy gebrauchen, Emma. Meinst du, du könntest einen für mich herbeizaubern?"

„Meine Zauberkünste sind ziemlich eingerostet", antwortet Emma mit einem Lachen.

„Oh, besorg mir auch einen. Einen großen, sexy Cowboy in engen Jeans und mit einer von diesen großen Western-Gürtelschnallen aus Metall, mit einem Karohemd, das seine breiten Schultern und seine prächtigen Brustmuskeln zur Geltung bringt." Tabitha fächelt sich mit ihrer Hand Luft zu, während sie sich auf meinem Bett zurücklehnt.

„Wir *alle* wollen so einen, Tabitha", sagt Lottie. „Wer weiß? Vielleicht bekommt Zara einen zum Geburtstag geschenkt?"

Ich werfe einen Blick auf die drei verpackten Geschenke, die meine Freundinnen aufs Bett gelegt haben. „Da ist ein Cowboy für mich drin?" frage ich mit einem ironischen Lächeln. Denn natürlich haben sie mir keinen

Cowboy geschenkt, und wenn, dann wäre es ein Mini-Cowboy, der in eine der drei kleinen Schachteln passen würde, und was hätte das für einen Sinn?

Tabitha schüttelt den Kopf. „Kein Cowboy, Schätzchen. Aber ich wünschte, wir hätten einen für dich. Du siehst aus, als könntest du eine Aufmunterung gebrauchen und so geht das einfach nicht, wenn es um deine grandiose Geburtstagsparty im noblen Herrenhaus deiner Familie geht."

„Da wir gerade dabei sind, ich lasse euch Mädels mal allein", sagt Emma.

Ich lächle sie an. „Okay. Und, Emma?"

Sie dreht sich um und sieht mich an.

„Danke."

Ihr Gesicht löst sich in einem wunderschönen Lächeln. „Jederzeit, liebste Schwägerin", antwortet sie, bevor sie geht.

„Auf Zara wartet schon eine Aufmunterung. Sag es ihnen, Zee", weist mich Lottie an.

„Wenn es kein Cowboy ist, dann vielleicht ein Feuerwehrmann", schlägt Kennedy vor. „Ein superheißer Feuerwehrmann, wie in diesen Kalendern."

„Oder ein Polizist!" schlägt Tabitha mit leuchtenden Augen vor.

Ich schnaube kichernd. „Wenn du als Nächstes Indianer sagst, dann haben wir die *Village People* vollzählig im Haus."

Kennedy kontert: „Schätzchen, du kannst dieses Haus nicht einfach *Haus* nennen. Es hat eine Unmenge an Zimmern und Dienstbotenquartieren. Es ist wie *Downton Abbey*, verdammt noch mal."

„Sag uns, was deine Aufmunterung ist", fragt Tabitha. „Aber erzähl uns jetzt nicht nochmal, dass Asher dein Ersatzehemann ist. Das wissen wir bereits."

„Es geht nicht um Asher, auch wenn er gerade ScarZar beauftragt hat, seine Junggesellenbude in Notting Hill neu einzurichten. Damit bekomme ich jede Menge Arbeit, so viel ist sicher."

„Du wirst einen tollen Job machen, Schätzchen. Ich weiß, dass du es schaffen wirst", sagt Lottie voller Zuversicht.

Sie erntet von mir ein strahlendes Lächeln.

Meine Freundinnen sind die besten.

„Können wir uns bitte konzentrieren, Mädels?" fragt Tabitha. „Was ist es denn nun, die Aufmunterung?"

Bei dem Gedanken an die kleine Stevie wird mir ganz warm ums Herz. „Nun, ich weiß nicht, ob es schon beschlossene Sache ist, denn sie müssen erst Lottie kennenlernen und sich unsere Wohnung ansehen, aber ich habe den Penelope-Test bestanden, das ist doch schon mal etwas."

Kennedy und Tabitha werfen mir einen verwirrten Blick zu. Lottie strahlt mich einfach nur an, denn sie weiß schon seit Tagen Bescheid, weil sie meine Mitbewohnerin ist und ich ihr schon alles von meinem zukünftigen Hündchen erzählt habe.

„Ich bekomme einen Welpen", verkünde ich strahlend.

„Einen Welpen?!" Tabitha und Kennedy quieken beide und bombardieren mich sofort mit Fragen.

„Welche Hunderasse?"

„Wie alt ist er?"

„Ist es ein Mädchen oder ein Junge?"

„Wo kommt er her? Von einem Züchter? Aus einer Tierhandlung?"

Ich zähle meine Antworten an den Fingern mit. „Es ist ein wunderschöner kleiner Jack Russell mit den süßesten glänzend braunen Augen, die ihr euch vorstellen könnt. Euch wird das Herz zerschmelzen; sie ist etwa 11 Wochen alt; ein kleines Mädchen namens Steve, das ich in Stevie umbenennen werde; und sie ist von Penelope's Pooches, gleich ums Eck vom Laden."

„Seht ihr? Ich hab euch doch gesagt, dass sie etwas Besonderes bekommt", sagt Lottie. „Ist das nicht wunderbar?"

„Oh, mein Gott, ja! Ich freue mich so für dich." Kennedy grinst. „Ich kann es kaum erwarten, Stevie kennenzulernen."

„Ein Cowboy wäre besser", schimpft Tabitha. „Aber ich denke, du könntest ihr ein Cowboy-Outfit schenken. Warte, dann müsste es ein Cowgirl-Outfit sein." Sie zuckt mit den Schultern. „Niedlich wäre es so oder so."

„Wie ich schon sagte, ist die Sache noch nicht durch. Lottie und ich müssen morgen Nachmittag eine tolle Show abliefern."

Tabitha legt ihre Hand auf meinen Arm. „Hoffen wir, dass du bis dahin deinen Kater überwunden hast, Schätz-chen, denn heute Abend ist Party angesagt."

Ich schüttle den Kopf und lache. Tabitha liebt nichts mehr, als sich in Schale zu werfen und durch die Stadt zu ziehen, und sie erlebt immer wieder Abenteuer, die sie in die verschiedensten prekären Situationen bringen – wie das eine Mal, als sie aus Langeweile den Rauchmelder auf einer Party auslöste, und ein anderes Mal, als sie auf uner-klärliche Weise ihren Büstenhalter verlor und ihn am nächsten Tag auf der Spitze eines dreißig Meter hohen Baumes wiederfand. Wie er dorthin gekommen ist, kann man nur raten, und Tabitha schwört, es nicht zu wissen.

Tabitha zieht einen Flachmann aus ihrer Tasche und schwenkt ihn in der Luft. „Ein Prosit aufs Glück", sagt sie, nimmt einen Schluck und reicht ihn mir.

„Was ist da drin?" frage ich.

„Tja, Limonade ist es nicht", antwortet sie mit einem

vielsagenden Lächeln. „Grapefruit-Wodka. Der ist lecker, und das Vitamin C ist sicher sehr gesund."

Ich kichere und reiche Lottie den Flachmann weiter. „Ich verzichte, aber danke."

„Aber du hast doch Geburtstag, Zee. Du musst mit uns allen Gas geben", sagt Tabitha.

„Ich habe nicht vor, mich heute Abend alle zu machen."

„Wie du willst", antwortet sie achselzuckend.

„Was zum Teufel ist alle machen?" fragt Kennedy, unser American Girl.

„Saufen", antworten Lottie, Tabitha und ich alle gleichzeitig.

„Und ich dachte schon, ihr Engländerinnen macht höchstens eure Eiscreme-Container alle. Na schön, ich gehe jetzt nach unten. Kommt ihr Mädels mit?" fragt Kennedy, als sie sich zum Gehen wendet.

Ich springe vom Bett auf und erschrecke damit Lottie und Tabitha, die durch meinen plötzlichen Abgang ihr Gleichgewicht wiederfinden müssen. „Warte! Bleib noch kurz hier, Kennedy. Ich brauche dich..." Ich schaue mich schnell im Zimmer um, um eine Ausrede zu finden, die sie davon abhält, wieder nach unten zu gehen, „hilf mir bei der Entscheidung, welche Schuhe ich anziehen soll."

Offensichtlich ist sie vorhin noch nicht Charlie Cavendish begegnet, und ich möchte vermeiden, dass das jetzt passiert.

Ihr Blick gleitet zu meinen Füßen. „Aber du hast doch schon ein wunderschönes Paar Schuhe an. Warum trägst du die nicht?"

„Weil mir die Füße wehtun", flunkere ich und kreuze die Finger hinter dem Rücken. „Ich brauche dein fachkundiges Auge, um ein Paar zu finden, das genau zu diesem Kleid passt. Weiß ist eine sehr heikle Farbe, verstehst du."

Lottie legt verwirrt die Stirn in Falten. „Warum brauchst du Kennedy, um dir bei der Schuhwahl zu helfen? Sie schreibt Reportagen für ihr Magazin, keine Modekolumne."

Ich starre sie an und buchstabiere tonlos „Charlie Cavendish", in der Hoffnung, dass sie es kapiert.

Das tut sie nicht.

„Was, Zee? Sprich lauter."

„Charlie Cavendish!", sage ich mit tiefer Stimme und zusammengebissenen Zähnen.

„Charlie wer?", fragt sie, und ich schließe frustriert die Augen.

Kennedy erstarrt. „Charlie Cavendish ist hier?", fragt sie mit angespannter Stimme.

„Mama hat ihn eingeladen. Sie war für die ganze Liste zuständig, und ich war so in dieses ganze Karina-Drama verwickelt, dass ich kaum einen Blick darauf geworfen habe. Es tut mir wirklich leid, Kennedy. Ich weiß, dass er nicht gerade dein Lieblingsmensch ist."

„Also ich weiß nicht, was ihr gegen ihn habt. Ich finde ihn fabelhaft", erklärt Lottie.

„Und hinreißend", fügt Tabitha hinzu. „Was ist los, Kennedy, sind fabelhaft und hinreißend nicht das, wonach du bei einem Mann suchst?"

Sie schüttelt ihr Handgelenk als wolle sie etwas loswerden. „Ist schon okay. Völlig in Ordnung", sagt sie und überzeugt damit niemanden.

„Wirklich?" fragt Lottie.

Kennedy verschränkt die Arme vor der Brust. „Nur weil er mehr Geld als Verstand hat und glaubt, er könne ein Mädchen mit Geschichten über seine Yachten und Häuser und über Gorillas als Haustiere betören, stört mich das nicht im Geringsten."

„Charlie Cavendish hat einen *Gorilla* als Haustier?"

fragt Tabitha und schaut ganz verwirrt. „Aber er wohnt doch in London. Wo sollte er einen Gorilla unterbringen?"

„Es würde mich nicht wundern, wenn er einen Gorilla als Haustier hätte. Er hat so gut wie alles," schimpft Kennedy.

„Er hat keinen Gorilla als Haustier", sage ich. „Oder ich glaube zumindest nicht, dass er einen hat."

„Eine Schande", antwortet Tabitha seufzend. „Kein sexy Cowboy für das Geburtstagskind, keinen Gorilla als Haustier – der Abend ist vermasselt."

Kennedy murrt.

„Wie sind wir eigentlich auf dieses Thema gekommen?" fragt Lottie. „Wir sollten unsere wunderbare Freundin feiern, ihren dreißigsten Geburtstag zelebrieren, und nicht darüber diskutieren, ob bestimmte Männer aus unserem Bekanntenkreis afrikanische Primaten als Haustier halten, was vermutlich ohnehin höchst illegal ist."

„Gut gesagt", sagt Kennedy.

„Wie spät ist es?" fragt Tabitha. „Fängt die Party bald an?"

Ich werfe einen Blick auf mein Handy, das auf meiner Kommode liegt. „Die Party beginnt in drei Minuten." Ich bemerke eine Nachricht und öffne sie. „Oh, sieh mal. Scarlett sagt, sie hat das beste Geburtstagsgeschenk für mich, das ein *Single*-Mädchen bekommen kann. Ich frage mich, was das wohl sein mag?"

„Ich wette, es ist ein Cowboy!" sagt Tabitha aufgeregt.

„Hatten wir das nicht schon, Tabitha? Es wird kein Cowboy sein und auch kein anderer von den Village People", antworte ich.

Lotties Augen werden groß und rund. „Aber es könnte ein Mann sein."

Wir werfen uns einen Blick zu, und als ob wir alle genau dasselbe denken würden, eilen wir zu meinem großen

Schlafzimmerfenster und blicken auf die langegezogene Kiesauffahrt hinunter, die zum Haus führt. Heute Abend wird sie von Reihen brennender Fackeln beleuchtet, so dass alles wie ein Jane-Austen-Roman wirkt – oder wie eine Szene aus *Jumanji*. Ich habe mich noch nicht entschieden.

Ein glänzend schwarzer Wagen fährt die Auffahrt hoch und kommt vor dem Haus zum Stehen.

„Oooh, wer ist denn das?" fragt Lottie.

Wir sehen, wie eine blonde Frau aus dem Beifahrersitz klettert, gefolgt von zwei Männern, beide in Anzügen und beide mit vollem Haar (was so ziemlich alles ist, was ich von hier oben aus dem dritten Stock erkennen kann).

„Das ist Scarlett und der Typ, mit dem sie derzeit zusammen ist, oder?" fragt Kennedy.

„Harry Honeydew", antwortet Tabitha.

„Das *kann nicht* sein richtiger Name sein", antwortet Kennedy.

„Oh doch. Harry stammt aus einer langen, langen Linie von Honeydews. Sie sind in ihrem Heimatbezirk wirklich ziemlich berühmt."

Kennedy kräuselt ihre Stirn. „Ihr Briten seid einfach nur seltsam."

„Wir können nicht alle aus dem sonnigen Kalifornien kommen und so aussehen wie du, Kennedy", antworte ich lachend.

Als hätte sie unsere Blicke bemerkt, schaut Scarlett direkt zu uns hoch, lächelt und winkt, wobei sie auf einen der Männer an ihrer Seite zeigt.

„Das gibt's ja nicht!" rufe ich.

„Oh, ich glaube, das gibt es", antwortet Kennedy.

„Ich wollte einen Cowboy für dich", schimpft Tabitha.

Lottie stupst mich an. „Von hier oben sieht er gut aus. Ich frage mich, ob er auch ein Honeydew ist?"

Kennedy kichert. „Honeydew...“

„Hier findet also die Party statt“, sagt eine tiefe Stimme mit amerikanischem Akzent hinter uns.

Unisono drehen wir uns um und sehen Asher, der die ganze Tür ausfüllt. Er trägt einen klassischen dunklen Herrenanzug – den er selbst als „Smoking“ bezeichnet – und sieht mit seinem stoppeligen Kinn, seinem schlicht fallendem Haar und seinen dunklen Augen aus wie das uneheliche Kind von Taylor Lautner und Theo James. Wenn das eine biologische Möglichkeit wäre.

Meine Freundinnen grüßen ihn kurz und wenden sich dann wieder Scarlett und den Honeydews zu.

„Ich liebe deinen Smoking“, sage ich zu ihm.

Seine Lippen zucken. „Es ist wirklich ein Smoking, danke. Was gibt's denn hier zu sehen?“ Er geht zum Fenster und blickt über unsere Köpfe hinweg auf die Einfahrt hinunter.

„Scarlett ist gerade mit ihrem Begleiter angekommen und hat einen Freund mitgebracht“, erklärt Tabitha. „Einen männlichen Freund.“

„Faszinierend“, sagt Asher tonlos.

„Allerdings“, sagt Lottie, „denn sie hat Zara wörtlich gesagt, dass sie ihr das beste Geburtstagsgeschenk mitbringt, das man als Single bekommen kann, und jetzt ist sie mit ihrem Freund und diesem anderen Typen aufgetaucht. Rechne mal nach.“

Er zählt es an seinen Fingern ab. „Lass mich überlegen. Scarlett plus ihr Freund plus ein anderer Typ ist gleich... ein ungebetener Partygast.“

Lottie rollt mit den Augen. „Ich kann mir nicht vorstellen, dass es Zara egal ist, ob er eingeladen war oder nicht, Asher.“

„Sollen wir das Geburtstagskind fragen?“, sagt er, und

alle vier meiner Freundinnen neigen ihre Köpfe und sehen mich fragend an.

„Ich weiß es nicht", antworte ich mit dem wahrhaftigsten Satz meiner dreißig Jahre.

Tabitha stößt mich mit ihrem Ellbogen an. „Doch, du weißt es genau."

„Ich bin offen dafür, ihn zu treffen", sage ich.

Ashers Lippen wölben sich nach oben. „Richtig. Du willst mir also sagen, dass der arme Kerl da unten", sagt er und deutet auf die drei Gestalten, die sich über die Einfahrt bewegen, „hier ein Blind Date mit dem Geburtstagskind hat?"

„Was genau macht ihn zu einem armen Kerl?" frage ich.

„Ja, Asher", fügt Tabitha hinzu. „Jeder Mann wäre glücklich, wenn er ein Blind Date mit Zara hätte. Sieh sie dir an, sie sieht umwerfend aus, und außerdem ist sie ein absolut genialer Mensch."

Asher lässt seine Augen über mich gleiten, und das macht etwas Neues und Ungewöhnliches mit meinem Bauch. Ich unterdrücke es mit einem Schnauben. Es ist nur Asher. Das muss sein sexy Abendoutfit sein, das meine Hormone durcheinander bringt.

„Du siehst heute Abend wirklich gut aus", sagt er.

„Gut? Sie sieht phänomenal aus!" Kennedy besteht darauf.

Asher lächelt, und es wirkt nicht gestellt. „Okay. Sie sieht phänomenal aus."

„Klingt schon besser", schnieft Kennedy. „Wo ist denn dein Date?"

„Sie ist unten", antwortet Asher.

„Willst du uns sagen, dass du eine Verabredung mitgebracht hast, sie unten stehen lässt und dann sofort verschwindest, um zu uns hoch zu kommen?" frage ich ihn.

„Das ist okay für sie. Sie kennt einen der anderen Gäste."

„Wen kennt Carolyn?"

Er schüttelt den Kopf. „Es ist nicht Carolyn."

Ich blinzle ihn ungläubig an. „*Schon wieder* eine Neue? Dein Liebesleben ist ja ein richtiges Karussell, Asher McMillan. Als Zuschauerin wird mir schwindlig."

Er grinst mich an. „Tja, danke."

Ich werfe ihm meinen besten *Mutter ist nicht amüsiert*-Blick zu. „Das war *nicht* als Kompliment gemeint."

„Seht mal. Es kommen noch mehr Autos an", sagt Lottie.

„Ist das Geburtstagskind bereit für die Party?" fragt Kennedy.

Alle Augen sind auf mich gerichtet.

Ich grinse meine Freundinnen an. „Aber sowas von. Gehen wir!"

Kapitel Sechs

ZUSAMMEN MIT MEINER CLIQUE – nun ja, mit meinen Freundinnen, ohne Asher – mache ich einen Last-minute-Haar-und Make-up-Check in meinem Ganzkörperspiegel. Ich werfe mein Haar hinter eine Schulter und lasse die langen Wellen über die andere Seite fallen.

„Perfekt", gurrt Lottie hinter mir. „Sie ist bereit für eine Nahaufnahme. Ich wünschte, ich hätte ihr Haar. Oder ihr Gesicht. Oder ihren Körper."

Ich stoße ein Kichern aus. „Dann wäre nichts mehr von mir übrig. Und außerdem bist du wunderschön, Lottie."

Sie errötet. „Danke."

„Genug der Lobhudelei, ihr Frauen", sagt Asher von seinem Platz am Fenster aus. „Es kommen jetzt jede Menge Leute, und die wollen das Geburtstagskind sehen."

„Du weißt schon, dass jedes einzelne Mitglied meiner verrückten Familie heute Abend hier sein wird."

„Deine Familie ist einfach wunderbar, besonders dein sexy älterer Bruder. Auch wenn er so verklemmt ist wie Mr. Darcy", sagt Tabitha.

Ich räuspere mich. Seit Sebastian in dieser Reality-TV-Show namens Dating Mr. Darcy als Mr. Darcy auftrat, sind absolut alle Frauen scharf auf ihn. Zu ihrem Leidwesen lernte er in der Show Emma kennen, verliebte sich Hals über Kopf in sie, heiratete sie und ist nun stolzer Vater eines kleinen Mädchens, meiner entzückenden Nichte.

Gerade will ich meinen Freundinnen aus dem Zimmer folgen, da legt Asher seine Hand sanft auf meinen Unterarm. „Hätte ich fast vergessen. Ich habe ein Geschenk für dich."

„Wirklich? Oh, danke, mein lieber Zukünftiger."

Lottie hält an der Tür und schaut uns an. „Kommt ihr beide?"

„Wir sind gleich unten. Ich mache dem Geburtstagskind nur ein Geschenk."

„Gut, aber beeil dich. Das Publikum wartet!" Sie zwinkert uns mit einem Lächeln zu, bevor sie das Zimmer verlässt.

„Ich kann Scarletts Geschenk bestimmt nicht übertreffen, weißt du."

„Wir wissen nicht einmal, ob sie mir wirklich ein Blind Date mitgebracht hat. Und wenn ja, ist es ein merkwürdiges Geschenk. Ich meine, ist es überhaupt legal, jemandem so ein Geschenk zu machen?"

Er lacht. „Ich würde sagen, das ist ein klares Nein." Er greift in die Innentasche seiner Jacke und holt eine kleine rote Schachtel heraus, die mit einer pinkfarbenen Schleife verschnürt ist. „Hier, das ist für dich."

„Ach, das hättest du nicht tun sollen, aber ich freue mich sehr." Ich nehme das Päckchen, löse die Schleife und öffne es. Darin befindet sich ein wunderschönes Parfüm-fläschchen aus blauem, rosa und lila Glas. Es ist so klein, dass es sich in meine Handfläche schmiegt, und ich betrachte es, während ich seine Schönheit auf mich wirken lasse. „Asher. Ich weiß nicht, was ich sagen soll."

„Ich wollte dir eigentlich etwas anderes schenken, aber als du mir von deiner seltsamen Parfümflaschen-Besessenheit erzählt hast, dachte ich mir, ich sollte dir so eine schenken."

Ich sehe zu ihm auf und grinse. „Es ist wunderschön. Vielen, vielen Dank."

„Alles Gute zum Geburtstag. Es ist keine Antiquität, wie die, die du mir damals gezeigt hast, aber sie ist aus Muranoglas."

„Ist das dein Ernst? Das ist Murano?" Ich schlinge meine Arme um ihn und umarme ihn kurz, atme seinen frischen Duft ein. „Du bist der Beste."

Er zuckt mit den Schultern, seine Augen leuchten. „Ich persönlich verstehe die Sache mit den Parfümflacons nicht, aber du schon, also..."

Das Wort „also" bleibt in der Luft hängen.

„Zara! Du verpasst deine Party!" Scarlett steht in der Tür und hat die Hände in die Hüften gestemmt. Sie trägt ein silberfarbenes, plissiertes Kleid, das ihre Kurven umschmeichelt, ihr Haar fällt in weichen Locken um ihre Schultern und sie sieht aus wie eine moderne Marilyn Monroe. „Oh, hallo, Asher."

„Hallo, Scarlett", antwortet er.

Ich halte den Parfümflacon hoch. „Sieh mal, was Asher mir geschenkt hat. Ist das nicht umwerfend?"

Sie tänzelt herbei und nimmt sie mir ab. „So hübsch. Und jetzt komm mit mir." Sie reicht Asher den Flacon, hängt sich bei mir ein und führt mich aus dem Zimmer. „Ich habe da jemanden, den du kennenlernen musst, und er ist sehr daran interessiert, dich kennenzulernen."

„Du hast mir *wirklich* ein Blind Date mitgebracht!" sage ich, als sie mich durch den Flur zur großen Treppe vor sich her schiebt. Ich höre Musik, Stimmen und Gelächter aus dem Erdgeschoss.

„Was soll ich sagen, Schätzchen? Es ist dein Geburtstag und du hast mir gesagt, dass du nach dem Richtigen suchst. Das Mindeste, was ich tun kann, ist, dich davor zu bewahren, Asher heiraten zu müssen."

Ich schaue über die Schulter in der Erwartung, dass Asher uns folgt, aber er ist nicht zu sehen.

„Sollten wir nicht auf ihn warten?"

„Keine Zeit für so etwas. Du bist der Star des Abends und dein hübscher Prinz wartet."

Ich kichere. Mir gefällt die Vorstellung von einem gut aussehenden Prinzen, auch wenn sie für meinen Geschmack etwas zu märchenhaft ist. „Wer ist er? Tabitha hofft, dass es ein Cowboy ist."

„Er ist Harrys Cousin. Sein Name ist George Honeydew, er ist stinkreich, Single, hetero und absolut heiß. Du wirst sterben."

Ein flatterhaftes Gefühl macht sich in meinem Bauch breit. „Oh."

Inzwischen sind wir auf halbem Weg die große, geschwungene Treppe hinunter und die Musik und das Geplauder haben an Lautstärke zugenommen.

„Ich habe ihm auf dem Weg hierher ein paar Fotos von

dir auf Instagram gezeigt, und ihn hat fast der Schlag getroffen. Er ist sehr interessiert."

„Aha. Das Spiel beginnt."

„Das Spiel läuft bereits", bestätigt sie.

Wir biegen um die Ecke und werden von einem Meer von Menschen empfangen, die alle in Abendkleidung glänzen. Einige Köpfe drehen sich und schauen zu uns hoch.

„Da ist sie. Meine Tochter, das Geburtstagskind", ruft Mama, und alle im Raum applaudieren spontan.

Während Scarlett sich immer noch an meinen Arm klammert, grinse ich in die Runde und verbeuge mich zaghaft. Wenn man in einer gesellschaftlich aktiven, aristokratischen britischen Familie aufwächst, ist es unmöglich, ein Mauerblümchen zu sein. Im Sommer gibt es immer Gartenpartys, Cocktailpartys, Einladungen zum Mittagessen und Ausflüge in die Oper. Die Huntington-Rosses sind keine Einsiedler, das steht fest. Ich bin es also mehr als gewöhnt, in der Öffentlichkeit aufzutreten – auch wenn ich lieber mit ein paar engen Freunden in unserem Pub feiern würde als in diesem großen Rahmen.

Aber es macht Mama glücklich, und ich weiß, dass ihr Papas Abwesenheit heute genauso zu schaffen macht wie mir.

„Eine Rede! Jetzt!", ruft jemand, und ich bin mir ziemlich sicher, dass es von Tabitha kommt.

Als ich in ihre Richtung schaue, versteckt sie sich hinter Lottie.

Ich wechsle sofort in den *Huntington-Ross*-Modus, befreie mich aus Scarletts Umarmung und erkläre: „Ich bin absolut begeistert, dass Ihr alle hier seid, um mit mir den Meilenstein zu feiern, mit dem offiziell das Alter beginnt."

Die älteren Partygäste schmunzeln, und meine Freundinnen nicken grimmig zustimmend.

„Wisst ihr, man hat mir gesagt, dass ich gerade meine Midlife-Crisis habe, und obwohl ich nicht gerade im mittleren Alter bin, mache ich wohl doch etwas ähnliches durch. Ich werde erwachsen. Also habe ich eine Entscheidung getroffen, die ich mit euch teilen möchte."

„Du willst heiraten?" ruft Mama, immer in der Hoffnung, dass ihre einzige Tochter endlich den freudigen Schritt zum Altar machen wird.

Ich musste lachen. „Nein, Mum. Tut mir leid. Es ist eigentlich viel aufregender als das." Ich mache eine dramatische Pause und verkünde dann: „Ich bekomme einen Welpen! Na ja, nur wenn Penelope einverstanden ist." Ich schaue in die versammelten Gesichter und warte auf eine Reaktion.

Jegliche Publikumsreaktion verpufft bestenfalls.

Nur meine Freunde applaudieren und jubeln, die Freunde meiner Mutter warten auf den nächsten, wichtigeren Teil meiner Ankündigung – und mein Bruder Sebastian wirft mir einen ermutigenden, aber unsicheren Blick zu.

Unbeirrt fahre ich fort. „Sie heißt Stevie und ist ein Jack Russell, und sie ist einfach göttlich." Ich strahle alle an. Als sie merken, dass dies auch schon das Ende meiner Ankündigung ist, applaudieren die Freunde von Mama und Oma höflich, während meine Freunde rufen: „Toll! Zara bekommt einen Welpen!" und „Wir lieben dich, Zee!"

„Danke. Ich freue mich riesig. Und ich hoffe, ihr werdet euch heute Abend prächtig amüsieren." Ich schenke allen noch ein Lächeln, bevor ich mich mit Scarlett im Schlepptau auf den Weg nach unten mache. Jemand reicht mir ein Glas Champagner, und ich nehme einen Schluck. Die Bläschen kitzeln meine Nase und entfalten ihre magische Wirkung.

Die Party hat offiziell begonnen.

Zwanzig Minuten und drei Gläser Champagner später spielt die Band meine Lieblingslieder und die Party ist in vollem Gange. Ich habe fleißig die Runde durch alle Gäste gemacht, von denen die meisten Freunde von Mama und Oma zu sein scheinen, die von mir eine Antwort wollen, und nur eine.

Was ist mit etwas Festem? Wann heiratest du, und wen?

Tatsächlich waren nicht alle Fragen, die mir gestellt wurden, die gleichen. Es gab einige Varianten. Sie reichen von „Was? Du bist immer noch Single? Aber du bist doch schon 30 Jahre alt!", „Ein Hund ist ja schön und gut, aber ist denn nicht irgendeine vielversprechende Verlobung in Sicht?" oder „Es wäre ein großer Trost für deine liebe Mutter, ihre einzige Tochter glücklich verheiratet zu sehen."

Der letzte Satz war tatsächlich von meiner Mutter.

Meine Mutter, subtil? Hm, nicht wirklich.

„Weißt du, du solltest wirklich auf deine Mutter hören, Zara", sagt Oma zu mir, als ich mich bei ihr darüber beschwere. „Als ich so alt war wie du, war ich schon zwölf Jahre lang verheiratet", sagt Oma und stützt sich auf ihren alten Gehstock. „Zwölf Jahre lang."

„Ich weiß, Oma. Du hast es mir letzte Woche beim Sonntagsessen vor der halben Familie gesagt. Oh, und die Woche davor, und die Woche davor."

„Und warum, glaubst du, habe ich dir das gesagt, junge Dame?"

Ich öffne den Mund, um zu antworten, aber es wird klar, dass es eine rhetorische Frage war.

„Weil du nicht mehr mit diesen Dingen herumtrödeln sollst und nicht länger deine Zeit mit Typen vergeuden sollst, die deiner nicht würdig sind, oder, noch schlimmer, dass du mit niemandem ausgehst."

„Ausgehen? Oma, wir sind nicht mehr in den 1950ern. Wir gehen nicht mehr 'aus'." Ich spüre die Augen von jemandem auf mir. Ich blicke hoch und bemerke, dass mein Blind Date, George, mich mit einem kleinen Lächeln beobachtet, das sich um seine Mundwinkel kräuselt. Mit seinem sandblonden Haar, dem kantigen Kinn und dem frechen Grinsen sieht er aus wie der Superheld Captain America, nur ohne Umhang und Schild. Obwohl, so wie er aussieht, würde er auch mit Umhang und Schild fantastisch aussehen.

Aber ich schweife ab.

Ich schenke ihm ein kurzes Lächeln.

„Und wie nennt man das jetzt?" fragt mich Oma.

Ich lenke meinen Blick von Captain America zurück zu ihr. „Wie bitte?"

„Wie nennst du es, wenn es nicht 'zusammen ausgehen' heißt?"

Ich werfe einen weiteren Blick auf George. Er sieht mich immer noch mit diesem sexy Grinsen an, und mein Bauch macht einen kleinen Hüpfer. „Ich weiß nicht. Ein Date? Abhängen? Miteinander schlafen?"

Oma verzieht das Gesicht. „Abhängen klingt absolut abscheulich. Warum findest du nicht einen netten Mann, mit dem du dich verloben kannst? Ehe du dich versiehst, stehst du am Abstellgleis."

„Das Abstellgleis gibt es nicht mehr, Oma. Frauen haben die Wahl. Ich habe eine Karriere und einen wunderbaren Freundeskreis."

„Freunde", spottet sie, als Tabitha vor Lachen kreischt und prompt ausrutscht und mitten auf der Tanzfläche des Ballsaals auf dem Hintern landet. „Vielleicht wäre es an der Zeit, auch in dieser Hinsicht ein wenig klüger auszuwählen." Sie blickt auf Tabitha, während Lottie versucht, sie hoch zu ziehen, aber ihre schlanken Beine spreizen sich über den Boden wie ein neugeborenes Reh, das zu stehen versucht, und beide meiner Freundinnen halten sich vor Lachen die Seiten, während Asher auf sie herabgrinst. Einen Moment später hat er sie beide sicher zum Stehen gebracht, aber der Schaden ist in Omas Augen nicht mehr gut zu machen.

„Ich liebe meine Freundinnen, Oma, und ich habe kein Interesse daran, sie zu ersetzen, auch wenn sie ein wenig... überschwänglich sein können."

Sie schürzt ihre schmalen Lippen. „Hm."

„Sie sind wie eine Familie für mich."

Sie räuspert sich. „Wir sind deine Familie."

Ich beuge mich zu ihr hinunter und küsse sie auf ihre hagere, faltige Wange. „Und ich liebe dich so sehr."

„Willst du denn gar nicht heiraten?"

Ich bin in einer heiklen Lage. Wenn ich ihr die Wahrheit sage – dass ich mehr als bereit bin, den Richtigen zu treffen, ihn zu heiraten und Babys zu bekommen –, wird sie in ein ausgelassenes Tänzchen ausbrechen, und zwar genau hier, vor den Augen aller Anwesenden auf meiner Party. Obwohl das eine unglaubliche Vision wäre, will ich ihr keine Hoffnungen machen. Ich meine, ich habe noch keinen einzigen Mann getroffen, den ich heiraten wollen würde, geschweige denn, dass ich es wirklich durchziehen würde.

„Eines Tages", antworte ich ausweichend, als ich sehe, wie Scarlett, Henry und Captain America George mit Tabitha und Lottie in der Nähe zusammen stehen, reden und lachen. Sie sehen aus, als hätten sie viel Spaß, und ich sollte mich mit ihnen amüsieren und vielleicht sogar mit George flirten – und nicht von meiner Familie über meine Lebensentscheidungen ausgefragt werden.

„Oma, lass uns später darüber reden, okay? Jetzt gehe

ich erst einmal zu meinen Freunden rüber. Wir sehen uns
dann bald wieder."

„Willst du als einsame alte Vogelscheuche enden wie
deine arme Tante Cecily, Zara? Denn das ist genau das,
worauf du zusteuerst", warnt sie.

„Tolles Gespräch, Oma", antworte ich in fröhlichem
Ton. Ich sehe ein paar ihrer alten Bekannten an der Wand
sitzen. „Oh, sieh mal, Oma. Da ist Lord Wistern. Ich werde
ihn und seine Frau herholen, ja?" Ich warte nicht auf ihre
Antwort. Stattdessen schlängle ich mich durch die Gäste,
grüße in alle Richtungen und sage allen, dass ich mich später
mit ihnen unterhalten werde, bis ich mein Ziel erreiche.

„Guten Abend, Lord und Lady Wistern. Wie schön,
Sie beide zu sehen. Hatten Sie denn schon die Gelegenheit, meine Oma zu begrüßen? Ich bin sicher, sie würde
sich freuen, Sie zu begrüßen."

„Wen?" fragt Lord Wistern mit dröhnender Stimme.

„Meine Oma", antworte ich. „Geraldine".

Eine Erkenntnis dämmert auf seinem zerklüfteten
Gesicht. „Oh, Geraldine. Schuldet sie mir nicht Geld?",
fragt er seine Frau.

„Nein, das ist Gerald, dein Cousin, Liebster."

„Gerald schuldet mir Geld? Dieser Halunke!"

„Ja, mein Schatz. Eine ziemlich beträchtliche Summe."

Lord Wistern schaut empört drein. „Wie viel?"

„Liebster, wir sprechen in Gesellschaft nicht über Geld.
Das ist unschicklich."

„Das ist mir doch egal. Wie viel schuldet er mir? Ich
habe gute Lust, es mir zurückzuholen."

„Liebster..."

„Wie viel?"

„Nach letzter Zählung sind es etwa hunderttausend
Pfund", sagt sie halblaut.

Ich tue so, als würde ich es nicht hören. „Also, wie auch immer, möchten Sie ...“, beginne ich und werde unter- brochen.

„Wie viel?“, brüllt er empört, und seine ohnehin schon geröteten Wangen werden rot wie Rudolf das Rentier. „Das ist absurd. Wo ist er? Bring mich sofort zu ihm.“

Lady Wistern wirft mir einen entschuldigenden Blick zu. „Liebster, es gibt keinen Grund, sich aufzuregen. Er schuldet dir das Geld seit dreißig Jahren.“

„Dreißig Jahre?“ fragt er.

Na schön, die Wisterns waren vielleicht nicht die beste Wahl.

Ich weiche von dem streitenden Paar zurück, nur um gegen jemanden zu stoßen. Ich drehe mich um, um mich zu entschuldigen, und stehe ihm selbst gegenüber, George Honeydew. „Hallo“, sage ich mit gehauchter Stimme.

„Herzlichen Glückwunsch zum Geburtstag“, antwortet er mit einem Lächeln. Seine Stimme ist samtig weich und tief, und sie schickt einen Stromstoß durch mich hindurch. „Es tut mir leid, dass ich dem Geburtstagskind kein Geschenk mitgebracht habe.“

„Kein Problem. Ich wette, du wusstest nicht einmal, dass du heute Abend hierher kommen würdest.“

„Das stimmt, aber ich bin froh, dass ich gekommen bin. Das Haus deiner Familie ist atemberaubend.“

„Danke.“ Wir lächeln uns einen Moment lang schüch- tern an.

„Meine Eltern sind heute Abend auch hier auf der Party, um genau zu sein. Ist das nicht seltsam?“

Ich blinzle ihn verständnislos an. „Du hast deine Eltern mitgebracht?“

Er lacht. Es ist warm und sexy und zaubert ein Lächeln auf mein Gesicht. „Sie kennen anscheinend deine Mutter. Ich war genauso überrascht wie du, sie hier zu sehen.“

„Die Welt ist klein." Obwohl sie gar nicht so klein ist, vor allem nicht in einem Land, das im Laufe der Jahrtausende so oft Kreuzungspunkt der Welt war. Es ist erstaunlich, dass in diesen Kreisen überhaupt irgendjemand wie ein normales menschliches Wesen funktioniert.

Okay, das ist eine totale Übertreibung, aber wir wissen, worum es geht. Jeder kennt jeden.

„Du bist also Henrys Cousin, richtig?" frage ich.

„George Honeydew, zu Ihren Diensten." Er neigt seinen Kopf zu einer kleinen Verbeugung. Er ist altmodisch und liebenswert und so süß.

„Ich bin übers Wochenende in der Gegend und Scarlett hat vorgeschlagen, heute Abend zu deiner Party zu kommen. Ich hoffe, es ist in Ordnung, dass ich hier bin." Er sieht sich unter den Partygästen um. „Es scheint eine ziemlich formelle Sache zu sein."

„So läuft das in meiner Familie. Das ist nicht mein Alltag, weißt du. Ich wohne in einer Wohnung in London mit meiner Freundin Lottie. Ich bin eigentlich ganz normal und langweilig."

„Du kommst mir nicht 'normal' oder 'langweilig' vor."

Ich presse meine Lippen zusammen, um zu verhindern, dass sich ein lächerlich breites Grinsen in meinem Gesicht festmacht.

Vielen Dank, Scarlett!

„Woher kommst du denn, George?"

„Ich lebe jetzt in Edinburgh, obwohl ich ursprünglich aus Surrey stamme. Ich muss sagen, es ist schön, wieder in den Home Counties zu sein. Ich lebe zwar gerne in Schottland, aber es ist nicht gerade tropisch warm."

„Nein, aber ihr habt ja Jamie Fraser."

„Jamie wer?"

„Aus *Outlander*? Du weißt schon, die ganze Zeitreise-Liebesgeschichte von Jamie und Claire?"

Er schüttelt den Kopf. „Ich habe keine Ahnung, was du meinst, tut mir leid."

„Es ist eine Fernsehserie. Eine Abenteuer-Romanze, die im Norden spielt, wo du herkommst. Aber du bist ein Mann, also ist es wahrscheinlich nicht dein Ding. Meine Freundinnen und ich lieben es. *Hashtag*-besessen."

„Ich werde es mir auf jeden Fall ansehen, weil du es mir empfohlen hast. Vielleicht sage ich dir, was ich davon halte, wenn ich ein oder zwei Folgen gesehen habe."

Ich lächle ihn an. Dieser Typ ist nett und süß und lustig! Und sexy. Eindeutig sexy.

„Okay."

„Dafür brauche ich vielleicht deine Nummer", sagt er.

„Meine Nummer. Richtig."

Er holt sein Telefon aus der Innentasche seines Jacketts und ich tippe meinen Namen und meine Nummer ein. Als er mir sein Handy abnimmt, streift sein Finger den meinen, und als ich den Blick hebe, treffen sich unsere Blicke.

„Da bist du ja, Zara. Deine Mutter schickt mich. Du wirst für den Geburtstagskuchen gebraucht", sagt eine Stimme neben mir.

Widerwillig löse ich meinen Blick von George und sehe Kennedy.

„Zara? Geht es dir gut?", fragt sie, als ich nicht antworte.

„Was? Oh, ja. Alles gut. Der Kuchen, sagst du? Klar. Machen wir's."

Sie schaut von mir zu George und wieder zurück. Die Erkenntnis dämmert in ihrem Gesicht. „Ihr habt euch also kennengelernt, hm?"

„Ja." Meine Wangen beginnen zu glühen. Ich werfe einen Blick auf George. Er wirkt auch etwas unbeholfen, was ihn nur noch sympathischer macht.

„Blind Dates können sehr unangenehm sein", sagt Kennedy.

„Oh, das ist es nicht..."

„Wir sind nicht..."

Wir halten inne und betrachten uns gegenseitig, bevor wir beide lächeln.

„Ich nenne es gerne ein Blind Date, wenn du möchtest", sagt George.

„Klar. Es ist ein Blind Date."

Charlie Cavendish kommt zu unserer Gruppe, küsst mich sofort rechts und links und sagt: „Herzlichen Glückwunsch zum Geburtstag, Zara. Du siehst heute Abend umwerfend aus." Sein Blick wandert zu Kennedy. „Hallo, Kennedy", sagt er kühl.

„Charles", antwortet sie mit einer gesunden Portion Verachtung in ihrer Stimme.

Jetzt bin ich an der Reihe und schaue von ihr zu ihm. Was ist denn mit diesen beiden los?

Charlie begrüßt George mit einem Händedruck. „Hallo, George. Ich wusste nicht, dass du Zara kennst."

„Oh, wir kennen uns schon *eeewig*. Nicht wahr?", antwortet er und zwinkert mir zu.

„Sehr lange. Wie lange ist es her, drei Minuten?"

„Oh, mindestens vier."

Wir teilen ein weiteres Lächeln, in meinem Bauch schlagen die Cheerleader gerade Saltos.

Dieser Typ ist perfekt!

„Die zwei haben ein Blind Date", sagt Kennedy.

„Ach ja, wirklich?" fragt Charlie und wirft Kennedy einen Blick zu, der einen heißen Espresso gefrieren lassen könnte.

„Ja, wirklich", antwortet sie.

„Na, das ist doch schön, oder?"

„Allerdings. Für sie jedenfalls."

Charlie hat es vorerst satt, Kennedy anzustarren, und richtet seine Aufmerksamkeit wieder auf mich. „Sag mir, Zara, wie fühlt es sich an, dreißig zu werden?"

„Es ist total super. Es ist genau wie in dem Film *30 über Nacht*. Ich werde dreißig, flirte und blühe auf."

Beide Männer sehen mich mit verständnisloser Miene an.

„Das ist ein Film mit Jennifer Garner", erklärt Kennedy.

„Genau. Ein Weiberfilm", sagt Charlie.

Kennedy stemmt die Hände in die Hüften. „Oh, das ist so typisch. Das kannst nur du sagen, nicht wahr, Charles? Aber Männer sehen sich auch Liebesfilme an, weißt du."

„Oh, du hast absolut Recht. Mein Cousin Cyril hat jede Hollywood-Schmonzette gesehen, die je gedreht wurde."

„Siehst du?"

„Natürlich ist er ein Modedesigner mit einem tadellosen Sinn für Stil. Sein Geschmack liegt zwar eher am, äh, männlichen Ende des Spektrums, aber trotzdem."

Kennedy verdreht die Augen. „Also sehen sich nur Frauen und Schwule Liebesfilme an? So ein Klischee."

„Ich sag dir was. Da es dir so wichtig ist, werde ich mir diesen Jennifer Lawrence-Film ansehen..."

„Garner. Jennifer Garner. Es ist nicht *Die Tribute von Panem*."

„Das ist allerdings ein guter Film", wirft George ein.

„Auf jeden Fall. Action, Intrigen, eine totalitäre Diktatur und, nicht zu vergessen, die Heldin Katniss, die in schwarzem Leder richtig heiß aussieht." Charlie tippt sich ans Kinn. „Ich frage mich, ob ein Film, in dem es darum geht, 30 zu werden, dir all das bieten kann."

Kennedy verdreht die Augen und verschränkt die

Arme vor der Brust. „Ich muss dir leider sagen, dass *30 über Nacht* ein Filmklassiker ist."

„Da bin ich mir sicher."

Es ist an der Zeit, in diesen kleinen Wettstreit unter Filmfreunden einzugreifen. Ich brauche keine hitzigen Diskussionen auf meiner Geburtstagsparty.

„Okay, ihr zwei. Wir haben es verstanden. Ihr liebt es zu streiten. Aber wisst ihr was? Das ist meine Geburtstagsparty, also du", ich zeige auf Charlie, „du gehst jetzt und unterhältst dich gesittet mit Sebastian und Emma dort drüben. Und du", ich zeige auf Kennedy, „du gehst bitte auf die Tanzfläche und tanzt mit Lottie und Tabitha."

„Ja, Miss", sagt Charlie mit einem kleinen Salut, der Kennedy ein erneutes unruhiges Augenzwinkern entlockt. „Bis später." Er dreht sich um und geht.

Sobald er außer Hörweite ist, frage ich: „Was stört dich denn an ihm?"

„Alles", antwortet Kennedy schlicht, und ich glaube ihr.

Das Licht wird gedimmt, und ich weiß, was jetzt kommt. Schließlich ist dies eine Geburtstagsparty. Sebastian erscheint mit einer riesigen Torte, die mit brennenden Kerzen buchstäblich übersät ist. Die Band singt „Happy Birthday", und alle singen mit, während ich dastehe und mich wie ein Idiot fühle – aber immerhin ein glücklicher.

Nachdem ich mir still etwas gewünscht und meine Kerzen ausgeblasen habe, ist George verschwunden. Ich suche den Raum ab, aber statt ihn zu entdecken, begegnet mir Asher, der sich grinsend seinen Weg durch die Menge zu mir bahnt und einen Teller mit einem halb aufgegessenen Stück Torte vor sich her trägt.

„Köstlich! Ich wusste, du würdest dich für Erdbeer-Sahnetorte entscheiden. Möchtest du auch ein Stück?"

„Aber sicher. Gleich", antworte ich abwesend.

„Das Geburtstagskind muss ein Stück Torte essen."

„Sicher. Hast du George gesehen?"

„George, der Typ, der mit Scarlett und Henry kam?"

„Ja."

„Ich glaube, er ist gegangen."

Ich blinzle ihn ungläubig an. „Er ist gegangen?"

„Ich glaube schon. Aber warum? Ist euer Blind Date nicht gut gelaufen?"

Ich unterdrücke ein Lächeln. „Eigentlich hat es gut geklappt."

Er mustert mein Gesicht eine Weile, bevor er sagt: „Du weißt, dass du dich gerade erst entschieden hast, den Richtigen zu finden. Du musst dich nicht auf den erstbesten Kerl stürzen, den du triffst."

„Ich stürze mich nicht auf ihn. Ich gehe in gemächlichem, aber zuversichtlichen Tempo auf ihn zu."

Asher muss lachen. „Ist das so?"

„Oh, ja. Er hat nach meiner Nummer gefragt."

„Du weißt, dass der Typ ein Idiot ist. Oder?"

„Er ist kein Idiot."

„Oh doch, das ist er."

„Du bist nur eifersüchtig, weil Scarlett kein Blind Date für dich mitgebracht hat."

„Ich bin mir ziemlich sicher, dass ich niemals möchte, dass Scarlett mir ein Blind Date mitbringt."

„Nun, es ist mir egal, was du denkst. Wenn George mich anruft – und er wird mich anrufen – werde ich mit ihm ausgehen und eine tolle Zeit haben. Wir hatten einen Draht zueinander."

Asher wirft mir einen Blick zu, der mir sagt, dass er mich völlig durchgeknallt findet, aber auch das ist mir egal. Ich hatte einen Draht zu George Captain America Honeydew und ich kann es kaum erwarten, von ihm zu hören.

Kapitel Sieben

MEIN LIEBER PAPA,

ich glaube, ich bekomme heute mein erstes Hundebaby. Ich sage „ich glaube", weil ich erst noch die finale Eignungsprüfung der Tierhandlung bestehen muss. Anscheinend reicht es nicht aus, einen kuriosen Fragebogen mit lauter absurden Fragen zu beantworten. Nein, ich will nicht auf glühenden Kohlen laufen, und nein, ich bin kein aggressiv-kämpferischer Typ, und wenn ich eine Farbe wäre ...

Ich erkläre es dir lieber ein andermal.

Drück mir die Daumen!

Du fehlst mir. Hab dich lieb!

Deine Za-Za xoxo

Ich bin total aufgeregt! Heute ist es soweit. Vergessen ist der dreißigste Geburtstag, die Party und der heiße Typ namens George – okay, den vergesse ich nicht, ich stecke ihn einfach in eine Schublade, aus der ich ihn später wieder hervorholen kann.

Heute ist der Tag, an dem ich mein Hundebaby bekomme!

Zumindest hoffe ich, dass ich sie bekomme. Alles hängt davon ab, ob ich die finale Prüfung von Penelope's Pooches bestehe.

Lottie steht schon bereit. Sie hat die strikte Anweisung, überhaupt nichts zu sagen. Ich will nicht, dass sie auf deren kuriose Fangfragen hereinfällt und womöglich sagt, sie wäre weder an Räuberjagden noch an Schatztauchen interessiert. Zwar wird sie nicht die Hundebesitzerin, aber als meine Mitbewohnerin wird sie ein Teil des zukünftigen Hundelebens sein. Sie muss diese Prüfung bestehen.

Und ich auch.

Ich bin gerade dabei, Kissen aufzuschütteln und ein paar schmutzige Tassen in der untersten Küchenschublade verschwinden zu lassen, da läutet es an der Tür. Obwohl ich damit gerechnet habe, zerspringe ich fast vor Schreck.

„Sie sind da. Lottie, sie sind da!" rufe ich in den Flur.

„Wer?", fragt sie, stapft im Pyjama ins Wohnzimmer und reibt sich die Augen. „Musst du denn so laut schreien? Einige von uns sind nach der gestrigen Geburtstagsparty einer gewissen Person noch etwas angeschlagen."

Ich lasse meinen Blick über ihr Äußeres schweifen. Ihr Pyjama ist total zerknautscht, ihre Haare sind platt auf der einen Seite, wo sie gelegen hat, und das Augen-Make-up von gestern Abend ist arg verschmiert. „Lottie! Du musst dich sofort anziehen. Penelope ist da."

„Welche Penelope?", fragt sie gähnend.

„Die von der Tierhandlung", erkläre ich und laufe ins Vorzimmer. Ich drücke auf den Türsummer, und sage: „Kommen Sie bitte in den zweiten Stock!" und reiße die Tür auf. Ich hole eine Haarbürste aus dem Bad. „Hier", sage ich und drücke sie Lottie in die Hand. „Frisier' dich, zieh dich an und vergiss nicht: kein Wort."

„Glaubst du wirklich, dass es den Hund kümmert, ob ich frisiert bin oder nicht."

„Den Hund nicht, aber die Penelopes schon."

„Das hört sich nach einer Sekte an."

„Oder wie ein Film aus den 1980er-Jahren, ...", sagt eine tiefe Stimme aus Richtung Wohnungstür.

Ich drehe mich um und fahre zusammen. Asher steht in der Tür, er trägt eine Jeans und eine graue Jacke über dem weißen T-Shirt und hält ein Papptablett mit Kaffeebechern in den Händen.

„Aber was machst du denn hier?"

„Du hast mich gerade eben reingelassen. Übrigens, nette Begrüßung. Du weißt wirklich, wie du deinem zukünftigen Ehemann das Gefühl gibst, geliebt zu werden, vor allem, wenn er Kaffee für dich mitbringt."

Lottie schiebt sich an mir vorbei. „Mmm, Kaffee. Du bist ein Engel, Ash, dich hat der Himmel geschickt. Danke", sagt sie und nimmt sich einen Becher.

Ich werfe ihr einen wenig begeisterten Blick zu.

„Na gut. Ich geh' ja schon", sagt sie und bewegt sich keinen Zentimeter.

„Lottie, dein Zimmer ist da drüben, und Asher, ich dachte, es sind die Leute von Penelope's Pooches, die jetzt gleich zur Wohnungsbegutachtung hier sein werden", erkläre ich, während er hereinkommt und die Tür hinter sich schließt.

„Tut mir leid, dass ich dich enttäuschen muss. Ich bin's nur. Kommen die denn genau jetzt?"

„Ja! Und du solltest eigentlich *nicht* hier sein."

Er schaut Lottie fragend an. „Hat deine Mitbewohnerin zufällig gerade ein bisschen Stress?"

Sie lässt ein Kichern hören. „Zara, gestresst, weil sie ein Hundebaby bekommen könnte? Niemals!"

Es läutet ein weiteres Mal.

Ein Adrenalinstoß schießt durch mich hindurch. „Das müssen sie sein", sage ich. Ich hebe den Hörer ab und sage: „Hallo?"

„Hier ist Penelope von Penelope's Pooches. Wir sind hier, um eine Bewertung vorzunehmen", sagt eine blecherne Stimme durch den Lautsprecher.

„Kommen Sie in den zweiten Stock. Wohnung vier." Ich drücke auf den Türöffner und drehe mich zu Asher, der eigentlich nicht hier sein sollte, und zu Lottie, deren Haare immer noch schrecklich zerzaust sind. „Gut, ihr zwei. Lottie, bring deine Frisur in Ordnung und zieh dir etwas an, und Asher, du bist jetzt schon mal hier, also musst du auch bleiben, aber du darfst kein Wort sagen."

„Gut, ich geh schon", sagt Lottie und spaziert durch den Flur zurück in ihr Zimmer, als hätte sie alle Zeit der Welt.

„Ins Bad, Lottie! Du musst dir erst die Haare anfeuchten, sonst wird das nichts."

„Klar."

Ich erkenne, dass sie mich völlig ignoriert und stattdessen geradewegs durch die Tür in ihr Zimmer geht.

„Sie geht nicht ins Bad", sage ich ungläubig.

Asher reicht mir einen Kaffee. „Entspann dich, Frauchen. Das ist schon in Ordnung. Obwohl, wenn ich es mir recht überlege, solltest du vielleicht gerade kein Koffein zu dir nehmen."

Ich nehme einen Schluck. „Hat sich schon mal jemand

entspannt, wenn ihm gesagt wurde, er solle sich entspannen?"

„Offensichtlich gehörst du nicht zu diesem Club", antwortet er grinsend. „Aber mal im Ernst. Es wird schon alles gut gehen. Sie werden dir nur ein paar Fragen stellen wie 'Wussten Sie, dass Hunde kacken' und 'Vergessen Sie nicht aufs Streicheln' und dann ist die Sache erledigt. Dann kriegst du einen Hund, wirst deutlich weniger Geld haben, und wir können alle unser Leben ganz normal fortsetzen."

Ich seufze gequält und lasse meine versteinerten Schultern sinken. „Du hast Recht. Es wird alles gut gehen."

„Ganz bestimmt. Ich werde mich ins Wohnzimmer setzen." Er geht durch den Flur in Richtung Wohnzimmer, da klopft es schon an der Tür.

Ich atme tief durch und öffne mit einem strahlenden, extrem entspannten und keineswegs unnatürlichen Lächeln im Gesicht. „Hallo!" sage ich zu nicht einer, nicht zwei, sondern zu drei Personen, alle im gleichen hellblauen Overall mit Zöpfen. „Ihr seid... die Penelopes."

„Das sind wir", sagen sie unisono, alle mit dem gleichen Lächeln.

Du meine Güte! Das ist alles echt beunruhigend.

„Habt ihr individuelle Namen oder soll ich euch alle 'Penelope' nennen?"

„Penelope ist in Ordnung", sagt die mit den blonden, krausen Haaren und den Sommersprossen. „Unsere individuellen Identitäten sind zweitrangig gegenüber unserer Aufgabe."

„Natürlich." Ich trete zurück, um sie hereinzulassen. Ich vermeide es, in Ashers Richtung zu schauen, denn ich weiß genau, was er denkt, und das wäre im Moment nicht hilfreich. „Kommen Sie doch rein. Willkommen in meinem hundefreundlichen Zuhause."

Die drei stehen nun in meinem Vorzimmer und sehen

sich um. Mir fällt eine Spinnwebe an der Decke auf und ich wünschte, ich hätte vorhin hochgeschaut, als ich eben noch hektisch die Wohnung in Ordnung brachte.

„Wo können wir uns am besten hinsetzen und reden?" fragt die krause blonde Penelope.

„Am besten ins Wohnzimmer. Folgen Sie mir." Ich führe sie ins Wohnzimmer, wo Asher und Lottie sitzen. Lottie hat es geschafft, sich eine Jeans und ein Sweatshirt anzuziehen und sie hat sich sogar die Haare gekämmt.

Die krause blonde Penelope zieht die Augenbrauen hoch. „Hallo. Wohnen Sie auch hier?"

„Ja. Hallo, ich bin Lottie." Sie winkt den Penelopes zu. „Ich bin Zaras Mitbewohnerin und freue mich riesig auf Stevie."

„Und Sie sind?" Fragt eine der anderen Penelopes Asher. Sie hat glatte schwarze Haare und einen stumpfen Pony.

„Oh, ich bin nur zufällig hier. Ein Gast. Kein Mitbewohner."

„Aber Asher, du *bist* Zaras zukünftiger Ehemann, also bist du viel mehr als nur ein Gast", betont Lottie mit einem Lächeln, das mir zeigt, dass ihr die Sache Spaß macht.

Ich werfe ihr einen vielsagenden Blick zu und presse die Lippen zusammen. Warum hat sie jetzt die Sache mit dem Ersatzmann erwähnt? Das hat doch überhaupt nichts damit zu tun, dass ich einen Hund bekomme.

„Sie werden heiraten?" fragt die schwarzhaarige Penelope. „Nun, das ändert die Dinge. Dann müssen wir ein paar wichtige Fragen stellen, bevor wir weitermachen können, denn Ihr Mann wird auch zu Stevies Rudel gehören."

„Wir werden nicht heiraten", sagt Asher. „Das war nur ein Scherz. Ignorieren Sie mich einfach." Er seht auf. „Ich mische mich nicht ein."

„Setzen Sie sich", sagt die krause blonde Penelope, und zu meiner Überraschung setzt sich Asher sofort wieder hin.

Ich verkneife mir ein Kichern. Das muss ich mir fürs nächste Mal merken.

„Sie müssen beide hierbleiben. Sie", sagt sie und zeigt auf mich, „setzen Sie sich zu den anderen beiden."

„Aber..."

„Setzen Sie sich!"

„Okay." Mit eingezogenem Schwanz – bildlich gesprochen, denn ich bin ja kein Hund, auch wenn die Penelopes anscheinend denken, dass ich wie einer behandelt werden muss – schleiche ich zum Sofa und setze mich zwischen Asher und Lottie.

„Braves Hündchen", sagt Asher leise und ich stoße ihn mit dem Ellbogen in die Rippen.

„Dito."

„Jetzt werden die anderen Penelopes die Eignung Ihrer Wohnung überprüfen, und wir werden uns ein bisschen unterhalten." Die krause blonde Penelope nimmt uns gegenüber Platz und holt ein Notebook aus ihrer Tasche.

„Ich würde mich freuen, Ihren Kolleginnen die Wohnung zu zeigen", biete ich an.

„Nicht nötig", antwortet sie, ohne mich anzusehen. „Die beiden sind durchaus in der Lage, den Prozess allein zu bewältigen." Sie nickt den beiden anderen Penelopes zu und die beginnen sofort, prüfend durch die Wohnung zu gehen.

„Ich habe ein paar Fragen an Sie, Asher."

„Schießen Sie los."

„Wenn Sie eine Packung Kekse wären, welche Sorte wären Sie und warum?"

„Wie bitte?", fragt er.

„Wenn Sie eine Packung Kekse wären, was wären Sie dann und warum?", wiederholt sie.

„Das kann ich nicht beantworten. Ich habe versprochen, nichts zu sagen", antwortet er.

Ich kneife vor Scham die Augen zusammen.

„Sie können die Frage beantworten", sagt die krause blonde Penelope.

„Muss ich das denn?"

„Allerdings."

„Wissen Sie, die Sache ist die, dass ich mir diese Frage noch nie gestellt habe."

Ich sehe ihn mit großen Augen an: „Asher, spiel einfach mit", sage ich mit einem gezwungenen Lächeln.

„Okay. Lassen Sie mich nachdenken. Wenn ich eine Packung Kekse wäre", beginnt er und betont das Wort, „dann wäre ich wohl eine Packung Biscotti."

„Warum Biscotti?" fragt die krause blonde Penelope allen Ernstes.

„Weil ich wie die Biscotti ein Viertel Italiener bin und schwer zu knacken, aber jeden Bissen wert." Er grinst sie an, und ich möchte am liebsten im Boden versinken.

Die krause blonde Penelope blickt unter ihre Wimpern zu ihm hoch. „Diese Antwort gefällt mir", sagt sie und wird prompt rot.

„Danke. Mir gefällt sie auch irgendwie." Asher wirft mir einen Blick zu, der sagt: *Da siehste mal.*

So erwachsen.

„Lottie, eine Frage an Sie. Wenn Sie eine Farbe sein könnten, welche wären Sie?"

„Regen", antwortet sie prompt.

Ich blinzle sie an. „Eine Farbe, Lottie!"

„Regen ist eine Farbe. Er hat sogar viele Farben. Er ist weiß, er ist blau, er ist grau, er ist taupe, er ist tiefes, dunkles, ahnungsvolles Schwarz."

„Faszinierend", sagt die krause blonde Penelope und tippt in ihr Laptop.

Ist das ein gutes Zeichen? Bitte lass es ein gutes Zeichen sein.

„Und wenn Sie ein Meeresbewohner wären? Was wären Sie dann? Antworten Sie beide."

„Ach, das ist einfach. Ich wäre ein Tigerhai", antwortet Asher. „Wild, kompromisslos und total Herr der Lage."

Die krause blonde Penelope tippt in ihr Tablet.

„Ich würde eine ganz andere Richtung einschlagen", beginnt Lottie. „Ich wäre ein Seestern. So kann ich die Welt um mich herum beobachten, während ich entspannt auf einem Felsen liege.

Penelope tippt weiter in ihr Gerät.

„Erzählen Sie mir mehr über den Tigerhai", sagt die krause blonde Penelope zu Asher und errötet noch mehr. „Ich finde das wirklich interessant."

Asher redet weiter über Alpha-Haie und Plankton und ich verdrehe die Augen so sehr, dass sie mir aus dem Kopf zu fallen drohen. Frauen lieben Asher. Sicher, er sieht gut aus, aber er ist auch witzig und charmant und hat ein Händchen dafür, dass sich die Leute wohlfühlen. Und in diesem Moment bin ich ihm sogar dankbar, denn die krause blonde Penelope scheint zufrieden zu sein.

Die anderen beiden Penelopes kommen ins Zimmer zurück und meine Nerven liegen blank. „Ist mit der Wohnung alles in Ordnung?"

„Es gibt nur eine Sorge", sagt die dunkelhaarige Penelope. „Kommen Sie mit mir."

Ich springe auf und folge ihr aus dem Zimmer und durch den Flur in die Küche. „Worum geht's? Wo liegt das Problem?"

Asher und Lottie und die beiden anderen Penelopes kommen nach.

„Bei Penelope's Pooches sind wir auf kleine Hunde spezialisiert, wie Sie wissen. Meine Sorge ist, dass das

Küchenfenster für den Hund zu hoch ist, um hinauszusehen."

„Wirklich?" frage ich, während meine Gedanken rasen. Muss ich jetzt das Fenster versetzen? Wäre das überhaupt möglich? Würde der Vermieter das erlauben?

„Sehen Sie den Abstand von hier bis hier", sagt die schwarzhaarige Penelope und zeigt auf den Boden vor dem Fenster. „Es ist eindeutig zu hoch."

„Das sehe ich auch", sagt die krause blonde Penelope. „Unsere Hunde müssen den blauen Himmel sehen können."

„Dann sollten sie wohl nicht in London leben", murmelt Asher leise, aber laut genug, dass ich es hören kann.

„Du bist nicht hilfreich", trällere ich.

„Es regnet meistens in London. Ich sag's ja nur", antwortet er.

„Gibt es denn eine Möglichkeit, das zu umgehen? Ich meine, wie wäre es, wenn ich sie hochhalte, um den Himmel zu sehen? Oder ich besorge ihr einen Sitz, auf den sie hochspringen kann."

„Was für einen Sitz?" fragt die Dunkelhaarige Penelope mit gerunzelter Stirn.

„Einen, der hoch genug ist, aber nicht zu hoch, damit sie hinaufspringen und hinausschauen kann."

Die drei Penelopes stecken die Köpfe zusammen und beginnen zu flüstern. Ich halte den Atem an. Ich will Stevie nicht wegen einer doofen Fensterhöhe verlieren. Jetzt bin ich bei diesem, seien wir ehrlich, völlig bekloppten Beurteilungsprozess schon so weit gekommen. Würde mein Herz nicht so an Stevie hängen...

„Können Sie uns mal kurz allein lassen?" fragt die krause blonde Penelope.

„Klar." Ich schiebe Asher und Lottie aus der Küche und schließe die Tür hinter mir.

„Diese ganze Sache ist komplett irre. Das weißt du doch, oder?" sagt Asher.

„Ich kann es verstehen. Sie wollen ihre Hunde nur in ein gutes, liebevolles Zuhause abgeben", sagt Lottie.

„Ja, aber das Fenster ist zu hoch, der Hund kann den blauen Himmel nicht sehen? Was soll denn das?"

„Pssst", sage ich zu den beiden, während ich mein Ohr an die Tür drücke und lausche. Aber ich höre nur gedämpftes Murmeln.

„Setzen wir uns doch ins Wohnzimmer, trinken wir unseren kalten Kaffee aus", schlägt Asher vor.

„Ich komme gleich", sagt Lottie und läuft durch den Flur in ihr Zimmer.

Asher und ich kehren ins Wohnzimmer zurück und ich warte auf das Urteil der Penelopes, während meine Nerven wie Töpfe und Pfannen klappern.

„Ich hoffe, sie ist die Königin der Hunde, wenn du das alles wegen ihr mitmachen musst", sagt Asher, während er es sich auf dem Sofa bequem macht.

„Sie ist es wert. Und was war das für ein Flirt vorhin? Ich habe mich schon gefragt, ob Lottie und ich euch allein lassen sollen."

„Ich dachte, ich helfe dir damit."

„Indem du flirtest?"

„Indem ich charmant bin. Da gibt's einen Unterschied, weißt du."

„Ich glaube nicht, dass die krause blonde Penelope diesen Unterschied kennt."

Er lacht. „Du nennst sie krause blonde Penelope?"

„Sie wollte mir ihren Namen nicht nennen. Wie unterscheidest du sonst drei Frauen, die alle wie identische

Kleinkinder in himmelblauen Overalls daherkommen und darauf bestehen, dass sie alle Penelope heißen?"

„Da hast du recht."

Lottie kommt zurück und lässt sich auf einen Stuhl plumpsen. „Das ist so merkwürdig. Die drei sind in unserer Küche und diskutieren über uns, während wir hier rumsitzen und warten."

„Das ist nur ein Beurteilungstest, damit ich mein Hundebaby bekomme."

„Wann triffst du dich eigentlich mit George?" fragt mich Asher.

„Ich weiß es nicht. Ich habe ihn doch erst gestern Abend kennengelernt. Ihr Männer habt doch eure Regeln dafür, wie schnell ihr ein Mädchen kontaktiert. Oder nicht?"

„Nein", antwortet er.

„Oh doch, das stimmt", stimmt Lottie zu. „Mir hat sogar mal ein Typ erzählt, dass er beschlossen hat, die 'Drei-Tages-Regel' zu brechen. Er sagte, es sei ihm egal, ob er zu eifrig wirke und gegen den Männerkodex verstoße, er müsse sich einfach bei mir melden."

„Ich kenne keine Drei-Tages-Regel", antwortet Asher. „Du rechnest also damit, drei Tage lang nichts von ihm zu hören, oder wie?"

„Genau."

„Wir Mädchen sind euch Männern auf der Spur", warnt Lottie.

„Ob er nun in drei Tagen oder in drei Jahren anruft, der Typ ist trotzdem ein Idiot."

Lottie schneidet ein Gesicht in meine Richtung, und ich kichere.

„Wenn du das sagst, Asher", sagt Lottie.

Er blickt zwischen uns hin und her. „Was habt ihr denn? Ich mag den Kerl einfach nicht."

„Du willst nur nicht, dass deine zukünftige Frau mit einem anderen zusammen kommt. Darum geht es hier", sagt Lottie.

„Nein, das ist es nicht", sagt Asher, und ich sage: „Absolut nicht."

Lottie mustert uns und ihre Augen tanzen hin und her. „Hm. Sehr interessant. Sagt mir Bescheid, wenn die Hochzeitsvorbereitungen beginnen, okay? Ich brauche ausreichend Zeit, um mir dafür ein tolles Outfit zu besorgen."

„Du bist zum Schreien", sage ich verschmitzt. „Ich wünschte, ich hätte dir nie erzählt, dass wir uns gegenseitig als Ersatzehepartner sehen."

„Sie hätte es früh genug herausgefunden, Frauchen. Du weißt schon, spätestens bei unserer *Hochzeit*", sagt Asher mit einem frechen Grinsen.

Ich schüttle den Kopf über ihn. „Du bist mir keine Hilfe, Ash."

Die Küchentür öffnet sich, ich zucke zusammen. Ich schaue hoch und sehe die krause blonde Penelope in der Tür stehen.

„Kommen Sie nochmal rein, Zara", weist sie mich an und ich werfe einen Blick auf meine Freunde, bevor ich ihr zurück in die Küche folge, wo ich von allen drei Penelopes empfangen werde.

„Habt ihr entschieden, ob ich Stevie bekomme?" frage ich ungeduldig. „Ich meine, ob ich mich Stevies Rudel anschließen darf?"

Die krause blonde Penelope schaut mich an. „Wir haben Bedenken."

Oha.

„Heißt das...? Bekomme ich keine...?" Ich schlucke den Kloß in meinem Hals hinunter. „Ihr gebt sie mir nicht." Ich lasse die Schultern sinken.

„Wir werden eine stichprobenartige Kontrolle durch-
führen, nachdem Sie das Rudel gebildet haben."

Ich lasse meinen Blick zu ihr schweifen, während Hoffnung in mir aufkeimt. „Ist es das, was ich denke?"

Die krause Blondine Penelope nickt mir knapp zu. „Ja.
Willkommen in Stevies Rudel, Zara."

„Oh, danke schön!" Ich stürme über den gefliesten
Boden zu ihr.

Sofort hebt sie die Hand und ruft: „Halt, Mädchen!"

Ich erstarre und hebe meine Hände in die Luft. „Tut
mir leid, tut mir leid. Ich weiß nicht, was über mich
gekommen ist", sage ich. „Ich bin einfach so aufgeregt.
Wann kann ich sie sehen?"

Die krause blonde Penelope lächelt zum ersten Mal,
seit Asher mit ihr geflirtet hat, sorry, sie *bezirzt* hat. Von
Amerikaner zu Britin. „Passt es Ihnen gleich jetzt?"

„Machen Sie sich über mich lustig? Natürlich passt es
mir gleich jetzt."

Zehn Minuten und eine gewaltige Abbuchung von
meinem Konto später sitze ich in meiner Wohnung auf
dem Boden, und schaue fasziniert zu, wie Asher und Lottie
mit meinem neuen, bezaubernden, wunderschönen, entzückenden Hundebaby spielen. Stevie hüpft herum, knabbert
an allem, was sie kriegen kann, und ihr kleiner weißer
Schwanz wedelt unaufhörlich.

„Ist sie nicht entzückend?" jubiliere ich, während ich
ihren sich windenden kleinen Körper hochhebe und sie
wie verrückt versucht, mein Gesicht abzulecken.

„Ja, das ist sie wirklich. Hier, gib sie mir." Lottie streckt
die Hand aus und nimmt sie in ihre Hände. „Was bist denn
du für ein hübsches Mädchen? Du bist ja so niedlich, ja, so
niedlich."

Asher zieht die Stirn in Falten. „Babysprache, Lottie?
Ist das dein Ernst?"

„Du kannst dieses entzückende Fellbällchen nicht halten, ohne in die Babysprache zu verfallen."

„Klingt nach einer Herausforderung für mich." Er streckt eine Hand aus und holt sich Stevie von Lottie. Er hält den Welpen hoch, sie zappelt und wedelt und versucht mit aller Kraft, ihn abzulecken.

Ich lehne mich zurück und beobachte seinen Versuch, nichts zu ihr zu sagen. Es ist offensichtlich, dass er es möchte. Sie ist einfach zu niedlich.

„Knuddel sie", fordere ich ihn auf. „Du weißt, dass du das willst."

Er drückt sie auf Brusthöhe an sich und sie krallt sich an ihn und knabbert an seinem Ohr. Er muss lachen. „Das ist so kitzelig."

Lottie sagt: „Okay, jetzt halte sie so, dass du ihr Gesicht sehen kannst und sag ihr, dass sie ein liebes Hündchen ist."

„Muss ich das denn?"

„Ja, das musst du!"

Er hält sie noch einmal hoch und sieht sie direkt an. „Du bist ein liebes Hündchen", sagt er mit einem besonders tiefen und männlichen Bariton, bevor er sie sofort wieder auf den Teppichboden setzt. Prompt stürzt sie sich auf eine alte Socke und versucht, sie zu zerbeißen. „Siehst du? Es ist nicht nötig, mit dem Hund Babysprache zu reden."

„Und du bist völlig unbeeindruckt von ihr, oder?" frage ich.

„Willst du damit sagen, dass ich eine Art Roboter bin? Natürlich finde ich sie süß, aber ich sehe trotzdem keinen Grund, mit ihr wie mit einem Baby zu sprechen."

„Was auch immer", antworte ich lachend. Jetzt, wo ich mein eigenes Hündchen habe, kann mir nichts mehr die Laune verderben. Ich streichle ihren kleinen, weichen Körper, während sie an einem Kauspielzeug knabbert, das zu dem Welpenpaket gehört, das Penelope mir verkauft hat. „Brav, Stevie. Braves Mädchen."

„Stevie ist jedenfalls ein besserer Name für sie als 'Steve',", verkündet Lottie, als sie sie hochhebt und der Welpe beginnt, an ihrem Ohr zu knabbern. „Nein, Stevie, nein!"

„Ja, Stevie klingt viel süßer. Wie die Sängerin Stevie Nicks. Ich brauche Fotos. Wo ist mein Handy?" frage ich.

Asher zuckt mit den Schultern. „Ich weiß es nicht."

„Versuch es in der Küche. Du hast doch vorhin gegoogelt, wie man mit einem Welpen Gassi geht, oder?" sagt Lottie.

„Toilettentraining?" sagt Asher. „Das wird ein Spaß für dich."

Ich finde mein Handy in der Küche und sehe einen verpassten Anruf von einer Nummer, die ich nicht kenne, und eine Nachricht. Ich höre sie ab.

„Hallo, Zara. Wir haben uns gestern Abend auf deiner Party getroffen. Tut mir leid, dass ich gehen musste. Ich musste noch zu einer anderen Sache. Ich wollte dich fragen, ob wir uns am Dienstag treffen wollen? Sag mir Bescheid." Nach einer Pause fügt er hinzu: „Oh, hier spricht übrigens George Honeydew. Okay, tschüss." Er legt auf und ich stehe da und starre die Wand an, das Telefon immer noch an meinem Ohr.

Er hat mich angerufen. George hat mich angerufen, und er hat nicht einmal einen ganzen Tag gewartet.

Ein freudiges Gefühl breitet sich in mir aus.

Ich gehe zurück ins Wohnzimmer.

„Was grinst du so?" fragt Asher und blickt vom Boden zu mir hoch.

„Ich habe ein Date."

„Mit diesem Idioten George?"

„Ja, mit diesem Idioten George, aber er ist kein Idiot. Er ist wunderbar."

Lotties Augen sind wie Untertassen. „Oh mein Gott, Zara! Er hat den Männerkodex für dich gebrochen. Er muss es ernst meinen."

Asher räuspert sich hörbar. Ich ignoriere ihn.

„Er scheint ein guter Typ zu sein." Ich spiele das natürlich total herunter. Innerlich hüpfe, springe und tanze ich wie verrückt.

Lottie sagt zu mir: „Das könnte der Anfang von etwas Großem sein."

„Jetzt warte mal. Ich habe den Kerl doch gerade erst kennengelernt", protestiere ich, aber ich meine kein Wort davon ernst. Wir hatten bei unserem kurzen Gespräch gestern Abend definitiv einen Draht zueinander und ich bin gespannt, wohin das noch führen wird.

Kapitel Acht

DEN REST des Wochenendes verbringe ich damit, Stevies Ausgelassenheit zu genießen. Ich bewundere ihre Fähigkeit, zuerst mit Vollgas durch die Gegend zu rennen, sich dann unter einem Stuhl zu verkriechen, auf der Stelle einzuschlafen und sich das Köpfchen wegzuschnarchen.

Sie hat mich total verzaubert und ich bin hundertprozentig sicher, dass es sich gelohnt hat, die Hälfte meiner Ersparnisse für sie auszugeben und das sonderbare Auswahlverfahren von Penelope's Pooches über mich ergehen zu lassen.

Natürlich ist sie nicht vollständig fehlerfrei, und es gab

schon ein paar Pannen. Mehr als ein paar. Sie hat einen von Lotties Lieblingsschuhen ergattert und das Leder am Absatz so sehr durchlöchert, dass es jetzt einem Sieb gleicht. Und begreift überhaupt nicht, dass es kein Spiel ist, wenn ich mit ihr nach draußen gehe, was nicht dazu dient, um an der Leine zu knabbern, sondern dass sie sich darauf konzentrieren sollte, ihr Geschäft zu erledigen, damit wir bald wieder aus der kühlen Londoner Luft nach Hause können.

Aber mir ist natürlich klar, dass das alles zum Welpentraining dazugehört, und ich bin überglücklich, dass ich die Gelegenheit dazu bekommen habe.

Am Montagvormittag komme ich mit Stevie unterm Arm im Laden an. Scarlett weiß zwar, dass ich Stevie haben wollte, aber sie hat keine Ahnung, dass sie schon bei mir ist. Sie wird genauso entzückt sein, wie ich es bin, wenn sie sie sieht.

„Sie können nicht *Hollywood Glam* mit *Country Chic* und industriellem Minimalismus vermischen. Das sieht am Ende aus wie Kraut und Rüben... selbst wenn Sie mit dem aufregendsten neuen Fußballtalent des Landes verheiratet sind", sagt sie in ihr Mobiltelefon, als ich an ihr vorbeigehe, um meinen Mantel aufzuhängen. Sie schaut kurz zu mir auf und winkt mir, bevor sie hinzufügt: „*Karina Designs?* Das interessiert uns nicht. Wir machen einfach das, was wir am besten können: auf die Bedürfnisse unserer Kunden eingehen und tolle Designs liefern."

Ich stelle mich mit der schlafenden Stevie in meinen Armen vor sie hin. Zum Glück hat sich mein Hündchen heute Morgen in der Wohnung ausgetobt, so dass sie schon in der U-Bahn leise schnarchte und niemand ihr viel Aufmerksamkeit schenkte.

Scarlett beäugt sie in meinen Armen, während sie sich am Telefon verabschiedet. „Portia? Ich muss los. Wir reden später. Ciao, ciao, ciao." Sie legt auf. „Ist es das, was ich denke?"

„Nein, kein 'das'. Das ist eine *sie* namens Stevie, und *sie* ist unser neuer Ladenhund. Ich habe das Auswahlverfahren bestanden und sie ist schon das ganze Wochenende bei mir."

Scarlett erhebt sich von ihrem Platz um Stevie genauer zu betrachten. Sie streichelt ihr weiches Fell und Stevie rührt sich kurz, bevor sie wieder einschläft. „Sie ist bezaubernd. Gehört sie wirklich dir?"

„Besiegelt, unterschrieben und geliefert."

Als hätte sie geahnt, dass über sie gesprochen wird, gähnt Stevie und lässt ihre kleine rosa Zunge und eine Reihe winziger weißer, scharfer Zähnchen sehen. Zähnchen, die sich während der letzten achtundvierzig Stunden in meine Hände, meine Ohrläppchen und meine Knöchel gebohrt haben –, dann schlägt sie ihre großen braunen Augen auf. Sie blickt sofort von mir zu Scarlett, beginnt zu wedeln und zappelt in meinen Armen.

„Stevie, das ist Scarlett. Sie ist meine Geschäftspartnerin und Miteigentümerin von ScarZar, wo du von nun an jeden einzelnen Tag verbringen wirst."

„Wirklich?"

„Natürlich."

„Aber ich dachte, du würdest sie erst einmal erziehen. Welpen sind unberechenbar."

„Unwiderstehlich, meinst du. Das wird schon klappen. Sie ist schlau, sie wird sich schnell eingewöhnen und die Leute werden sie ganz sicher lieben. Wir werden als der Einrichtungsladen mit dem entzückenden Jack Russell bekannt werden, genau wie wir es wollten. Karina wird im Vergleich dazu so öde sein."

„Ich kenne den Plan. Darf ich sie mal halten?"

„Klar." Ich übergebe ihr das warme, kleine Fellbündel

und beobachte, wie Scarlett sie vorsichtig in ihre Arme nimmt. Stevie windet sich. „Sie ist ein zappeliges kleines Ding, stimmt's?"

„Sie ist ein Welpe. Das gehört dazu."

„Oh, schau mal. Jetzt hält sie still."

Stevie wird in Scarletts Armen ganz schlaff, und sofort schrillen in meinem Kopf die Alarmglocken.

„Schnell! Lass sie runter."

Scarlett streichelt sie. „Warum? Sie ist doch so süß und kuschelig."

„Weil sie gleich pinkelt, deshalb!"

„Was?" Scarlett hält Stevie von sich weg und wir sehen beide entsetzt zu, wie die letzten Reste von Pipi auf den Boden tropfen. Scarlett schaut auf ihre Seidenbluse hinunter, die ein großer nasser Fleck ziert, genau in der Mitte, wo der dünne Stoff jetzt an ihrem Körper klebt. „Du meine Güte. Das kann doch nicht wahr sein!" Sie drückt mir Stevie in die Hand und stürmt in den hinteren Teil des Ladens, und ich höre, wie sie Papierhandtücher aus dem Spender in der Toilette holt.

„Es tut mir so leid", rufe ich. „Stevie, das machen wir draußen, okay? *Draußen*."

Stevie blickt mich mit ihren großen Augen an und wedelt mit dem Schwänzchen, als wäre nichts passiert.

Scarlett kommt zurück. „Ich bin buchstäblich mit Hundepisse durchtränkt."

Ich presse die Lippen zusammen und schaue von ihrem finsteren Gesicht zu dem nassen Fleck auf ihrer Bluse. Das sieht nicht gut aus. Ein Kichern baut sich auf und ehe ich mich versehe, prustet es aus mir heraus und klingt so merkwürdig, dass Stevie sofort ihre Aufmerksamkeit auf mich richtet und vor Freude zu kläffen beginnt. Das ist ansteckend. Einen Moment später verzieht Scarlett ihr Gesicht zu einem Grinsen und ein Schnauben entweicht ihrer Nase. Bald darauf bricht auch sie in einen Lachanfall aus und wir halten uns beide kichernd und glucksend die Seiten, während Stevies Schwänzchen wie wild gegen meinen Arm schlägt.

Wir sind so mit Lachen beschäftigt, dass wir das Klingeln des Glöckchens über der Eingangstür erst bemerken, als es zu spät ist. Eine Kundin steht im Laden und wirft uns einen strengen, fragenden Blick zu.

Ich bin die erste, die sich wieder halbwegs unter Kontrolle hat. „Entschuldigen Sie bitte", sage ich zu der älteren Frau, die bis auf ihre dicken, hautfarbenen Strumpfhosen komplett schwarz gekleidet ist. Ich klemme Stevie unter meinen Arm. „Was kann ich denn für Sie tun?"

„Ihre Bluse hat einen unschönen Fleck", sagt die Frau und deutet auf Scarlett.

„Ich werde das gleich in Ordnung bringen lassen", antwortet Scarlett. Sie nimmt ihre Handtasche und spaziert an mir vorbei zur Tür. „Zara wird sich um Sie kümmern. Sie sind in guten Händen."

Ich lächle die Frau an. „Es tut mir leid. Was kann ich für Sie tun?"

Sie schaut kurz auf Stevie, bevor sie mich wieder ansieht. „Wollen Sie den Welpen weiter auf dem Arm halten?"

Ich schaue auf mein Hündchen hinunter. Stevie beobachtet die Frau genau und ihr kleiner Körper zittert vor Aufregung, als wolle sie sagen: „Ich weiß, dass diese Person mich streicheln will. Und vielleicht hat sie einen Ball! Oder Leckerlis! Lass mich zu ihr!" Ich spreche bereits fließend Stevies Sprache.

„Ich bringe die Kleine nach hinten, während Sie sich all unsere schönen Sachen ansehen. Bin gleich wieder da." Ich eile in das winzige Hinterzimmer, das voller Accessoires, Polstermöbel und Kisten ist, finde ein altes flauschiges Kissen und lege Stevie darauf. Warum habe ich kein Hundebett mitgebracht? Das flauschige Kissen muss für den Moment genügen.

„Stevie. Bleib. Bleib." Ich hebe meine Hand wie ein Stoppschild und werfe ihr einen Blick zu, der sagt, dass ich es ernst meine. Sie blickt mich mit ihren Hundeaugen an und wedelt.

Ich hocke mich neben sie und kraule ihren Rücken. „Ich muss arbeiten, kleines Mädchen. Es tut mir leid. Ich werde nachher alles für dich herrichten. Versprochen."

Sie spitzt die Ohren, legt den Kopf zur Seite, sieht mich mit einem herzzerreißenden Blick an, und es kostet mich all meine Willenskraft, sie nicht wieder in meine Arme zu nehmen. Stattdessen wiederhole ich den Befehl zum Bleiben und verlasse das Zimmer, wobei ich die Tür fest hinter mir schließe.

„Tut mir sehr leid", sage ich zu der Frau, als ich zurück in den Laden eile. „Wie kann ich Ihnen helfen?"

Fünfzehn Minuten und den Verkauf einer Lampe und eines Sets von Untersetzern später kommt Scarlett in einer hübschen türkisfarbenen Bluse in den Laden zurück.

„Hast du dir ein neues Oberteil gekauft?" frage ich sie.

„Das musste ich wohl. Das andere war vollgepinkelt. Schon vergessen?"

„Tut mir leid. Sie ist noch ein Welpe. Sie wird es lernen."

„Wollte die Kundin einen Einrichtungsvorschlag?", fragt sie hoffnungsvoll.

„Nein. Sie hat nur eine Lampe gekauft."

„Schade. Wo ist Stevie?"

„Sie ist hinten. Ich habe ein Bettchen für sie improvisiert. Da fällt mir ein. Ich muss los, um ihr ein richtiges Hundebett für den Laden zu besorgen und auch einen kleinen Laufstall, in dem sie vorerst bleiben kann. Wenn sie älter ist, können wir sie im Laden herumlaufen lassen."

„Klar. Ich muss noch ein paar Anrufe tätigen. Oh, fast hätte ich es vergessen: George findet dich wundervoll."

„Hat er das gesagt?"

„Wir waren gestern zum Brunch in dem neuen Lokal an der Themse. Er hat von dir geschwärmt. Er sagte, du seist schön und klug und genau sein Typ. Hat er dich schon angerufen?"

Ein Grinsen macht sich auf meinem Gesicht breit. „Das hat er. Er hat gleich am nächsten Tag angerufen."

„Am Tag nach deiner Party? Wow, das hat er gar nicht erwähnt. Er ist ambitioniert."

„Ich weiß, stimmt's? Wir gehen am Dienstagabend aus."

„Zara, du schlaues Füchslein. Du hast mir gar nichts verraten."

„Ich war ganz schön mit Stevie beschäftigt. Aber ich freue mich schon darauf. George scheint großartig zu sein."

„Oh ja, das ist er. Er und Harry sind wirklich gute Freunde. Sie machen zusammen Extremsport. Du weißt schon, Sachen wie Fallschirmspringen und Tauchen."

„Alle Tauchscheine, was?" Ich grinse. „Klingt wie James Bond."

„Nur besser, denn er ist der Echte."

Ein dumpfes Krachen ertönt aus dem hinteren Teil des Ladens. Wir blicken uns alarmiert an.

„Oh je." Ich stürme hin, reiße die Tür auf und werfe einen Blick ins Lager.

Kein schöner Anblick.

Es war wohl reines Wunschdenken, dass ein kleiner Welpe auf einem flauschigen Kissen liegenbleibt. Der reinste Irrsinn. In den letzten fünfzehn Minuten hat Stevie die Füllung aus dem Kissen gerissen und überall verteilt, eine Glasvase umgeworfen, die jetzt in Scherben auf dem Boden liegt, und an einem Stoffballen gezerrt, der nun mitsamt Regal bedenklich herunterhängt. Ich hebe den Stoffballen rasch hoch und stelle ihn in das Regal, wo er hingehört.

Wie kann ein winziges Hundebaby nur so viel Schaden anrichten?

„Stevie Huntington-Ross! Was hast du getan?" knurre ich.

Sie schaut zu mir hoch und wedelt glücklich, als hätte ich nicht geschimpft und sie nicht eine Vase und ein Kissen zerstört und beinahe ein Regal mitsamt den Stoffballen umgerissen.

Ich nehme sie in meine Arme. „Böse Stevie. Böses Hündchen."

Scarlett kommt zur Tür herein. „Was zum...?"

„Ich werde alles in Ordnung bringen."

„Aber diese Vase kostet ein Vermögen!"

Mit Stevie unterm Arm beuge ich mich hinunter und sammle die Glasscherben ein. „Es tut mir leid. Ich werde mir eine bessere Lösung einfallen lassen."

„Willst du sie zu Hause lassen?"

„Nein. Wir waren uns doch einig, dass sie ein Laden- hund werden soll. Sie wird ein Teil unseres Markenzei- chens sein, schon vergessen?"

„*Hund* ist das Schlüsselwort, Zara. Sie ist noch ein Welpe. Man kann ihr noch nicht trauen. Du musst sie trai- nieren, dann erst kann sie wieder kommen."

„Aber die Leute lieben Welpen."

„Nicht solche, die einem auf die Bluse pinkeln, solche nicht."

Das ist nachvollziehbar. „Ich kaufe dir eine neue Bluse."

„Vielleicht solltest du deine Midlife-Crisis auf den Feierabend und die Wochenenden verlegen. Dann können wir unter der Woche normal arbeiten, ohne dass sowas hier passiert." Sie deutet auf das Chaos.

„Nochmal: Das ist keine Midlife-Crisis. Es ist ein Welpe", sage ich ganz ruhig.

Warum glauben immer alle, ich hätte eine Midlife-Crisis?

„Dein Hündchen ist außer Kontrolle, Zara."

Ich atme tief aus. „Ich gehe jetzt mal los und besorge einen kleinen Laufstall für den Laden. Dann ist sie unter Kontrolle, und die Leute können sie gefahrlos anschauen und streicheln,."

„Tja, vielleicht."

Ich spüre, dass Scarlett ihren Widerstand aufgibt, also lege ich nach. „Komm schon, Scar. Du weißt, dass es eine gute Idee ist."

„Aber wir können uns nicht noch mehr Zwischenfälle leisten. Wir stehen schon jetzt mit dem Rücken zur Wand, weil wir in den letzten Monaten die Hälfte unserer Kunden verloren haben."

Ich grinse sie an. „Du bist die Beste. Ich werde bei Penelope vorbeischauen, auf dem Rückweg von Asher. Ich muss ihm heute meine Entwürfe für seine Wohnung zeigen, und bei ihm ausmessen."

„Wie geht es deinem zukünftigen Ehemann?"

„Es gibt keine Midlife-Crisis und er ist nicht mein zukünftiger Ehemann."

Sie hebt die Augenbrauen hoch. „Vielleicht könnte ein gewisser George Honeydew einspringen?"

„Es wäre ein bisschen zu früh, um eine Hochzeit zu planen, meinst du nicht auch?" sage ich kokett.

„Schätzchen, George ist ein toller Kerl und er stammt

aus einer der reichsten Familien von Berkshire. Du könntest es viel schlechter treffen."

„Warten wir ab, wie unser erstes Date läuft, einverstanden?"

„Ich habe ein gutes Gefühl bei euch beiden."

Ich grinse sie an und die Vorfreude wächst in mir. Ich
habe auch ein gutes Gefühl dabei.

Kapitel Neun

ASHER ÖFFNET die Tür zu seiner Wohnung und sein Blick fällt sofort auf Stevie, die sich in meine Arme schmiegt. „Du hast dein Hündchen mitgebracht?" Er versucht, grimmig dreinzuschauen, während ich meine pinkfarbene Tablet-Hülle und meine Vintage-Handtasche von Chanel zusammen mit Stevie in meinen Armen balanciere. Ich weiß, dass er es nicht so meint.

„Sie ist meine neue Partnerin, was soll ich sagen?"

Stevie klopft mit dem Schwanz gegen mich und beginnt zu zappeln, um sich zu befreien.

„Niedliche Partnerin, obwohl ich mir nicht sicher bin,

wie hilfreich sie heute beim Ausmessen der Wohnung sein wird."

„Sie wird unglaublich hilfreich sein. Stimmt's, mein kleines Hundebaby?" Ich kraule ihr warmes Fell.

Asher zieht eine Augenbraue hoch. „Hier, ich nehme dir das ab." Er pflückt meine Tasche von meinen Schultern und hält sie für mich.

„So ist es besser. Danke." Ich folge ihm in sein spärlich möbliertes Wohnzimmer, immer noch mit meinem Welpenmädchen im Arm, das sich wie wild windet. „Ist es okay, wenn ich Stevie in deiner Wohnung herumlaufen lasse? Sie war heute ein bisschen ungezogen und ich glaube, sie könnte ein bisschen Dampf ablassen."

„Dafür gibt es doch Hundeparks, oder?"

„Sie ist noch zu klein für einen Hundepark und außerdem muss sie alle Impfungen haben, bevor sie überhaupt in die Nähe von anderen Hunden darf."

Asher sieht Stevie an. „Hat sie ihr Hundegeschäft schon erledigt?"

„Aber sicher." Ich erwähne nicht, dass es auf Scarletts Shirt passiert ist. Es gibt keinen Grund, ins Detail zu gehen.

„Okay. Ich habe Hartholzböden, also wenn ihr ein kleines Missgeschick passiert, dann kann man leicht sauber machen."

„Oh, darum kümmere ich mich, falls das passierten sollte."

„Ja, du bist gemeint", antwortet er lachend. „Lass mich erst noch ein paar Türen schließen." Er geht aus dem Zimmer.

Ich halte Stevie hoch, um ihr ein paar klare Anweisungen zu geben. „Sei brav. Nimm nichts ins Mäulchen. Und pinkle auf keinen Fall irgendwohin."

Ich setze sie auf dem Boden ab, hebe sie dann wieder hoch und füge hinzu: „Oder schlimmeres."

Asher kehrt ins Wohnzimmer zurück und schließt die Tür zum Flur hinter sich.

Ich setze Stevie sanft auf den Boden und beobachte, wie sie sofort schnüffelnd durch das Zimmer läuft, wobei sie mit ihren übergroßen Pfötchen in alle Richtungen auf dem glänzend glatten Holzboden ausrutscht.

„Dein Welpe hat ganz schön viel Energie."

„Sie war im Laden eingesperrt. Wir können sie dort noch nicht frei herumlaufen lassen, also war sie im Hinterzimmer. Ich besorge ihr einen Laufstall, bis sie etwas erwachsener geworden ist."

„Meinst du mit 'erwachsen', dass sie Gassi geht und nicht mehr so oft die Sachen anderer Leute anknabbert?"

„Sie knabbert nicht an den Sachen anderer Leute."

Asher macht eine Geste in Richtung Stevie. Sie tapst auf uns zu und schleppt stolz einen von Ashers Schuhen über den Parkettboden. Sie bleibt stehen, lässt sich auf der Stelle nieder und beginnt, an dem Schuh zu nagen.

„Stevie, nein!" sage ich, während ich ihr den Schuh entreiße und ihn auf Beschädigungen untersuche. Er weist deutliche Einkerbungen auf, die nur von Hundezähnchen stammen können. Ich halte ihn hoch. „Es tut mir so leid. Ich werde dir ein neues Paar Schuhe besorgen. Ich verspreche es."

Asher nimmt mir den Schuh ab. „Vielleicht sollte ich ihr den anderen auch noch geben, damit sie die Sache ausgleichen kann?"

„Sehr witzig."

„Wann geht sie in die Welpenschule?"

„Ich bin mit Hunden aufgewachsen. Ich weiß, wie man sie trainiert."

Er wirft mir einen Seitenblick zu. „Weißt du das wirklich, Zee?"

„Ja!" Ich bestehe darauf. „Das sind nur Milchzähnchen, nichts weiter."

„Wortwitz beabsichtigt?" Er deutet auf den Schuh.

Wir sehen beide zu, wie Stevie über den Parkettboden in den Flur trippelt. Wir folgen ihr ins Schlafzimmer, wo sie wie angewurzelt vor dem bodentiefen Spiegel stehen bleibt. Sie starrt ihr Spiegelbild an, bewegt sich zur Seite und spitzt die Ohren. Sie drückt ihre Nase gegen den Spiegel und springt erschrocken zurück, weil sie eine warme, feuchte Nase erwartet hat. Sie gibt ein aufgeregtes Kläffen von sich und fängt an herumzuhüpfen. Sie bellt und knurrt und stürzt sich auf ihr Spiegelbild.

Ich werfe einen Blick auf Asher. Er hat ein Grinsen im Gesicht, das er rasch wieder abstreift. „Melde sie gleich heute in der Welpenschule an, Zee. Dieser Hund ist eine Gefahr für sich selbst."

Ich salutiere spöttisch vor ihm. „Ja, Sir."

Er verzieht das Gesicht. „Ich bin nicht herrisch. Ich bin nur vernünftig."

„Du bist total herrisch, aber Stevie und ich lieben dich dafür. Komm, wir setzen uns hin und ich zeige dir meine Ideen für die Wohnung. Ich muss dann auch noch ausmessen."

Wir kehren in die Küche zurück, wo wir uns auf die beiden Hocker – natürlich aus schwarzem Leder und Chrom – an seiner Küchentheke setzen, ich lege mein Tablet vor uns hin, berühre es, und der Bildschirm leuchtet auf.

„Was hast du für mich geplant, Frauchen?"

„Du hast doch gesagt, dass du die graue Farbpalette magst. Ich habe mir überlegt, diese Elemente für dein Wohnzimmer zu kombinieren." Ich zoome in eines der

Moodboards mit der Farbpalette für Asher, zeige ihm eine Kombination von Möbeln, Teppichen, Leuchten, und ein paar Accessoires. „Ich dachte, das hier würde dir am besten gefallen, aber ich habe noch ein paar weitere Entwürfe zum Vergleichen."

Er zeigt auf eines der Accessoires. „Was hat es mit dem Pferdekopf auf sich? Ich bin zwar nur ein Viertel Italiener, aber..."

„Ich dachte, es wäre stilvoll für deine Junggesellenbude."

Seine Lippen kräuseln sich. „Ist das ein Fachbegriff für Innenarchitekten? Junggesellenbude?',,

„Wer ist hier die Innenarchitektin?"

„Was hast du noch?"

Ich rufe die anderen Moodboards auf. „Ich habe auch dieses Design für Dich entworfen, es ist weniger modern und mehr traditionell", beginne ich, nur um von einem Knurren unterbrochen zu werden.

Wir drehen uns beide um und sehen, dass Stevie ihre Zähnchen in Ashers schwarzem Ledersofa versenkt hat. Sie zieht mit aller Kraft – was nicht viel ist, wenn man bedenkt, dass sie kaum so viel wiegt wie zwei kleine Dosen Baked Beans. Ich springe von meinem Hocker auf und sage: „Stevie! Nein!", während ich sie losreiße. Sofort lässt sie die Sofakante los und leckt mir begeistert den Hals, was mich zum Kichern bringt.

Asher sieht uns mit einem amüsierten Gesichtsausdruck zu. „Ihr zwei seid ein perfektes Team. Sie macht das Mobiliar der Kunden kaputt, damit du sie durch neue ersetzen kannst."

Ich untersuche das Sofa auf Schäden. An der unteren Ecke ist eine Reihe von Zahnabdrücken zu sehen, aber zum Glück keine Risse. „Das tut mir leid. Sie ist im Moment eine echte Zumutung."

„Ich sag's noch mal. Ein Wort: Welpenschule, sofort."

„Das sind zwei Worte."

„Das war ein Scherz."

Ich richte mich wieder auf. „Wenn du das nächste Mal einen Scherz machst, warne mich doch vorher, damit ich im richtigen Moment lachen kann."

„Du bist eine Komikerin, weißt du das?"

Ich werfe ihm ein gewinnendes Lächeln zu. „Einer von uns muss es sein, Herzchen." Ich richte meine Aufmerksamkeit wieder auf Stevie. „Wenn ich ihr Futter gebe, beruhigt sie sich vielleicht und schläft ein bisschen."

„Ja genau, denn sie aufzutanken wird ihr bestimmt keine zusätzliche Energie geben. Ich bin nur froh, dass sie sich nicht an einem meiner Surfbretter vergriffen hat." Er deutet mit einem Nicken auf die drei Surfbretter, die in seinem Wohnzimmer an die Wand gelehnt sind.

„Sie bekäme ihr Mäulchen nicht einmal um eines davon herum. Sieh sie dir doch an", ich halte ihm Stevie hin und zu meiner Überraschung nimmt er sie in seine Arme.

„Sie ist so weich und warm", gurrt er, und seine herrische Art von vorhin hat sich in einen Überschwang von Welpenliebe aufgelöst.

„Ich hole einen Napf. Ihr zwei lernt euch einstweilen kennen."

Ich beginne, seine halbleeren Küchenschränke nach einer passenden Schale zu durchstöbern. Als ich im vierten Unterschrank eine finde, ziehe ich eine Packung Hundekekse aus meiner Handtasche, schütte ein paar davon hinein und stelle den Napf auf die Holzdielen im Wohnzimmer. „Stevie, willst du etwas fressen?" frage ich, aber sie ist zu sehr damit beschäftigt, mit Asher zu spielen, der jetzt auf dem Sofa sitzt, während sie auf ihm herumhüpft.

Ich bleibe stehen und schaue zu. Es ist niedlich zu

sehen, wie sie zusammen Spaß haben. Ashers Blick ist sanft und warm, während er Stevie dabei beobachtet, wie sie herumhüpft, hinfällt und wieder aufsteht. Er hebt seinen Blick zu mir und grinst mich an. „Ich würde sie gerne nervig finden, aber sie ist super cool."

„Ich wusste, dass du sie magst."

Ich setze mich und wir beide spielen mit Stevie, bis sie langsamer wird, einknickt und ihre Augenlider schwer werden. Es dauert nicht lange, bis sie auf Ashers Schoß eingeschlafen ist, erschöpft von ihrem wilden Spiel.

„Sie mag dich", sage ich.

„Was soll ich sagen? Das tun alle Mädchen."

„Das ist es, was ich so sehr an dir liebe, weißt du. Deine Bescheidenheit."

„Zeig mir die anderen Stimmungsdinger."

„Die heißen *'Moodboards'* und das weißt du." Ich hole mein Tablet von der Küchentheke, komme zurück und setze mich neben Asher. Ich zeige ihm die anderen Moodboards, die ich für ihn zusammengestellt habe, und er sagt mir, was ihm an allen dreien gefällt. Ich mache mir Notizen und vereinbare, ihm das endgültige Konzept noch diese Woche zu präsentieren.

„Kannst du mir genau dieses Sofa besorgen?", fragt er und zeigt auf ein braunes Ledersofa im modernen Stil der Fünfziger Jahre.

„Das kann ich. Ich habe es bei einem Lieferanten gesehen. Es ist so gemütlich."

„Gekauft."

„Aber ... du weißt doch gar nicht, wie viel es kostet, und wir haben noch gar nicht über dein Budget gesprochen."

„Was soll ich sagen? Ich will, was ich will, und im Moment will ich dieses Sofa. Schick mir dein komplettes Angebot und dann sehen wir weiter."

Ich kneife die Augen zusammen, denn ich erinnere mich an ein Gespräch, das wir vor einiger Zeit hatten. „Bei Sebastians und Emmas Hochzeit hast du mir gesagt, du müsstest sparen, um dir meine Beratung leisten zu können. Nichts für ungut, aber das wird alles nicht billig."

Er zuckt völlig nonchalant mit den Schultern. „Ich will es schön haben. Mach mir ruhig dein Angebot. Für alles."

„Okay", antworte ich etwas unschlüssig. Ich rede weiter. „Das hier ist der große Plan für den Kleiderschrank. Viel Stauraum zum Hängen und Legen, und hier ein Platz für den großen Spiegel, in dem du dich selbst vollständig betrachten kannst."

„Weil ich mich so gerne selbst betrachte", antwortet er grinsend.

Ich lache. „Da bin ich mir ziemlich sicher."

Ich schaue auf Stevie hinunter. Sie sieht so entspannt aus, an Asher gekuschelt. „Ich muss jetzt deine Wohnung ausmessen. Ist es okay, wenn du hier mit dem Hündchen sitzenbleibst?"

Er wirft einen Blick auf seine Armbanduhr. „Eigentlich muss ich gleich zurück ins Büro. Ich habe bald eine Besprechung. Hey, könntest du mir mein Handy holen?"

„Du könntest die Kleine neben dich hinlegen und einfach selber aufstehen, weißt du."

„Ich will sie nicht beim Schlafen stören."

Ich lache. „Du großer Softie. Wo ist dein Handy? Ich hole es dir."

„Im Flur."

Ich hole sein Telefon und stelle fest, dass er eine Menge Benachrichtigungen hat. Als ich es ihm gebe, sage ich: „Es muss anstrengend sein, so beliebt zu sein, wie du es bist."

Er scrollt durch seine Nachrichten. „Das ist hauptsächlich Arbeit."

Ich schaue ihm über die Schulter und lese eine der

Nachrichten laut und mit übertrieben sinnlicher Stimme vor. *„Asher, ich liege im Schaumbad und denke an dich.* Das hört sich für mich nicht nach Arbeit an, es sei denn, ich habe keine Ahnung, was ein Anwalt tut."

Er legt sein Handy mit dem Display nach unten auf seine Brust und sieht zu mir hoch. „Zara Huntington-Ross, du bist möglicherweise meine zukünftige Frau, aber das bedeutet nicht, dass du meine persönlichen Nachrichten lesen darfst."

Ich erhebe kapitulierend die Hände. „Ich will damit nur sagen, dass das keine Arbeitsnachricht ist. Das ist alles. Und wer ist Fenella überhaupt?"

„Ich habe sie zu deiner Geburtstagsparty mitgebracht, weißt du noch?"

„Du bist so ein *Seriendater*! Man kann sich kaum merken, welches Mädchen es diese Woche ist. Im Ernst, Ash, du hast ein Problem."

Er lacht und Stevie hebt kurz den Kopf, die Augen immer noch fest geschlossen, bevor sie wieder in ihre Schlafpose fällt und zu schnarchen beginnt.

„Ich habe sie nicht darum gebeten, an mich zu denken, während sie in der Wanne liegt."

Ich ziehe eine Augenbraue hoch. „Bist du dir da sicher?"

„Wieso spielst du plötzlich meine Mutter?"

„Tu ich doch nicht. Ich will damit nur sagen, dass auch du in die Jahre kommst. Wäre es nicht an der Zeit, dass du langsam sesshaft wirst? Eine nette Frau findest?"

„Wenn das passiert, werde ich meine Ersatzfrau nicht heiraten können, oder?"

„Verlass dich nicht darauf. Ich habe vor, Mr. Right schon viel früher zu finden."

„Sag bloß, dieser Typ namens George, der mit dem lächerlichen Familiennamen, könnte der Richtige sein."

Hitze steigt mir in die Wangen. „Nein", antworte ich und überzeuge damit niemanden, schon gar nicht Asher.

Er sieht mir direkt in die Augen. „Das ist ein Idiot."

„Das sagst du andauernd, aber bis jetzt gibt es keine Beweise für seine angebliche Idiotie."

Er zieht die Stirn in Falten. „Wann ist dein Date mit ihm?"

Ein Lächeln umspielt meine Mundwinkel. „Morgen Abend."

Er bläst die Luft aus. „Na dann, viel Spaß", sagt er. Und das klingt so unecht, dass ich in Gelächter ausbreche. „Was ist denn?", fragt er und schüttelt den Kopf.

Ich beuge mich hinunter und küsse ihn auf die Wange. „Ich finde es toll, dass du dich wie ein großer Bruder aufführst, was komisch ist, wenn man bedenkt, dass du findest, ich benehme mich wie deine Mutter."

„Und eines Tages werden wir vielleicht heiraten. Wie soll das denn gehen?"

Ich kichere. „Wer weiß. Hey, ich muss los und deine begehbare Garderobe ausmessen. Du antwortest einstweilen dem Mädchen im Schaumbad und allen anderen, die du an der Angel hast."

„Ich treffe mich immer nur mit einer, und alle wissen, dass es nur zum Vergnügen ist. Nichts Ernstes."

„Hast du ihnen das gesagt? Du sagst ihnen ganz offen: 'Das ist nur zum Vergnügen'?"

„Ja."

„Und sie gehen trotzdem mit dir aus?"

„Klar. Es ist am besten, wenn man von Anfang an ehrlich ist."

Ich mustere ihn. Mit seinem offiziellen Status als Mitglied des „Tall, Dark, and Handsome"-Clubs ist es offensichtlich, dass er bei all diesen Frauen gut ankommt. Aber ich weiß, dass es mehr ist als nur sein gutes Aussehen.

Er ist lustig und charmant und man kann sich gut mit ihm unterhalten. Eine todsichere Kombination von guten Eigenschaften, so viel ist sicher.

„Was ist denn?", sagt er und verzieht seine Lippen zu einem Lächeln.

Ich schüttle meine Fantasien ab und lande wieder in seinem Wohnzimmer. „Nichts. Ich muss jetzt weitermachen."

Ich hole meine Handtasche aus der Küche und mache mich auf den Weg in Ashers Schlafzimmer. Dort öffne ich die Doppeltür zu seiner künftig begehbaren Garderobe und blicke mich um. Der Raum ist so vollgestopft mit Umzugskartons und Zeugs, dass es fast unmöglich ist, ihn auszumessen.

„Hey, Asher. Kann ich ein paar deiner Kartons umstellen?" rufe ich. „Ich bin in deiner begehbaren Garderobe."

Ich höre Schritte und dann erscheint er neben mir, die schlafende Stevie an seine Brust geschmiegt. „Lass uns tauschen. Du nimmst den schlafenden Hund und ich messe aus."

„Es muss exakt sein, damit der Hersteller das Design perfekt anpassen kann."

„Stellst du meine Fähigkeit in Frage, vier Wände auszumessen? Ich bin ein Mann, weißt du. Das gehört einfach zum Mann sein. Ein Mann muss wissen, wie man etwas ausmisst, wie man etwas zerlegt und wieder zusammenbaut, und wie man eine Straßenkarte liest."

„Dann bin ich ja froh, dass ich kein Mann bin."

Er reicht mir Stevie. „Das Maßband, bitte."

„Es ist in meiner Handtasche."

Er beginnt, meine Tasche zu durchwühlen. „Du hast ein Portemonnaie, einen Schlüsselbund, einen Haufen Quittungen und fünf Lippenstifte." Er sieht zu mir auf. „Fünf Lippenstifte?"

„Was soll ich sagen? Ich ändere meine Lippenfarbe je nach Stimmung."

„Offensichtlich. Kein Maßband."

„Wirklich nicht? Ich war mir sicher, ich hätte eins dabei."

Er hält mir meine Tasche offen hin, damit ich hineinsehen kann.

„Kann ich dann bitte deines benutzen?"

„Klar. Es ist in einem der Kartons."

Wir schauen beide auf die Stapel bis zur Decke.

„Sehr praktisch", sage ich.

„Tut mir leid. Ich konnte ja nicht ahnen, dass meine Innenarchitektin kommt um meine begehbare Garderobe ohne Maßband auszumessen."

„Dann muss ich wohl wiederkommen."

„Da fällt mir was ein." Er greift in seine Gesäßtasche und holt etwas heraus. „Das ist für dich."

Ich sehe einen silberfarbenen Schlüssel im Licht schimmern. „Ein Schlüssel zu deiner Wohnung? Das wird Lotties Verdacht nur bestätigen, weißt du?"

„Es wäre nur praktisch, das ist alles. Ich werde bald sehr viel zu tun haben. Wenn du deinen eigenen Schlüssel hast, kannst du kommen und gehen, wann immer du willst."

Ich nehme den Schlüssel in die Hand. „Klingt nach einer guten Idee."

„Du kannst damit anfangen, fürs nächste Mal an ein Maßband zu denken."

„Ja, verstanden."

„Wenn du fertig bist, lass uns gehen. Ich muss zurück ins Büro."

„Klar." Ich sammle meine Sachen ein und gemeinsam verlassen wir die Wohnung und gehen die Treppe zur Straße hinunter.

„Ich kann also den Schlüssel zu deiner Wohnung benutzen, wann immer ich ihn brauche?" frage ich, während wir die Straße hinunter zur U-Bahn gehen.

„Nun, in einem gewissen Rahmen."

„Vielleicht solltest du eine Krawatte an den Türknauf hängen, damit ich dich nicht störe, wenn du mit Fenella *arbeitest*'." Ich zeichne Anführungszeichen in die Luft, um meine Vermutung betreffend seiner Arbeitsbeziehungen deutlich zu machen.

Seine Augen tanzen hin und her, als er mir sagt: „Schreib mir einfach eine Textnachricht, bevor du rüberkommst. Dann habe ich Zeit, alle meine Frauen zu verstecken."

„Du tust so, als wäre das ein Scherz, aber ich kenne dich, Asher McMillan."

„Du kennst mich?", fragt er und sein eben noch fröhlicher Gesichtsausdruck verändert sich zu etwas anderem, undefinierbarem.

Erstaunt darüber, was er meint, will ich gerade etwas erwidern, als Stevie aufwacht und sich sofort heftig windet, um auf den Boden gesetzt zu werden. Ich mache die Leine an ihrem Halsband fest und setze sie hinunter, wo sie aufgeregt herumschnüffelt.

Ashers Telefon klingelt und er wirft einen Blick auf sein Display. „Ich muss los, Frauchen. Bestell mir das Sofa, okay? Oh, und vergiss nicht das Maßband."

„Mach ich", sage ich und winke zum Abschied, während Stevie mich mitzieht.

Kapitel Zehn

MEIN LIEBER PAPA,

ich habe ein Date mit jemandem, den ich wirklich mag! Ich weiß, das letzte Date ist schon eine Weile her, vor allem wenn wir Zack nicht mitzählen (und ich zähle Zack definitiv nicht mit).

George sieht verdammt gut aus, kommt aus einer Familie, die sogar Oma gutheißen würde (ein Wunder, oder?) und er hat mir schon mehrere Nachrichten geschickt. Ich will nicht vorschnell behaupten, dass er der Richtige wäre, aber Papa, er könnte der Richtige sein!

Wir werden sehen. Wünsch mir Glück!

Du fehlst mir. Hab dich lieb.

Deine Za-Za xoxo

Ich schlüpfe gerade in mein Outfit für die Verabredung mit George, als mein Telefon zum fünfzehnten Mal in den letzten zehn Minuten summt. Es ist eine weitere Textnachricht von ihm selbst, von 'Gorgeous George', dem großartigen George, wie ich ihn jetzt nenne.

Ich stehe auf Stärke, denn das ist es, was einen Mann auszeichnet.

Wir unterhalten uns per Text über die Feinheiten des Tennissports, insbesondere darüber, warum Frauentennis so viel interessanter ist als Herrentennis (das schrieb ich) und warum die aktuelle Nummer 1 der Männer zwar technisch unglaublich treffsicher, aber eigentlich ziemlich langweilig ist (schrieb er).

Ich tippe meine nächste Antwort ein.

Sag mal? Hast du Serena Williams spielen sehen?

Gutes Argument. Es gibt eine Sache, die das Frauentennis dem Herrentennis voraus hat. Zwei Worte: kurze Röcke.

Ich kichere, und antworte.

Ich kann nicht glauben, dass deine Flirttechnik darin besteht, über die Kleidung anderer Mädchen zu sprechen.

Ich beobachte, wie auf dem Bildschirm Punkte erscheinen, die mir sagen, dass er gerade zurückschreibt.

Ich wäre überglücklich, mit dir über jedes beliebige Thema zu flirten.

Ich grinse, als ich seine Nachricht lese. Ich habe ihn heute noch nicht einmal zu Gesicht bekommen und schon läuft das Date hervorragend.

Eine weitere Nachricht poppt auf.

Wir sehen uns in fünfzehn Minuten. Ich steige gerade in einen Uber.

Ich schaue nach der Uhrzeit auf meinem Handy. Oh

je! Ich bin spät dran. Ich schließe den Reißverschluss meines Kleides und schlüpfe in meine High Heels. Ich nehme das Handy vom Bett, bestelle einen Uber, trage noch eine Schicht Lippenstift auf und gehe ins Wohnzimmer. Lottie, Kennedy und Tabitha sitzen auf dem Sofa und schauen *The Real Housewives of Beverly Hills*, unser übliches Ritual jeden Dienstagabend, auf das ich wegen der heutigen Verabredung mit George verzichten muss.

Die Entscheidung ist mir nicht schwer gefallen.

„Ist diese Frau zu fassen?" sagt Lottie gerade. „Sie ist so gemein."

„Das ist eben so in dieser Serie, Schätzchen", erklärt Tabitha und streichelt Stevie, die auf ihrem Schoß schläft. „Die sagen Dinge, die wir uns vielleicht denken, aber nie aussprechen würden."

Kennedy fügt hinzu: „Und dabei sehen die *Housewives* auch noch so gut aus."

„Für meinen Geschmack ein bisschen zu sehr geliftet", sagt Tabitha und strafft demonstrativ ihr Gesicht mit den Handflächen.

„Diese Hollywoodschauspielerinnen müssen doch irgendwas mit ihrem Geld tun", sagt Lottie.

Ich stolziere zum Fernseher hinüber und drehe mich vor meinen Freundinnen um mich selbst. „Wie sehe ich aus?"

„Wunderschön", erklärt Lottie, und Tabitha sagt: „Perfekt", und Kennedy meint: „So hübsch."

Tabitha schaltet die Fernsehsendung auf Pause und ich strahle sie an.

„Ich bin total aufgeregt wegen dieser Verabredung. Ich will so sehr, dass es gut läuft."

Tabitha entgegnet: „Du bist ja total verknallt. Es wird gut laufen. Glaub mir."

„Nein, stimmt nicht", protestiere ich, aber ich weiß, dass es wahr ist. Jedes Mal, wenn ich an *Gorgeous George* denke, bekomme ich das wunderbare Gefühl von Schmetterlingen im Bauch und muss lächeln. Wenn das kein gutes Zeichen ist, dann weiß ich auch nicht.

„Geh schon, amüsier' dich gut und melde dich", sagt Lottie.

„Aber melde dich nur, wenn du deinen Blick länger als zwei Minuten von ihm losreißen kannst", fügt Tabitha hinzu.

„Oder er sich von deinen Lippen", stichelt Kennedy und stupst Tabitha an.

Der Gedanke, *Gorgeous George* zu küssen, zaubert ein Lächeln auf mein Gesicht, dass mir schwindlig wird. „Na dann. Wenn ihr nichts von mir hört, wisst ihr, dass ich Spaß habe."

Mein Handy zeigt mir an, dass ich in einer Minute abgeholt werde. „Ich muss los, Mädels. Sei brav, Stevie", sage ich, während ich aus dem Zimmer eile und auf dem Weg zur Wohnungstür meine Handtasche schnappe.

„Tu nichts, was ich nicht auch tun würde", ruft mir Tabitha nach.

„Süße, das schließt nichts aus", erwidert Lottie.

„Also bitte!", ist das Letzte, was ich von Tabitha höre, bevor die Haustür hinter mir zufällt.

Zwölf Minuten später komme ich gerade noch rechtzeitig beim Restaurant an, dankbar dass es auf dem Weg nur wenig Verkehr gab. Ich steige aus dem Auto und schaue mich um. Ich war noch nicht oft in diesem Teil Londons, aber diese Gegend werde ich mir merken. Die Straße ist gesäumt von Boutiquen und Cafés und das Restaurant selbst ist eines dieser freundlichen Nachbarschaftslokale, einladend und unprätentiös, aber man weiß, das Essen hier ist fantastisch.

Das weiß-blaue Farbschema verrät mir, dass es sich um ein griechisches Restaurant handelt, und die Musik aus dem Inneren passt dazu.

Da es ein wärmerer Abend als sonst ist, sitzen einige Leute an den Tischen auf dem Bürgersteig unter einem mit Glyzinien bewachsenen Spalier mit wunderschönen lila Hängeblüten. Ich schaue mich um und halte Ausschau nach George, während ich auf den Eingang zusteuere.

Aus dem Augenwinkel erregt etwas meine Aufmerksamkeit.

„Zara!"

Ich drehe mich um und sehe George mit einem Grinsen auf dem Gesicht auf mich zukommen. Mir stockt der Atem bei seinem Anblick. Er trägt perfekt sitzende Jeans, ein lila-weiß gestreiftes Hemd am Hals aufgeknöpft, sein sandblondes Haar ist ein bisschen zerzaust und er ist sehr sexy.

Er drückt mir einen Kuss auf die Wange, und ich atme seinen holzigen und männlichen Duft ein. „Du siehst heute Abend wunderschön aus."

Ich grinse ihn an, während mein Bauch Purzelbäume schlägt. „Danke. Du siehst auch ziemlich gut aus."

„Ich habe uns einen Tisch da drüben besorgt." Er deutet auf einen Tisch mit klassischer blau-weiß karierter Tischdecke und weißen Stühlen auf der anderen Seite der Terrasse. „Das heißt, wenn es für dich okay ist, draußen zu sitzen?"

„Es ist perfekt."

Er lässt seine Hand in meine gleiten und führt mich durch die überfüllten Tische ins Freie. Ich bemerke ein gut aussehendes Paar mittleren Alters am Nachbartisch, das mich anlächelt, und ich erwidere ihr Lächeln, als George mir meinen Stuhl heranzieht und ich Platz nehme.

„Ich bin so froh, dass wir das machen", sagt er, als er mir gegenüber sitzt.

„Ich auch. Ist das dein Stammlokal? Ich war noch nie hier, aber ich liebe diese Glyzinien." Ich hebe meinen Kopf und betrachte die wunderschönen Blüten, die vom Spalier hängen.

„Nennt man sie so? Für mich sind es einfach nur Blumen."

Ich kichere. „Du bist so *typisch Mann*."

„Du sagst das so, als wär's etwas Schlechtes."

„Das ist es ganz und gar nicht."

„Gut."

Unsere Blicke treffen sich und die Gedanken rasen durch meinen Kopf. Du meine Güte, ist der Mann sexy! Mir wird schwindelig, wenn ich ihn nur ansehe.

„Du spielst also Tennis?", fragt er, während er mit seinem Handy vor mir herumfuchtelt.

„Oh, nicht wirklich. Im Sommer spiele ich manchmal, und ich war auch schon ein paar Mal beim Grand Slam in Wimbledon, aber hauptsächlich wegen der Erdbeeren mit Sahne", antworte ich und meine damit das berühmte Wimbledon-Dessert, das die Zuschauer dort essen können, wie anderswo Hotdogs.

„Es gibt viel billigere und einfachere Möglichkeiten, an Erdbeeren zu kommen, weißt du, Zara."

„Aber es macht doch in Wimbledon viel mehr Spaß, als sich im Supermarkt ein Körbchen zu kaufen. Wo bleibt deine Fantasie?"

Er lacht und das kitzelt mich im Bauch. Ich nehme die Speisekarte. „Also, was gibt es hier Gutes zu essen? Ich bin am Verhungern."

„Ich nehme immer das Moussaka. Das schmeckt so gut. Cremig und lecker."

Mir läuft das Wasser im Mund zusammen. „Klingt gut."

Er hebt die Augenbrauen. „Was? Kein Salat? Kein 'Ich bin auf Diät, also muss ich auf Käse verzichten'?",

„Wer sagt das?"

„Die Frauen. Aber du nicht, und das gefällt mir."

„Es gefällt dir, dass ich Moussaka essen will? Wow, du bist leicht zufrieden zu stellen."

Seine Augen leuchten. „Was soll ich sagen? Ich mag ein Mädchen, das isst."

„Nun, ich bin definitiv ein Mädchen, das gerne isst, also schätze ich, dass wir wie geschaffen für einander sind."

Sein Blick wird noch intensiver. „Ich habe das Gefühl, das wäre möglich."

Ich starre ihn ungläubig an. Dieser Typ ist einfach unschlagbar! Er spielt keine Spielchen und redet nicht um den heißen Brei herum. Er will, dass ich weiß, dass er mich mag und dass es ihm ernst mit mir ist.

Ich möchte mich selber kneifen.

Danke, Scarlett.

„Meinst du nicht?", fragt er.

„Ja. Vielleicht." Wir grinsen uns gegenseitig an.

Ein Mann mit einem dichten schwarzen Schnauzbart nähert sich unserem Tisch mit einem Notizblock und einem Stift in der Hand. „Wollen Sie bestellen?"

George schaut zu ihm auf. „Wie geht's dir denn, Nick?"

Der Kellner schaut unsicher von George zu mir und wieder zurück. „Gut. Gut, danke. Und dir?"

„Mir geht es gut, Nick. Einfach großartig. Das ist Zara, mein Date."

Nick wendet seine Aufmerksamkeit mir zu und sagt: „Hallo." Es ist mir klar, dass Nick keine Ahnung hat, wer

George ist, aber ich werde nichts sagen, was ihn in Verlegenheit bringen könnte.

„Hallo, Nick. Eine schönes Restaurant haben Sie hier."

„Ja, es ist sehr gut. Haben Sie schon gewählt?"

George nimmt mir die Speisekarte ab und reicht sie Nick. „Ich nehme das Übliche, danke, und Zara auch."

„Das Übliche?" fragt Nick und seine Gesichtszüge sind angespannt.

George lacht. „Nick, du machst mich fertig. Moussaka, mein Freund. Du weißt, dass ich das jedes Mal bestelle, wenn ich hier bin."

Nicks Gesichtsausdruck verwandelt sich in ein Lächeln. „Moussaka! Gute Wahl. Zwei Moussaka kommen sofort. Auch Brot, Oliven, Dolmades?"

„Eine Portion Oliven?", fragt er mich und ich nicke. „Oliven für die Dame."

„Okay. Oliven und Moussaka."

„Danke, mein Bester."

Nick wirft uns einen letzten verunsicherten Blick zu, bevor er sich zum Gehen wendet.

„Das war peinlich", sagt George, sobald er außer Hörweite ist.

„Ich weiß. Du hast mir so leid getan. Aber nimm es ihm nicht übel. Er muss jeden Tag Hunderte von Kunden bedienen. Du darfst ihm nicht böse sein, dass er dich nicht erkannt hat."

George beißt die Zähne zusammen. „Ich meinte, peinlich war es, dass er sich nicht an meine übliche Bestellung erinnern konnte."

Genau.

Ich muss einen Rückzieher machen. „Ach, das? Ja, das war peinlich für ihn, nicht für dich. Offensichtlich."

Er betrachtet mich misstrauisch. „Ganz genau", sagt er langsam.

Ich muss die Situation retten, und zwar schnell. „Wie auch immer, lass uns zu dem zurückkehren, worüber wir gesprochen haben, bevor der Kellner kam. Erdbeeren. Das war's." Wie kann ich das Gespräch von den Erdbeeren zu etwas sinnvollen führen? Was sind deine drei Lieblingsbeeren? Bist du ein Bananenmann? Die letzte Frage enthält wahrscheinlich zu viele Anspielungen für ein erstes Date mit einem Mann, mit dem ich eines Tages etwas Ernstes anfangen möchte.

Am Ende springt George ein und rettet unseren Versuch einer Unterhaltung. „Ich weiß was. Erzähl mir, was du beruflich machst. Du arbeitest doch mit Scarlett zusammen, oder?"

Mein Job. Ja. Das wird klappen.

„Wir haben zusammen ein Geschäft für Innenarchitektur namens ScarZar. Unser Laden ist in Kensington und wir sind beide Einrichtungsberaterinnen. Es macht so viel Spaß, mit einer Freundin zusammen zu arbeiten."

„Könntet ihr meine Wohnung einrichten?"

Ein Lächeln breitet sich auf meinem Gesicht aus. „Aber sicher. Worum geht's?"

„Ich weiß nicht recht. Um das ganze Haus? Es ist alt und muss auf den neuesten Stand gebracht werden, aber ich denke, es hat das, was man eine gute Struktur nennt. Du weißt schon, hohe Räume, Stuckdecken, große Fenster. So ungefähr."

„Das hört sich toll an."

„Ich werde es dir zeigen müssen. Damit ich deine professionelle Meinung einholen kann."

„Natürlich."

Wir grinsen uns an, und ich nehme einen Schluck von meinem Wasser.

„Und vielleicht auch, damit wir auf meinem Sofa

sitzen und knutschen können", fügt er hinzu und ich verschütte mein Wasser vor Überraschung auf ihn.

„Tut mir leid", sage ich, während ich meine Serviette nehme und sein Hemd abtupfe.

Er nimmt meine Hand und hält sie fest. „Mach dir nichts draus. Ich habe dich unvorbereitet erwischt, nicht wahr?"

„Ein bisschen."

„Die Sache ist die, dass ich mich sehr zu dir hingezogen fühle, Zara, und ich hoffe, dass du dasselbe für mich empfindest."

Mein Bauch schlägt so viele Saltos, dass es ein Wunder ist, dass ich nicht vom Stuhl falle. „Das tue ich", antworte ich kokett.

Ein Lächeln breitet sich über sein Gesicht aus. Er nimmt mir die Serviette aus der Hand, dreht meine Hand sanft um und drückt mir einen Kuss mitten auf die Handfläche.

Ich schwöre, dass jetzt jeder Nerv in meinem Körper diese Stelle spürt.

Nick kommt an unseren Tisch, um uns den Wein und die Oliven zu bringen, und ich ziehe meine Hand nur ungern weg.

Bei einer Flasche Wein und dem Moussaka kommen wir ins Gespräch, und schon bald reden und lachen wir, während sich unsere Finger auf dem Tisch ineinander verschränken. Ich fühle mich ihm nahe und wir haben vieles gemeinsam. Wir waren beide auf strengen Internaten, wir sind beide vor unseren wohlmeinenden, aber manchmal überheblichen Familien geflohen, um in London ein Leben in Freiheit zu führen, und wir sind beide alt genug, um die Londoner Partyszene hinter uns gelassen zu haben und etwas mehr vom Leben zu wollen.

„Weißt du, Zara, meine Eltern werden dich absolut bewundern."

Wärme breitet sich in mir aus. „Meinst du?"

„Oh, ich weiß es", sagt er selbstbewusst.

Dass er mir sagt, dass seine Eltern mich bewundern werden, ist ein riesiges Gütesiegel. „Das ist nett, dass du das sagst."

„Möchtest du sie kennenlernen?"

„Ja, gerne."

„Wie wäre es jetzt?"

Moment mal, was?

Er will, dass ich seine Eltern *jetzt* kennenlerne? Bei unserem ersten Date?

„Warum bestellen wir nicht das Dessert und planen es für ein anderes Mal?" sage ich lachend, denn das kann er nicht ernst meinen. Ganz bestimmt nicht.

„Ich sage immer, es gibt keine bessere Zeit als die Gegenwart." Er geht zu dem Pärchen mittleren Alters am Nachbartisch hinüber und legt seine Hand auf den Arm des Mannes.

„Was machst du da?" frage ich und ziehe die Brauen zusammen. Hat er den Verstand verloren?

Der Mann sieht mich direkt an und sein Gesicht verzieht sich zu einem Lächeln. Sein Gesicht, das genauso aussieht wie... Nein! Das kann nicht sein!

„Hallo, Zara. Es ist wirklich schön, dich kennenzulernen, und wir haben das Gefühl, dass wir heute Abend so viel von dir erfahren haben."

„An manchen Stellen vielleicht zu viel", sagt die Frau, die mit ihm am Tisch sitzt. „Obwohl ich deine Vorsehung als sexuelles Wesen respektiere".

Meine *was* als *was*?

„George, was läuft hier?" frage ich und hoffe, dass meine voreilige Schlussfolgerung völlig daneben ist.

„Oh, wie unhöflich von uns, Mary", sagt der Mann zu seiner Frau. „Wir sind Anthony und Mary".

„Anthony und Mary?" frage ich.

„Das stimmt, meine Liebe", sagt die Frau. „Wir sind die Eltern von George."

Vor lauter Entsetzen fällt mir fast die Kinnlade auf den Tisch. „Sie sind... was?"

„Oh, sieh sie dir an, George. Sie kann es gar nicht glauben", sagt die Frau namens Mary, offensichtlich Georges Mutter, lachend zu ihrem Sohn.

Ihr *Sohn*.

Georges Grinsen ist gigantisch. „Nein, sie kann es nicht glauben. Oder, Zara? Ist das nicht wunderbar?"

Ähem, nein!

„Komm her und lass dich umarmen, meine Liebe", sagt Mary, öffnet ihre Arme weit und strahlt. „Du hast die Prüfung mit Bravour bestanden."

Ich blinzle sie verständnislos an, bevor ich meinen Blick wieder zu George gleiten lasse. Auch er strahlt mich an, als hätte er im Lotto gewonnen. „Das sind deine Eltern?" frage ich ihn mit großen Augen. „Und es war ein Test?" Ein Gefühl von Peinlichkeit durchflutet meinen ganzen Körper.

Das kann doch alles nicht wahr sein.

„Los, gib Mama eine Umarmung", befiehlt George und blickt mich stolz an.

Wie ein Zombie stehe ich auf und lasse mich von Mary in die Arme schließen. Sie riecht nach Knoblauch und Maiglöckchen und drückt mich fest an sich, während mir der Kopf schwirrt.

„Ich muss sagen, Zara, ich mochte dich vom ersten Moment an, als ich dich auf deiner Geburtstagsparty sah. Ich kenne deine Mutter natürlich vom Bridge, aber dich und deinen Bruder Sebastian habe ich bisher nie getroffen. Du hast eine tolle Rede gehalten. Stimmt's, Anthony?"

„Das hat sie. Du magst bestimmt Hunde, nicht wahr, Zara? Du wirst dich in der Honeydew-Familie wohlfühlen. Wir mögen Hunde, und wir mögen es, wenn eine Frau ihre Meinung sagt. Nicht wahr, George?"

„Ja, so ist es, Papa", antwortet George.

„D-danke", murmle ich. Denn ich bin zu verblüfft um ein Wort herauszubringen.

George grinst immer noch wie ein Kater mit einem endlosen Sahnevorrat.

Und ich? Ich fühle mich wie die Katze, die man ohne Grund aus dem Haus in den strömenden Regen geworfen hat.

Hatte ich wirklich gerade ein erstes Date, bei dem die Eltern des Kerls am Nebentisch saßen um jedes Wort mitzuhören?

Ich durchsuche meine Erinnerungsspeicher. Wir haben über Tennis gesprochen. Gut. Und dann war da noch diese ganze Beeren-Unterhaltung. Auch gut. Dann küsste er meine Handfläche und sagte mir, er wolle mit mir auf seinem Sofa knutschen.

Nicht so gut.

Moment mal. Er sagte all das zu mir, obwohl er wusste, dass seine Eltern mithören?

Überhaupt nicht gut.

„Lass uns die Tische zusammenschieben, ja?" schlägt Mary vor.

„Tolle Idee, Schatz. Dann können wir uns richtig gut miteinander unterhalten." Anthony beginnt, die Stühle zurückzuschieben. Gemeinsam heben er und George den Nachbartisch an und stellen ihn direkt neben unseren, während ich ungläubig blinzle.

Und ich hatte gedacht, dieser Abend könnte nicht noch bizarrer werden.

Ich habe mich geirrt. So sehr geirrt.

„Na bitte", sagt Anthony und bewundert sein Werk.

Ich lasse meinen Blick zwischen den dreien hin- und herschweifen. Sie tun so, als wäre das alles ganz normal. Und George scheint es auch normal zu finden.

Doch für mich hat sich George innerhalb von zwei Sekunden von einem heldenhaften Captain America in einen peinlichen Homer Simpson verwandelt – und auf keinen Fall möchte ich mit diesem Homer Simpson jemals knutschen.

Das wird mir alles zu viel.

„Entschuldigt Ihr mich bitte kurz?" frage ich und greife nach meiner Handtasche, die über der Stuhllehne hängt.

„Natürlich", sagt George.

„Komm aber schnell zurück. Ich will mehr über dein Einrichtungsgeschäft hören", sagt Mary.

Ich hänge meine Handtasche über die Schulter, schenke den dreien ein kurzes, verlegenes Lächeln und gehe dann an den Tischen vorbei durch die Tür und direkt zur Damentoilette nach hinten. Ich schließe eine der Kabinentüren, bleibe stehen und starre auf die leere Wand.

Was bitte ist da gerade passiert?

Eben noch hatte ich ein richtig schönes Date, und im nächsten Moment dann diese furchtbar peinliche Wendung.

Ich möchte nur noch flüchten, am besten in Siebenmeilenstiefeln.

Reagiere ich über? Sollte ich lieber froh sein, dass ich einen süßen Typen gefunden habe, der mich gleich seiner Familie vorstellen will?

Ich ziehe mein Handy heraus und starre auf das Display. Ich muss jemandem sagen, was passiert ist und überprüfen, ob es richtig wäre, davon zu laufen. Mein Instinkt sagt mir, dass ich Asher eine Nachricht schicken sollte, aber er würde bestimmt antworten *„Ich habe es dir ja gesagt"* und das ist das Letzte, was ich jetzt brauchen kann. Er hielt George von Anfang an für einen Idioten.

Also schreibe ich stattdessen eine Gruppennachricht an meine besten Freundinnen Lottie, Kennedy und Tabitha.

Beim Date mit George. Alles gut, bis auf die Tatsache, dass er gerade verkündet hat, dass seine Eltern schon den ganzen Abend am Nebentisch sitzen und er mich ihnen vorgestellt hat und sie sich jetzt zu uns setzen wollen. Das ist doch seltsam, oder? Ich bin doch nicht überdramatisch?

Die Antworten kommen schnell und nachdrücklich.

Lottie: Sehr seltsam!

Tabitha: Ein totales Muttersöhnchen auf eine sehr, sehr kranke Art.

Kennedy: OMG, Mädchen. Lauf!

Na schön, alles klar. Keine von ihnen hält es für ein besonders gutes Zeichen, um es vorsichtig auszudrücken. Dann taucht eine weitere Nachricht auf.

Lottie: Aber du weißt ja, was man über Jungs und ihre Mütter sagt.

Tabitha: Was? Dass es total krank ist, wenn einer seine Mutter zum ersten Date einlädt?

Kennedy: Tabitha hat recht, Lottie. Versuche nicht, das Ganze positiv zu sehen. Hör nicht auf Lottie, Zee. Lauf. Jetzt!

Tabitha: Seh ich auch so.

Lottie: Aber wir reden hier über Gorgeous George!

Tabitha: Hör auf, Lottie! Der ist mehr als krank.

Kennedy: Lauf, Zara! Und schau nicht zurück!

Ich stecke mein Handy zurück in die Handtasche, denn ich habe mich entschieden – ich kann jetzt schon sagen, dass ich mein Date mit Homer Simpson und seiner Familie nicht fortsetzen werde.

Ich bezahle mein Essen und die halbe Flasche Wein und bleibe dann an dem Tisch stehen, an dem George mit seinen Eltern sitzt. „Es tut mir so leid, George. Danke für die Verabredung, aber ich glaube nicht, dass das funktionieren wird. Es war absolut −" seltsam? schrecklich? mehr als erniedrigend? „− es war schön, euch beide kennenzulernen, Anthony und Mary. Genießt den Rest des Abends. Tschüs!"

Und bevor sie noch ein weiteres Wort sagen können, mache ich auf dem Absatz kehrt, verlasse das Restaurant und renne die Straße hinunter, so schnell mich meine Absätze tragen.

Kapitel Elf

MEIN LIEBER PAPA,

ich werde also definitiv nicht so bald Frau Zara Honeydew werden. Oder niemals.

Dafür ist mein süßes Welpenmädchen ein wahrer Segen! Stevie ist quirlig, lustig und voller Lebensfreude. Sie bringt mich jedes Mal zum Lächeln, wenn ich sie ansehe. Okay, nicht jedes Mal. Manchmal kaut sie an meinen Schuhen. Manchmal kackt sie auf den handgeknüpften Wollteppich, den ich aus deinem Arbeitszimmer in Martinston „geholt" (okay, gestohlen) habe, um mich an dich zu erinnern. Aber abgesehen davon? Sie ist einfach anbetungswürdig.

Ich wünschte so sehr, du könntest sie kennenlernen.
Du fehlst mir. Ich hab dich lieb.
Deine Za-Za xoxo

Als ich am nächsten Morgen mit Stevie im Laden ankomme, bin ich auf den unausweichlichen Ansturm von Scarletts Fragen gefasst. George muss gestern Abend etwas zu seinem Freund Harry gesagt haben, denn als ich nach Hause kam, bombardierte sie mich mit Nachrichten über mein Date.

Der Laden ist leer, als ich ankomme. Ich sehe auf die Zeit auf meinem Handy: 9:45 Uhr. Ausnahmsweise bin ich vor Scarlett da. Ich schließe die Tür auf und setze Stevie auf dem Boden ab. Sie wuselt sofort herum und schnüffelt an allem, als wäre dies der letzte Moment ihres Riechvermögens, bevor es für immer weg ist und sie alles riechen muss.

Ich beäuge den Laufstall, den ich bei Penelope's Pooches nach meinem Besuch bei Asher gekauft habe. „Du musst in dein Gehege, sobald Scarlett kommt, kleines Mädchen. Also tob dich aus."

Das muss man ihr nicht zweimal sagen. Immerhin *ist* sie ein Welpe.

Ich gehe in den hinteren Bereich des Ladens, schalte das Licht an und fahre den Computer hoch. Ich überfliege die heutigen Termine und mein Herz wird schwer, weil es nur so wenige sind. Ich kaue auf meiner Unterlippe, tief in Gedanken. Wie kann *David* den *Goliath* schlagen? Ich meine, man kennt ja die Geschichten darüber, wie es da oder dort gelang, dass der kleine – oder in unserem Fall die Kleinen – sich gegen die Großen zur Wehr setzen. Aber wie sollen wir das schaffen? Karina ist ein riesiger Laden. Mit einem Haufen Designer, besten Beziehungen zu sämtlichen Lieferanten und einer tolle Adresse, die signalisiert: *Bei uns sind Sie in guten Händen!*

Wir hingegen haben einen winzigen, wenn auch charmanten Laden abseits der ausgetretenen Pfade mit nur zwei Designern – und einen Hund, der zwar außerordentlich putzig ist, aber die Leute anpinkelt und den Lagerbestand verwüstet.

Das ist nicht gerade ein fairer Wettstreit.

Ich will gerade googeln, wie David es geschafft hat, Goliath zu besiegen, da schellt das Glöckchen über der Tür. Ich schaue auf, weil ich Scarlett erwarte, und bin überrascht, zwei junge Frauen in meinem Alter zu sehen. Sie tragen beide lange Röcke, Stiefeletten und niedliche Tops, und ihre langen, mausbraunen Haare fallen ihnen über den Rücken. Ich blinzle ein paar Mal und denke für einen Moment, dass ich doppelt sehe, bevor mir klar wird, dass es eineiige Zwillinge sind.

„Hallo, ihr beiden", sage ich mit einem freundlichen Lächeln und stecke mein Handy in die Gesäßtasche meiner weiten Hosenbeine. „Willkommen bei ScarZar. Kann ich euch irgendwie helfen?"

In dem Moment, in dem ich das sage, hüpft Stevie herbei, stürzt sich auf eines der Mädchenbeine und kläfft aufgeregt.

„Oh, was für ein süßes Hündchen!", sagt sie, während sie sich herunterbeugt und Stevie streichelt. Stevie hopst herum und das Mädchen schafft es nur für den Bruchteil einer Sekunde, sie zu berühren.

„Sie ist süß, aber sie muss jetzt erstmal in ihr Gehege", sage ich.

„Ach, lass sie doch", sagt Zwilling Nr. 1. „Sie ist zu niedlich. Sieh sie dir an, Prue. Wir sollten uns auch ein Hündchen zulegen."

„Oh, ja. Das sollten wir unbedingt", antwortet Zwilling Nr. 2.

Die beiden Mädchen umschwärmen Stevie, während die Kleine zwischen ihnen herumspringt und das tut, was sie am besten kann: ein entzückendes und lebhaftes Hündchen sein. Eine von den Frauen hebt sie vom Boden und Stevie klettert an ihrem Oberteil hoch, um an ihr Ohr zu gelangen, wo sie sofort damit beginnt, an ihrem Ohrläppchen zu lecken und zu knabbern. Die Frau kichert und ich frage den anderen Zwilling, was ich für sie tun kann.

„Wir überlegen gerade, was wir unserer Mutter zum Geburtstag schenken sollen. Sie wird fünfzig und ist deswegen total deprimiert", sagt die eine.

„Also dachten wir, wir kaufen ihr etwas Schönes, damit sie sich besser fühlt, weil sie so alt wird", sagt die andere.

„Kannst du dir vorstellen, fünfzig zu werden?" fragt Zwilling Nr. 1, bevor sie durch Stevies Lecken in eine neue Kicherattacke ausbricht. „Welpe, hör auf!"

„Fünfzig zu werden, das muss schrecklich sein", sagt Zwilling Nr. 2 und schüttelt den Kopf.

Ich lächle sie an. „Das wird auch uns eines Tages passieren, weißt du. Was habt ihr euch denn vorgestellt?"

„Wir dachten an etwas, um das Wohnzimmer zu verschönern."

„Zierkissen? Lampen? Deko?"

„All das", sagt Zwilling Nr. 2.

„Erzählt mir, wie das Wohnzimmer jetzt aussieht und was für einen Geschmack eure Mutter hat."

„Oh, sie hat keinen guten Geschmack", sagt Zwilling Nr. 2.

Zwilling Nr. 1 nickt zustimmend. „Wirklich schrecklich. Sie braucht eine komplette Stiländerung."

„Wir mögen das Sofa im Schaufenster", sagt Zwilling Nr. 1 und meint damit das wunderschöne grüne Samtsofa.

„Es ist göttlich, nicht wahr? Ich könnte ein paar Kissen holen und ein paar Sachen zusammenstellen, während ihr euch ein bisschen umschaut. Hinten in den großen Regalen stehen ein paar schöne Stücke." schlage ich vor und die zwei stimmen zu.

Während ich ein paar Sachen aus dem Laden zusammensuche, werfen die beiden Mädchen einen flüchtigen Blick in die Regale, bevor sie sich auf den Boden setzen und den Rest der Zeit mit Stevie spielen. Ich lächle vor mich hin. Das ist genau das, was ich mit einem Ladenhund erreichen wollte. Stevie sorgt für Unterhaltung und Charakter und hilft uns, uns von den großen Karinas dieser Welt zu unterscheiden.

Ich trete von meiner Präsentation zurück und rufe die beiden Mädchen zu mir. „Was haltet ihr davon?" frage ich, als Zwilling Nr. 2 mir Stevie überreicht.

„Es gefällt mir, aber ich bin nicht begeistert. Verstehst du?" sagt Zwilling Nr. 1. „Erinnerst du dich an das Design im Internet?" sagt sie zu ihrer Schwester. „Zeig es mal."

Zwilling Nr. 2 nimmt ihr Handy aus der Tasche und starrt suchend auf das Display. Nach einem kurzen Moment dreht sie das Handy um und ich schaue mir das Bild an.

„Das ist eher ein Boho-Look", sage ich, als ich das Bild betrachte. Mir fällt auf, dass es ein Entwurf von Karina ist. „Das kann ich auf jeden Fall für euch machen. Wir haben hinten noch ein paar Sachen. Gebt mir zwei Minuten."

„Lass mir mal den Welpen, bitte. Ich bin mit Knuddeln dran", sagt Zwilling Nr. 2 und streckt die Hand in meine Richtung aus.

„Klar." Ich eile nach hinten und durchstöbere einen

Stapel Kissen, um die zu finden, die am besten zu dem Vorschlag passen.

Als ich zurückkomme, unterhalten sich die beiden Mädchen leise miteinander.

„Bitte sehr. Wie findet ihr diese Variante, zusammen mit dem Überwurf und der großen Vase?" Ich ersetze die ursprünglichen Kissen durch die neuen. Ich trete zurück und schaue auf die neue Kombination. „Wunderschön, findet ihr nicht auch?"

„Oh, auf jeden Fall", sagt Zwilling Nr. 2, während ihr Blick zu Zwilling Nr. 1 wandert.

„Danke für deine Hilfe, aber wir müssen jetzt gehen", sagt Zwilling Nr. 1.

Zwilling Nr. 2 kraust die Nase. „Ja, tut mir leid. Aber trotzdem danke. Du warst super hilfreich."

„Super hilfreich", wiederholt Zwilling N1, und die beiden gehen zur Tür.

„Seid ihr sicher? Ich habe noch eine Menge Ideen."

„Wir sind sicher. Trotzdem danke. Dein Welpe ist hinreißend."

„So hinreißend."

Eine der beiden stößt die Tür auf, dann stürmen beide aus dem Laden, als stünde er in Flammen, und ich bleibe mit dem sprichwörtlichen Baby in der Hand zurück – okay, mit den Kissen – und frage mich, was zum Teufel gerade passiert ist.

Ich entdecke Stevie, der sich auf einem Lederfauteuil zusammengerollt hat. Instinktiv folge ich den beiden, bleibe aber so weit zurück, dass sie mich nicht sehen können – aber ich kann sie sehen. Sie gehen die Gasse hoch, biegen nach rechts in die Hauptstraße und gehen bis zu einem Laden drei Hausnummern weiter, bleiben stehen und gehen hinein.

Es ist der Laden von Karina.

Ich beiße mir auf die Lippe. Das Foto auf ihrem Handy war von Karina. Während ich hinten auf der Suche nach Kissen war, fiel ihnen das wahrscheinlich auf und sie beschlossen, einfach die paar Schritte dorthin zu gehen.

Mit einem mulmigen Gefühl in der Brust stapfe ich zurück in den Laden. Ich trete durch die Tür und werfe einen Blick auf die Präsentation, die ich für sie zusammengestellt habe. Wieder ein Kunde, der an den großen, auffälligen Laden verloren gegangen ist. Sicher, die Zwillinge wollten nur ein paar Accessoires, um ein Zimmer zu verschönern, aber es tut trotzdem weh.

Das Bimmeln des Glöckchens über der Tür reißt mich aus meiner Grübelei. Ich schaue auf und sehe Scarlett.

„Wir haben gerade einen weiteren Kunden an Karina verloren", sage ich ohne Umschweife. „Sie sind buchstäblich mitten in einem Beratungsgespräch aufgebrochen und gegangen. Ist das zu fassen?"

Sie zieht eine Augenbraue hoch. „So wie du mitten in einem Date mit George Honeydew aufgestanden und gegangen bist?"

„Fang nicht damit an. Er hat seine Eltern zu unserem ersten Date mitgebracht. Das reicht."

„Aber nur, weil sie eine wirklich eng verbundene Familie sind."

Ich werfe ihr einen Blick zu, a la *nicht dein Ernst*. „*Riiiichtig*. Sehr eng verbunden, und sehr merkwürdig."

„Ich sagte doch, dass George ein guter Fang ist, Zee", antwortet sie und ignoriert meine Antwort. „Du solltest ihn anrufen und dich entschuldigen."

„Entschuldigen?" Ich glucke überrascht. „Nein, danke. George und seine hellhörigen Eltern sind vielleicht nur ein Zeichen des Universums, dass ich die Suche nach dem

Richtigen vergessen und stattdessen mit Stevie als alte Jungfer glücklich werden soll."

„Das meinst du nicht ernst."

Ich stoße einen Luftzug aus. Eine weitere gescheiterte Romanze. Aber es war nicht einmal eine Romanze. Nur ein erstes Date, das schief ging. „Natürlich nicht, auch wenn es manchmal verlockend ist."

„Du wirst nie den perfekten Mann finden, verstehst du? Den gibt es nicht. Und wenn schon, George hat seine Eltern zu eurem Date eingeladen. Glaubst du, er hätte das getan, wenn er es nicht ernst mit dir meinen würde?"

„Scarlett, er hat meine Hand geküsst und mir gesagt, dass er mit mir auf seinem Sofa knutschen will, während er wusste, dass seine Eltern alles mithören würden." Ich erschaudere bei der bloßen Erinnerung. „Ich werde mich da nicht wieder blicken lassen."

„Dein Pech, Schätzchen", sagt Scarlett, während sie an mir vorbeischreitet.

Vielleicht ist es tatsächlich mein Pech, vielleicht aber auch nicht. *Falsch*. Es ist definitiv *nicht* mein Pech.

Das Glöckchen bimmelt und ich drehe mich um, um zu sehen, wer es ist. Es ist die Kensington-Goth-Kombination von Mutter und Tochter von vor ein oder zwei Wochen. „Hallo. Victoria und Chloe. Wie schön, euch beide wiederzusehen."

„Wir waren gerade in der Gegend und dachten, wir schauen mal vorbei, ob das Sofa, das wir bestellt haben, schon da ist", sagt Victoria.

„Es soll in etwa einer Woche kommen", antwortet Scarlett.

„Gut. In der Zwischenzeit würde ich gerne über unsere Fenstergestaltung sprechen."

„Natürlich. Ich habe da ein paar Ideen. Kommen Sie doch her und sehen wir es uns an."

Während Scarlett und Victoria sich um den Laptop auf dem Tresen gruppieren, lächle ich Chloe an. „Wie ist die neue Wohnung?"

„Geht so", antwortet sie auf ihre typisch wortgewandte Art.

„Es hängen aber keine Schwerter an den Wänden, oder?" frage ich mit einem ironischen Lächeln.

„Nee." Sie verzieht die Lippen zu einem Strich und beginnt, sich im Laden umzusehen.

Ich gebe es auf, mit ihr ein Gespräch zu führen, und konzentriere mich wieder darauf, Deko-Artikel in den Regalen neu zu sortieren.

Einige Minuten lang höre ich, wie Victoria und Scarlett Gardinen und Vorhänge besprechen, dann erklärt Chloe: „Schau mal dieses Kissen an. Es hat die Form eines Hündchens. Ich will auch so eins, Mama."

Ein Hundekissen? Ich kann mich nicht erinnern, dass wir so etwas im Laden hätten.

„Wo denn, mein Schatz?" fragt Victoria, während sie durch den Laden zu ihrer Tochter geht, die neben dem Lederfauteuil steht. „Oh, das ist ja ganz lebensecht." Sie streckt die Hand danach aus, um das vermeintliche Kissen aufzuheben.

In dem Moment wird mir klar, dass sie nicht über ein Kissen reden. Sie reden über Stevie. Sie hat sich auf dem Sessel zusammengerollt und schläft tief und fest.

„Moment mal, das ist kein Kissen", beginne ich, aber es ist zu spät. Victoria hat das, was sie für ein Kissen hielt, bereits fest ergriffen, und sofort schlägt Stevie die Augen auf. Ihr verdutzter Blick wandert von Mutter zu Tochter, der ganz in Schwarz gekleideten Chloe mit ihrem blassem, weiß geschminkten Gesicht und den schwarz umrandeten Augen. Stevie bekommt den Schreck ihres Lebens und springt hoch, winselt und kläfft und jault, während sie mit gefletschten Zähnen vor den beiden zurückweicht.

Chloe prallt zurück und landet auf ihrer Mutter, die sofort vor Schmerz aufschreit und auf einem Fuß hüpft, wobei sie das Gleichgewicht verliert und rückwärts gegen ein Regal fällt. Duftkerzen, Buddha-Köpfe, Bücherstützen, Vasen und alle möglichen Ziergegenstände fallen mit lautem Krach zu Boden. Ich sehe entsetzt, wie Victoria verzweifelt nach dem Regal greift, um dann selbst zu Boden zu stürzen.

„Mama!" schreit Chloe, während Scarlett hin eilt und sich neben sie hockt.

„Victoria! Du lieber Gott, geht es Ihnen gut?" fragt Scarlett.

„Es tut mir leid", rufe ich über den Tumult hinweg. „Das ist meine Hündin, Stevie. Sie ist kein Kissen. Ich hätte etwas sagen sollen." Ich greife nach Stevie und hebe sie hoch. Sie kläfft und kläfft, doch obwohl ich sie festhalte und ihr beruhigende Worte ins Ohr gurre, lässt sie sich nicht besänftigen.

„Das sehe ich jetzt auch. Bringen Sie sie doch zum Schweigen, ja?" fordert Victoria, während sie vom Boden zu mir hochschaut. „Und Sie. Helfen Sie mir auf." Sie greift nach Scarlett, die sie hochzieht und ihr auf die Füße hilft.

„Ich bringe sie nach hinten", sage ich und Scarlett wirft mir einen scharfen Blick zu, während ich in den in den Lagerraum flüchte, um die Tür fest hinter mir zu schließen.

Inzwischen hat sich Stevie beruhigt, also setze ich sie auf den Boden und beobachte mit Schrecken, wie sie beschließt, dass jetzt ein guter Zeitpunkt wäre, sich zu erleichtern. Und zwar auf einen Stapel Tischsets.

„Toll, Stevie. Da hast du dich selbst übertroffen",

murmle ich, während ich mir ein paar Papiertücher aus der Toilette nebenan schnappe und anfange, ihre Sauerei aufzuwischen.

Scarlett reißt die Tür auf, ihr Gesicht ist wie ein Donnerschlag. „Sie muss weg!", verkündet sie.

„Ich behalte sie einfach im Gehege. Ich hätte sie nicht auf dem Stuhl schlafen lassen sollen. Das war dumm. Es tut mir leid, Scarlett."

Sie starrt mich an, die Hände in die Hüften gestemmt. „Wenn sie im Laden bleiben soll, musst du sie erziehen."

„Ich schaffe das schon", sage ich genau in dem Moment, als Stevie ihre scharfen kleinen Zähne in den Saum meines Rocks gräbt und bedrohlich knurrend daran zu zerren beginnt. Nun ja, so bedrohlich wie ein kleiner Hund eben sein kann. „Stevie, nein", knirsche ich durch zusammengebissene Zähne. Sie gehorcht nicht, also nehme ich sie und mit ihr meinem Rock hoch. „Loslassen!", befehle ich ihr und ziehe an meinem Rock. Nach dem kleinen Gerangel bekomme ich den Rock frei und blicke zurück auf die leere Tür. „Scarlett?" rufe ich ihr nach.

„Welpenschule!", ruft sie aus dem Laden zurück und fügt ein drohendes „Oder sonst!" hinzu.

Ich schaue zu Stevie hinunter. Sie schaut zu mir hoch, ihre sanften braunen Augen sind so unschuldig wie an dem Tag ihrer Geburt. „Möchtest du in die Welpenschule gehen?" frage ich sie.

Als Antwort wedelt sie mit ihrem Schwänzchen und schmiegt sich an mich, bevor sie an meiner Brust hochklettert und mir ins Ohrläppchen beißt.

* * *

Abends auf dem Heimweg ruft Asher an und ich

erzähle ihm, wie Stevie eine Mutter in Kensington-Uniform zu Fall gebracht hat.

„Zara, das ist unglaublich!"

„Es war nicht ihre Sternstunde, aber um Stevie gegenüber fair zu sein, die Tochter ist ein Grufti. Sie sieht ziemlich furchterregend aus."

„Lass mich das mal klarstellen. Du wolltest mit dem Hund dein Geschäft ausbauen und neue Kunden anlocken, richtig?"

„Ich weiß, was du sagen willst. Bis jetzt hat sie die Lagerbestände verwüstet und Kundinnen vertrieben."

„Du sagst es, Zee. Du weißt, dass du sie in die Welpenschule bringen musst, oder?"

„Ja, vielleicht."

„Nicht *vielleicht*. Sondern: Das werde ich, Asher. Was immer du sagst, Asher. Das will ich hören!"

„Aber ich weiß doch selbst, wie man einen Hund erzieht."

„Weißt du das wirklich?", fragt er und ich sehe seinen Gesichtsausdruck förmlich vor mir. Hochgezogene Augenbrauen, ein subtiles Lächeln auf den Lippen und ein strenger Blick in meine Richtung. „Komm schon, Zee. Ich begleite dich zum Kurs. Ist das ein Angebot?"

„Das würdest du für mich tun?"

„Nichts wäre mir lieber, als in einem Raum voll ungezogener, unkontrollierter Welpen zu sein", antwortet er.

Ich kichere. „Du würdest es genießen."

„Dann ist es abgemacht. Du buchst einen Termin, ich werde da sein und wir erziehen deinen kleinen Vierbeiner zu Kensingtons bravstem Hund."

Ich erreiche meinen Wohnblock, balanciere mein Telefon zwischen Ohr und Schulter und stecke dabei den Schlüssel ins Schloss. „Wie wäre es, wenn wir die Ansprüche etwas herunterschrauben, zum Beispiel, dass sie nicht auf die Ware pinkelt oder die Kunden erschreckt?"

Er lacht leise. „Gutes Ziel. Wie war denn dein Date mit George, dem Idioten?"

„Er ist kein Idiot. Er ist eigentlich ein richtig netter Kerl."

„Der zufällig auch ein Vollidiot ist."

Ich öffne den Mund, um etwas zu erwidern, und schließe ihn wieder – meine beste Fischimitation.

Ich hasse es, wenn er Recht hat.

„Siehst du? Du willst es nicht wahrhaben, aber du gibst mir recht."

Ich kneife die Lippen zusammen und räuspere mich, was ihn nur dazu bringt, zu fragen: „Was ist los?"

Ich atme tief durch, während ich die Treppe zu meiner Wohnung hochsteige. Ich kann ihm genauso gut die Wahrheit sagen, denn meine anderen Freunde wissen es schon, dank unseres Online-Gruppenchats, als ich mich auf der Toilette des griechischen Restaurants verschanzt hatte. „Er hat seine Eltern zu unserem Date eingeladen", sage ich und kneife die Augen zusammen, während ich auf Ashers unvermeidliche Reaktion warte.

„Moment, wie bitte?"

„Sie saßen den ganzen Abend am Nachbartisch und ich hatte keine Ahnung, dass sie jedes unserer Worte mitgehört haben, bis er mich fragte, ob ich sie kennenlernen wolle und sich zu ihnen umdrehte, um mich vorzustellen."

„Du willst mich wohl auf den Arm nehmen."

„Du hattest Recht. Er ist ein Idiot." Ich schaue auf Stevie hinunter und erschaudere, als ich an Victoria denke, wie sie zu Boden stürzt. „Ein wenig wie ich selbst."

„Du meinst den Vorfall im Laden."

„Ja."

„Du hattest nur einen kurzen Aussetzer in Sachen

Hundehaltung. George ist ein Idiot im Endstadium. Weißt du, was dir fehlt?"

„Eine Nonnenkutte und einen Schleier?" frage ich, als ich die Wohnungstür aufschließe und aufstoße. Sofort strömt mir der Duft von Schokoladenkuchen entgegen. „Oh je."

„Was?", fragt er.

„Lottie hat einen Schokoladenkuchen gebacken."

„Und was genau ist daran schlimm?"

„Es bedeutet, dass sie ihre Mutter besucht hat und Kohlenhydrate braucht." Ich ziehe meine Pumps aus, lasse Stevie los und laufe den Flur entlang, wo Lottie an der Küchenbank sitzt und sich einen Schokoladenkuchen in den Mund schaufelt, als hätte sie seit einem Monat nichts mehr gegessen.

Sie schaut hoch und schenkt mir ein halbes Lächeln, ihre Zähne sind mit Schokoladenglasur verklebt.

„Ich versteh's nicht", sagt Asher auf seine typisch männliche Art. Denn natürlich versteht er es nicht. Er ist kein Mädchen.

Mit Blick auf Lottie sage ich: „Ich leg jetzt besser auf, Ash. Die ganze Mutter-Tochter-Dynamik erkläre ich dir ein andermal."

„Das klingt nach einer wahnsinnig lustigen Geschichte."

„Oh, das ist es auch."

„Versprich mir, dass du einen Termin in der Welpen-schule buchst."

„Mach ich."

„Sag es. Sag: 'Ich werde einen Termin in der Welpen-schule buchen.'"

„Ich werde einen Termin in der Welpenschule buchen. Zufrieden?"

„Überglücklich. Gib Lottie einen brüderlichen Schulterklopfer von mir. Dann bis später."

Ich lege auf und setze mich neben Lottie. „Du warst bei deiner Mum, stimmt's?"

„Ja."

„Was hat sie diesmal gesagt?"

„Sie hat nur gesagt, dass ich mein Leben verplempere und dass ich mehr wie meine Schwester sein sollte und warum ich immer noch mit dir zusammen wohne und nicht längst verheiratet bin und drei Kinder habe und ob ich nicht wüsste, was sie alles für mich aufgegeben hat, damit ich das Leben führen kann, das ich jetzt verplempere."

„Also, das Übliche."

„Genau." Sie schaufelt noch mehr Kuchen auf ihre Gabel und türmt Schokoglasur drauf.

„Arme Lottie, du tust mir so leid. Hilft es dir, wenn ich sage, dass Stevie massenhaft Lagerbestände zerstört und Kundinnen vergrault hat, dass Scarlett total sauer auf mich ist und dass ich Asher fix versprochen habe, Stevie in die Welpenschule zu bringen?"

Wortlos reicht mir Lottie eine Gabel und ich versenke sie tief im Kuchen, um einen großen Bissen zu nehmen und die schokoladige Köstlichkeit zu genießen. „Mmm, schooo guuu!", sage ich mit vollem Mund.

„Wer auch immer behauptet hat, dass Schokokuchen keine Probleme löst, muss ein Mann gewesen sein."

Ich klopfe mit meiner Gabel gegen ihre. „Das kannst du laut sagen."

„Stevie hat wirklich Kundinnen vergrault?"

„Allerdings."

„Und du gehst mit Asher und Stevie in die Welpenschule?"

„Jawohl."

Sie schiebt mir den Kuchen zu. „Iss."
Und wir essen. Den ganzen verdammten Kuchen.

Mein lieber Papa

weißt du noch, wie ich dir schrieb, dass Stevie ein wahrer Segen ist? Nun, es hat sich herausgestellt, dass sie sowohl ein Segen als auch eine Belastung ist. Versteh mich nicht falsch, sie ist total entzückend und ich weiß, dass du sie lieben würdest, aber ich muss zugeben, dass wir Hilfe brauchen.

Und dass mir Asher und Scarlett sagen, ich solle sie in die Welpenschule bringen, hat damit gar nichts zu tun.

Du fehlst mir. Hab dich lieb!

Deine Za-Za xoxo

Kapitel Zwölf

TAGS DARAUF KOMME ich mit einem Versöhnungskaffee für Scarlett im Laden an. Sie starrt auf den Computerbildschirm im leeren Laden und sieht zu mir auf, als sie das Glöckchen über der Tür bimmeln hört. Ihr Blick wandert hinunter zu Stevie an meiner Seite. „Wie ich sehe, hast du den schrecklichen Terror-Terrier mitgebracht."

Ich setze Stevie in seinen Laufstall und drehe mich zu ihr. „Es tut mir so leid wegen gestern. Stevie wird ab jetzt immer in ihrem Laufstall bleiben, bis sie richtig erzogen und erwachsen ist. Und außerdem habe ich einen Termin in der Welpenschule gebucht. Wir fangen nächste Woche an." Ich drücke ihr einen Becher in die Hand. „Hier, ich habe dir einen Kaffee besorgt, als Entschuldigung. Einen Cappuccino mit extra viel Schokolade."

Sie nimmt ihn. „Danke. Ich glaube, wir haben Victoria und Chloe als Kundinnen verloren."

„Ernsthaft? Lass mich sie anrufen. Ich biete ihnen irgendetwas umsonst an."

„Biete ihnen bloß nicht Stevie an", sagt sie mit einem Lächeln, das mir verrät, dass sie langsam milder wird.

„Oh, nein", antworte ich kichernd. „Die haben das Sofa bestellt, also haben wir sie noch nicht ganz verloren."

„Stimmt." Sie nimmt einen Schluck von ihrem Kaffee. „Deine Mum war hier."

„Mum? Aua, oh nein. Ich habe ganz vergessen, dass ich heute Vormittag mit ihr zum Kaffee verabredet war."

„Du kannst trotzdem hingehen. Es ist ja nicht so, dass wir hier überrannt werden."

Ich schaue mich in dem leeren Laden um. Der Kontrast zu dem brummenden Laden von Karina am anderen Ende der Straße ist nicht zu leugnen. „Ganz sicher?"

„Ganz sicher. Aber nimm dein Sorgenkind mit." Sie nickt zu Stevie, die in ihrem Gehege friedlich auf einem Spielzeug herumkaut.

„Okay." Ich schreibe meiner Mutter eine Nachricht und verabrede mich mit ihr im Starbucks an der U-Bahn-Haltestelle. Eine halbe Stunde und viel Begeisterung für Stevie später sitzen Mum und ich im Schatten eines Ahornbaums zusammen und plaudern.

„Wirklich, sie ist ein richtiger kleiner Schatz. Ist sie ein großer Renner bei den Kundinnen und Kunden?", fragt sie, während sie in ihrer Teetasse umrührt.

„Die wenigen, die wir derzeit haben. Ja, manche finden sie süß." Ich verschweige ihr, was gestern passiert ist.

Meine Mutter und der Rest meiner Familie halten mich ohnehin insgesamt für ziemlich unreif und leichtsinnig.

Sie legt ihre Stirn in Falten. „Was ist mit den Kundinnen?"

„Diese große Ladenkette, Karina Design, hat um die Ecke eröffnet."

„Oh, die haben tolle Sachen", verkündet sie, bevor mein Gesichtsausdruck ihr verrät, dass ich gerade das nicht unbedingt hören will. „Tut mir leid, Herzchen. Wie werdet ihr, du und Scarlett, damit umgehen?"

Ich zucke mit den Schultern. „Ich weiß es nicht. Wir sind im Moment vollauf damit beschäftigt, uns über Wasser zu halten, Mum. Stevie sollte uns helfen, unseren Ruf als das tolle Einrichtungsgeschäft mit dem süßen Hündchen zu festigen. Aber bisher hat sie uns nur Geld gekostet."

„Warum das?"

„Sie hat ein paar Sachen kaputt gemacht", antworte ich ausweichend.

„Bei allem Respekt, Herzchen, du kannst dich nicht darauf verlassen, dass ein Hund dein Geschäft am Laufen hält."

„Das ist natürlich nicht das Einzige, was wir tun", antworte ich spöttisch. „Wir haben auch noch andere Dinge in petto." Ich kreuze meine Finger unterm Tisch, denn außer Hoffnung haben gar nichts vorzuweisen. Wir sind zu sehr damit beschäftigt, den Geschäftsrückgang zu verkraften. Wir müssen uns endlich aufraffen und etwas dagegen tun.

„Ach ja, was denn?" fragt Mum.

„Darüber kann ich leider noch nicht sprechen." Ich beuge mich verschwörerisch vor. „Die Wände haben Ohren, weißt du." Ich werfe ihr einen vielsagenden Blick zu.

„Ich verstehe, Herzchen", antwortet sie mit einem wissenden Blick. „Na dann viel Glück."

Wir werden viel mehr als Glück brauchen.

„Danke, Mum."

Sie spielt mit ihrer Tasse. „Jetzt erzähl mir alles über dein Liebesleben. Gibt es da jemand Besonderes, von dem ich wissen sollte?"

Oh, toll. Die Frage, die sich jede Dreißigjährige von ihrer Mutter wünscht. Obwohl Mum nicht so aufdringlich ist wie Lotties Mutter, ist die Botschaft dieselbe: Such dir einen passenden Mann und heirate. Jetzt!

„Es ist schon so lange her, dass du uns einen deiner Verehrer vorgestellt hast", fügt sie hinzu und benutzt damit einen Begriff aus dem finsteren Mittelalter. „Der einzige junge Mann, mit dem wir dich immer sehen, ist dein Freund Asher."

„Er ist kein 'Verehrer', wie du es nennst. Nur ein Freund."

Und mein Ersatzmann. Noch etwas, das ich ihr gegenüber nicht erwähnen werde. Wir wollen doch nicht, dass sie sich Hoffnungen auf etwas macht, das nie geschehen wird.

„Schade. Er sieht sehr gut aus und ist so ein netter Kerl."

„Das stimmt, Mum." Asher hat offensichtlich auch meine Mutter in seinen Bann gezogen.

„Und? Gibt's was Neues?" Sie sieht mich mit so viel Hoffnung an, dass es wie ein Keulenschlag wäre, ihr die Wahrheit zu sagen.

„Nichts Besonderes."

„Mary Honeydew hat mich angerufen", sagt sie.
Oh nein, bitte nicht.

„Wirklich?"

„Sie erwähnte, dass du und George euch getroffen habt

und dass du nicht begeistert warst, als er dich ihr vorstellte. Wirklich, Herzchen, es ist ein Kompliment, wenn ein junger Mann dich seiner Mutter vorstellt. Du solltest es als ein gutes Zeichen sehen, dass er es ernst mit dir meint. Ich kann mir nicht vorstellen, dass George Honeydew seiner Mutter irgendein bedeutungsloses Flittchen vorstellen würde. Was meinst du?"

„Flittchen, Mum? Wirklich?"

„Du weißt, was ich meine. Er mag dich offensichtlich sehr."

„Hat Mary Honeydew dir auch erzählt, *wie* er mich ihr vorgestellt hat?" frage ich und sie schüttelt den Kopf. „Sie saß mit ihrem Mann unmittelbar am Nebentisch und die beiden haben unser ganzes Gespräch mitgehört. Ich hatte keine Ahnung, bis George mir sagte, dass seine Eltern da sind, und das war erst, nachdem wir schon ein paar Stunden geredet hatten. Und das bei unserem ersten und bisher einzigen Date."

Sie lehnt sich in ihrem Stuhl zurück. „Oha. Das hat Mary nicht erwähnt."

„Natürlich nicht."

„Könnte es sein, dass du die Situation missverstanden hast? Ich meine, vielleicht gibt es ja eine vernünftige Erklärung?"

„Mum."

„Schon gut. Ich wollte ja nur mal nachfragen. Ich würde dich so gerne glücklich verheiratet sehen, Zara. Immerhin bist du schon dreißig."

„Willst du mir weismachen, dass du in meinem Alter schon verheiratet warst und Kinder hattest, wie Granny früher?"

„Naja, das will ich nicht behaupten, aber das waren ganz andere Zeiten. Aber mal ehrlich, ist es nicht ein biss-chen übertrieben, wenn du alles aufschiebst, bis du Mitte

30 bist? Es wäre wohl an der Zeit, erwachsen zu werden, meinst du nicht?"

„Ich bin erwachsen", knurre ich und schiebe meine Unterlippe vor wie ein schmollendes Kleinkind. Aber das hilft mir jetzt auch nicht weiter. Schnell ziehe ich sie wieder ein.

„Selbstverständlich bist du erwachsen, mein Schatz. Wie wäre es, wenn ich mich mal umhöre, ob ich einen passenden jungen Mann für dich finde? Jennifer Harcourt hat einen Sohn in deinem Alter. Er heißt Simeon. Erinnerst du dich an ihn? Ich glaube, er hat dich mal in den Arm gebissen, als du drei warst. Das hat eine ziemliche Narbe hinterlassen."

„Mama, ich will mich nicht mit dem Sohn einer deiner Freundinnen einlassen, schon gar nicht mit einem, der beißt. Ich bin durchaus in der Lage, mir einen eigenen Mann zu suchen, vielen Dank."

„Simeon sieht wahnsinnig gut aus", sagt sie. „Na ja, wenn man über den vorzeitigen Haarausfall und seinen seltsamen Wackelzahn hinwegsieht, den er schon lange hätte richten lassen sollen. Die moderne Zahnmedizin kann Wunder wirken und bestimmt findet er jemanden, der ihm ein oder zwei Toupets macht. Es würde dir doch nichts ausmachen, wenn ein Mann einen halben Meter kleiner wäre als du, oder?"

Ich schüttle den Kopf. „Nein, Mum. Ich werde mich nicht mit Simeon oder sonst jemandem verkuppeln lassen."

Sie seufzt. „Schade."

„Ich will ja den Einen finden, aber..."

Ihr Gesicht erhellt sich und ihre Hand fliegt zu ihrer Brust. „Du willst? Oh, wie wunderbar."

„*Aber* ich werde es auf meine Art und Weise tun und in meinem eigenen Tempo."

Sie hebt ihre Tasse an die Lippen und nimmt einen Schluck. „Dann lass dir nicht zu viel Zeit."

„Ich weiß, meine biologische Uhr tickt."

„Ich wollte sagen, wenn du zu lange wartest, sind die Guten schon alle weg."

Darüber denke ich einen Moment nach. „Daran hatte ich gar nicht gedacht."

„Hmm." Mum wirft mir einen vielsagenden Blick zu.

Stevie kläfft einen vorbeilaufenden Hund an und ich sehe, dass sich ihre Leine wie Makramee um mein Stuhlbein gewickelt hat. Ich beuge mich hinunter, um sie zu befreien, hebe sie hoch und setze sie auf meinen Schoß.

„Weißt du, was mir sehr viel mehr helfen würde? Wenn du mal deinen betuchten Freundinnen etwas von ScarZar erzählst und mal fragst, für wen wir vielleicht etwas einrichten oder dekorieren können."

„Natürlich. Ich werde darüber nachdenken."

„Danke, Mum. Ich muss jetzt los. Ich muss die Wohnung von Asher einrichten und seinen begehbaren Kleiderschrank ausmessen, bevor ich die neuen Möbel für ihn bestelle."

„Dann grüß ihn schön von mir." Sie umarmt mich kurz.

„Oh, er wird nicht da sein. Ich habe einen Schlüssel."

Sie zieht die Augenbrauen bis zum Haaransatz hoch. „Wirklich?"

„Interpretiere da nichts hinein, Mum. Wir sind Freunde, das ist alles."

„Er ist ziemlich gerissen."

Ich lache und schüttle den Kopf. „Er ist Asher, Mum."

„Soll ich Simeons Mutter für dich anrufen?", fragt sie hoffnungsvoll, als wir zum Gehen aufstehen.

„Auf gar keinen Fall, Mum." Ich küsse sie auf die

Wange. „Wir sehen uns bald wieder. Liebe Grüße an Granny."

Ich bringe Stevie zu einer Grünfläche, wo sie ihr Geschäft verrichtet, dann nehme ich die U-Bahn nach Notting Hill Gate und spaziere den kurzen Weg entlang zu Ashers Wohnblock. Drinnen angekommen, lasse ich Stevie von der Leine und sie huscht ins Wohnzimmer, während ich zum begehbaren Kleiderschrank gehe.

Ich öffne die Doppeltür und schaue mir den Raum an. Er ist genauso vollgestopft wie damals, als ich das erste Mal hier war, mit bis zur Decke übereinander gestapelten Kartons und Kunststoffbehältern.

„Asher, du Hamsterer", murmle ich, während ich mein metallenes Maßband aus der Tasche ziehe und es bis zur Decke spanne. Ich notiere die Höhe in meinem Notizbuch. Jetzt geht es um die Tiefe. Ich weiß, dass das bei all den Kartons schwieriger sein wird. Ich schaue mir das Ganze aus verschiedenen Blickwinkeln an, aber ich werde kein genaues Maß finden, wenn ich nicht ein paar der Kartons verschiebe.

Ich hole mir einen der Barhocker aus der Küche und stelle ihn fest in den begehbaren Schrank. Dann streife ich meine Pumps ab und steige barfuß auf den Hocker. Als ich oben bin und aufstehe, wackelt der Hocker zwar ein wenig unter mir, aber ich halte mich an einer der Kisten fest. Ein paar Sekunden später fühle ich mich stabil und viel sicherer.

Ich greife nach oben, um den obersten Karton zu bewegen. Ich ziehe vorsichtig daran. Er ist leichter als erwartet und ich atme erleichtert auf. Das wird gar nicht so schwer, wie ich dachte. Ich ziehe den Karton aus dem Regal, halte ihn vorsichtig in den Händen und stütze mich mit dem Rücken an den anderen Kartons ab, während ich auf dem Barhocker knie. Es ist ein schwieriges Manöver, das ich nicht empfehlen würde, aber ich schaffe es. Fast. Ich stütze mich mit einem Knie auf dem Hocker und will den anderen Fuß vom Hocker nehmen, nur um das Gleichgewicht zu verlieren. Ich lasse den Karton fallen und versuche, mich irgendwo festzuhalten. Irgendwie erwische ich die Kante eines Kartons, bevor der Hocker nachgibt und ich mit einem dumpfen Aufprall auf dem Teppichboden lande.

„Autsch!" rufe ich und reibe mir den Oberschenkel, der mit dem harten Boden in Berührung gekommen ist.

Ein flauschiges Köpfchen taucht hinter der Tür auf und als Nächstes stürzt sich Stevie auf mich, als würde ich zu ihrem Vergnügen auf dem Boden liegen. Sie klettert auf meine Brust und leckt an jedem Stück nackter Haut, das sie finden kann.

„Stevie, hör auf", sage ich lachend, während ich mein Gesicht vor ihrer unermüdlichen Zunge schütze. Sie ist unerbittlich und hüpft immer wieder hoch, um an die Stelle zu gelangen, die sie am liebsten attackiert: meine Ohrläppchen.

Ich nehme sie in den Arm, setze mich auf, um den Schaden zu begutachten. Der Pappkarton, den ich fallen gelassen habe, ist aufgeplatzt, und sein Inhalt hat sich über den Boden verteilt. Seufzend sammle ich die Dokumente, Bücher und Papiere ein und stecke alles zurück in den Karton. Ich entdecke ein silberfarbenes Album auf dem Boden und hebe es auf. Dabei drehe ich es um.

Ich stocke und starre auf das Foto im Bildfenster auf dem Einband.

Was zum...?

Der lächelnde Asher starrt zurück. Er sieht gut aus in Anzug und Krawatte und grinst in die Kamera, während eine Frau im Hochzeitskleid ihre Wange an seine drückt und mich anstrahlt.

Die Rädchen in meinem Gehirn beginnen zu rattern.

Asher ist verheiratet? Er ist *verheiratet?*

Aber...

Wie...?

Wann...?

Wer...?

Was?!

Ich lehne mich zurück und umklammere das Fotoalbum in meiner Hand. Das ergibt keinen Sinn. Asher ist Asher. Er ist nicht verheiratet mit einer, die aussieht wie... wie seine Braut.

Asher ist Single. Er ist ein endlos flirtender Seriendater, der es nie ernst meint.

Aber das hat er offensichtlich doch einmal getan.

Und der Beweis dafür ist genau hier in diesem Album, das ich umklammere. Der Beweis ist diese Frau im Hochzeitskleid, die mich glücklich anstrahlt.

Es juckt mich in den Fingern, das Album zu öffnen, aber ich weiß, dass das ein schrecklicher Vertrauensbruch wäre.

Bevor ich es mir noch anders überlegen kann, schiebe ich das Album zurück in den Karton, klappe die Ecken ein und stoße ihn mit bloßen Füßen weg von mir.

Ich bleibe auf dem Boden sitzen und beiße mir auf die Lippen, um diese schockierend neue Information zu verarbeiten.

Wie kann das sein? Wie konnte mir das entgehen? Wie konnte er es mir nicht sagen?

Wir stehen uns seit langem nahe, seit wir uns vor zwei Jahren kennengelernt haben, um genau zu sein. Zwei Jahre. Wir haben so viele Stunden zusammen verbracht, haben in der Kneipe geredet, Kaffee getrunken, Filme geschaut, sind durch Parks geschlendert. Er hat sich sogar mit mir und Lottie zusammen bei Harrod's maniküren lassen, als wir den Mietvertrag für unsere neue Wohnung feierten.

Aber nie hat er eine Ehefrau erwähnt.

Ich glaube, daran hätte ich mich erinnert.

Benommen, verwirrt und geschockt sitze ich da und starre auf den Karton, bis es mir reicht. Ich muss die Wohnung ausmessen - und ich muss wirklich, wirklich hier raus.

Ich steige wieder auf den Hocker und hole eine weitere Box und noch eine, diesmal mit viel mehr Sorgfalt, bis ich eine saubere freie Linie zum Ausmessen habe. Ich messe zweimal nach, um sicherzugehen, dass alles passt. Dann stelle ich jeden Karton wieder dorthin, wo ich ihn gefunden habe, zuletzt den angebrochenen Hochzeitskarton.

Ich stehe auf dem Hocker und schaue auf den unschuldigen Umzugskarton in meinen Händen.

Wer hätte gedacht, dass er so ein Geheimnis birgt?

Tief in meinen Gedanken schließe ich die Garderobentür, sage Stevie, dass wir jetzt gehen, und versperre die Wohnungstür hinter mir.

Asher ist nicht der Mann, den ich zu kennen glaubte. Er hat ein Geheimnis. Ein großes. Und jetzt, wo ich es weiß, kann ich es nicht mehr vergessen.

Als ich die Straße hinunter eile, überlagert ein Gedanke alle anderen: Ich wünschte, ich hätte die Kiste nie angefasst.

Kapitel Dreizehn

ASHER und ich betreten den Raum im hinteren Bereich der Tierklinik, wo die Welpenschule stattfindet, und Stevie zerrt an der Leine, weil sie es kaum erwarten kann. Trotz des enormen Gewichtsunterschieds schafft es dieses kleine Kraftpaket, mich mitzuziehen und reißt mir dabei fast den Arm ab.

„Sie ist total aufgeregt", stellt Asher fest.

„Das kann man wohl sagen", antworte ich lachend, als Asher mir die Tür aufhält und wir hinein stürmen. „Stevie!" sage ich, während ich sie an der Leine zurückziehe.

Aus den Augenwinkeln sehe ich ihn an. Er lässt sein Asher-Grinsen aufblitzen und ich verziehe meinen Mund zu einem, wie ich hoffe, unbeschwertem Lächeln.

Er legt seine Stirn in Falten. „Alles in Ordnung, Zee?", fragt er.

Tja, das war wohl eindeutig ein misslungenes Lächeln.

„Alles gut. Ich bin nur nervös wegen der Welpenschule, vermutlich."

„Stevie sollte nervös sein", antwortet er und wir schauen beide auf meinen Hund hinunter. Sie zieht so stark an der Leine, dass sie sich selbst fast erstickt und ihre Vorderpfoten vom Boden abheben, so sehr strengt sie sich an, zu den anderen Hunden im Raum zu gelangen.

„Stimmt", antworte ich mit einem gezwungenen Lachen.

Ich gebe mein Bestes, um heute Abend für Asher so normal wie möglich zu erscheinen. Es ist das erste Mal, dass ich ihn treffe, seit ich vor ein paar Tagen die ganze Hochzeitsgeschichte entdeckt habe, und wenn ich in seine Richtung schaue, ist es mir fast unmöglich, nicht die Hochzeitsglocken läuten zu hören und die glückliche Braut von dem Foto vor mir zu sehen, wie sie in der Kirche den Mittelgang entlang auf ihn zu schreitet.

Ich muss mich zusammenreißen.

Der Raum ist voll mit Menschen und ihren Welpen. Das Format reicht von einem winzigen Chihuahua in einem rosa Tütü - eine interessante Wahl für die Welpenschule, aber wer bin ich schon, dass ich darüber urteile? - bis zu einem Bernhardinerwelpen, dessen Pfoten fast größer sind als sein Kopf. Alle Hunde sind angeleint, und bis auf ein paar wenige kläffen und hüpfen alle und zerren an ihren Leinen, um zueinander zu kommen.

„Wenigstens ist Stevie nicht die Einzige, die aufgeregt ist", sagt Asher leise.

„Alles klar bei euch?", sagt eine Frau mit einem kantigen Gesicht und einem dazu passenden Körper in einer taupefarbene Latzhose mit einem pinkfarbenen Gürtel um die Taille. Sie lächelt zu Stevie hinunter. „Wen haben wir denn da, hm?"

„Das ist Stevie Huntington-Ross", sage ich, als Stevie sie zum ersten Mal bemerkt und sich mit einem Sprung auf ihr Bein stürzt.

Die Frau löst ein Bein ein paar Zentimeter vom Boden und Stevie klatscht gegen ihr Schienbein und fällt auf den Rücken, bevor sie das Manöver sofort wiederholt. „Sie ist sehr angriffslustig. Stimmt's?", sagt sie und sieht mich zum ersten Mal an.

„Ja, das ist sie. Ich bin Zara, Stevies Mama. Und das ist Asher."

Asher hebt zur Begrüßung die Hand und die Frau sagt „Hallo. Ich bin Dog Diva Denise und ich werde euch heute Abend unterrichten. Sucht euch ein Plätzchen drüben an der Wand, und: keine Kommunikation."

„Wir dürfen nicht mit den anderen Hundebesitzern sprechen?" frage ich.

Sie sieht mich an, als wäre das eine total bescheuerte Frage. „Ich meinte, für den Hund."

„Ach so, richtig. Verstehe. Keine Hundekommu-nikation."

Sie hebt die Augenbrauen. „Na los. Gehen Sie zu Ihrem Platz.", befiehlt sie und sagt es so streng, dass wir es sofort tun.

„Dog Diva Denise?" fragt mich Asher mit einem schrägen Lächeln, als wir einen Platz zwischen einem süßen King Charles und einem kleinen karamellfarbenen Spoodle finden.

„Pssst. Sie könnte dich hören", antworte ich mit

zusammengebissenen Zähnen. „Ich will keinen Ärger bekommen."

„Was kann sie schon tun? Dir sagen, dass du ein böses Hündchen bist und dir keine Leckerchen geben?"

Ich schnaube lachend. „So ähnlich."

Stevie zerrt an ihrer Leine, um an den King Charles Welpen heranzukommen, und ich lächle den Besitzer an, als wollte ich sagen „Diese jungen Hunde heutzutage".

„Sag mal, hast du neulich die Maße für meinen neuen begehbaren Kleiderschrank genommen?" fragt mich Asher, während wir darauf warten, dass Dog Diva Denise mit dem Kurs beginnt. „Du hattest nichts erwähnt."

„Ja, hab ich, danke. Alles genau nachgemessen." Ich konzentriere mich auf irgendeinen Hund, der sich auf der anderen Seite des Raumes am Ohr kratzt, und starre dorthin.

Ja, ich habe die Maße – und eine bombensichere Information über deine Vergangenheit, mein Freund.

Natürlich erwähne ich kein Wort. Ich meine, ich werde jetzt sicher nicht damit herausplatzen, dass ich weiß, dass er verheiratet ist. Oder verheiratet war. Oder dass er seine Frau irgendwo auf einem Dachboden versteckt hat, so wie es Mister Rochester in Charlotte Brontes Roman tat. *Würg!* Wie auch immer. Das alles hat mich total verwirrt und ich habe immer noch Mühe, es zu verarbeiten.

Er betrachtet mich noch einmal aus den Augenwinkeln. „Du bist heute Abend so anders als sonst." Ich schaue zu ihm. Er blickt mich fragend an.

„Mir geht's gut", antworte ich mit einem Schulterzucken.

„Hör zu. Ich weiß, dass du nicht hier sein willst und ich weiß, dass du glaubst, schon alles über Hundeerziehung zu wissen, aber du tust das Richtige."

Ein erleichtertes Lächeln huscht über mein Gesicht. Er

glaubt, ich sei wegen des Welpentrainings *so anders als sonst.* Ich spiele mit. Das ist viel einfacher, als darüber zu reden, warum ich mich wirklich seltsam fühle. „Ich kenne mich mit Hunden aus. Stevie ist noch klein, das ist alles."

„Ich will damit nur sagen, dass ich es toll finde, dass du das durchziehst."

Ich schaue ihm noch einmal in die Augen. Unsere Blicke treffen sich und meine Brust spannt sich. „Okay. Sicher. Toll."

Er macht den Mund auf, um etwas zu sagen, aber Dog Diva Denise – ich kann immer noch nicht glauben, dass sie sich tatsächlich so nennt – unterbricht ihn dankenswerterweise.

„Dann lasst uns mal loslegen, ja? Ich bin Dog Diva Denise und ich gebe offen zu, dass ich eine Hundeliebhaberin bin."

„Das sollte verboten werden", flüstert Asher mir ins Ohr und ich stoße ihm mit dem Ellbogen in die Seite.

„Ich vermute, dass die meisten von euch hier auch Hundeliebhaber sind, deshalb seid ihr heute Abend mit euren kleinen Fellknäueln da. Habe ich Recht?"

Eine Welle der Zustimmung geht durch den Raum.

Dog Diva Denise hebt die Hand, um uns zum Schweigen zu bringen, und wir alle gehorchen.

Diese Frau ist suuuper.

„Du", sagt sie und sieht mich direkt an.

„Ja?"

„Was ist falsch an dem, was ich gerade gesagt habe?"

Ich blicke mich unsicher im Raum um. Alle schauen auf mich, sogar einige der Welpen – aber vielleicht bin ich ja paranoid. „Ich bin... ähm, nicht sicher."

„Sonst jemand?", fragt sie und mustert den Raum.

Keiner wagt eine Antwort.

„Erlaubt mir, euch alle aufzuklären. Das einzige

Falsche an meiner Behauptung war, dass die Welpen, die ihr heute Abend mitgebracht habt, keine kleinen flauschigen Fellknäuel sind." Sie macht eine Kunstpause, bevor sie mit tiefer, ernster Stimme hinzufügt: „Es sind *Hunde.*"

„Diese Frau ist einfühlsam", murmelt Asher und ich unterdrücke ein Kichern.

Die Dog Diva Denise beginnt, durch den Raum zu gehen und jeden mit ihren Kulleraugen anzustarren. „Und Hunde müssen erzogen werden. Stimmt's?"

„Ähm, ja, das müssen sie", antwortet ein Mann mit einem Beagle, als sie vor ihm stehen bleibt.

„Richtig gut erzogen. Hab ich recht?", fragt sie eine junge Frau, die völlig verängstigt aussieht.

„Ja", piepst diese.

„Kleine Fellknäuel der Liebe brauchen keine Erziehung. Oh, nein. Kleine flauschige Fellknäuel dürfen einfach dasitzen und tun, was sie wollen." Sie bleibt stehen, stützt die Hände in die Hüften und schaut in die Runde. „Heute Abend fangen wir an. Heute Abend nehmen wir diese Welpen und formen sie zu den Hunden von morgen. Heute Abend schreiben wir Geschichte."

Wow. Einfach nur wow.

„Dog Diva Denise ist eine richtige Drama-Queen", sage ich zu Asher.

„Ich hab' Angst vor ihr", scherzt er.

„Ihr zwei dort drüben!" Sie fokussiert Asher und mich. „Wolltet ihr etwas mit der Klasse teilen?"

Es ist, als wäre ich wieder in der Highschool.

„Nein, danke", antwortet Asher lässig. „Aber das war eine tolle Rede. Super motivierend."

Die verhärteten Gesichtszüge von Dog Diva Denise lösen sich in einem Lächeln. „Danke", erwidert sie mit gehauchter Stimme. „Das ist aber nett, wie du das sagst."

Ich verdrehe die Augen. Dieser verrückte Asher und

seine Macht über Frauen. So bald er sie anmacht, liegt ihm offenbar jede wie in einem Hormonrausch zu Füßen. Das muss etwas damit zu tun haben, dass er Amerikaner ist. So geschmeidig und selbstbewusst und so ... *amerikanisch*. Oder so ähnlich.

Ich lasse meinen Blick zu ihm schweifen. Er hat ein sexy Lächeln im Gesicht und ich muss zugeben, dass die Art und Weise, wie er heute Abend gekleidet ist – Jeans und ein schlichtes weißes T-Shirt, das seinen athletischen Oberkörper und seine breiten Schultern betont –, ihm keineswegs schadet.

Ja, okay, er ist attraktiv. Viel zu attraktiv für sein eigenes Wohl, wenn ihr mich fragt.

Aber er ist immer noch heimlich verheiratet. Oder geschieden. Oder so ähnlich.

Ich stoße einen frustrierten Seufzer aus. Ich muss diese neue Erkenntnis aus meinem Kopf verdrängen. Es belastet mich und es könnte uns auseinander bringen.

Und das ist das Letzte, was ich will.

Dog Diva Denise schafft es, ihren Blick lange genug von Asher abzuwenden, um den Kurs ernsthaft zu beginnen, und schon bald führen wir alle unsere Hunde durch den Raum – mit unterschiedlichem Erfolg.

„Das Ziel ist es, euren Hund mit lockerer Leine zu führen. Mit *lockerer* Leine."

Ich ziehe an Stevies extrem gestraffter Leine, weil sie sich gerade ungeheuer anstrengt, zu dem Bernhardinerwelpen zu gelangen, der, wie ich erfahren habe, „Derek" heißt.

„Stevie, bei Fuß", sage ich mit eindringlicher Stimme.

Sie ignoriert mich völlig.

„Der ist zu groß für dich", sage ich ihr, während ich noch einmal sanft an der Leine ziehe. „Du bräuchtest einen Kran, um an ihn heranzukommen."

„Wie ich sehe, redest du mit deinem Hund, als wäre er ein Mensch", sagt Dog Diva Denise, als sie bei mir stehenbleibt. „Noch ein Fehler, Leute", verkündet sie in den Raum. „Hunde sind Hunde. Behandelt sie wie Hunde."

Ich schenke ihr ein schwaches Lächeln. „Verstanden", sage ich.

Wir gehen zu „Sitz" und „Platz" über und einige der Welpen scheinen das schnell zu kapieren. Stevie nicht. Sie ist zu sehr damit beschäftigt, an der Leine zu zerren, um wieder irgendwo anders hinzukommen, und ich wiederhole die ganze Zeit: „Stevie, nein. Nein, Stevie."

„Hast du mal versucht, mit tieferer Stimme zu sprechen?" sagt Asher. „Wer weiß? Vielleicht hilft es ja."

„Sitz, Stevie", sage ich so tief, wie ich kann, aber sie schaut nur zu mir hoch, als wäre ich vom Teufel besessen, tobt weiter herum und zieht an ihrer Leine.

„Weißt du, wie du jetzt klingst, Zee?", fragt er mich. „Du klingst wie Anna Farris in dem Film *The House Bunny.*"

Ich werfe ihm einen scharfen Blick zu. „Du hast *The House Bunny* gesehen?"

Er zuckt mit den Schultern. „Ja. Vor Jahren, mit einer Freundin, glaube ich."

Oder mit einer Ehefrau.

Da meine Aufmerksamkeit für einen Moment auf etwas anderes gerichtet ist als auf meinen verrückten Hund, nutzt Stevie die Gelegenheit und reißt so kräftig an der Leine, dass sie mir direkt aus der Hand gleitet. Sie rennt los und stürmt auf ihren kleinen Beinchen in alle Richtungen durch den Raum. Sie erreicht einen Hund und steckt ihr Schnäuzchen genau in dessen Gesicht, dann springt sie hoch, stolpert und macht eine Art hündische Interpretation einer Ninja-Rolle über den harten, glänzenden Boden, bis sie den nächsten Hund erreicht. Sie beginnt, ihm aufgeregt vor der Schnauze hin und her zu hüpfen. Der Hund springt genauso eifrig umher und schafft es, sich von seiner Leine zu befreien, ähnlich wie meine kleine Entfesselungskünstlerin, und die beiden rasen durch den Saal, was die versammelten Welpen mit aufgeregtem Kläffen und Bellen quittieren.

„Das ist eine Welpenmeuterei", erklärt Asher, als ich an ihm vorbeilaufe um Stevie und ihren Komplizen hinterherzujagen, während die zwei ihr Unwesen weiter treiben.

„Es tut mir so leid", sage ich in die Runde, während ich mich hinunterbeuge, um Stevie hochzunehmen. Aber es ist, als hätte sie sich in einen glitschigen Aal verwandelt, der mir gekonnt durch die Finger schlüpft und in die andere Richtung abhaut.

„Jage niemals einem Hund hinterher!" bellt Dog Diva Denise, was ironisch ist, weil wir uns in einem Raum voller bellender Hunde befinden.

Inzwischen drehen alle Welpen im Raum vor Aufregung durch, schlingen ihre Leinen um die Beine ihrer Besitzer und versuchen verzweifelt, sich davon zu befreien, um sich mit Stevie und ihrem neuen Freund zu vergnügen.

„Was soll ich denn jetzt machen?" frage ich Dog Diva Denise verzweifelt, als Stevie und der King Charles Welpe – dessen Name eindeutig *Pepper* ist, weil ihn seine Besitzerin in der letzten Minute ununterbrochen so gerufen hat – zusammen über den Boden tollen, knurren und kläffen und sich generell wie völlig außer Kontrolle geratene Welpen aufführen.

Mit einem einzigen Handgriff trennt Dog Diva Denise die beiden, nimmt sie hoch, klemmt einen unter jeden Arm und brüllt „Stopp!", so dass alle im Raum, ob Mensch oder Hund, sofort innehalten und sie anstarren.

„Wer seinen Hund an der Leine hat, zieht ihn jetzt fest zu sich." Sie zeigt auf mich und sagt: „Du, gib mir die Leine."

Ich widerspreche nicht. Ich übergebe sie *pronto*.

„Geh und stell dich da drüben zu deinem Freund."

„Oh, er ist nicht...", beginne ich, überlege es mir aber anders, weil Dog Diva Denises Gesichtsausdruck sich von einem Donnerwetter zu einem regelrechten Tornado verdüstert „Ich geh ja schon." Mit gesenktem Kopf schleiche ich zu Asher hinüber.

„Das war einfach nur *spektakulär*", sagt er zu mir, als ich mich neben ihm an die Wand lehne.

Ich blicke ihn an. „Sag kein Wort mehr."

„Ich wüsste nicht, was es da noch zu sagen gibt, Zee." Seine Lippen zucken auf diese neckische Art, die ich nur zu gut kenne.

„Wir wollen doch nicht, dass sich dieses kleine Fiasko wiederholt, oder?" sagt Dog Diva Denise, während sie Stevies Leine festhält, die jetzt wieder an ihrem Halsband festgemacht ist.

Ich beobachte entsetzt, wie Stevie ihre Füßen beschnüffelt und dann vor den Augen aller auf den Boden pinkelt.

„Bravo, Stevie", sagt Asher leise, und zu mir: „Du musst ja sehr stolz sein."

Ich pruste vor Lachen und kaschiere es sofort mit einem Hustenanfall, weil Dog Diva Denise mir einen vorwurfsvollen Blick zuwirft.

Ohne Stevies kleine Einlage auch nur zu erwähnen, entfernt sie sich von der kleinen gelben Lache und beginnt, Anweisungen zu geben. Ich beobachte erstaunt, wie Stevie alles tut, was sie ihr sagt. Ihr Blick ist fest auf Dog Diva Denise gerichtet und ihr kleiner Schweif saust hin und her.

„Diese kleine Nervensäge", murmle ich mit ange- spannter Miene.

Am Ende der Unterrichtsstunde gibt Dog Diva Denise mir Stevies Leine zurück, und Stevie setzt sich zu meinen

Füßen und schaut zu mir hoch, als würde sie auf weitere Anweisungen warten.

„Wie hast du das gemacht?" frage ich sie erstaunt. Eben noch tobte sie hier herum, als stünde ihr Hosenboden in Flammen – als ob Hunde Hosen tragen würden – und im nächsten Moment ist sie das gehorsamste und bravste Hündchen der Welt.

„Es geht nur darum, ihr zu zeigen, wer der Boss ist", antwortet Dog Diva Denise, „aber das ist offensichtlich etwas, womit du dich schwer tust." Sie wirft mir einen vielsagenden Blick zu.

„Ich fand, das war eine unglaublich beeindruckende Vorstellung deinerseits, Dog Diva Denise", sagt Asher, während er seinen Arm um meine Schultern legt. „Meine Freundin und ich müssen noch viel lernen."

Ich lasse meinen fragenden Blick zu Asher gleiten.

Er zwinkert mir ein kurzes Lächeln zu, bevor er sagt: „Ich schätze, wir kommen nächste Woche wieder."

„Mit der richtigen Führung wird aus eurem Welpen ein braver Hund werden", antwortet Dog Diva Denise und versucht, überzeugend zu klingen, während sie unter Ashers Blick errötet.

„Oh, da bin ich mir sicher. Danke, Dog Diva Denise", sagt Asher.

„Ach, nenn mich Denise", antwortet sie und wird rot wie der Weihnachtsmann.

„Wir sehen uns nächste Woche. Und... es tut mir leid...", sage ich.

„Das nächste Mal machst du es besser", schnaubt sie mir zu, bevor sie Asher noch einmal anlächelt.

Mit Stevie, die neben uns her tänzelt wie die preisgekrönte Gewinnerin einer Hundeshow, verlassen wir den Saal und gehen hinaus auf die Straße.

„Was zum Teufel sollte das, Stevie? Warum hast du

alles getan, was *sie* dir gesagt hat, und absolut nichts, was *ich* dir gesagt habe?"

Stevie setzt sich hin und schaut zu mir hoch, als konzentriere sie sich auf jedes meiner Worte.

„Stevie, Fuß", befiehlt Asher und sie gehorcht augenblicklich.

„Sitz." Sie setzt sich.

„Ein Hundewunder ist geschehen", sage ich und beobachte sie staunend. „Komm her, Stevie, bei Fuß", sage ich, während ich die Straße hinuntergehe, und sie trabt neben mir her, als würde sie mir schon ihr ganzes Leben lang gehorchen. Wir wissen aber alle, dass das nicht so ist.

„Ist das der Punkt, an dem ich sage: 'Ich hab's dir ja gesagt'? Oder sollen wir warten, bis wir auf einen Drink im Pub um die Ecke sind?" fragt Asher.

Der Gedanke, mit Asher in einem Pub zu sitzen, ohne die Ablenkung durch den Welpenkurs, bereitet mir ein mulmiges Gefühl. Nur er und ich, nichts, was unsere Aufmerksamkeit ablenkt.

Das Foto von ihm und seiner Braut geht mir nicht mehr aus dem Kopf.

„Ich gehe jetzt besser nach Hause. Ich bin sicher, Stevie ist ziemlich erledigt, und ich muss morgen früh raus."

„Zara, du machst deinen Laden um 10 Uhr auf. Das ist nur für Rockstars früh."

„Ich muss noch etwas für einen Kunden erledigen." Ich vergesse, ihm zu sagen, dass *er* der Kunde ist. Kleinigkeiten.

„Okay, dann ist jetzt Schluss für heute. Gute Arbeit, Stevie. Du hast deine Mama zwar in Verlegenheit gebracht, aber am Ende hast du es doch noch hinbekommen. Gute Arbeit."

Er gibt Stevie ein paar feste Klapse, beugt sich vor und drückt mir einen Kuss auf die Wange. „Bis dann, Freun-

din." Er hält inne und fügt hinzu: „Das ist eine Rückstu-
fung von 'Frauchen', weißt du."

Ich lache nervös auf, und es klingt mehr als nur ein
bisschen nach Hyänengelächter. Er wirft mir einen
fragenden Blick zu, aber bevor er einen Kommentar
abgeben kann, drehe ich mich auf dem Absatz um und
rufe „Wir sehen uns später", während ich die Straße
hinunterlaufe.

Was soll ich jetzt nur tun? Jetzt steht ein Keil in Gestalt
einer Braut zwischen uns, und alles fühlt sich seltsam an.
Falsch.

Und ich bin mir nicht sicher, wie ich darüber hinweg-
kommen soll.

Kapitel Vierzehn

MEIN LIEBER PAPA,

kennst du das, wenn du glaubst, jemanden zu kennen und dann erfährst du etwas über ihn und das verändert alles? Tja, das ist mir mit Asher passiert. Eben noch war er mein lebenslustiger Single-Freund, jetzt ist er ein Typ mit einer Vergangenheit. Eine Vergangenheit, die er geheim hält.

Das Problem ist, dass ich jedes Mal, wenn ich ihn jetzt sehe, das Foto von ihm an seinem Hochzeitstag vor Augen habe, glücklich und verliebt.

Wie kann ich das vergessen? Wie werden wir wieder so, wie wir waren?

Ich wünschte, du wärst hier. Ich könnte deinen Rat gebrauchen.
Du fehlst mir. Hab dich lieb.
Deine Za-Za xoxo

Ein paar Tage und eine Menge Grübeleien später ist es Samstagnachmittag und Tabitha, Lottie, Kennedy und ich befinden uns auf der Empore einer alten Kathedrale im Südosten von London. Wir stehen am oberen Ende der Sitzreihen und blicken auf einen alten, abgenutzten Holztisch hinunter.

„Es ist mir egal, ob das hier historisch bedeutsam oder wichtig ist oder was auch immer, Lottie. Dieser Ort ist super gruselig", erklärt Kennedy mit einem Frösteln.

„Da stimme ich dir voll zu", sagt Tabitha.

Ich nicke. „Ja. Total gruselig."

Lottie dreht sich zu uns, sie strahlt. „Aber ist es nicht unglaublich interessant? Ich meine, das hier ist das Dach einer alten Kirche und die Leute saßen früher hier oben und haben tatsächlich bei Operationen zugesehen. Das macht mich sprachlos."

„Operationen ohne Narkose, Schätzchen", antwortet Tabitha. „Das ist barbarisch."

„Deshalb ist es ja auch so gruselig", fügt Kennedy hinzu. „Denk mal drüber nach. Die Menschen wurden ohne Narkose operiert, und das vor den Augen der Zuschauer. Das ist ein Albtraum."

Wir vier sind auf einer von Lotties „*Lerne London kennen und schärfe deinen Geist*"-Touren, die sie uns unbedingt zeigen wollte. Lottie ist in Oxfordshire aufgewachsen und erst vor drei Jahren wegen eines Jobs nach London gezogen, wo sie meine Mitbewohnerin wurde, nachdem wir uns durch einen gemeinsamen Freund kennenlernten. So wie sie sich für London begeistert, könnte man meinen, sie sei eine Touristin, die nur für eine Woche hier ist. Wir Londoner besuchen zwar den einen oder anderen Touristen-Hotspot, aber meistens nur, wenn jemand von außerhalb zu Besuch ist, oder rein zufällig.

Heute steht der Besuch des *Old Operating Theatre* auf dem Programm, der uns nicht annähernd so gut gefällt wie der Ausflug im vorigen Monat.

Und ja, es ist genauso gruselig, wie es klingt.

„Ich würde viel lieber nochmal zu *Madame Tussaud's* gehen", beschwert sich Tabitha. „Da gibt es wenigstens keine Skelette und wir können jeden Promi, den wir wollen, aus der Nähe betrachten."

„Und es gibt auch keinen Operationstisch, der aussieht, als wäre er für Folterzwecke gedacht", füge ich hinzu.

Lottie beginnt mit der Rede, die sie schon so oft gehalten hat. „Kommt schon, Mädels. London ist reich an Geschichte, und dieser Ort ist ein Teil davon. Stellt euch vor, ihr wärt hier und würdet euch eine Operation ansehen, wie es damals war."

Kennedy hebt abwehren die Hand. „Nein danke. Das möchte ich mir gar nicht vorstellen. Eigentlich würde ich im Moment am liebsten an so ziemlich alles andere denken."

„Ich hätte da etwas, worüber du nachdenken könntest", platze ich heraus, ohne mir selbst Einhalt gebieten zu können.

Diese ganze *„Asher war verheiratet"*-Sache hat sich in meinem Kopf aufgestaut und ich brauchte zunehmend jemanden, mit dem ich darüber reden kann. Diese drei Mädchen sind meine besten Freundinnen, und sie alle kennen und lieben Asher genauso wie ich.

„Was ist los, Zee?" fragt Lottie, und zieht besorgt die Augenbrauen zusammen.

„Du siehst aus, als hättest du ein Gespenst gesehen", kommentiert Kennedy.

Tabitha erschaudert. „Was an diesem Ort ziemlich wahrscheinlich ist."

„Ich habe vor ein paar Tagen unabsichtlich etwas herausgefunden und jetzt bin ich in einer merkwürdigen Situation."

„Jetzt mache ich mir Sorgen um dich, Zee. Worum geht's?" fragt Lottie.

„Ist es wegen George? Ich kann immer noch nicht fassen, was er getan hat." Tabitha schüttelt den Kopf.

Ich beiße mir auf die Lippe, bevor ich antworte: „Es ist nicht George. Es ist... Asher."

„Was hat er denn getan?" fragt Tabitha mit großen Augen.

„Oh, mein Gott, du hast ihn geküsst!" ruft Lottie. „Ich wusste es. Von dem Moment an, als ihr euch zu Ersatzpartnern erklärt habt, wusste ich es."

Kennedy starrt mich an. „Du hast Asher geküsst?"

„Oh, ich wette, das hat sie", sagt Tabitha. „Er ist ihr Ersatzmann, also wollte sie wahrscheinlich einen Testlauf mit ihm machen."

„Einen Testlauf?" Ich muss lachen. „Ist das euer Ernst? Wer macht denn so was?"

„Wie war es? Ist er ein guter Küsser? Erzähl uns alles. Und ich meine *alles*. Die Beschaffenheit der Lippen, die Fülle der Lippen, die Zunge." Lottie umklammert meinen Arm. „Oh, Zee. Sag uns, dass es ein Zungenkuss war!"

Eine Mutter mit zwei kleinen Kindern, die unten neben dem Operationstisch steht, schaut mit finsterem Blick zu uns hoch und eilt dann mit ihren Kindern aus der Kirche.

Tabitha stemmt die Hände in die Hüften, während sie ihnen nachsieht. „Ich wette, diese Kinder wurden von diesem Ort mehr traumatisiert als von unserem Gespräch über das Knutschen mit einem heißen Typen. Prioritäten, gute Frau."

„Kannst du dich bitte konzentrieren, Tabitha?" fragt Kennedy. „Das ist ein spannendes Thema. Komm schon, Zee. Erzähl uns von dir und Asher."

„Es gibt kein 'ich und Asher'. Und geküsst haben wir uns auch nicht."

„Schade", sagt Lottie, aber Tabitha fragt nach: „Bist du ganz sicher?"

Ich nicke entschlossen. „Ich bin ganz sicher, dass wir uns nicht geküsst haben. Das hätte ich doch gemerkt."

„Ihr hättet euch im Schlaf küssen können", schlägt Lottie vor. „Ihr wisst schon, die knutschende Version des Schlafwandelns."

Wir alle drei werfen ihr einen Blick zu.

„Was denn?", protestiert sie. „Das könnte doch funktionieren."

„Also, was ist mit Asher los?" fragt Kennedy.

Mein Magen kribbelt vor Angst. „Es ist mir unangenehm, darüber zu sprechen, aber es geht mir nicht aus dem Kopf und ich muss es loswerden."

„Sag schon!" drängen Tabitha, Lottie und Kennedy gleichzeitig.

Ich hole tief Luft und fange an. „Ich war bei ihm zu Hause, um Maß zu nehmen für die neue begehbare Garderobe, die ich für ihn entworfen habe, und dabei habe ich etwas gefunden. Etwas... Unerwartetes."

Lottie schnappt nach Luft. „Du hast seine Sachen durchwühlt? Das ist nicht cool."

Kennedy schüttelt den Kopf. „Das würde Zee nicht tun."

„Nein, nein. Definitiv nicht", sage ich. „Ich musste fürs Ausmessen ein paar Kartons wegstellen, und dabei ist eine

auf den Boden gefallen und aufgeplatzt. Etwas ist heraus-
gefallen."

Tabithas Augen werden groß. „Es ist eine Aufblaspuppe, stimmt's? Asher hat eine Aufblaspuppe."

Sie bekommt von Kennedy einen Klaps auf den Arm.
„Es ist keine Aufblaspuppe." Sie hält inne und fragt dann:
„Stimmt doch, oder?"

Ich nicke grimmig. „Stimmt."

„Eine Aufblaspuppe wäre doch total pervers, und
Asher ist nicht pervers. Er ist ein Aufreißer, der viel zu viel
Aufmerksamkeit von Frauen bekommt, aber er ist nicht
pervers", vermutet Lottie.

„Siehst du, das ist der Punkt. Er mag jetzt ein Aufreißer
sein, aber er war..." Ich halte inne und ringe mit den neuen
Informationen, die ich über unseren Freund erfahren habe.
Den Asher, den ich zu kennen glaubte, gibt es nicht mehr.
Er wurde durch einen *verheirateten Mann* ersetzt, der uns
allen die Wahrheit über seine Vergangenheit verschwiegen
hat.

„Was?"

„Erzähl es uns!"

„Du kannst nicht einfach mitten im Satz aufhören!"

Ich hole nochmal tief Luft und sage: „Ich habe herausgefunden, dass Asher verheiratet ist. Oder verheiratet war.
Ich bin mir nicht sicher. Ich weiß nur, dass es eine Hochzeit gab."

Lottie und Tabitha zucken erschrocken zurück, ihre
Augen sind so groß wie Weihnachtskugeln und ihre
Münder bilden perfekte „O"s.

„Meinst du das ernst?" fragt Lottie.

„Er ist verheiratet? Das heißt, mit einer Frau?" fragt
Tabitha.

„Er ist nicht schwul, Schätzchen", sagt Lottie.

„Ja, stimmt alles", antworte ich mit einem grimmigen

Nicken. „Wir alle wissen, dass er total hetero ist. Und ich habe keine Ahnung, was ich jetzt denken soll. Ich meine, das ist Asher. Wir alle kennen ihn als einen lustigen, lockeren Single-Typ – die Betonung liegt auf *Single* – oder? *Unverheiratet.* Zumindest dachte ich das, bis ich das Album fand.“

Lottie schüttelt den Kopf, ihre Lippen sind zu einer dünnen Linie zusammengepresst. „Wow. Einfach nur wow.“

„Du glaubst, du kennst jemand“, sagt Tabitha.

Ich lasse den Kopf hängen. „Ich fühle mich schlecht, weil ich es euch erzählt habe, aber es hat mich so fertig gemacht.“

„Du musst dich nicht schlecht fühlen“, sagt Lottie. „Ich hätte dasselbe getan. Das ist eine große Neuigkeit. Keiner von uns wusste von irgendeiner Ehefrau, und er mag dir am nächsten stehen, Zee, aber wir sind alle mit ihm befreundet. Keiner von uns wusste etwas davon.“

Tabitha nickt. „Das ist wahr.“

„Ich wusste es“, sagt Kennedy leise und wir drehen uns alle erstaunt zu ihr hin.

Ich ziehe die Brauen zusammen. „Du wusstest es? Warum hast du nichts gesagt?“

„Ich dachte, es wäre *seine* Geschichte, die er selber erzählen soll, nicht *meine.*“

Ich streiche mir die Haare hinter die Ohren. „Jetzt fühle ich mich schrecklich, weil ich es euch erzählt habe.“

„Woher wusstest du es denn?“ fragt Tabitha.

Sie zuckt mit den Schultern. „Er kommt aus San Diego und ich auch. Es ist keine große Stadt. Man hört so einiges.“

„Seit wann weißt du es?“ fragt Lottie.

„Ich habe davon gehört, als ich über die Feiertage zu

Hause war und mich mit ein paar Freundinnen getroffen habe. Eine von ihnen kennt seine Frau."

„*Seine Frau*", wiederholt Lottie und wir erstarrten alle kurz und lassen uns den ungewohnten Gedanken durch den Kopf gehen.

„Diese Freundin hat mir erzählt, dass Asher San Diego verlassen hat, um hier einen Neuanfang zu wagen, nachdem seine Ehe in die Brüche gegangen ist."

„Er ist also geschieden?" frage ich.

Kennedy hebt ihre Schultern. „Könnte sein, aber ich weiß es nicht genau."

Ich blinzle ein paar Mal, um diese neue Information zu verarbeiten. „Oh, mein Gott. Er war verheiratet und es ging in die Brüche."

„Das ist schon zwei Jahre her. Ich wette, er ist geschieden. Das würde auch alles zusammenpassen", ist sich Tabitha sicher.

„Tabitha hat recht. Es passt, dass er geschieden ist, vor allem, wenn *sie* ihm das Herz gebrochen hat und er weiterzieht", sagt Kennedy.

Sie hat ihm das Herz gebrochen. Der Gedanke daran gibt mir ein mulmiges Gefühl. Unbehaglich.

Schutzlos.

Lottie spricht aus, was wir alle denken, und sagt: „Es muss ziemlich schlimm gewesen sein, wenn er deshalb aus San Diego weggezogen und nach London übersiedelt ist."

„Das könnte auch reiner Zufall gewesen sein", meint Tabitha. „Vielleicht wurde ihm gerade dann ein Job in London angeboten, als die Ehe schiefging, und er entschied sich, ihn anzunehmen. Vielleicht ist alles nicht so dramatisch, wie wir denken."

Tabitha zählt etwas an ihren Fingern nach und hält plötzlich inne. Sie blickt zu Kennedy. „Warte mal kurz. Lass uns einen Moment zurückgehen, Kennedy. Du willst uns sagen, dass du seit über sechs Monaten davon weißt?", lacht sie. „Warum hast du es uns nicht gesagt?" Sie dreht sich zu Lottie und mir. „Das ist doch etwas, was Freundinnen einander erzählen würden, oder etwa nicht?"

„Weil ich dachte, dass er es uns sagen würde, und zwar dann, wenn er möchte, dass wir es erfahren. Aber jetzt, wo du sein Geheimnis entdeckt hast, Zee, wissen wir es alle."

Ich nicke grimmig. „Und wir können es nicht mehr rückgängig machen."

„Ganz genau."

Ich denke an die lächelnden, glücklichen Gesichter auf dem Cover des Hochzeitsalbums und mein Herz zerreißt. „Armer Asher."

„Ja, armer Asher", wiederholt Tabitha, während die anderen zustimmend nicken.

Wir stehen in Gedanken versunken beieinander, als Lottie die Stille durchbricht. „Das erklärt so vieles."

Ich ziehe die Stirn in Falten. „Was meinst du?"

Sie hält einen Finger hoch. „Erstens: Er ist ein super-lustiger Typ. Zweitens", sagt sie und hebt einen weiteren Finger, „ist es ihm nie ernst mit Mädchen. Und drittens ist er vor einer Frau geflohen, die ihn verletzt hat. Das passt alles zusammen."

„Was genau willst du damit sagen?" frage ich.

„Erkennst du es nicht? Er vermeidet es, sich anderen Frauen zu nähern, weil er von seiner Frau verletzt worden ist."

„Das klingt logisch", sagt Kennedy.

Wir sehen hoch, weil eine laute Männergruppe das Kirchenschiff betritt, und sich dabei lachend über das Aufschneiden von Patienten auf dem OP-Tisch unterhält.

„Lass uns in den Pub gehen und das Gespräch dort fortsetzen. Nach diesem ganzen schrägen Ausflug in die mittelalterliche Chirurgie brauche ich ein Glas Wein", schlägt Kennedy vor.

„Ganz zu schweigen von der ganzen *Asher-ist-verheiratet-* Sache", fügt Tabitha hinzu, während sie und Kennedy die Treppe zum Ausgang hinuntergehen.

Ich lege meine Hand auf Lotties Arm. „Tut mir leid, Schätzchen. Ich glaube, dieser Ort hat heute nicht ganz gepasst."

„Das ist schon okay. Ich werde mir für nächsten Monat etwas Leichteres suchen. Wie wäre es mit dem *London Dungeon?*"

„Das Kerkerverließ, wo früher mal Menschen gefoltert wurden? Lottie, ich glaube, du musst überdenken, was du als 'leicht' bezeichnest."

„Ja, einverstanden."

Gemeinsam gehen wir die Treppe hinunter, vorbei an dem alten Operationstisch und dem Skelett, und verlassen die Kirche. Dann gehen wir zu viert auf die Straße, um einen Pub zu finden. Wie es der Zufall will, entdecken wir ein Lokal nur eine Ecke weiter und jede von uns holt sich ein kaltes Getränk, bevor wir uns draußen unter einen Sonnenschirm setzen.

„Ich habe ein komisches Gefühl dabei", sagt Lottie. „Als ob wir Asher kennen, weil er Asher ist."

„Genau", sage ich.

„Aber jetzt ist er nicht mehr der Asher, für den wir ihn hielten. Oder?" sagt Tabitha.

„Er ist derselbe und doch anders." Ich kräusle meine Nase. „Ergibt das einen Sinn?"

„Oh, auf jeden Fall." Lottie nickt zustimmend. „Weißt du denn, was zwischen Asher und seiner Frau passiert ist, Kennedy?"

„Meine Freundin Kyla hat gesagt, dass seine Frau ihn betrogen hat."

Gemeinsam schnappen wir bei diesem Gedanken nach Luft.

„Das ist ja furchtbar", sagt Lottie.

„Armer Asher", sagt Tabitha.

„Kein Wunder, dass er abgehauen ist", füge ich hinzu.

Wir sitzen eine Weile schweigend da, während wir alle diese neue Information verdauen.

„Das war's", sagt Lottie und schlägt mit der Hand auf den Tisch, um uns alle zu erschrecken. „Wir müssen ihm helfen."

„Wie?"

„Wir müssen ihm eine neue Frau suchen."

Ich gluckse. „Wo? Online?"

Lottie verdreht die Augen. „Nicht diese Art von Frau. Wir müssen eine Frau für ihn finden, in die er sich verlieben kann, eine Frau, die unseres tollen Freundes würdig ist. Jemand, der ihm nicht so wehtut wie seine schreckliche Frau."

„Sie müsste schon jemand ganz Besonderes sein", warnt Kennedy.

„Im Prinzip finde ich die Idee toll", beginne ich, „aber ich glaube nicht, dass er wirklich jemanden finden will. Ich meine, schau dir seine Dating-Bilanz an. Er ist wohl kaum der Typ für eine feste Beziehung, oder? Mit wie vielen Frauen hat er sich getroffen, seit wir ihn kennen?"

„Das ist nur, weil er verletzt wurde", sagt Lottie.

Kennedy nickt. „Lottie hat wahrscheinlich recht. Der Typ hat eine schwere Zeit hinter sich."

„Deshalb sollten wir uns da auch raushalten. Er will eindeutig keine weitere Ehefrau", sagt Tabitha mit Autorität. „Warum hätte er sonst zugestimmt, Zaras Ersatzmann zu sein?"

Meine Freundinnen drehen sich zu mir und sehen mich an.

„Was?" sage ich.

Lottie wirft mir einen Blick zu. „Interessant."

„Das ist es, nicht wahr?" antwortet Kennedy.

Ich lasse meinen Blick zwischen den beiden hin und her gleiten. „Was ist interessant?"

„Seid ihr sicher, dass es zwischen euch keine Küsse gab?" fragt Lottie.

Das schon wieder? Verrückt.

Ich lege meine Hände mit den Handflächen nach unten auf den Tisch. „Asher wurde verletzt und jetzt will er sich die Hörner abstoßen. Er hat vielleicht zugestimmt, in ferner Zukunft mein Sicherheitsnetz zu sein, ja, mein Ersatzehemann, meine Reserve – aber ich werde auf keinen Fall als Zwischendurch-Nummer für ihn herhalten, wenn ihn wiedermal der Hafer sticht."

Tabitha kichert. „Jetzt habe ich ein Bild von Küssen im Hafer vor mir ... Das ist unheimlich heiß."

„Oh, ich glaube nicht, dass du eine von seinen Zwischendurch-Nummern sein könntest", sagt Lottie.

Wie auch immer. Ich weiß, dass wir nur Freunde sind. Und ich weiß, dass er mir ein großes Geheimnis vorenthält.

„Ich denke, wir sollten so tun, als wüssten wir nichts davon und uns ihm gegenüber normal verhalten", beginne ich. „Er ist aus Amerika abgehauen, weil ihm dort etwas Schreckliches mit seiner Frau passiert ist, und wir müssen ihm den Freiraum gewähren, damit fertig zu werden. Immerhin hat er keiner von uns davon erzählt."

„Zara hat Recht", stimmt Tabitha zu.

„Ich wünsche mir trotzdem, dass er eine neue Frau findet", sagt Lottie und wirft mir einen bedeutungsvollen Blick zu.

„Hör auf!" sage ich lachend.

Den Rest des Nachmittags sitzen wir in der Sonne und reden über das, was in der Welt falsch läuft. Auf dem Weg nach Hause ist mein Entschluss gefasst. Ich werde *nicht* mit Asher über das reden, was ich über ihn erfahren habe. Stattdessen werde ich so tun als wüsste ich nichts und zu unserer gewohnten, lebensfrohen und unkomplizierten Freundschaft zurückkehren.

Denn obwohl das, was ich erfahren habe, mich sehr mitgenommen hat – er ist immer noch *Asher* und wir sind immer noch *Freunde*, die miteinander Spaß haben. Und das soll auch so bleiben.

Kapitel Fünfzehn

Iсн ʙɪɴ im Laden und verabschiede mich gerade von einer Kundin, als Scarlett durch die Tür kommt. In ihrem leuchtend orangefarbenen Etuikleid und den dazu passenden High Heels wirkt sie heute besonders fröhlich und beschwingt.

„Du siehst gut aus. Ein besonderer Anlass?" frage ich, während ich den Kaufbeleg in den Ordner auf dem Schreibtisch schiebe.

„Ich hatte einfach Lust, heute orange zu tragen, das ist alles. Wollte die Kundin einen Design-Entwurf haben?"

Ich schüttle den Kopf. „Sie hat eine Überdecke und ein

paar Pillendosen gekauft. Anscheinend sammelt sie diese und war überglücklich, dass wir welche auf Lager hatten. Sie sagte, sie würde all ihren Freunden, die Pillendosen sammeln, von uns erzählen."

„Oh, gut. Das bedeutet, dass wir diese Woche etwa vier Pfund fünfzig verdienen werden", sagt sie voll Sarkasmus, lässt die Schultern hängen und atmet tief durch.

„Ich weiß, es ist deprimierend. Wenn es doch nur einen Weg gäbe, Karinas Laden durch eine schreckliche Katastrophe oder einen Unfall zu ruinieren. Dann könnten wir wieder richtig Gewinn machen, so wie früher."

„Was schlägst du vor? Sollen wir ein Auto mieten und es durchs Schaufenster von Karina jagen? Bei all den Überwachungskameras in London würde kein Mensch je erfahren, dass wir es waren."

„Ich hab's!" Ich wische etwas Staub von einem Regal und wende mich dann wieder an sie. „Weißt du, ich könnte Kennedy fragen, ob sie unsere Designideen in ihrer Zeitschrift abdrucken kann. Sie ist Redakteurin bei *Claudette*. Vielleicht könnte sie einen Artikel darüber schreiben, wie es ist, eine junge Innenarchitektin in London zu sein?" Ich bin ganz aufgeregt bei dieser Aussicht.

„Sicher. Das wäre wohl möglich." Sie setzt sich an den Computer.

„Meinst du? Es könnte eine wirklich tolle Idee sein." Mein flaues Gefühl steigert sich zu einem ausgewachsenen Schmerz, als ich durch den Laden laufe. „*Claudette* ist ein englisches Design-Magazin mit landesweiter Reichweite. Das könnte für uns erstaunliche Dinge bewirken. Wenn unser Laden dort erwähnt wird, sind wir wieder im Geschäft. Ich weiß nicht, warum ich nicht schon früher daran gedacht habe." Ich werfe einen Blick auf Stevie. Sie liegt sicher in ihrem Bettchen und schläft ihren Energieschub von heute Morgen aus.

„Ich kenne *Claudette*. Ich bin nicht von gestern, weißt du. Aber du bist vielleicht etwas voreilig, Schätzchen." Sie starrt auf den Bildschirm. „Du hast sie noch nicht einmal gefragt."

„Semantik", antworte ich grinsend. „Ich habe da so ein Gefühl. Überlass es mir. Okay?"

Sie schaut mir kurz in die Augen. „Lass mich wissen, wie es läuft", antwortet sie mit viel weniger Enthusiasmus als ich.

„Ich wette, das klappt."

„Ja." Sie wendet ihren Blick nicht vom Bildschirm ab.

„Ich werde jetzt gleich anrufen." Ich schiebe mich an Scarlett vorbei und hole mein Handy aus der Handtasche. „In diesem Spiel geht es einzig und allein um Netzwerke. Wir müssen sie zu unserem Vorteil nutzen."

„Ich denke, einen Versuch ist es wert."

„Das ist es", behaupte ich.

Ich werde es Scarlett zeigen. Sie ist vielleicht nahe daran, aufzugeben, aber ich nicht. Unser Laden bedeutet mir die Welt.

Ich rufe Kennedys Nummer auf und drücke auf Anwählen. Ein paar Klingelzeichen später geht sie ran.

„Hey, Zee."

„Kann ich dich um einen großen Gefallen bitten?"

„Na klar."

„Könntest du *ScarZar* irgendwie in *Claudette* unterbringen? Es muss kein großes Feature sein, nur etwas, um unseren Namen bekannt zu machen. Dieser große, neue Designladen in der Hauptstraße macht uns das Geschäft kaputt. „

„Ich weiß nicht, Zee. Das ist nicht mein übliches Einsatzgebiet."

„Könntest du die Idee wenigstens bei deiner Chefin vorbringen? Wir haben schon ein paar tolle Projekte realisiert, die du fotografieren könntest, und Stevie würde auf den Fotos so süß aussehen."

„Mal sehen, was ich für dich tun kann."

Die Hoffnung steigt in mir hoch wie eine Flipperkugel. „Vielen, vielen Dank. Ich bin dir was schuldig." Ich verabschiede mich und lege auf. Ich wende mich an Scarlett. „Die Weichen sind gestellt."

„Zara, glaubst du nicht, dass jeder kleine Einrichtungsladen im Großraum London schon mal an so etwas gedacht hat? Du träumst doch."

„Ich träume nicht. Nicht jeder hat Kennedy als enge und persönliche Freundin, weißt du, und auch nicht jeder hat ein zuckersüßen Ladenhündchen."

„Also, ich gehe jetzt mal raus." Sie segelt an mir vorbei zur Tür.

„Aber du bist doch gerade erst gekommen."

„Ich habe einen Termin mit einem Paar, das sein Haus in Hampstead renovieren will. Schon vergessen?"

Ich zerbreche mir den Kopf, wen sie meinen könnte, doch es fällt mir nichts dazu ein. „Aber ich muss zu Asher fahren, um die Lieferanten zu treffen. Er bekommt heute seine neuen Wohnzimmermöbel."

„Wer wird dann hier im Laden bleiben?"

Wir drehen uns beide zu Stevie in ihrem Gehege. Die Vorstellung, dass Stevie den Laden führt, während wir beide zu Terminen unterwegs sind, zaubert ein Lächeln auf mein Gesicht.

„Schade, dass Stevie es nicht machen kann. Ich meine, wie süß wäre das denn?"

Scarlett hingegen kann meine Freude nicht ganz teilen. „Komm schon, Zara. Du musst endlich ernst machen. Wir können kein Geschäft führen, wenn du nicht in den gemeinsamen Kalender schaust, um zu sehen, was jeden Tag auf dem Plan steht."

„Aber..."

„Kein Aber", antwortet sie und klingt dabei genau wie meine Mutter. „Wir sehen uns heute Nachmittag." Und schon ist sie aus der Tür und verschwindet aus meinem Blickfeld.

Ich hole mein Handy heraus und schaue dort in unseren gemeinsamen Kalender. Als ich heute Morgen nachsah, war ich mir sicher, dass sie keine Termine einge-tragen hatte, schon gar nicht solche, die mehrere Stunden dauern könnten. Aber da steht es in fetter blauer Schrift: *Scarlett in Hampstead*.

Wie konnte ich das nur übersehen?

Eine Stunde und nur zwei trostlose Kunden später, von denen alle nur Kleinigkeiten aus dem Laden kaufen woll-ten, hänge ich ein handgeschriebenes Schild an die Tür, auf dem steht, dass ich um halb drei zurück sein werde, und steige in ein Uber-Taxi. Ich stelle eine Vase und eine Pflanze für Ashers Wohnung sorgfältig in die Sitzmulde auf der einen Seite des Wagens, hüpfe auf der anderen Seite hinein und setze Stevie auf meinen Schoß. Ich bemerke, wie mich der Fahrer im Rückspiegel misstrauisch beäugt.

„Sie wird auf meinem Schoß bleiben und sie ist absolut stubenrein." Ich kreuze meine Finger unter meinem Rock. Normalerweise nehme ich wegen der Kosten keine Uber-Fahrten und bevorzuge stattdessen die billige und meist effizientere U-Bahn. Aber heute muss ich ein paar Sachen zu Asher bringen, also zahle ich die Kosten für die Fahrt mit der Kreditkarte des Ladens.

Während wir im belebten Londoner Straßenverkehr nur langsam von Ampel zu Ampel kommen, blättere ich durch meine Nachrichten. Ich entdecke eine von Kennedy: „Ruf mich an!" Ich wähle ihre Nummer und halte erwar-tungsvoll den Atem an.

„Zara", sagt sie.

„Hast du einen Platz für uns in deinem Magazin?" frage ich ohne Umschweife.

„Du weißt, ich würde gerne ja sagen, aber ich habe meine Chefin gefragt und sie hat es abgelehnt. Tut mir echt leid."

Mein Herz sinkt. In *Claudette* veröffentlicht zu werden, wäre ein großer Schritt für ScarZar gewesen. „Ich verstehe. Danke, dass du dich erkundigt hast."

„Ich habe aber noch andere Neuigkeiten. Ich habe mit Kyla gesprochen. Du weißt schon, meine Freundin in San Diego, die Ashers Frau kennt? Sie hat mir die ganze Geschichte erzählt."

„Du hast sie gefragt?"

„Ich dachte, wir sollten uns ein vollständiges Bild machen, anstatt uns etwas zusammenzureimen. Ich dachte, das wäre nur fair."

„Das ist es wohl auch."

„Ich will es dir aber nicht erzählen, wenn du nichts davon wissen willst."

Meine Brust wird eng. „Ich wünschte, ich hätte das Foto nie gefunden."

„Aber das hast du, Schätzchen."

Ich atme schwer aus. „Okay, erzähl es mir."

„Sie hat ihn *mit seinem besten Freund* betrogen."

Ich halte die Luft an. „Nein! Das ist ja grauenhaft!" Ich denke an das Foto mit dem glücklichen Paar. „Der arme Kerl."

„Ich weiß, echt schlimm, oder? Kyla sagte, dass es ihn völlig unerwartet getroffen hat. Er hatte keine Ahnung. Anscheinend waren sie schon seit ein paar Jahren zusammen und er war total in sie verliebt. Als es passierte, brach für ihn die Welt zusammen und als Nächstes übersiedelte er nach London."

Ich starre aus dem Fenster und mein Herz bricht entzwei für Asher. Er war in eine Frau verliebt und sie hat ihm das Herz aus der Brust gerissen und darauf herumgetrampelt. Tränen treten mir in die Augen und ein unangenehmes Gefühl macht sich in meinem Bauch breit.

„Zara? Bist du noch dran?"

Ich schniefe und Stevie sieht alarmiert zu mir auf. Ich streichle ihr beruhigend über den Kopf. „Ich bin gerade auf dem Weg zu seiner Wohnung. Dort kommt eine Lieferung an. Ich muss weiter."

„Tut mir leid, dass ich dir das erzählen musste. Ich dachte, wir könnten ihm vielleicht helfen oder so? Ich weiß es nicht."

„Wir beide."

„Reden wir bald?"

„Ja, bald." Ich lege auf und starre gedankenverloren vor mich hin, während die Gefühle in mir brodeln.

Asher hat sich von seiner untreuen Frau das Herz brechen lassen.

Er war so verletzt, dass er die Flucht ergriff.

Ich atme tief ein und aus.

Ich sollte das alles gar nicht wissen.

Viel zu schnell erreicht der Uber Ashers Haus und bleibt stehen. Ich bedanke mich bei dem Fahrer und steige mit meiner Pflanze und der Vase aus, wobei ich Stevies Leine an meinem Handgelenk befestigt habe. Mit meinem Extra-Schlüssel schließe ich die Haustür auf und gehe die Treppe hoch. Vor Ashers Tür stelle ich die Pflanze und die Vase ab und trete in die Wohnung ein. Hier ist es totenstill und genauso leer wie sonst. Eines muss ich Asher lassen: Er wohnt zwar in einer total langweiligen Junggesellenbude, aber er ist ordentlich. Nichts ist am falschen Platz.

Ich bringe Stevie in Ashers Schlafzimmer und vermeide es, einen Blick auf den begehbaren Kleiderschrank zu werfen. Ich will nicht in Versuchung kommen, mir das Album anzusehen. Ich befehle Stevie „Sitz" und schließe dann die Tür.

Asher hatte mir versprochen, seine alten Möbel aus dem Wohnzimmer zu entfernen, und wie versprochen ist der Raum jetzt leer bis auf den übergroßen Fernsehmonitor an der Wand und die Surfbretter in der Ecke.

Ich begutachte die neue grau getäfelte Wand, die ich gestern anbringen ließ. Sie sieht schick und modern aus, und ich weiß, dass Asher sie lieben wird.

Der Summer an der Haustür ertönt und ich drücke den Knopf der Gegensprechanlage. „Hallo?"

„Wir haben hier eine Lieferung für Asher McMillan. Wo soll sie hin?"

„Fantastisch. Dritter Stock, bitte. Wohnung Nummer sieben."

Bevor ich auflege, höre ich, wie der Mann darüber schimpft, dass er die Möbel drei Stockwerke hochschleppen muss. Ich gehe hinüber zum großen Wohnzimmerfenster und schaue über die Dächer und Bäume, während ich warte. Es ist ein seltsames Gefühl, hier in Ashers Wohnung zu sein. Das letzte Mal war ich hier an dem Tag, als ich herausfand, dass mein bester Freund eine schwierige Vergangenheit hat. Ich beobachte einen kleinen Vogelschwarm, der in V-Formation vorbeifliegt.

Ich höre jemanden auf dem Flur, also gehe ich zur Eingangstür und öffne sie. Asher steht in der Tür, den Schlüssel in der Hand. Er trägt einen marineblauen Herrenanzug und ein weißes, offenes Hemd, das seine schöne olivfarbene Haut zur Geltung bringt, er sieht professionell und selbstbewusst aus – und zugegebenermaßen auch attraktiv. Zumindest für einen Mann, dem das Herz von einer Frau gebrochen wurde, die er jahrelang vor uns versteckt hat.

Der Schock, ihn zu sehen, trifft mich in der Brust und meine aufgewühlten Gefühle von vorhin kommen wieder hoch. „Was tust *du* denn hier?" frage ich atemlos und umklammere den Türgriff.

Er blickt von meinem Gesicht zu meinen weißen Knöcheln und wieder zurück. „Du musst an deiner Begrüßung arbeiten, Zee. Probier's doch mal so: *Hallo, Asher. Du bist nach Hause gekommen, um mir heute auszuhelfen. Du bist ein wirklich erstaunlicher Mensch und ich bin so dankbar für alles, was du tust.*" Er schürzt amüsiert die Lippen, und ich werde ein bisschen lockerer.

Das ist Asher. Mein Freund. Er ist lustig und locker und ich liebe es, mit ihm zusammen zu sein. Was ist schon dabei, wenn er nicht hundertprozentig ehrlich zu mir und meinen Freundinnen war? Er wurde gekränkt. Das Mindeste, was ich tun kann, ist, ihm eine Freundin zu sein.

„Ein wirklich erstaunliches menschliches Wesen, hm? Da hält jemand ziemlich viel von sich selbst."

Er blickt auf meine Hand, die immer noch an die Tür gekrallt ist. „Lässt du mich in meine eigene Wohnung, oder muss ich auf eine schriftliche Einladung warten?"

Ich ziehe meine Hand von der Tür weg und trete zurück, damit er hineingehen kann. „Eure königliche Hoheit", sage ich mit einer gespielten Verbeugung.

Er grinst mich an. „Das ist schon besser. Nur weiter so."

„Hast du gesehen, dass die Jungs gleich deine neuen Wohnzimmermöbel liefern werden? Ich denke, sie sind gerade eben angekommen."

„Ich hatte gehofft, dass ich vor ihnen eintreffe. Perfektes Timing." Er zieht sein Jackett aus und legt seine Schlüssel auf die Arbeitsplatte in der Küche. „Ich werde das jetzt aufhängen, damit ich ihnen helfen kann. Bin gleich wieder da."

Er verschwindet und ich höre, dass die Zusteller bereits auf der Treppe sind. „Alles klar da unten?" rufe ich.

„Wir wären froh, wenn Sie im Erdgeschoss wohnen würden", ruft einer von ihnen zurück.

„Das tut mir leid. Wir sehen uns gleich hier oben."

„Ja. Eine Sekunde. Mehr braucht es nicht", ist seine sarkastische Antwort.

„Ich sehe, ich habe Besuch im Schlafzimmer", sagt Asher, als er wieder ins Zimmer kommt. Er hat die Ärmel seines weißen Hemdes hochgekrempelt und entblößt so seine starken, muskulösen Unterarme, bereit für körperliche Arbeit.

„Ich hoffe, es ist in Ordnung, dass Stevie da drin ist?" frage ich.

„Es ist in Ordnung. Sie scheint ziemlich entspannt zu sein und schnüffelt durchs Zimmer."

„Hunde machen das."

„Was du nicht sagst." Ich beuge mich über das Treppengeländer und sehe die Lieferanten in der Etage direkt darunter. „Sie haben es fast geschafft."

Mit einigem Ächzen und Stöhnen und dem unangenehmen Aroma von Schweiß und Zigaretten stellen die Lieferanten das in Plastik verpackte Dreiersofa auf den leeren Wohnzimmerboden und kehren zu ihrem Wagen zurück, um die passenden Stühle zu holen.

„Lass uns erst mal dieses Baby auspacken", sagt Asher. „Das ist wie Weihnachten und Geburtstag in einem."

Wir beginnen das Sofa von der Plastikfolie zu befreien, und als wir fertig sind, haben die Lieferanten jeweils einen Stuhl gebracht und wir müssen noch mehr auspacken.

Innerhalb von zehn Minuten ist das ganze Wohnzimmer mit dem Sofa und den Stühlen, einem großen Teppich, den wir ausgerollt und zurechtgerückt haben,

einem Couchtisch, der Vase und der Pflanze, die ich mitgebracht habe, neu gestaltet.

Asher gibt den Lieferanten Trinkgeld und dann stehen
wir beide da und betrachten den neu eingerichteten Raum
vor uns.

„Es fehlen noch ein paar Kissen und vielleicht Regale",
sage ich und zeige auf die leere, weiße Wand, „aber
ansonsten ist es toll."

„Kein Mafioso-Pferdekopf."

„Willst du wirklich so einen haben?"

Er zuckt mit den Schultern. „Mir gefiel er."

„Dann besorge ich dir einen."

„Weißt du, es sieht so anders aus als bisher." Er streicht
mit der Hand über die Sitzfläche des Sofas. „Ich meine, ich
weiß, dass es immer noch ein Ledersofa ist, aber es hat
eine ganz andere Wirkung."

Ich fühle mich verlockt, auf seine Worte ganz konkret
einzugehen. Ich weiß, dass ich das nicht tun sollte. Ich
weiß, dass ich ihm erlauben sollte, mir in seiner eigenen
Zeit von seiner Frau zu erzählen. Aber er hat mir nichts
über sie erzählt. Nicht einmal, dass es sie gibt, geschweige
denn, wie sie ihm das Herz gebrochen hat. Und verdammt
noch mal, ich bin neugierig. Also bitte verklagt mich.

„Fühlt sich das für dich wie ein Neuanfang an?" frage
ich ihn.

Er sieht sich in seinem neuen Wohnzimmer um. „Ja."

„Glaubst du, dass du das aus einem bestimmten Grund
gebraucht hast? Hatten die alten Möbel vielleicht schlechte
Erinnerungen oder so?"

Er sieht mich aus den Augenwinkeln an. „Ich habe
letzte Woche Chips und Dip auf dem Sofa verschüttet,
wenn du das meinst?"

„Ich meinte eher... emotionale Erinnerungen, du weißt
schon." Ich beobachte ihn genau, aber er verrät nichts.

„Emotionale Erinnerungen?", fragt er mit einem Lächeln um den Mund. „Ich bin mir nicht sicher, ob ich viele emotionale Erinnerungen an die Möbel habe, die ich von dem Typen geerbt habe, von dem ich meine erste Wohnung hier gemietet habe."

„Du hast also nichts davon aus den USA mitgebracht?"

„Nö. Ich bin jetzt einfach froh über die Abwechslung. Du hast das Zimmer toll eingerichtet, Zee. Danke."

Er beißt nicht an, also lasse ich das Thema fallen, vor allem wegen der Gefahr, dass ich etwas ausplaudere, was ich nicht sollte.

„Es ist noch nicht fertig", sage ich.

„Ach ja, die Kissen und Regale."

„Und noch etwas, das dir sicher gefallen wird."

„Was?"

„Es ist eine Überraschung."

„Wird mich diese Überraschung viel Geld kosten?"

Ich winke ab. „So gut wie gar nichts."

„Faszinierend."

„Alles wird zu gegebener Zeit enthüllt. Das heißt, innerhalb der nächsten paar Wochen."

Ich höre Gekläff aus Ashers Schlafzimmer. „Ich werde Stevie holen."

„Tu das. Ich werde mich mal hinsetzen. Wir stehen schon die ganze Zeit hier und schauen uns die neuen Möbel an, aber wir haben sie noch nicht ausprobiert."

Ich zeige auf das Sofa. „Bitte schön."

Er lässt sich auf die Mitte des Sofas plumpsen und stößt ein zufriedenes „Ahhh" aus.

„Gut?" rufe ich, während ich den Flur entlang gehe und die Schlafzimmertür öffne.

Stevie saust sofort an mir vorbei und stürzt sich auf Asher. Sie schafft es fast auf das Sofa, fällt dann aber rückwärts auf den Boden.

„Geht es dir gut, kleiner Welpe?" frage ich.

Aber sie ist wie ein Gummiball, springt einfach wieder auf ihre Füße und hüpft auf der Stelle auf und ab. Ich hebe sie auf und sie zappelt in meinen Armen, weil sie unbedingt auf das Sofa möchte.

„Ich glaube nicht, dass Onkel Asher dich auf seinen neuen Möbeln haben will", sage ich zu ihr.

„Ist schon gut. Solange sie nicht versucht, dieses Sofa hier anzuknabbern."

„Bist du sicher? Ich meine, das Training von Dog Diva Denise hat erstaunlich gut funktioniert, aber sie ist immer noch ein Welpe."

Er tätschelt die Stelle neben sich. „Setzt euch, alle beide."

Ich setze mich neben ihn und Stevie zappelt, um sich aus meinem Griff zu befreien. Ich lasse sie los und sie hüpft auf das Kissen zwischen uns, dann springt sie auf Ashers Schoß. „Sie will nicht auf dem Sofa liegen. Sie will auf dir liegen", sage ich kichernd.

Asher küsst sie und mein Herz schmilzt dahin. Nur ein bisschen.

Okay, eine Menge.

Es hat schon was, wenn ein heißer Typ einen süßen Welpen hält, den er offensichtlich anhimmelt.

Moment mal. Ein heißer Typ?

Ich schüttle den Kopf. Asher ist vielleicht heiß, aber für mich ist er einfach nur Asher. Mein Freund Asher.

Aber das Problem ist, dass ich ihn jetzt, wo ich weiß, was ich über ihn weiß, in einem anderen Licht sehe. Er ist nicht mehr nur mein guter Freund, der gut mit Frauen umgehen kann. Er war verliebt und wurde so tief gekränkt, dass er das Bedürfnis hatte, über den Atlantik nach England zu fliehen. Das hat etwas in mir ausgelöst.

Und wenn ich ehrlich bin, hat es auch etwas in mir geweckt.

Etwas, an das ich nicht denken will.

Etwas, an das ich nicht denken soll.

„Ach ja, so ist das Leben schön." Völlig unbeeindruckt von meinen inneren Gefühlsturbulenzen streckt Asher seinen Arm hinter mir aus und stützt ihn auf die Sofakante, während er seine Füße auf den Couchtisch legt. „Ich könnte hier den ganzen Tag faulenzen."

Seine Hand streift meine Schulter und ich erstarre, weil jeder Muskel in meinem Körper plötzlich vor Anspannung vibriert.

Wie kann ich dieses merkwürdige Gefühl verhindern? Wir sind zwei gute Freunde, die es genießen, zusammen auf dem neuen Sofa zu sitzen, das ist ganz natürlich. Aber hier bin ich, vollgepackt mit einer Fülle von merkwürdigen Gefühlen für den Mann an meiner Seite. Ich sitze mit kerzengeradem Rücken da und wünschte, ich könnte mich einfach entspannen.

Aber das kann ich nicht.

Ich kann nicht länger leugnen, dass sich die Dinge zwischen uns verändert haben – und ich habe absolut keine Ahnung, was ich dagegen tun soll.

Kapitel Sechzehn

Ich reibe mir die Augen, während ich mich gegen den Schaukelstuhl lehne und Lottie mich von ihrer Yogamatte auf dem Wohnzimmerboden aus besorgt ansieht. „Aber das ist es ja, Lottie. Es fühlt sich an, als hätte sich alles verändert und ich weiß nicht einmal mehr, wie ich mich in seiner Nähe verhalten soll."

Sie verlagert ihr Gewicht und nimmt die Kriegerposition ein. In ihren Shorts und dem eng anliegenden Oberteil sieht sie kraftvoll und amazonenhaft aus – wenn Amazonen Lycra tragen würden und nur 1,70 m groß wären, versteht sich.

„Ich will, dass alles wieder so wird wie früher – als wir nur *wir* waren, Asher und Zara, die zusammen abhingen und Spaß hatten."

„Es ist nur natürlich, dass du jetzt anders für ihn empfindest. Das tun wir alle und das liegt daran, dass wir jetzt wissen, was er durchgemacht hat."

„Du meinst also, ich fühle mich deshalb schlecht?"

„Natürlich, Schätzchen." Sie nimmt eine andere Pose ein, deren Namen ich nicht kenne.

„Hmm." Ich spiele die Idee in meinem Kopf durch. Zu wissen, dass Asher von einer Frau so tief gekränkt wurde, hat mich dazu gebracht, Mitgefühl für ihn zu empfinden. Das stimmt.

„Wenn du ihn das nächste Mal siehst, solltest du dich ein bisschen amüsieren und es locker angehen lassen. Verstehst du?"

„Ganz locker bleiben. Ach, du bist so schlau, Lottie. Ich habe mich ohne jeden Grund darüber aufgeregt. Okay, ich fühle mich einfach schlecht wegen all dem. Das ist alles."

„Ganz genau." Lottie richtet ihre Position neu aus und geht in den *herabschauenden Hund*. Ich bekomme volle Sicht auf ihren Hintern. Ein guter Hintern, aber trotzdem ein Hintern.

Stevie wacht aus ihrer zusammengerollten Haltung auf ihrem Schlafplatz in der Ecke auf, entdeckt Lottie mit dem Gesicht in Bodennähe, stapft auf ihren übergroßen Welpenpfoten zu ihr hinüber und schlabbert ihr über die Nase.

Lottie stößt sie mit einer Hand sanft weg. „Igitt, Stevie!"

„Stevie, komm her, mein Mädchen", sage ich, und mein neuer gehorsamer Hund springt mit wedelndem

Schwanz zu mir herüber. Ich hebe sie hoch und drücke ihr einen Kuss auf den warmen, weichen Kopf.

Dog Diva Denise hat für meinen Geschmack vielleicht eine Schraube zu viel locker, aber sie tut Wunder für Stevies Verhalten.

„Natürlich gibt es noch eine andere Möglichkeit." Lottie richtet sich wieder auf, ihr Gesicht erinnert an eine Erdbeere nach der ganzen Yoga-Anstrengung, und sie plumpst sofort wie ein Haufen unkoordinierter Gliedmaßen aufs Sofa. „Gott sei Dank ist das geschafft."

„Ich bin beeindruckt, dass du es tatsächlich durchziehst."

„Ich versuche, gesund zu leben und Zen zu praktizieren." Sie verzieht das Gesicht. „Es ist ein Prozess, der noch nicht abgeschlossen ist."

„Was für eine andere Möglichkeit meintest du gerade eben?"

„Hast du jemals daran gedacht, dass du vielleicht in den Kerl verliebt sein könntest?"

Ich stoße ein überraschtes Lachen aus. „Verliebt? In Asher? Wie kommst du denn darauf?"

„Warum nicht? Ihr versteht euch sehr gut und verbringt viel Zeit miteinander. Manchmal seid ihr fast wie ein altes Ehepaar. Das ist uns allen aufgefallen."

„Du meinst die Art von Ehepaaren, die keinen Sex haben?" antworte ich mit einem verschmitzten Lächeln.

„Du weißt, was ich meine. Ihr passt zusammen. Ihr funktioniert. Und dann ist da noch die Tatsache, dass du ihn als Ersatzmann ausgewählt hast und er zugesagt hat. Wie praktisch wäre es für dich, wenn du dich in den Mann verlieben würdest, der dich in weniger als fünf Jahren heiraten will? Sehr, lautet die Antwort, Zee. Sehr praktisch."

Ich schüttle vehement den Kopf und weise den

Gedanken sofort als völlig absurd zurück. „Du hast den Verstand verloren. Ich bin auf keinen Fall in Asher verliebt. Niemals! Erstens ist er verheiratet", werfe ich ihr einen vielsagenden Blick zu.

„Getrennt und höchstwahrscheinlich sogar geschieden", korrigiert sie mich.

„Das wissen wir nicht. Und als ob das nicht schon Grund genug wäre, ist da noch die Tatsache, dass er abgehauen ist, nachdem sie ihn betrogen hat. Wer weiß? Vielleicht ist er immer noch in sie verliebt. Außerdem ist er... nun ja, er ist Asher. Verstehst du?"

Sie wirft mir einen bedeutungsvollen Blick zu. „Oh, ich verstehe."

„Was soll das heißen?"

Sie ignoriert meine Frage. „Ist dir klar, dass die beiden Hauptgründe, warum du sagst, dass du nicht in den Typen verliebt bist, damit zu tun haben, wie du glaubst, dass *er* fühlt?"

„Das stimmt zu hundert Prozent nicht", schimpfe ich.

Sie zählt mit den Fingern mit. „*Er* ist verheiratet. Und wahrscheinlich ist *er* immer noch in seine Frau verliebt."

Da hat sie Recht.

„Was empfindest *du* für ihn? Das ist es, was du dich fragen musst. Vergiss die ganze Sache mit seiner Frau."

Ich ziehe die Augenbrauen hoch. „Hörst du dir gerade selbst zu?"

Sie winkt ab. „Oh, du weißt schon, was ich meine. Sie sind nicht mehr zusammen."

„Es sei denn, er hat sie auf dem Dachboden versteckt."

Sie schenkt mir ein hämisches Lächeln. „Hat seine Wohnung überhaupt einen Dachboden?"

„Naja, nein. Das ist mehr eine Metapher."

„Ein metaphorischer Dachboden?"

„Der Punkt ist, dass *ich* nicht in ihn verliebt bin. Das

wüsste *ich* doch", antworte ich selbstsicher. Denn die Idee ist mehr als lächerlich.

Oder doch nicht?

Ich kann mich nicht in meinen Ersatzmann verlieben. Niemand tut das. Es gibt einen Grund, warum er ein Ersatzmann ist. Er ist nicht die erste Wahl. Eigentlich sind sie immer die allerletzte Wahl, nachdem man alle anderen, attraktiveren Möglichkeiten ausprobiert hat.

Aber irgendwie ist Asher mit dem, was ich jetzt über ihn weiß, zu meiner einzigen Möglichkeit geworden.

Und das macht mir eine Höllenangst.

* * *

Am nächsten Abend, beim Welpentraining, bin ich so aufgeregt, dass ich jeden Moment ein riesiges Feuerwerk entfachen könnte.

Asher ist natürlich ganz er selbst. Er ist entspannt und locker, flirtet fröhlich mit Dog Diva Denise und unterhält sich mit den anderen Hundebesitzern. Ich? Ich bin heute Abend eher eine Schaufensterpuppe, mit einem starren Lächeln auf dem Gesicht und steifen Bewegungen. Ich konzentriere mich so sehr darauf, *nicht* daran zu denken, dass Lottie meinte, ich könnte in Asher verliebt sein, dass der Großteil meines Gehirns fast völlig abgeschaltet ist. Mein verbleibender Denkapparat hat nur noch die Kapazität einer Kuckucksuhr.

Asher trägt eine gut sitzende Jeans und ein T-Shirt, was seine beeindruckend breiten Schultern und die langen Beine zur Geltung bringt und den festen Oberkörper darunter erahnen lässt.

Das beeindruckt mich nicht. Wirklich nicht. Gar nicht.

"Braves Mädchen, Stevie!" sagt Dog Diva Denise, als Stevie auf Kommando sitzt, nachdem sie vor der ganzen

Klasse einen Hindernisparcours absolviert hat. „So macht man das. Seht ihr die lockere Leine?" Sie zeigt auf Stevies rosa Leine. „Dieses Hündchen ist schon weit gekommen", fügt sie hinzu und lächelt Asher und mich an. Na ja, jedenfalls Asher. Für sie bin ich nur ein lästiges Anhängsel. Ein lästiges Hindernis, dem man nicht einmal zutraut, seinen eigenen Hund in der Welpenklasse herumzuführen.

„Wir sind so stolz auf unser Mädchen", antwortet Asher, während er lässig seinen Arm um meine Taille legt.

Ich erstarre und seine Berührung verursacht unerwartet einen Stromstoß, der mich mit voller Wucht durchfährt.

Er lächelt auf mich herab. „Stimmt's, Schatz?"

„Oh, ähm, ja. Wir sind so stolz auf ... auf Stevie", bestätige ich mit einem schnellen Nicken.

Asher wirft mir einen fragenden Blick zu und ich zwinge mich zu einem Lächeln.

„Na schön, ihr zwei", sagt Dog Diva Denise. „Übernehmt jetzt die Führung und zeigt mir, wie es geht. Wenn ihr diese Aufgabe meistert, wird Stevie ihren Abschluss schaffen." Sie hält mir Stevies Leine hin, und ich greife danach.

„Lass sie *Sitz* und *Platz* machen, lass sie sitzen, während du auf die andere Seite des Raumes gehst, dann ruf sie und lass sie noch einmal *Platz* machen, bevor du sie für all das mit einem Leckerli belohnst." Ich mustere Stevie. Das ist eine Menge, die ich mir merken muss, ganz zu schweigen von einem Welpen, der erst ein paar Monate alt ist.

„Du schaffst das", sagt Asher zu mir.

Ich hebe meinen Blick zu ihm und die Wärme und Freundlichkeit in seinen Augen lässt mein Herz höher schlagen.

In diesem Moment trifft es mich. Hart.

Ich habe ein schlechtes Gewissen wegen meines besten Freundes.

Ich schnappe nach Luft. Wie zum Teufel konnte ich das zulassen?

„Hopp, hopp!" befiehlt Dog Diva Denise, und ich reiße meinen Blick von Asher los und stürze mich in den Ring.

Ich ziehe an Stevies Leine und mache die Handbewegung, die Dog Diva Denise uns beigebracht hat, um ihr zu bedeuten, dass sie sich setzen soll, was sie auch sofort tut. Ich widerstehe dem Drang, mich zu ihr herunterzubeugen und sie zu streicheln, weil sie so brav ist. Stattdessen sage ich ihr, dass sie so bleiben soll, spreche ein kleines Gebet, während ich die Leine loslasse, und gehe auf die andere Seite des Raumes. Ich bleibe stehen, drehe mich um und rufe sie zu mir herüber, woraufhin sie so freudig auf mich zu springt, dass mir ein breites Lächeln ins Gesicht huscht. Sofort befehle ich ihr, sich zu setzen, und obwohl ich schon befürchte, dass sie an dieser letzten Hürde scheitern könnte, setzt sie sich prompt auf den Boden und schaut zu mir hoch.

„Sie hat es geschafft!" verkünde ich aufgeregt. Ich ziehe ein Leckerli aus meiner Tasche und gebe es ihr, während ich ihr gratulierend einen Klaps gebe. „So eine Brave!" gurre ich.

Später halte ich Stevies Abschlusszeugnis umklammert, während Asher und ich die Straße entlang gehen.

„Stevie, du hast einen Volltreffer gelandet!" sagt Asher.

„Sie war unglaublich. Ich glaube, sie hatte so viel Angst vor Dog Diva Denise, dass sie alles getan hat, was ich ihr gesagt habe, nur damit sie nicht wieder die Kontrolle übernimmt."

„Sie ist ein schlauer Hund."

Ich lächle Stevie an, während sie fröhlich neben mir den Fußweg entlang trippelt. „Das sagst *du* mir."

„Hey, alles in Ordnung?", fragt er mich und ich bin

sofort wieder auf der Hut, denn Stevies Strahlen bietet mir nicht mehr den Schutzschild von vor ein paar Sekunden.

„Ja, ich bin nur ein bisschen angespannt. Das ist alles."

Angespannt, weil ich mir ziemlich sicher bin, dass ich Gefühle für dich habe, die weit über eine Freundschaft hinausgehen und du mit einer Frau verheiratet bist, die dich mit deinem besten Freund betrogen hat, und du die USA verlassen hast, um hierher zu kommen, und ich das Gefühl habe, dich überhaupt nicht zu kennen, obwohl du wie mein guter Freund Asher wirkst und du so heiß aussiehst...

Es könnte sein, dass ich ein bisschen überdreht bin.

„Geht es um die Arbeit?", fragt er und macht es mir leicht.

Ich stürze mich darauf. „Oh, ja. Die Arbeit ist im Moment ziemlich stressig."

„Es geht um diesen anspruchsvollen Kunden in Notting Hill, stimmt's? Der umwerfend gut aussehende und charismatische Typ."

„Du hältst ziemlich viel von dir selbst, nicht wahr?"

„Ich sage nur, was *du* denkst", antwortet er grinsend.

Ich verlangsame meinen Schritt vor seinem Haus und er hält inne und schaut mich an, nachdem er die Stufen zur Eingangstür hoch gesprungen ist. „Ich dachte, du wolltest dir das Spiel mit mir ansehen."

„Ach, ich sollte jetzt lieber gehen."

„Komm schon, Zee. Du hast versprochen, mit mir Baseball zu gucken und bis jetzt hast du es nur zu einem einzigen mickrigen Spiel geschafft, das schon Wochen her ist. Außerdem habe ich jetzt eine tolle Wohnung von dieser coolen neuen Londoner Designerin."

„Hast du keine männlichen Freunde, mit denen du es dir ansehen kannst? Ich meine, ich bin nicht nur Britin und weiß so gut wie nichts über Baseball, sondern ich bin auch ein Mädchen, falls du das noch nicht bemerkt hast."

„Ich habe es bemerkt", antwortet er lachend. „Hör zu, ich werde dich mit leckeren Snacks und Bier versorgen." Er schenkt mir sein Lächeln, und ich atme aus.

„Klar, warum nicht."

Wie unangenehm kann es sein, allein in der Nähe eines Mannes zu sitzen, für den ich – gerade erst festgestellt – große Gefühle hege?

Sehr, lautet die Antwort. *Wirklich sehr unangenehm.*

Während im Fernsehen ein paar Jungs in Baseball-Klamotten zu sehen sind – was ja auch ganz passend ist, wenn man bedenkt, dass wir uns ein Baseball-Spiel ansehen – und Stevie zu meinen Füßen tief und fest schläft, versuche ich, mich mit Asher an der Rückenlehne des Sofas zu entspannen. Er hat uns gleich ein paar Bier aus dem Kühlschrank geholt, als wir ankamen, und ich umklammere meins und nehme regelmäßig einen Schluck, um meine Nerven zu beruhigen.

Asher sieht mich mit fragenden Augen an. „Übst du heute Abend die Alexandertechnik oder so was?"

„Die *was* bitte?"

„Du weißt schon, diese Stehaufmännchen-Sache, auf die Lottie vor einiger Zeit abgefahren ist? Du bist ganz verkrampft." Er klopft auf das Rückenkissen neben ihm. „Lehn dich zurück. Entspann dich. Deine Hündin hat ihren Abschluss als Klassenbeste gemacht und ich bin sicher, dass sie bald eingeladen wird, um ihre Promotions-rede zu halten. Also entspann dich, okay?"

Ich kichere und werde ein bisschen lockerer. „Ich kann mir Stevie gut in Hut und Talar vorstellen."

„Komm bloß nicht auf dumme Gedanken. Ich habe die Kostüme in dem Laden von Penelope's Pooches gese-

hen. Stevie muss ihr Zeugnis für coole Hunde zurückgeben, wenn du sie in so etwas steckst."

„Ach, gibs zu, du findest Stevie cool."

„Ich gebe es zu. Die Kleine ist mir ans Herz
gewachsen."

Ich lehne mich vorsichtig gegen das Kissen und
schenke ihm ein Lächeln.

Ich schaffe das. Es ist Asher. Das ist alles. Ich mache aus
der ganzen Sache viel mehr Aufhebens, als ich sollte.

Ich lasse meinen Blick vom Fernseher zu seinem
Gesicht schweifen und erschrecke, als ich sehe, dass er
mich mit einem seltsamen Gesichtsausdruck ansieht, den
ich nicht ganz entziffern kann. „Was ist?" frage ich, als ob
ich nicht mit meinen Gefühlen für ihn gerungen hätte.

„Nichts. Können wir uns jetzt bitte das Spiel ansehen?"

„Du bist derjenige, der es unterbricht. Ich bin mehr als
gespannt, ob das Team mit den weißen Streifen das blaue
Team schlagen wird. Das ist übrigens ein schönes Blau."

„Wie kannst du es wagen?", spottet er. „Wir sind hier
Padres-Fans."

„Padres?"

„Das Team aus San Diego. Die Padres sind das weiße
Team. Das habe ich dir schon beim letzten Mal gesagt,
weißt du noch?"

„Ja, sicher, aber Padres? Ist das nicht Spanisch für
Priester?"

„Schau dich an, du kennst dich aus. Du hast völlig
Recht. Padre heißt tatsächlich Priester. In San Diego befand
sich die erste Mission in Kalifornien. Daher der Name."

„Bekomme ich jetzt auch eine Geschichtsstunde?"

Er grinst mich an. „Das gehört alles zum Baseballerleb-
nis." Er schaut zurück auf den Bildschirm und sagt: „Was
für ein Treffer!"

Der Ball segelt durch die Luft direkt in die Publikums-reihen des Stadions, wo sich die Leute in der Menge darum reißen, ihn aufzufangen.

„Ist das eine Sechs?" frage ich ihn.

„Zara, das haben wir doch schon besprochen. Ein Sechser ist, wenn ein Spieler beim Kricket einen Ball über die Begrenzung schlägt. Im Baseball nennt man das nicht Six."

„Weil es so total anders ist."

„Das ist es", beharrt er und bringt mich zum Lachen. „Was?"

„Du bist witzig."

„Ich versuche hier, das Spiel zu sehen."

„Okay. Sag mir, was passiert, und ich werde mein Bestes tun, um dir zu folgen."

Als er anfängt zu erklären, wie viele Schwünge ein *Schlagmann* hat und wie die *Bases* funktionieren, entspanne ich mich in meinem Sitz. Es fühlt sich jetzt an, als würden wir beide zusammen abhängen, so wie es schon immer war, und meine seltsamen, verwirrenden Gefühle ihm gegenüber beginnen zu schwinden.

Es dauert nicht lange, bis ich mit ihm juble, sobald die Padres punkten, mit ihm mitleide, wenn es nicht gut läuft, und mich wirklich am Spiel beteilige.

Wenn es auf den letzten Drücker geht, wird es span-nend. Ein schlechter Pitch und die Padres könnten verlie-ren. Wir sitzen beide gespannt auf unseren Sitzen und verfolgen das letzte Spiel, als der Schlagmann der Cubs ausholt und den Ball verfehlt und die Padres sofort auf und ab hüpfen und über das Feld rennen.

Asher und ich springen beide aufgeregt von unseren Plätzen auf dem Sofa auf, Asher reißt seine Faust hoch und ich hüpfe jubelnd auf und ab.

„Ja!", sagt er und dreht sein strahlendes Gesicht zu mir. „Wir haben es geschafft!"

„*Go Padres!*" erwidere ich, woraufhin er mich in die Arme nimmt und mit mir im Kreis hüpft, bis mir schwindelig wird.

„Hast du eine Ahnung, was das bedeutet?"

Ich werfe meinen Kopf zurück und lache. „Nein, habe ich nicht."

„Es bedeutet alles", antwortet er, während er mich wieder auf den Boden stellt und mich anstrahlt.

Und dann, ohne einen Hauch von Warnung, ändert sich die Atmosphäre um uns herum.

Es könnte die Sanftheit in seinen Augen sein, wenn er mich ansieht, oder die Aufregung in der Luft, oder die einfache Tatsache, dass wir uns gegenüberstehen, seine Arme immer noch um mich gelegt sind, die Wärme seines Körpers, der an meinen gepresst ist und meine Sinne schärft.

Was auch immer diese Veränderung herbeigeführt hat, wenn ich zu ihm aufschaue, weiß ich, dass es nicht Mitleid ist, das ich für ihn empfinde. Es ist etwas anderes. Etwas Großes.

Und ich muss wissen, ob er es auch spürt.

Mein Herz hämmert in meiner Brust, meine Kehle ist wie ausgetrocknet und ich versuche zu schlucken. Wir halten unseren Blick für ein, zwei Sekunden und dann, ohne Vorwarnung, bricht er ihn und zieht sich von mir zurück.

Und so schnell wie er begonnen hat, ist er auch schon wieder vorbei.

„Tolles Spiel, was?", sagt er und fährt sich mit den Fingern durch die Haare.

Ich räuspere mich, denn mein Herzschlag denkt immer

noch, ich sei auf den Primrose Hill gesprintet. „Ja. Tolles Spiel."

Er sammelt die leeren Bierflaschen vom Couchtisch ein und geht durch den Raum in Richtung Küche. „Die Padres zu unterstützen kann anstrengend sein, aber in Zeiten wie diesen lohnt es sich auf jeden Fall.

Ich ziehe meine Unterlippe zwischen die Zähne, während sich Gefühle und Gedanken in meinem Kopf zu einem wirren Durcheinander zusammenballen.

War das ein Moment?

Hat er es auch gespürt?

Haben wir uns fast... *geküsst*?

Ich bleibe wie angewurzelt stehen, als er ins Wohn-zimmer zurückkehrt und die leere Chips-Schale aufhebt. Er bleibt stehen und sieht mich an, und wie benommen hebe ich meinen Blick zu ihm.

„Fährst du jetzt nach Hause? Ich habe morgen früh ein Frühstücksmeeting, für das ich fit sein muss."

Ich bin sofort zur Stelle. „Frühstückstreffen. Genau. Ich, ähm, ich werde dann gehen." Die Hitze schießt mir in die Wangen hoch wie Quecksilber an einem heißen Tag in Südkalifornien. Ich ziehe meine Schuhe an, werfe mir den Riemen meiner Handtasche über die Schulter und hebe die schlafende Stevie hoch.

Asher folgt mir zur Tür und hält sie für mich auf.

Ich schaue ihn an, um herauszufinden, was gerade passiert ist, aber sein Gesicht ist teilnahmslos.

Er streckt die Hand aus, tätschelt Stevies Kopf und sagt: „Gut gemacht, *Champion*. Bis bald, ihr beiden."

Ich wende meinen Blick ab und murmle einen Abschiedsgruß, bevor ich aus seiner Wohnung eile, während in mir ein Cocktail aus Verwirrung, Demütigung und Bedauern aufwallt.

Er empfindet nichts für mich. Das ist alles nur in *meinem* Kopf.

Und je schneller ich über ihn hinwegkomme, desto besser ist es für uns alle.

Kapitel Siebzehn

Iᴄʜ ʙɪɴ seit ein paar Stunden im Laden, kümmere mich um verschiedene Kunden, erstelle einen Kostenvoranschlag für die Erneuerung eines Wintergartens, und frage mich, wo Scarlett bleibt. Sie hatte keinen Kundentermin erwähnt und nach dem Debakel in Hampstead habe ich den gemeinsamen Kalender noch einmal überprüft. Es gibt keine Einträge.

Nachdem ich einem Kunden einen als Geschenk verpackten Buddha-Kopf aus Metall überreicht habe, hole ich mein Telefon hinter dem Tresen hervor und rufe sie an.

Es klingelt und klingelt und geht schließlich auf die Mailbox.

„Hey, Scarlett. Ich wollte nur mal nachfragen, wann du kommst. Ich habe heute die Garderobenlieferung bei Asher und muss dort sein, um sie hereinzulassen. Ruf mich an!"

Ich lege auf und trommle mit den Fingern auf den Tresen. Das ist nicht typisch für Scarlett. Normalerweise ist sie die Tüchtige, die sich voll ins Zeug legt und alles dafür tut, dass unser Unternehmen ein Erfolg wird. Wenn ich ehrlich bin, war sie in letzter Zeit etwas distanziert, so als ob sie sich nicht mehr so viel Mühe geben würde wie früher. Und das kann ich gut verstehen. Es ist nicht leicht, mit einem scheiternden Unternehmen fertig zu werden. Es ist harte Arbeit, die Ängste auslöst. Nichts für schwache Nerven – wie ich gerade feststelle.

Stevies Kläffen erregt meine Aufmerksamkeit. Sie schaut mich durch die Gitterstäbe ihres Geheges an, ihr kleiner Körper schwingt hin und her und ihr Schwanz wedelt.

„Willst du rausgehen, kleiner Welpe?" frage ich, während ich die Ladenschlüssel und ihre Leine von einem Haken hinter dem Tresen nehme.

Ich mache die Leine an ihrem Halsband fest, hebe sie aus dem Gehege und schließe die Tür hinter mir ab, nachdem ich das Schild „In fünf Minuten zurück" an die Tür gehängt habe. Wir gehen die Gasse entlang und halten alle paar Meter an, damit Stevie schnüffeln und ihr Geschäft verrichten kann. Als sie um die Ecke und auf die Hauptstraße trabt, stelle ich mit Genugtuung fest, dass die Leine locker ist und sie sich immer wieder bei mir meldet, um zu sehen, ob ich noch weitere Anweisungen für sie habe, denen sie folgen soll. Dog Diva Denise hat uns vielleicht gedemütigt, aber die Welpenschule hat bei meinem kleinen Hund wahre Wunder bewirkt.

Während wir weitergehen, steigt mir der verlockende Duft von Kaffee in die Nase, und als ich ein paar Läden weiter *Starbucks* erblicke, beschließe ich, mir einen Zimt-Latte mit extra Sahne zu gönnen.

Als wir an Karina vorbeikommen, schaue ich neidisch in das Schaufenster und betrachte die vielen Kunden und Angestellten in ihrem plüschigen Ambiente, das einen Hauch von Erfolg und Luxus verströmt. Ich will gerade meinen Weg zu Starbucks nebenan fortsetzen, als ein leuchtendes Orange und ein blonder Haarschopf meine Aufmerksamkeit erregen.

Ist das...?

Nein!

Das kann nicht sein.

Was macht Scarlett im Geschäft von Karina?

Als wäre ich ein Spion in einem Film – falls Spione Jack-Russell-Welpen an rosafarbenen Leinen haben – bewege ich mich an den Rand des großen Panoramafensters, damit ich sie sehen kann, aber sie mich nicht. Ich beobachte, wie sie ihre Locken zurechtrückt und einer elegant gekleideten Frau in Schwarz ein hübsches Lächeln schenkt. Sie unterhalten sich eine Weile und geben sich dann die Hand, bevor Scarlett sich zum Gehen wendet. Ich trete schnell zurück an die Wand und hoffe, dass sie nicht gesehen hat, dass ich ihr nachspioniere.

„Komm, Stevie", sage ich mit leiser Stimme und wir eilen nach nebenan zu Starbucks und schieben uns durch die Tür.

Von der Sicherheit des Cafés aus beobachte ich, wie Scarlett hocherhobenen Hauptes vorbeistolziert.

Ich ziehe mein Handy heraus und rufe sie an, während

ich meinen Kopf aus der Tür stecke und ihr nachblicke. Sie öffnet ihre Handtasche, nimmt ihr Telefon heraus und eine Sekunde später höre ich ihre Mailbox, die mir mitteilt, dass sie meinen Anruf gerade nicht entgegennehmen kann.

Was zum...? Sie hat mich *weggedrückt*?

Ich lege auf und grüble vor mich hin.

Was wollte Scarlett bei Karina? Vielleicht hat sie eine Abmachung mit ihnen getroffen? Vielleicht hat sie sich mit ihnen auf etwas geeinigt, das ScarZar retten wird? Eine Art „Du nimmst diese Kunden und wir nehmen die, damit wir nebeneinander existieren können"?

Aber warum sollte sie mir nichts davon erzählen?

Da ich meinen Kaffeedurst vergessen habe, übermannt mich die Neugierde. Stevie und ich treten auf den Bürgersteig und folgen Scarlett die belebte Straße hinunter. Nach etwa hundert Metern hält sie an, um ins Schaufenster einer schicken Parfümerie zu schauen, und ich verdrücken mich in *Mark's and Spencer's* daneben und stoße dabei fast eine ältere Frau um, die sich in einem Tempo bewegt, das einer Schnecke zu langsam wäre.

„Passen Sie auf, wo Sie hinlaufen, junge Frau", schimpft sie.

„Tut mir leid. Geht es Ihnen gut?" sage ich und fasse sie an den Schultern, um sie zu beruhigen.

„Abgesehen davon, dass Sie mir fast einen Herzinfarkt beschert hätten, ja, mir geht es gut." Sie wirft mir einen strengen Blick zu. „Was schleichen Sie hier eigentlich herum?"

„Ich suche jemanden", antworte ich, während ich um die Ecke schaue und beobachte, wie Scarlett sich von dem Schaufenster abwendet und direkt in den Schminkladen hineingeht.

„Na sowas, geht's um Ihren Freund? Verfolgen Sie ihn, um sicherzugehen, dass er nichts mit einem anderen Mädchen hat?"

„Nein. Es geht um meine Geschäftspartnerin. Ich möchte wissen, was sie vorhat."

Ihre Augen weiten sich. „Das klingt ja aufregend. Sie meinen, dass sie nichts Gutes im Schilde führt, Herzchen?" Sie blickt auf Stevie hinunter. „Was für ein süßer Hund."

„Ich weiß ehrlich gesagt nicht, was sie vorhat." Ich schenke ihr ein Lächeln. „Aber ich muss ein Auge auf sie haben. Tut mir leid, dass ich Sie fast umgeworfen hätte." Ich will mich gerade wegbewegen, als ich eine trockene Hand auf meinem Unterarm spüre.

„Brauchen Sie einen Gehilfen?", fragt sie. „Ich könnte Robin für Ihren Batman sein oder... welche anderen Gehilfen gibt es noch, Liebes? Ach. Da fällt mir keiner ein."

Ich sehe sie überrascht an. „Sie wollen mir zur Seite stehen?"

Sie nickt und die lose Haut um ihre Kinnpartie schwingt bei jeder Bewegung hin und her. „Warum nicht? Alles, was ich für heute geplant habe, ist, Abendessen für eine Person mit nach Hause zu nehmen und *Coronation Street* im Fernsehen zu schauen, was ja schön und gut ist, aber das mache ich jeden Tag."

Ist das ihr Ernst?

„Ich möchte Sie nicht davon abhalten." Ich wende meinen Kopf zum Eingang und warte darauf, dass Scarlett wieder auftaucht. Keine Spur von ihr.

„Bucky!", sagt die Frau mit einem Ausdruck der Zufriedenheit auf ihrem Gesicht.

Ich blinzle sie verständnislos an. „Wie bitte?"

„*Bucky* ist ein weiterer Gehilfe. Er ist der Gehilfe von *Captain America*, dem Superhelden."

Wir sind wieder bei *Sidekicks*? Und zwar solche, die mich an George Honeydew erinnern. „Stimmt."

Sie zieht ihre dünnen grauen Brauen zusammen. „Aber für Bucky lief es auch nicht so gut, oder? Mit der Verwandlung zum Bösen und dem Sterben und so weiter. Also vielleicht doch nicht Bucky."

Ich schenke ihr ein schwaches Lächeln und frage mich, warum diese Frau, so nett sie auch zu sein scheint, immer noch mit mir spricht. „Hören Sie, bei allem Respekt..."

„Ich war mal Polizistin bei der Metropolitan Police, wissen Sie", sagt sie mit sichtlichem Stolz. „Ich habe früher viele Fälle geknackt. Ich bekam Auszeichnungen und so weiter für meine Arbeit."

Ich lasse meinen Blick über sie gleiten. Sie trägt ein beigefarbenes, geblümtes Kleid mit einer braunen Strickjacke, dicke, hautfarbene Strumpfhosen und flache, vernünftige Schnürschuhe für alte Damen. Das macht Sinn, wenn man bedenkt, dass sie mindestens so alt sein muss wie meine Oma. Ich kann mir die Frau nur schwer als Polizeibeamtin vorstellen, die schon *viele Fälle geknackt hat.*

„Wow. Das ist beeindruckend. Gut gemacht", antworte ich, denn was soll ich sonst sagen?

„Also, kann ich Ihnen helfen, meine Liebe?"

Ich schaue den Bürgersteig hinunter. Von Scarlett ist nichts zu sehen. Ist sie noch in der Parfümerie? Wohin will sie? Was hat sie vor?

Ich wende mich an die alte Dame. „Schauen Sie, ich muss gehen und sie suchen."

Ihr faltiges Gesicht strahlt in einem breiten Lächeln. „Also gut. Los geht's. Übrigens, ich bin Mavis. Mavis Cooper."

Ich reiche ihr die Hand und sie ergreift sie. „Schön, Sie kennenzulernen, Ms. Cooper."

„Oh, nenn mich Mavis, Liebes."

„Okay. Ich bin Zara. Sollen wir gehen? Ich würde meine Partnerin nur ungern verlieren."

Sie wedelt mit der Hand, als ob sie mich verscheuchen will. „Dann geh mal los."

Gemeinsam gehen wir auf den Bürgersteig in Richtung der Parfümerie. Wenn ich *gemeinsam* sage, meine ich, dass wir es beide tun, nur dass eine von uns wesentlich schneller als die andere ist. Wer wohl.

Auf halbem Weg zur Parfümerie werfe ich einen Blick über meine Schulter auf Mavis. Sie wankt mit einem entschlossenen Gesichtsausdruck den Bürgersteig entlang und ihre Nasenflügel blähen sich vor Anstrengung.

Wie habe ich mich nur in diese Situation gebracht?

„Ich werde mal nachsehen", sage ich zu ihr und beschleunige mein Tempo.

„Lass dich nicht erwischen, Herzchen", ruft sie mir zu.

Ich erreiche den Eingang der Parfümerie und werfe einen Blick in den glänzend weißen Salon mit seinen reihenweise aufgestellten Dosen und Fläschchen. Ich überprüfe die Umgebung, aber Scarlett ist nirgends zu sehen.

Schnaufend kommt Mavis an meiner Seite an. „Irgendein Hinweis?", fragt sie zwischen zwei Atemzügen.

„Ich kann sie nicht sehen, aber es gibt so viele Gänge in dem Laden, dass sie hinter jedem von ihnen sein könnte."

„Wie sieht sie aus?"

„Warum?"

„Weil ich problemlos hineingehen und nachsehen kann, oder? Sie kennt mich doch gar nicht."

Meine Lippen verziehen sich zu einem Lächeln. „Gute Idee, Mavis. Sie ist ungefähr so groß wie ich, ein oder zwei Zentimeter kleiner, hat blonde Haare und trägt ein leuchtend orangefarbenes, ärmelloses, kniekurzes Kleid."

„Sie sieht aus wie eine Barbiepuppe."

„Könnte man so sagen, aber sie hat einen normal langen Hals."

„Klingt für mich wie eine Barbiepuppe, Herzchen. Du bleibst hier mit deinem Hündchen. Ich bin gleich wieder da."

Langsam, als wäre sie die langsamste in der Faultierschule, geht Mavis an mir vorbei in den Laden. Nach ein paar quälend langsamen Schritten hält sie inne und dreht sich wieder zu mir um. „Soll ich sie festnehmen?"

Ich bin mir nicht sicher, ob Mavis eine Schildkröte festnehmen könnte – oder eine Mitschülerin aus der Faultierschule, um genau zu sein. „Lass sie uns erst einmal beobachten."

„Bist du sicher, Herzchen? Ich habe zu meiner Zeit ein paar schwere Jungs geschnappt, weißt du. Auf dem Revier nannten sie mich *Muskel-Mavis*."

Ich muss mir ein Kichern verkneifen. „Ganz sicher."

„Na dann."

Muskel-Mavis bahnt sich ächzend und wackelig ihren Weg in den hell erleuchteten Laden. Ich lehne mich draußen mit dem Rücken an die Mauer und schaue zu Stevie hinunter, die aufgeregt den Boden beschnuppert.

„Was hat Scarlett vor, Stevie?" frage ich sie und sie legt fragend den Kopf schief. „Das würdest du auch gerne wissen. Stimmt's?"

Ich werfe noch einmal einen verstohlenen Blick in den Laden. Weder Scarlett noch Mavis sind zu sehen. Ich richte meine Aufmerksamkeit wieder auf die Straße und warte, während ich mit den Fingern auf meinen Oberschenkel trommle.

In diesem Moment höre ich sie – eine laute, durchdringende, empörte Stimme, die die Hintergrundmusik des Ladens übertönt. „Was tun Sie da? Lassen Sie mich sofort los!"

Scarlett.

Ich drehe mich um und sehe, wie sie auf mich zustürmt, die Hände auf dem Rücken, gehalten von niemand Geringerem als Muskel-Mavis. Ich bin perplex. Was zum...?

„Beruhige dich, Schätzchen", sagt Mavis mit ihrer rauen Stimme. „Ich habe da jemanden, der sich mit dir unterhalten will."

Scarletts Blick fällt auf mich und sie begreift. „Du hast diese Person auf mich angesetzt, Zara?", fragt sie, als sie vor mir zum Stehen kommt. „Was zum Teufel ist hier los?"

Ich weiß es selbst kaum noch.

„Lassen Sie mich endlich los?", sagt sie zu Mavis. „Sie sind wirklich erstaunlich stark für eine alte Frau."

„Ich lasse erst los, wenn Zara dir ein paar Fragen gestellt hat, Fräulein", sagt Mavis und spricht absichtlich langsam in einem vage bedrohlichen Ton.

„Was? Wieso?" fragt Scarlett.

„Mavis, ist schon gut. Du kannst sie loslassen", sage ich.

„Ich habe die Erfahrung gemacht, dass solche Typen oft besser reagieren, wenn sie unter Druck stehen, wenn du weißt, was ich meine", antwortet Mavis.

„*Solche Typen*? Das nehme ich Ihnen übel. Ich bin doch keine Kriminelle", schnieft Scarlett.

„Ist schon gut, Mavis. Bitte, lass sie los."

Mavis tut, worum ich sie bitte, und Scarlett holt tief Luft, während sie sich die Handgelenke reibt. „Was zum Teufel ist hier los? Warum hast du diese verrückte alte Dame auf mich gehetzt?"

„Ich bin nicht verrückt, vielen Dank auch", antwortet Mavis hochmütig. „Ich bin eine Rentnerin."

„Scarlett, bleib wo du bist", sage ich ihr. „Mavis, vielen Dank für deine Hilfe. Ich glaube, Scarlett und ich müssen uns jetzt ein bisschen unterhalten. Aber ich weiß deine Hilfe wirklich zu schätzen."

„Du hast mir alten Schachtel heute etwas gegeben, wofür es sich zu leben lohnt. Danke, meine Liebe", sagt sie zu mir und nimmt meine Hände in die ihren.

Ich strahle sie an. Muskel-Mavis ist ein echtes Herzblatt. „Komm in meinem Designladen vorbei, wann immer du willst. Er heißt ScarZar, die Straße runter in der Gasse ums Eck."

„Oh, den Laden kenne ich. Schönes grünes Sofa im Schaufenster."

„Stimmt genau."

„Alles klar, meine Liebe. Pass auf dich auf." Sie sieht Scarlett an und fügt dann hinzu: „Und sieh zu, dass du deine Antworten von ihr bekommst."

„Das werde ich."

Sie wirft Scarlett noch einen finsteren Blick zu, bevor sie zu mir sagt: „Tschüss, Herzchen" und langsam die Straße hinunter schlendert.

„Zara, ich kann nicht glauben, dass du mir das gerade angetan hast", schimpft Scarlett. „Ich fühlte mich gedemütigt."

„Es tut mir wirklich leid. Ich denke, wir sollten miteinander reden. Findest du nicht auch?"

Beschämt blickt sie durch ihre Wimpern zu mir auf. „Okay."

Fünf Minuten später sitzen wir an einem kleinen Tisch bei Starbucks, vor uns zwei Tassen mit dampfendem Kaffee. Stevie sitzt auf meinem Schoß und sieht sich im Café um.

„Okay, spuck's aus. Warum warst du heute bei Karina und hast einer Designerin die Hand geschüttelt?" frage ich.

„Ich habe mir natürlich die Konkurrenz angesehen."

Ich werfe ihr einen Blick zu, der ihr ganz klar sagt, dass ich ihr nicht glaube.

Sie hebt ihre Hände in die Luft. „Okay. Ich werde es dir sagen. Wir wissen beide, dass es mit ScarZar vorbei ist. Wir können nicht gegen die großen Konkurrenten gewinnen, Zara. Das weißt du genauso gut wie ich."

„Du gibst also einfach auf?" frage ich entgeistert.

„Nein. Ich gebe nicht auf."

Erleichterung durchströmt mich. „Na, Gott sei Dank. Ich dachte schon, du gibst *uns* auf. Du weißt gar nicht, wie froh ich bin, das zu hören."

Sie verzieht ihren Mund, so dass ihr Gesicht einen harten Ausdruck annimmt. „Ich meine, ich gebe meine Karriere als Innenarchitektin nicht auf, aber ich werde meine Fähigkeiten woanders einsetzen."

Ich ziehe die Brauen zusammen. „Was meinst du damit?"

„Zara, denk mal scharf nach, Mädchen. ScarZar ist am Ende. Niemand will uns Aufträge geben, wir verlieren Geld und bald werden wir beide so hoch verschuldet sein, dass nicht einmal deine reiche Familie in der Lage sein wird, uns aus der Patsche zu helfen."

Ich stemme die Hände in die Hüften. „Zum millionsten Mal, wir sind nicht reich."

„Leg mal eine andere Platte auf, ja? Dein Bruder ist in dieser Reality-TV-Show als Mr. Darcy aufgetreten und er ist ein strahlender Lord."

„Das heißt aber nicht, dass meine Familie Geld hat, schon gar nicht, dass sie uns Geld zustecken."

„Deshalb habe ich keine andere Wahl, als zu gehen."

„Du verlässt ScarZar?" Meine Stimme versiegt beinahe.

„Ich fange am Montag bei Karina an. Sie lieben mich. Sie werden mir die Kunden geben, die ich verdiene."

„Du willst für den Feind arbeiten?"

Alles fügt sich zusammen. Ihre Abwesenheit im Laden in letzter Zeit, ihre schicken neuen Klamotten, wie sie der Karina-Designerin die Hand gab. Besonders das Letzte.

„Ach, tu bloß nicht so überrascht. Eine von uns musste es ja irgendwann tun. Ich bin dir nur zuvorgekommen, das ist alles."

„Ich würde nie zur Konkurrenz gehen!"

„Wirklich nicht?", fragt sie mit einem überheblichen Gesichtsausdruck. „Hör zu, lass uns den Laden einvernehmlich schließen und ScarZar auflösen. Die Details können wir später ausarbeiten." Sie wirft sich ihre Handtasche über die Schulter und nimmt ihre Tasse Kaffee.

„Aber was ist mit unseren bestehenden Kunden?"

„Schätzchen, wir haben nur mehr eine Handvoll, und die sind alle ganz wild darauf, mit mir zu Karina zu gehen."

Ich ziehe die Luft ein. „Du nimmst unsere Kundinnen mit?"

„Natürlich. Es sind sowieso hauptsächlich meine. Du warst zu sehr mit der Arbeit an der Wohnung deines Freundes Asher beschäftigt, als dass du dich um echte Kunden gekümmert hättest." Sie lehnt sich näher an mich heran und fügt hinzu: „Du weißt schon, dass du für ihn nur ein Wohlfahrtsfall bist, oder? Er ist nur nett zu dir, weil du ihm leid tust. Du kannst seine Wohnung so viel dekorieren, wie du willst, und ihn zu deinem albernen Ersatzmann erklären, aber er wird sich nie in dich verlieben. Männer wie er stehen auf Frauen wie mich."

Vor Schreck bleibt mir der Mund offen stehen. Es gibt so viele Dinge ihrer kleinen Rede zu verarbeiten, dass ich sie nur anstarren kann, während mir die Gedanken im Kopf herumschwirren.

Ich denke an die Gefühle, die ich in letzter Zeit für

Asher hatte, an meine Entdeckung seiner Vergangenheit und an den Moment nach dem Baseballspiel neulich, als ich dachte, er würde mich gleich küssen.

Sie steht auf. „Du kannst das Geschäft haben, wenn du es willst. Jedenfalls das, was davon übrig ist, und das ist nicht gerade viel." Ihr Gesicht verzieht sich spöttisch zu einem bösen Grinsen. „Viel Glück."

Dann macht sie auf dem Absatz kehrt und rauscht aus dem Café, während ich zurückbleibe.

Kapitel Achtzehn

MEIN LIEBER PAPA,

ich weiß kaum, wie ich das schreiben soll. Scarlett ist fort. Sie ist fort und kommt nie mehr zurück. Sie ist zur Konkurrenz gegangen, die unser Geschäft seit Monaten überrollt, und sie hat alle ihre Kunden mitgenommen. Ich fühle mich wie eine totale Versagerin.

Was soll ich nur tun?

Du fehlst mir. Hab dich lieb.

Deine Za-Za xoxo

Den Rest des Tages stehe ich völlig unter Schock. Klar, ich betreue Kunden, ich bestelle Waren, ich vereinbare sogar einen Termin mit einer potenziellen neuen Kundin für nächste Woche. Aber die ganze Zeit quäle ich mich mit Fragen.

Wie kann mir Scarlett nur so etwas antun?

Wie kann sie einfach abhauen?

Schuldet sie mir nicht wenigstens ein bisschen Loyalität?

Und vor allem: Was zum Teufel soll ich jetzt machen?

Dann schließe ich schweren Herzens den leeren Laden früh ab und mache mich mit Stevie wie immer auf den Heimweg. Aber wie von einem Autopiloten gesteuert, lande ich nicht in Fulham, sondern in Covent Garden, genau in der Straße, wo Asher seine Anwaltskanzlei hat.

Okay, vielleicht war meine Entscheidung, hierher zu kommen statt nach Hause zu gehen, nicht gänzlich ohne Hintergedanken, aber darüber will ich jetzt nicht weiter nachdenken.

Ich bin hier und Asher ist der einzige Mensch, den ich im Moment sehen möchte.

Ich stehe auf dem Bürgersteig und starre auf die hohe, klassische Gebäudefassade mit den Stucksäulen und großen Fenstern. Ich nehme Stevie und stecke sie in meine übergroße Handtasche. „Sei ein braves Mädchen und halt schön still, damit wir in Onkel Ashers Büro gelangen, ohne dass dich jemand bemerkt, okay? Ich bin mir nicht sicher, ob die Leute hier so hundefreundlich sind, wie sie sein sollten".

Sie blickt mich an, als hätte ich ihr gerade etwas auf Suaheli mitgeteilt, aber sie bleibt tatsächlich ruhig, während ich mich bei der Sicherheitskontrolle anmelde und den alten Aufzug in den fünften Stock nehme.

Ich überfliege das neue Glasschild an der Tür, als ich dort in den Empfangsbereich trete. *Grover, Thompson und McMillan.* Asher wurde vor nicht allzu langer Zeit zum

Partner ernannt und ich wette, er genießt es, seinen Namen jeden Tag dort zu lesen.

Ich trete an den Empfangstresen heran, wo mich ein etwa zwanzigjähriges Mädchen begrüßt, ihr Haarknoten ist so fest zusammengezurrt, dass es wirkt, als würde er ihr ganzes Gesicht in Position halten, und sie fragt mit zuckersüßer Stimme: „Wie kann ich Ihnen behilflich sein?".

„Ich möchte zu Asher McMillan. Ich bin Zara Huntington-Ross." Stevie zappelt in meiner Handtasche und ich drücke meinen Arm dagegen. Ich schenke der Empfangsdame ein unschuldiges Lächeln, so als würde ich nicht gerade einen Welpen ins Büro schmuggeln.

Sie wirft einen Blick auf meine Handtasche. „Haben Sie einen Termin mit Mr. McMillan?", fragt sie, aber da kommt Asher herein.

Bei seinem Anblick bekomme ich Schmetterlinge im Bauch.

„Ich übernehme das. Danke, Lola", sagt er.

„Hallo", murmle ich und all die aufgestauten Emotionen, die ich unterdrückt habe, drohen unkontrolliert hervorzubrechen.

Sein Gesicht wird ernst. „Komm mit", sagt er und führt mich von der Rezeption durch eine Doppeltür aus Milchglas und den Flur entlang in sein Büro. Er schließt die Tür hinter uns, dreht sich zu mir um und fragt: „Was ist los?"

Ich würde gerne behaupten, dass ich mich zusammenreiße und ein tapferes Gesicht mache. Dass ich mich zusammenreiße, ihm ganz ruhig erzähle, was Scarlett angerichtet hat und ihn um seinen weisen Rat bitte.

Aber das gelingt mir nicht. Weit gefehlt, um genau zu sein. Innerhalb von zwei Sekunden breche ich in laute, hässliche Schluchzer aus, mein ganzer Körper schüttelt sich vor Verzweiflung.

Mit zwei kurzen Schritten durchquert Asher den Raum und nimmt mich in seine Arme. Er zieht mich an sich und ich vergrabe mein Gesicht in seiner warmen, starken Brust, atme dabei seinen beruhigenden Duft ein und fühle mich in seinen starken Armen geborgen. Ich fühle mich getröstet, beschützt und sicher.

„Zee, was ist los?", fragt er sanft in mein Haar.

Sobald ich mich traue zu sprechen, hebe ich meinen Kopf und wende meinen Blick zu ihm, meine Arme immer noch um seine Taille gelegt. „Entschuldige bitte", murmle ich.

„Willst du ein Taschentuch? Weil... *hm*." Er verzieht das Gesicht.

Ich gebe ein ersticktes Lachen von mir. „Ja, bitte."

Aus einer Packung am Fensterbrett holt er ein paar Taschentücher. Stevie macht sich durch Zappeln in meiner Handtasche bemerkbar, also setze ich sie auf den Boden und sie rennt sofort los, um den neuen, aufregenden Ort zu erkunden.

„Hallöchen, du", sagt Asher zu ihr, und es gelingt ihm, ihren kleinen Körper zu streicheln, bevor sie davonflitzt. „Am besten sagen wir niemandem, dass du hier bist, Stevie." Als er zu mir zurückkehrt, reicht er mir die Taschentücher und ich wische mir die Augen und putze mir geräuschvoll die Nase.

„Entschuldige bitte, dass ich sie mitgebracht habe."

„Ist schon gut."

Mein Blick fällt auf sein hellblaues Hemd, wo sich ein nasser Fleck mit Mascara-Klecksen ausgebreitet hat. „Ich habe dein Hemd ruiniert. Es tut mir so leid."

„Keine Sorge. Ich habe ein Ersatzhemd." Er deutet zum offenen Wandschrank, in dem etwa zehn Hemden hängen.

„Du hast eine Ersatzfrau und einen Haufen Ersatz-hemden." Ich versuche ein Lächeln.

„Was ist los, Zee?", fragt er mich mit einer so sanften Stimme, dass mir erneut Tränen in die Augen steigen.

„Es ist wegen Scarlett."

Seine Gesichtszüge verhärten sich. „Was hat sie getan?"

„Sie geht. Sie wechselt zur Konkurrenz und nimmt all ihre Kunden mit."

Sein Gesicht ist wie versteinert. „Was genau ist passiert?", knirscht er zwischen den Zähnen hervor.

„Ich habe sie heute bei Karina entdeckt und wir sind ihr gefolgt. Muskel-Mavis hat sie geschnappt, ohne dass ich sie darum gebeten hätte, aber es war gut, dass sie es getan hat, denn so konnte ich Scarlett zur Rede stellen, und am Ende hat sie alles zugegeben."

Er zieht eine Augenbraue hoch. „Muskel-Mavis?"

„Das ist eine lange Geschichte."

„Es tut mir so leid, Zee. Wirklich. Du hast so viel Besseres verdient."

Ich schniefe. „Danke."

„Ich wünschte, ich könnte dir sagen, dass ich über-rascht bin, aber das bin ich nicht."

„Wieso?" frage ich.

„Scarlett wollte schon immer die Nummer eins sein. Das war für mich von Anfang an klar. Ich habe sie nie wirklich gemocht."

„Das wusste ich nicht."

„Ich wollte nichts sagen. Sie war deine Geschäftspartne-rin, also fand ich, dass es deine Entscheidung ist und nicht meine. Es tut mir nur leid, dass sie dir das angetan hat."

Ich stoße einen Atemzug aus und lasse die Schultern sinken. „Ich bin so dumm, Ash. Wirklich, wirklich dumm."

„Nein, das bist du ganz und gar nicht. Sicher, du hast jemandem vertraut, der es nicht verdient hat, aber du bist alles andere als dumm."

Ich schüttle den Kopf, meine Lippen sind zusammengepresst, und mein Selbstmitleid wird so groß wie ein Elefant. „Nein, ich bin dumm. Ich bin dumm mit einem großen 'D'. Weißt du, warum ich dumm bin? Ich bin mit meinem Geschäft gescheitert und habe nicht einmal meine Geschäftspartnerin im Griff. Außerdem bin ich so verzweifelt auf der Suche nach Liebe, dass ich sogar einen Ersatzehemann habe. Und außerdem schreibe ich jeden Tag eine E-Mail an meinen verstorbenen Vater." Ich lasse mich an der Wand hinunter sinken, bis ich mit dem Hintern auf dem kalten, harten Boden aufkomme. „Ich bin ein Wrack, Asher. Nicht einmal ein sexy Wrack. Nur ein ganz normales, alltägliches, dämliches Wrack."

„*Ich* finde, du bist eine sehr sexy Chaotin."

Ich schaue zu ihm hoch und muss lachen. „Das ist nicht gerade das Kompliment, für das du es hältst, weißt du."

Er lehnt sich an die Wand und rutscht ebenfalls hinunter, bis er neben mir auf dem Teppichboden sitzt. „Du schreibst an deinen Vater?"

Ich nicke stumm, weil ich nicht mehr zu reden wage. Es ist schwer, an Papa zu denken, ohne eine riesige Leere in meinem Herzen zu fühlen. Ihm zu schreiben ist ein Weg, diese Leere zu füllen. Jetzt, wo ich zum ersten Mal jemandem davon erzähle, komme ich mir lächerlich vor, wie ein vorpubertäres Mädchen, das nicht akzeptieren kann, dass ihr geliebter Vater weg ist und nie wieder nach Hause kommt.

Asher legt seine Hand sanft auf meinen Arm. „Ich finde es wirklich schön, dass du deinem Vater schreibst, Zee."

Erneut treten mir Tränen in die Augen. „Er antwortet kaum. Oder überhaupt nicht." Ich versuche es mit einem Lächeln. „Er ist nicht der beste Kommunikationspartner."

„Das kannst du ihm nicht verübeln, Frauchen." Er stupst mich mit dem Ellbogen an und langsam gewinnt mein Lächeln wieder die Oberhand in meinem Gesicht. „Aber weißt du was? Ich wette mit dir um eine Million Dollar, dass er auf seine Tochter herabblickt und total stolz darauf ist, wer du bist und was du erreicht hast."

Mir wird ganz heiß in der Kehle. „Ich weiß nicht. Was habe ich denn schon vorzuweisen? Ich dachte immer, es sei nicht so schlimm, dass ich den Richtigen nicht gefunden habe, weil ich doch meinen Beruf habe. Jetzt fliegt mir die Karriere auch noch um die Ohren. Ich habe gar nichts, Asher. Ein großes, fettes, langweiliges Nichts."

„Soll ich dir sagen, was ich denke?"

„Was?"

„Ich glaube, du bist ohne Scarlett viel besser dran."

„Meinst du?"

„Auf jeden Fall. Und du wirst dich wieder aufrappeln und neu anfangen. Ich glaube an dich, und du weißt, dass dein Vater auch an dich glauben würde."

Meine Kehle fängt an zu glühen. „Er fehlt mir so sehr."

„Ich weiß, und es tut mir so leid. Es muss so schwer sein, den Vater zu verlieren."

„Es ist jedenfalls kein fröhliches Musical, das steht fest."

„Ich wünschte, ich hätte ihn gekannt."

„Das wünschte ich auch. Er war ein toller Vater. Er hat zwar das ganze Geld der Familie beim Glücksspiel verloren, aber ich weiß, dass er damit nur versucht hat, uns zu retten. Ein Haus wie Martinston kostet jedes Jahr riesige Summen. Er hat nur versucht, uns alle zu beschützen, da bin ich mir sicher. Ich wünschte nur, er hätte lange genug gelebt, um zu erfahren, dass Sebastian unser Haus für kommende Generationen gerettet hat."

„Das weiß er sicher."

Ich hebe meinen tränennassen Blick zu ihm und sehe die Wärme in seinen Augen. „Ich hoffe es." Ich lehne meinen Kopf an die Wand und fühle mich durch Ashers Anwesenheit getröstet, auch wenn das Gefühl des Verlustes schwer auf meinem Herzen lastet.

„Weißt du, ich habe etwas Geld auf die Seite gelegt. Ich würde dir gerne helfen. Vielleicht könnte ich in deinen Laden investieren oder so?"

Ich schnaube ganz unladylike, worüber Oma entsetzt wäre. „Das kann ich nicht von dir verlangen. Dafür brauchst du eine Menge Geld und du hast doch gerade erst deine Wohnung gekauft. Du bist wahrscheinlich genauso blank wie ich."

„Blank ist ein guter Ausdruck", antwortet er lachend. „Aber ich komme gut zurecht. Wenn du meine Hilfe brauchst, bin ich für dich da, Zee." Er macht eine Pause, bevor er hinzufügt: „Immer."

Ich schaue ihm in die Augen. Sein Blick glüht so intensiv, dass mir der Atem stockt.

Und dann, einfach so, ohne den Hauch einer Vorwarnung, wandelt sich die Atmosphäre zwischen uns.

Es könnte die Glut in seinen Augen sein. Es könnte die Tatsache sein, dass er mir anbietet, in meinen Laden zu investieren. Oder es könnte schlicht sein, dass ich eine emotionale Chaotin bin, die neben dem Mann sitzt, in den sie sich vielleicht gerade eben total verliebt hat.

Liebe?

Ich atme tief durch, unsere Blicke sind immer noch fest aufeinander gerichtet. Es ist Liebe, was ich für diesen Mann neben mir empfinde. Ich weiß es. Und wenn ich ihm in die Augen schaue, weiß ich, dass er auch etwas für mich empfindet. Etwas, das über Freundschaft hinausgeht.

Ich muss wissen, ob er mich auch liebt.

Mein Herz hämmert in meiner Brust, meine Kehle ist wie ausgetrocknet und ich versuche zu schlucken. „Asher, ich habe..." Ich habe was? Ich habe dein Hochzeitsalbum gefunden und jetzt denke ich, dass ich mich in dich verliebt habe? Ich dachte erst, ich hätte Mitleid mit dir, aber dann habe ich eine neue Tiefe in dir gesehen, von der ich nicht wusste, dass sie existiert, und das hat sich in meinem Kopf festgesetzt und die Liebe in mir entfacht?

Ich kann das alles nicht sagen. Es klingt zu verrückt.

„Was denn?", fragt er mit leiser, gehauchter Stimme, die Augen immer noch so intensiv auf mich gerichtet, dass die Schmetterlinge in meinem Bauch hochfliegen.

„Ich... Geht es nur mir so?" Ich beiße mir auf die Lippen und warte auf seine Antwort. Ich hocke auf der metaphorischen Stuhlkante und hoffe, dass es ihm genauso geht.

Er streicht mir mit den Fingerspitzen eine lose Haarsträhne aus dem Gesicht und diese sanfte Berührung auf meiner bloßen Haut jagt mir Schauer über den Rücken. „Zara", sagt er, und in seiner Stimme liegt so viel Gefühl, so viel Verlangen, dass kein Zweifel mehr übrig bleibt. Ich weiß es einfach.

Und schon sind wir ineinander verschlungen, seine Lippen treffen auf meine und saugen sich so leidenschaftlich fest, dass ich das Gefühl habe, ich könnte explodieren. Er fährt mit seinen Händen meinen Rücken hoch und fasst mit seinen Fingern in mein Haar, während ich seinem starken, warmen, muskulösen Rücken umfasse und zum ersten Mal seine Lippen schmecke.

Wir küssen uns, als wollten wir einander verschlingen, genau hier in Ashers Büro.

Es fühlt sich verdammt gut an.

Nachdem er mich in den siebenten Himmel geschickt hat, holt er mich wieder auf die Erde zurück, löst sich von mir und schmiegt seine Stirn an meine. „Oh", haucht er gegen meinen Mund, seine Finger spielen mit meinen Haaren und mein Herz schlägt wie wild in meiner Brust. Er streift mit seinen Lippen noch einmal sanft und verlockend über meine und schickt eine elektrische Welle durch mich hindurch.

Dieser Mann weiß wirklich, wie man mit den Lippen einer Frau umgeht.

„Weißt du, wie lange ich dich schon küssen wollte?", fragt er.

In diesem Moment beschließt Stevie, die Party zu stören. Sie springt auf meinen Schoß und versucht, an mir hochzuklettern, um unsere Gesichter zu lecken.

Ich lache und streichle sie. „War es, als dieser Baseballer von den San Diego Padres, der mit dem beeindruckenden Schnurrbart, neulich den Ball ins Publikum geschlagen hat?" Ich lächle ihn an.

„Ja, genau. Ich wollte es damals schon, aber ich dachte, dass du es nicht willst."

„Oh, doch, ich wollte es."

Ein Lächeln umspielt seine Lippen. „Eine verpasste Gelegenheit?"

„Auf jeden Fall."

„Aber weißt du, ich wollte dich schon viel früher küssen."

„Wirklich? Aber ... du hast nie etwas gesagt."

„Was hätte ich denn sagen sollen? Hey, Süße, ich weiß, wir sind Freunde und so, und wir daten andauernd andere Leute, aber wie wäre es jetzt mit einem Kuss?"

„Das hättest du sagen können."

„Ich hatte nie das Gefühl, dass du es willst. Nicht bis

neulich Abend, und nicht einmal da war ich mir sicher. Ich wollte unsere Freundschaft keinesfalls aufs Spiel setzen. Sie bedeutet mir zu viel."

„Deshalb hast du dich auch nach dem Baseball-Spiel von mir zurückgezogen."

„Du bist eine unglaubliche Frau. Als Mann muss man sein Herz schützen, weißt du."

Das Foto von ihm mit seiner Ex-Frau blitzt vor meinen Augen auf.

Ich schaue zu Stevie hinunter und beobachte sie, wie sie ihr Schnäuzchen an meinem Oberschenkel reibt. „Meine Gefühle für dich sind in letzter Zeit unheimlich gewachsen."

Er schiebt seinen Finger sanft unter mein Kinn, neigt meinen Kopf nach oben und drückt mir einen weiteren unglaublichen Kuss auf die Lippen, alles dreht sich. „Ich bin froh, dass du hier bist."

„Ich auch." Ich lächle ihn schüchtern an, und er grinst zurück, während wir beide in diese neue, aufregende Sache zwischen uns vertieft sind.

„Ich bin so verliebt in dich", murmelt er in mein Ohr, und mein Herz vergisst fast zu schlagen.

Ich streichle mit meinen Fingern seinen Hals hinauf und in sein Haar. Ich schaue ihm tief in die Augen und antworte: „Ich liebe dich auch."

Wir grinsen uns an wie zwei liebeskranke Teenager, nur dass wir stattdessen liebeskranke Dreißigjährige sind und durch eine starke und dauerhafte Freundschaft dort angekommen sind, wo wir uns jetzt befinden.

„Und? Wie lange liebst du mich schon?" frage ich mit einem verlegenen Grinsen, denn es ist Asher, mit dem ich hier rede. Asher, der mich liebt. Asher, der Mann, den ich gerade auf dem Fußboden seines Büros geküsst habe.

„Lass mich überlegen. Es sind vielleicht zwei Jahre und ein paar Monate, mehr oder weniger."

„Aber wir kennen uns doch erst seit zwei Jahren und ein paar Monaten."

„Genau."

Mir dämmert, was er gerade gesagt hat. „Oh."

„Die Sache ist die, dass es mir nicht gut ging, als ich dich kennenlernte. Ich habe einiges durchgemacht und musste einen klaren Kopf bekommen, bevor ich etwas Neues anfing. Und ich wusste, dass du anders bist als die anderen. Du bist kein Mädchen, mit dem man sich einfach so verabredet. Du bist etwas Besonderes, und ich wollte etwas Besonderes mit dir machen. Eine ganze Menge. Aber ich hielt mich zurück und wir wurden einfach nur gute Freunde, Kumpel."

„Das war mir, ehrlich gesagt, überhaupt nicht klar. Ich dachte, wir wären von Anfang an einfach nur gute Freunde."

„Und ich habe schon vor langer Zeit beschlossen, dass ich damit zufrieden bin. Aber jetzt?", er nimmt meine Hand in seine und verschränkt seine Finger mit meinen. „Jetzt sind die Dinge genau so, wie ich sie haben will."

Ich kichere. „Meinst du mit 'Dinge' mich?"

„Ich würde dich nie als Objekt betrachten", schnieft er mit gespieltem Ernst und ein weiteres Kichern entweicht meinen Lippen.

„Küss mich noch einmal", sage ich, und als ich meine Hände um seinen Nacken lege und ihn zu mir heranziehe, passiert genau das.

Kapitel Neunzehn

MEIN LIEBER PAPA,

wo soll ich anfangen? Weißt du noch, wie ich dir von Scarlett erzählt habe? Nun, dieser schrecklichste Tag hat sich in den besten Tag aller Zeiten verwandelt. Asher hat mir erzählt, dass er schon lange etwas für mich übrig hat. Das heißt, er liebt mich. Liebe! Eigentlich schon seit wir uns kennen. Ja, ich weiß, dass es im Moment kompliziert ist, weil er verheiratet war und wirklich verletzt wurde und er nicht weiß, dass ich das von ihm weiß, aber das ist für uns nur eine Frage der Zeit. Er ist fantastisch, Papa, und ich bin so verliebt in ihn. Und weißt du was? Ich habe nicht einmal Angst, denn dieser Typ ist mein bester Freund.

Du wirst denken, dass er für mich wie Weihnachten ist, und das denke ich auch. Ich weiß es.

Du fehlst mir. Hab dich lieb.

Deine Za-Za xoxo

Ich tanze auf Wolken. Ich schwebe! Sicher, das mag wissenschaftlich unmöglich sein, es sei denn, man befindet sich in der Schwerelosigkeit und davon gibt es im Südwesten Londons nicht viel, aber genau das tue ich. Ich tanze, drehe mich, lache und singe. Und das alles wie auf Wolken schwebend.

Asher liebt mich, und ich liebe ihn. Und wir haben uns geküsst. Oh, und wie wir uns geküsst haben! Wir küssten uns noch mehr auf dem Boden, nachdem wir uns unsere Gefühle füreinander gestanden hatten. Wir küssten uns, als wir die Rolltreppe zur U-Bahn-Station hinunterfuhren, mit Stevie in meiner Handtasche, wir küssten uns auf dem Bürgersteig, als er mich wieder bei meiner Wohnung absetzte und mir gute Nacht sagte, während Stevie ihre Leine um unsere Beine wickelte.

Und jetzt sind ein paar Tage vergangen und nichts kann meine totale Euphorie trüben. Nicht einmal, dass Scarlett mich im Stich gelassen hat und zur Konkurrenz geht.

„Erzähl uns *alles*", sagt Kennedy, und legt ihre Hände auf den Tisch. Wir sitzen zu viert in einem Café in der Nähe von Lotties und meiner Wohnung in Fulham und ich habe Tabitha und Kennedy gerade die Neuigkeiten über Asher und mich erzählt. Lottie, die meine Mitbewohnerin ist, ahnte sofort, dass irgendetwas im Busch ist, als ich zur Tür hereinkam, nachdem ich mich von Asher verabschiedet hatte – vor allem, weil mein Lippenstift über mein ganzes Gesicht verteilt war. Ein sicheres Zeichen dafür, dass ich geknutscht hatte.

„Oh, es war unglaublich", antworte ich mit einem Seufzer.

„Wie ist es denn passiert? Hat er dich geküsst oder hast du ihn geküsst?" fragt Kennedy.

„Und wo?" fügt Tabitha hinzu.

„Auf die Lippen, Dummchen", antwortet Lottie und grinst.

Tabitha verdreht die Augen. „Natürlich habe ich nicht gemeint, wo auf Zara, sondern wo der Kuss stattgefunden hat."

„Welche Frage soll ich zuerst beantworten?" Ich überlege und fühle mich total schwindlig, so wie ich mich in den letzten dreiundsechzig Stunden ständig gefühlt habe, seit Asher und ich uns voneinander verabschiedet haben. Seitdem haben wir uns Nachrichten geschickt. Niedliche Dinge, sexy Dinge, lustige Dinge, tiefe Dinge. Liebesdinge.

Wie ich schon sagte, ich tanze auf Wolken.

„Okay. Ich fange ganz am Anfang an und arbeite mich nach und nach vor. Es ist folgendermaßen passiert. Ich war wirklich wütend wegen Scarlett und ich –"

Tabitha hebt ihre Hand im Stoppschild. „Erwähne diesen Namen nicht."

„Ich kann immer noch nicht glauben, was sie getan hat." Kennedy schüttelt den Kopf. „Was für eine totale Verräterin."

„Ich an ihrer Stelle würde diese Person mit deutlich härteren Worten beschreiben", erwidert sich Tabitha und Lottie nickt zustimmend, während sie einen Schluck von ihrem Kaffee nimmt.

„Wie auch immer", sage ich, um meine Freundinnen wieder auf Asher und mich zu lenken. Oh Mann, Asher und ich. Daran habe ich mich immer noch nicht gewöhnt. „Wie ich schon sagte, war ich aufgebracht wegen ihr-wisst-schon-wem, und Asher hat mich getröstet und mir wunderschöne Dinge gesagt und, na ja, es ist einfach passiert. Ich weiß nicht, wer wen zuerst geküsst hat. Ich glaube, wir haben uns beide geküsst. Oh, und es passierte auf dem Fußboden in seinem Büro. Das wolltet ihr doch wissen."

„Auf dem Fußboden?" fragt Tabitha.

„Ja."

„Und?" Lottie fragt weiter. „Erzähl ihnen alles, Zee."

Glücksgefühle steigen in mir auf, während meine drei Freundinnen ihre Aufmerksamkeit auf mich richten und auf meine Antworten warten. „Nun", beginne ich und ein Lächeln breitet sich auf meinem Gesicht aus, „er hat mir gesagt, dass er mich liebt."

„Er hat was?" Tabitha kreischt, während Kennedy in die Hände klatscht und mich anstrahlt.

„Oh, Zee. Das ist ja unglaublich. Liebst du ihn auch?" fragt Kennedy.

Bevor ich antworten kann, meldet sich Lottie zu Wort: „Sie liebt ihn. Sie hat es ihm gesagt. Sie sind ineinander verliebt!"

„Ernsthaft?" fragt Kennedy mit großen Augen.

„Ernsthaft", bestätige ich, während sich mein Bauch bei dem Gedanken an die Liebe zu Asher überschlägt.

Lottie legt die Hand auf ihre Brust. „Asher hat dein Herz gewonnen, Zee. Oh, wie romantisch das ist. Eine Freundschaft, die sich zu einer echten Liebesgeschichte entwickelt. Perfekt."

Ein breites Grinsen macht sich auf meinem Gesicht breit und ich spüre, wie meine Wangen warm werden, denn es ist wahr. Asher hat mein Herz gewonnen. Ich spiele mit dem Griff meiner Kaffeetasse und hoffe, dass meine Freundinnen nicht merken, wie ich rot werde.

Aber sie merken es natürlich.

„Sieh mal, unser Küken wird rot", neckt Kennedy

mich, was die Hitze in meinen Wangen nur noch verstärkt. „Oh, ich freue mich so für dich. Und ich bin neidisch. Auf jeden Fall neidisch."

„Ja, neidisch auf jeden Fall", stimmt Lottie mit einem strengen Nicken zu.

„Wisst ihr, was das bedeutet, Mädels? Zara kommt nächsten Monat mit einem Begleiter zu meiner Party zum dreißigsten Geburtstag und wir drei werden die traurigen, *date*-losen sein", sagt Kennedy. „Schon wieder."

„Ja, vielen Dank auch", brummt Tabitha.

„So wird es nicht sein", behaupte ich. „Er ist immer noch Asher und ich bin immer noch ich."

Tabitha fixiert mich mit ihrem Blick. „Schätzchen, er wird mit keinem von uns in der Ecke knutschen, wenn er glaubt, dass niemand hinsieht."

Ich kichere und es endet in einem Schnauben. „Das wäre für mich eine Art *Deal Breaker*."

„Okay, Mädels. Wir stellen eine Regel auf", beginnt Lottie. „Du kannst mit ihm ausgehen, Zee, aber du darfst es nicht all zu sehr vor uns, deinen Single-Freundinnen, zur Schau stellen."

Die anderen beiden stimmen zu.

„Gute Idee."

„Jawohl. Einverstanden."

Meine drei Freundinnen schauen mich an.

„Ich verspreche euch, das werde ich nicht tun", sage ich grinsend, „aber ich kann euch gar nicht sagen, wie froh ich bin, dass ich diejenige sein darf, die das versprechen muss."

„Weißt du, das überrascht mich überhaupt nicht", verkündet Tabitha. „Ich habe immer mitbekommen, wie er dich über die Jahre hinweg angeschaut hat."

„Wirklich?" frage ich.

„Oh, ja. Ich hab's auch gesehen. Ihr wart schon immer

die *Ross-und-Rachel*-Kombination unserer Freundesgruppe, genau wie in *Friends*", sagt Kennedy. „Werden die zwei? Werden sie nicht? Oder pausieren sie gerade? Okay, das Letztere ist im Moment nicht relevant."

„Ich glaube, ich spiele gerne Ross und Rachel. Sie kommen am Ende zusammen."

„Sie bekommen sogar ein gemeinsames *Baby*", sagt Lottie und wirft mir einen vielsagenden Blick zu.

Ich hebe mahnend den Finger. „Lasst uns nicht zu weit vorpreschen. Ein Schritt nach dem anderen, und ich fange gerade erst damit an, mit dem Kerl auszugehen."

Lottie hebt die Augenbrauen. „Einen heißen Kuss nach dem anderen, das meinst du."

Mein Bauch macht einen Salto. Ein heißer Kuss nach dem anderen, ganz genau.

„Was ist mit Ashers Ex-Frau?" fragt Tabitha, und damit sticht sie wie mit einer spitzen Nadel in meinen Glücksballon. „Hast du mit ihm über sie gesprochen?"

„Oh, das kam nicht zur Sprache", sage ich so beiläufig wie möglich.

Lottie stutzt.

„Du musst mit ihm darüber reden, Zee", mahnt Kennedy.

Tabitha sieht mich nur mit zusammengepressten Lippen an, während sie ihren Kaffee mit dem Löffel umrührt.

„Was denn? Ich werde ihm sagen, dass ich von ihr weiß und wir können offen und ehrlich darüber reden. Es wird keine allzu große Bedeutung haben."

Meine Freundinnen werfen einander einen Blick zu, bevor Lottie sich auf ihrem Platz zurücklehnt und sagt: „Okay, wenn du dir sicher bist."

„Bin ich", antworte ich viel selbstbewusster, als ich mich fühle.

Um ehrlich zu sein, weiß ich nicht, wie ich es ansprechen soll. Wie sagt man seinem besten Freund, der einem gerade erst eine Liebeserklärung gemacht hat, dass man über seine Vergangenheit Bescheid weiß, die er seit mehr als zwei Jahre lang vor allen geheim hält?

Das ist nicht so einfach, das steht fest.

„Was, wenn er ausflippt, weil du es schon weißt? Das könnte ihn verletzen", warnt mich Tabitha und wird ganz ernst.

„Das ist mir klar, okay?" Ich fauche sie fast ein bisschen an, weil in meinem Kopf die Angst in alle Richtungen schießt. „Ich werde damit fertig. Können wir bitte von etwas anderem reden?"

„Gut. Ich will wissen, was wir wegen Scarlett unternehmen werden. Wir müssen uns alle hinter Zara stellen und ihr helfen, jetzt wo diese Verräterin unsere Freundin im Stich gelassen hat", sagt Lottie, und ich werfe ihr einen dankbaren Blick zu.

„Ich könnte mich bei der Zeitschrift stärker für dich einsetzen", bietet Kennedy an.

Tabitha springt ein: „Und ich könnte meinen Verwandten, die mehr Geld als Verstand haben, sagen, dass sie ihre Schlösser neu ausstatten mussen."

„Deine Verwandten haben Schlösser?" Kennedy lacht.

„Nur ein paar davon", antwortet Tabitha.

Kennedy blinzelt ungläubig. „Zaras Familie ist adelig und deine Familie hat Schlösser. Bin ich die einzige normale Person hier?"

Lottie hebt ihre Hand. „Ich! Ich bin total normal. Abgesehen davon, dass ich eine durchgeknallte Familie und eine furchtbar anspruchsvolle, ständig enttäuschte Mutter habe."

„Keine Adelstitel? Keine Schlösser?" fragt Kennedy und Lottie schüttelt den Kopf.

„Nö. Norma Normal, genau hier." Lottie zeigt mit dem Daumen auf ihre Brust.

„Ihr Mädels seid alle so süß", rufe ich. „Bei euren Angeboten und denen von Asher bekomme ich die Liebe richtig zu spüren."

Tabitha fragt: „Was hat Asher dir angeboten?"

„Er hat angeboten, in meinen Laden zu investieren, ist das zu glauben?" sage ich.

„Oh, das ist wirklich Liebe", sagt Lottie, und die anderen beiden nicken zustimmend.

Ich strahle sie an, mein Herz ist ganz ausgefüllt. Es ist Liebe, und im Moment bin ich das glücklichste Mädchen im Südwesten Londons.

Kapitel Zwanzig

AN DIESEM ABEND ziehe ich gerade meine hochhackigen Stiefeletten an, als mein Handy auf dem Bett läutet. Ich lese das Display und mein Herz setzt aus, als ich sehe, dass es eine weitere Nachricht von Asher ist.

Triff mich unten, wenn du fertig bist xoxo.

In mir kribbelt es ganz schön. Ich tippe eine schnelle Antwort ein.

Bin auf dem Weg xoxo

Seit dem Tag in seinem Büro Anfang der Woche haben wir unsere Nachrichten mit Küssen und Umarmungen unterschrieben, aber ich muss mich erst noch daran gewöhnen. Das heißt aber nicht, dass ich es nicht mag, ganz im Gegenteil, ich *liebe* es. Da Asher in den letzten Tagen beruflich auf Reisen war, haben wir uns seitdem nicht mehr sehen können, also ist heute Abend unser erstes offizielles Date, und ich bin überglücklich.

Ich schlüpfe in meine schwarze Lederjacke und überprüfe ein letztes Mal mein Aussehen im Spiegel. Das hübsche geblümte Kleid fällt ein paar Zentimeter über die Knie und ich habe meine langen dunklen Haare so gestylt, dass sie in weichen Locken über meine Schultern fallen.

Ich bin bereit für mein erstes Date mit Asher.

Ich streichle die schlummernde Stevie in ihrem Körbchen und sage ihr, dass sie ein braves Mädchen für Tante Lottie sein soll, während ich weg bin. Ich fülle ihren Wasser- und Futternapf auf, dann hole ich meine Clutch von der Küchenbank und eile den Flur hinunter zu Lotties Zimmer.

„Ich bin auf dem Weg zu meinem Date. Asher wartet unten", sage ich ihr.

Sie sieht von ihrem Buch zu mir auf. „Wie romantisch."

„Romantik mit Asher ist so ein ungewohntes Konzept." Mein Bauch macht einen Salto.

„Ungewohnt, aber schön?"

Ich grinse sie an. „Auf jeden Fall ungewohnt, aber wunderschön."

„Du gehst jetzt besser runter. Du willst doch nicht deinen Traumprinzen warten lassen."

„Wünsch mir Glück."

„Du brauchst kein Glück."

Ich hüpfe die Treppe zur Straße hinunter und fühle mich dabei leicht wie eine Feder. Draußen angekommen, bleibe ich plötzlich stehen. Ich weiß nicht genau, was ich erwartet habe – Asher fährt genauso gern mit der U-Bahn wie ich – aber das ist es sicher nicht.

Er wartet auf dem Gehsteig, und als er mich sieht, grinst er breit. „Guten Abend, Ms. Huntington-Ross", sagt er zu mir und neigt den Kopf. Er trägt ein schwarzes Jackett, eine gut sitzende Jeans und Stiefel und sieht so umwerfend heiß aus, dass ich mich wundere, dass ich nicht ohnmächtig werde, hier direkt auf dem Gehweg vor meiner Wohnung.

„Guten Abend, Mr. McMillan", antworte ich kichernd und spiele mit. Ich gebe mir alle Mühe, ruhig zu bleiben, während mein Herz wie ein eingesperrter Tiger gegen meine Rippen schlägt und darum kämpft, zu entkommen.

Er zieht mich in seine Arme und ich atme seinen köstlichen Asher-Duft ein, während er mir einen kurzen, aber heißen Kuss auf die Lippen drückt. „Zee, du siehst... einfach toll aus."

Ich strahle ihn an und mein Herz macht alle möglichen verrückten Sachen. „Du siehst auch ziemlich toll aus."

„Ich dachte, wir könnten unser erstes Date mit Stil angehen." Er deutet auf den Doppeldeckerbus, der auf der Straße geparkt ist.

„In einem Bus?"

„Das ist ein typisches Londoner Phänomen. Wie viele Paare verabreden sich in einem Doppeldecker?"

„Teenager, die sich keinen Uber leisten können?"

„Nun, *das* gibt es." Er lächelt, als er nach meiner Hand greift. „Komm schon. Ich will ganz oben sitzen."

„Du bist so ein Tourist", antworte ich, als wir in den Bus einsteigen und ich nicke und lächle den Fahrer an. Wir steigen die schmale Wendeltreppe hinauf in die obere Etage, wo wir uns ganz vorne im Bus hinsetzen. „Wie hast du einen leeren Bus dazu gebracht, vor meiner Wohnung zu halten?"

„Ich habe Beziehungen", antwortet er geheimnisvoll, und ich lache.

„Du kennst Leute bei den Verkehrsbetrieben von London? Ist dein Einfluss grenzenlos?" stichle ich.

Der Bus beginnt zu vibrieren und fährt los.

Er legt seinen Arm lässig über die Rückenlehne des Sitzes und ich spüre die Wärme seines Körpers an meinem. Es ist seltsam, aufregend und wundervoll, alles zugleich. „Du musst noch so viel über mich lernen, Zee. So viel."

„Ach ja? Was denn zum Beispiel?"

„Zum Beispiel, dass ich Leute kenne. Das ist es."

Er beugt sich vor und sein Atem kitzelt meinen Hals, sodass sich meine Nackenhärchen auf köstliche Weise aufstellen. „Darf ich dir ein Geheimnis verraten?", fragt er und ich nicke, ohne mich zu trauen, in normaler, menschlicher Lautstärke zu sprechen, denn es kribbelt in meinem Nacken. „Ich habe mich schon oft gefragt, wie es wäre, dich auf ein richtiges Date mitzunehmen. Was wir unternehmen würden, wohin wir fahren würden. Ich hatte eine Menge Zeit, um zu planen."

„Ich sollte also ziemlich hochfliegende Erwartungen an heute Abend haben?"

„Ist das ein Wortspiel?"

Ich schaue auf die Autos, Häuserreihen und Bäume. „Das war nicht beabsichtigt, aber ich nehme es an. Wohin fahren wir mit diesem Privatbus?"

„Wir haben die ganze Nacht Zeit, also dachte ich mir, wir machen ein paar lustige Sachen. Dinge, von denen ich schon immer dachte, dass ich sie in London gerne mit jemandem Besonderen machen würde."

Ich stoße ihn mit meinem Ellbogen an. „Du Süßholz-raspler, du."

„Ich versuche es."

„Willst du mir sagen, dass du diese Dinge noch nie mit einer der vielen Frauen gemacht hast, mit denen du hier ausgegangen bist?"

„Es sind wohl kaum so viele."

„Oh, es sind mehrere. Als deine beste Freundin bin ich schon *viiiel* zu lange stille Zeugin deines aktiven Dating-Lebens, schon vergessen?"

Er nimmt meine Hand in seine und wir verschränken unsere Finger ineinander. „Vor dir kann ich wohl gar nichts verheimlichen."

Abgesehen von der Tatsache, dass du verheiratet warst.

Ich verdränge den Gedanken. Das können wir ein anderes Mal besprechen. Heute Abend geht es um Asher und mich. Heute Abend geht es um Romantik bei unserem allererstem Date.

Wir sitzen eng beisammen und beobachten, wie sich das Stadtbild verändert, während wir durch die belebten Straßen fahren. Ich lehne meinen Kopf an seine Schulter und kuschle mich an ihn, während wir uns unterhalten. Wir reden über alles und jeden. Von Stevie über seine Arbeit bis hin zu dem, was wir vom Londoner Bürger-meister halten. Wir reden über alles, und es fühlt sich so richtig an. Als wären wir es, aber ein neues, anderes Wir – wenn das überhaupt Sinn ergibt.

Der Bus bleibt stehen und wir stützen uns instinktiv mit den Füßen ab, um nicht auch nach vorne zu rutschen.

Asher schaut aus dem Fenster und sagt: „Das ist unsere Haltestelle."

„Wenn man bedenkt, dass wir die einzigen Fahrgäste in diesem Bus sind, dann macht das absolut Sinn."

Er steht auf und reicht mir die Hand. „Komm, wir gehen, Frauchen."

Wir bedanken uns beim Fahrer und steigen aus dem Bus auf die Straße. Ich schaue mich um, aber ich erkenne die Gegend nicht wieder.

„Wo sind wir?"

„In London", antwortet er scherzhaft und grinst. „Weniger Fragen, mehr laufen, bitte."

Wir gehen die Straße entlang, bis wir vor einer Tür zum Stehen kommen. Ich lese den Namen auf dem großen Panoramafenster. *Stan's Bowling Land.*

„Du nimmst mich zum Bowling mit?" frage ich.

„Ich möchte heute Abend etwas Abwechslung haben", antwortet er, während er die Tür aufstößt und mich eintreten lässt. „Der Doppeldeckerbus war ein Hauch von England, und das hier ist ein Hauch von Amerika".

Drinnen angekommen, schaue ich mir den Laden an. Es ist ganz anders als die Bowlingbahn, die ich als Kind immer besucht habe. Die Wände sind schwarz, von der Decke hängen schicke Kronleuchter, die Sitzgelegenheiten sind lila und jede Bahn ist mit dezenten blauen Lichtbändern beleuchtet. „Hier ist es cool."

„Stimmt doch, oder?" Sein Blick senkt sich auf meine hochhackigen Stiefeletten. „Komm, wir besorgen dir vernünftigeres Schuhwerk."

„Du hast mir nicht gesagt, dass ich dicke Socken mitbringen soll. Ich werde keine ekligen Schuhe anziehen, die schon von haufenweise anderen Leuten getragen wurden. Weil, *igitt!*"

Er greift in die Innentasche seiner Jacke und holt ein Paar schlichte weiße Socken heraus. „Ich habe alles, was du brauchst. Britische Größe fünf, richtig?"

Ich blinzle über die Socken in seiner Hand. „Du hast wirklich an alles gedacht."

Er zuckt selbstironisch mit den Schultern. „Ich habe es dir gesagt: Ich gebe mir Mühe. Und ich wollte sichergehen, dass ich an alles gedacht habe."

„Bis jetzt schlägst du alle."

Seine Augen tanzen. „Ein Baseball-Ausdruck? Ich bin so stolz auf meinen jungen *Padawan*."

„Verwechselst du da nicht Baseball mit *Star Wars*?"

Er drückt mir einen Kuss auf die Wange. „Ich liebe es, dass du dich auskennst."

„Du bist so leicht zufriedenzustellen", antworte ich lachend.

Wir gehen zum Schalter, wo wir unsere Schuhe und ein Glas Sekt bekommen, denn das hier ist keine gewöhnliche Bowlingbahn. Dann nehmen wir auf einem der lila Samtsofas Platz und Asher beginnt, unsere Namen in den Computer einzugeben, um das Spiel zu starten.

Ich schaue mir die Bowlingkugeln an. Sie sind alle mit verschiedenen berühmten Gemälden verziert, von Leonardo Da Vincis *Mona Lisa* bis zu Edvard Munchs *Der Schrei*. Ich erkenne sie alle wieder. Mein Kunstwissen habe ich Lottie und ihren Londoner Museumstouren zu verdanken, wisst ihr.

Ich wähle das Bild mit dem verzerrten Gesicht von Munchs *Schrei* und halte es Asher vor die Nase. „Das fasst meine Fähigkeiten beim Bowling zusammen."

„So schlecht, wirklich?"

„Ja."

„Wenn das so ist, dann wird Amerika heute Abend wohl England schlagen, denn ich bin ziemlich gut."

Ich schaue auf den Bildschirm und sehe, dass er seinen Namen als *Amerika* und meinen als *England* eingegeben hat. „So ist das also, ja?" sage ich und ziehe die Augenbrauen hoch. „Dann mal los."

„Oh, das habe ich vor." Er grinst mich an. „Ladies first."

Ich teste das Gewicht mehrerer Kugeln, bevor ich mich für die mit dem *Marilyn*-Porträt von Andy Warhol entscheide. Ich bringe mich in Position, spreche ein kleines Gebet, dass ich mich vor Asher nicht völlig blamieren möge, und dann werfe ich die Kugel über die Bahn. Nun, zumindest fängt es ganz gut an. Aber es bleibt nicht so. Denn obwohl ich der Kugel laut und deutlich sage, dass sie rechts bleiben soll, macht sie einen Satz nach links und rollt in die Rinne, wo sie fast zum Stillstand kommt, bevor sie neben den völlig unberührten Kegeln verschwindet.

„Oh je, so ein Pech", sagt Asher, als ich mich zu ihm umdrehe.

„Ich habe nie behauptet, dass ich gut darin bin."

„Mach dir keine Sorgen, Frauchen. Wie wär's, wenn ich dir ein paar Tipps gebe?"

„Bist du jetzt nicht dran?" sage ich, während ich mich auf den Stuhl fallen lasse.

„Du hast zwei Versuche pro Runde." Er nimmt mich an der Hand und zieht mich hoch. „Komm, ich zeige dir, wie es geht."

Ich nehme eine weitere Kugel – auf dieser ist ein Gemälde von Gainsborough, das ich von unserem Besuch im Tate Museum kenne – und Asher zeigt mir, wie ich sie halten muss.

„Hast du beim letzten Mal deine Finger in die Löcher gesteckt?", fragt er mich.

„Natürlich habe ich die Finger in die Löcher gesteckt. Das ist nicht mein allererstes Mal, weißt du."

Die Mundwinkel des Mannes zucken. „Du willst mir also sagen, dass schon viel Zeit damit verbracht hast, deinen Schlag in die Rinne zu perfektionieren?"

Ich stoße ihn mit meinem Ellbogen in die Seite. „Halt die Klappe."

„Okay, du musst dich so hinstellen." Er macht es mir vor und ich mache es ihm nach. „Nein, nein, nein. Nur so." Er stellt sich hinter mich und legt seine Arme um mich, um mir zu zeigen, wie ich den Ball halten muss. Die Wärme seines Körpers bringt mein Herz zum Pochen und ein ganzer Schwarm aufgeregter Schmetterlinge flattert in meinem Bauch herum. Er schiebt mich sanft in die richtige Position.

„So?" frage ich.

„Ja. Jetzt heb die Kugel an und ziele auf den mittleren Kegel", sagt er mit so leiser und sanfter Stimme, als würde er mir etwas Süßes ins Ohr flüstern, anstatt mir zu erklären, wie man die Kugel wirft.

Ich tue, was er sagt, aber ich bin mir immer noch seiner maskulinen Erscheinung so nah bei mir bewusst.

„Jetzt ziehst du den Arm zurück und wirfst die Kugel, wobei du den mittleren Kegel im Auge behältst." Er lässt mich los und ich vermisse ihn sofort. Und verfehle das Ziel.

Voll daneben, Zara Huntington-Ross.

Ich gebe mein Bestes, um mich auf das Bowling zu konzentrieren und nicht darauf, wie gut sich Asher gerade angefühlt hat, ich schwinge die Kugel hinter mich und ziele genau auf den mittleren Kegel. Die Kugel saust die Bahn hinunter und prallt mit einem befriedigenden Krachen gegen die Kegel, wobei alle bis auf drei umfallen.

Ich springe auf und bin begeistert, dass meine Kugel nicht nur die Kegel getroffen, sondern auch ihren Zweck erfüllt hat. Ich drehe mich zu Asher, dessen Grinsen sich über sein ganzes unglaublich hübsches Gesicht ausbreitet. „Hast du das gesehen?"

Er klopft mir auf die Schulter. „Gut gemacht, junger Padawan."

Wir arbeiten uns durch die Runden, ich mit gemischten Ergebnissen und er mit einem Volltreffer nach dem anderen, bis klar ist, dass diesmal tatsächlich Amerika über England siegt.

„So wie im Unabhängigkeitskrieg", scherzt er, als wir unsere Bowlingschuhe zurückgeben und die Bowling Bahn verlassen.

„Macht mich das zu King George?"

„Oh nein, du bist viel zu sexy für King George", ist seine Antwort, bei der ich rot werde und metaphorische Luftsprünge mache. „Was ist?", fragt er, als er meinen Gesichtsausdruck bemerkt.

„Ich weiß es nicht. Es ist seltsam, dich so etwas sagen zu hören."

„Ich verstehe schon. Es ist neu." Er legt seinen Arm um meine Schultern, während wir die Straße hinuntergehen. „Ich sag dir was, Zee. Wenn ich dir täglich sage, dass du sexy bist, gewöhnst du dich verdammt schnell daran."

Ich schnaube kichernd. „Sag es nur, wenn du es auch meinst."

„Oh, ich meine es ernst."

Innerlich mache ich Luftsprünge, wahre Freudensprünge.

Er wirft einen Blick auf die Uhrzeit auf seinem Handy. „Wir müssen zu unserer nächsten Herausforderung."

„Ist das eine weitere Amerika-gegen-England-Übung?"

„Ich denke, du wirst mir gleich zustimmen, dass es bei der nächsten Station von vornherein einen klaren Gewinner geben wird, und ich gebe dir einen Tipp: Es ist nicht Onkel Sam."

Wir erreichen die U-Bahn und steigen ein. Wir plaudern wie immer, während wir durch den Untergrund der Stadt fahren, und das ungewohnte Gefühl, ein richtiges

Date mit meinem besten Freund zu haben, ist bald nur mehr eine ferne Erinnerung.

Wir steigen am Tower Hill aus und gehen Hand in Hand etwa fünf Minuten bis zur Tower Bridge, dem Wahrzeichen der Stadt.

„Lust auf einen Spaziergang über dem Wasser?" fragt Asher.

„Ein Ding der Unmöglichkeit."

„Nicht auf der gläsernen *Skybridge* von London. Komm mit."

„Ernsthaft? Das habe ich noch nie gemacht."

Er grinst mich an. „Weiß ich doch. Ich bin dein bester Freund, schon vergessen? Ich weiß fast alles über dich."

Wir kaufen zwei Tickets und gehen auf die Glasbrücke, die sich hoch oben von einem Ende der Tower Bridge zum anderen erstreckt. Der Blick auf den Sonnenuntergang, der sich hier oben mit ganz London in der Themse spiegelt, ist einfach atemberaubend, und der Blick auf den Brückenverkehr und den Fluss tief unter unseren Füßen ist ebenso aufregend wie nervenzerfetzend.

Während unsere Blicke über den Horizont schweifen, lege ich meinen Arm um Ashers Taille. Er dreht seinen Kopf zu mir und unsere Blicke treffen sich.

„Danke, dass du mich hierher gebracht hast. Ich liebe es."

„Manchmal muss man seine eigene Stadt wie ein Tourist sehen."

„Ich vergesse, wie toll London ist. *Smell the roses...* Ich bin so daran gewöhnt, dass ich den Duft der Rosen nicht mehr erkenne."

„Ich bin mir nicht sicher, ob London wirklich nach Rosen duftet. Es riecht eher nach Verkehrsverschmutzung, Essensdämpfen und einigen unbestimmten schlechten Gerüchen, die ich tunlichst vermeide."

Ich kichere. „Du verstehst aber schon, dass das eine Metapher war. Oder?"

Seine Augen leuchten sanft. „Ja, das verstehe ich." Er wendet seine Aufmerksamkeit von mir ab und schaut auf den Horizont. „Wie ich schon sagte, wirst du mir zustimmen, dass dies ein klarer Sieg für England ist."

Ich beobachte, wie die Sonne die ganze Stadt in einen goldenen Mantel taucht. „Definitiv."

Wir stehen Seite an Seite eng umschlungen und beobachten, wie das Leuchten der untergehenden Sonne das Stadtbild verändert. Wir zeigen auf verschiedene Gebäude und Sehenswürdigkeiten und verfallen wieder in harmonisches Schweigen. Dann dreht er sich wortlos zu mir, nimmt sanft mein Gesicht in seine beiden Hände, beugt sich herab und drückt seine Lippen auf meine. Ich erwidere seinen Kuss und atme seinen köstlichen Duft ein.

Es fühlt sich so gut an, so richtig, hier mit Asher zu sein, bei unserem allerersten richtigen Date. Als er mich erneut ansieht, blicke ich in seine warmen braunen Augen und ich schwöre, dass mein Herz einen Sprung macht.

Ich weiß, dass das neu ist. Ich weiß, dass dies erst unser erstes Date ist. Aber diese Sache zwischen uns fühlt sich so groß an. *Riesig.* Und wenn ich ihm in die Augen schaue, weiß ich, dass er es auch spürt.

Kapitel Einundzwanzig

WIR BLEIBEN BEIEINANDER STEHEN und sehen zu, wie die Sonne untergeht, bis mein Magen zu knurren beginnt – wie romantisch.

„Tut mir leid", murmle ich verlegen.

„Du hast ein bisschen Hunger, was?" fragt Asher lachend.

„Ich sterbe vor Hunger. Was muss ein Mädchen bei diesem Date tun, um etwas zu essen zu bekommen?"

Er wackelt vielsagend mit den Augenbrauen und ich klopfe ihm leicht auf den Arm. „Eigentlich habe ich für neun Uhr einen Tisch reserviert." Er schaut auf seine Uhr. „Das ist perfektes Timing. Sollen wir gehen?"

„Wartet der Doppeldeckerbus auf uns oder fahren wir mit der U-Bahn?"

„Der Bus war eine einmalige Sache. Wie wäre es jetzt mit einem schwarzen Londoner Taxi?"

„Zuerst der Bus, dann die U-Bahn und jetzt ein schwarzes Taxi? Asher, du machst dir wirklich einen Riesenspaß aus den verschiedenen Verkehrsmitteln, die London zu bieten hat."

„Was soll ich sagen? Ich lebe gerne gefährlich."

Wir verlassen die Tower Bridge und Asher hält ein Taxi an. Während wir durch die Straßen brausen, erzählt er mir von seiner Liebe zum Surfen.

„Das ist das Einzige, was mir in London fehlt. Der Strand. In San Diego konnte ich, wenn ich Lust hatte, innerhalb von dreißig Minuten am Meer sein. Hier ist es ein weiter Weg und man riskiert eine Unterkühlung, sobald man ins Wasser steigt."

„Es ist nicht alles schlecht. Wir haben hier den Londoner Regen, unsere englische Teetradition und die Royals, weißt du."

Er lacht leise vor sich hin. „Das sind genau die Gründe, warum ich mich entschieden habe, in dieser schönen Stadt zu leben. Vor allem der Tee."

„Ich habe noch nie gesehen, dass du eine Tasse Tee trinkst."

„Ich arbeite daran."

„Erzähl mir mehr über das Surfen. Wie alt warst du, als du es gelernt hast?"

„Oh, ich war noch ein Kind. Mein Vater und mein älterer Bruder sind rausgefahren und ich bin mitgekommen. Am Anfang war ich sicher eine Nervensäge, aber als ich den Dreh raus hatte, fuhren wir ständig ans Meer."

„Das bedeutet eine starke Vater-Sohn-Bindung."

Ein Lächeln huscht über sein Gesicht. „Stimmt."

Ich denke an den handgefertigten Surfbrettständer, den ich für seine Wohnung bestellt habe, und lächle vor mich hin. Es wird bald fertig sein und ich weiß, dass er ihn lieben wird.

„Als Lucas, mein älterer Bruder, aufs College ging, sind Dad und ich frühmorgens zusammen rausgefahren. Das ist die perfekte Zeit zum Surfen. Danach gingen wir zu *Marina's House of Pancakes* und futterten wie die Weltmeister."

„Ein gesundes Essen auf jeden Fall."

„Pfannkuchen sind sehr gesund und lecker. Lass dir von niemandem etwas anderes einreden."

„Ich finde es toll, dass du surfst. Können wir bald mal ein Wochenende an den Strand fahren, damit ich dir dabei zuschauen kann?"

„Du planst schon Wochenendtrips für uns?", neckt er. „Ich würde gerne mit dir übers Wochenende wegfahren."

Wir lächeln uns zu.

„Weißt du, Zee, das ist zwar unser erstes Date, aber es fühlt sich an wie unser tausendstes."

Damit hat er genau gesagt, was ich fühle. „Auf eine gute Art?"

„Auf eine wirklich gute Art."

Das schwarze Taxi hält an und der Fahrer räuspert sich, um unseren Austausch zu unterbrechen. Er sagt uns, wie viel es kostet, und Asher bezahlt, während wir aus dem Taxi steigen.

Ich schaue die Straße auf und ab und erkenne sie sofort. „Wir sind in Notting Hill", sage ich überrascht.

„Ich dachte, ich bringe dich zu meinem Lieblingsrestaurant." Ein unsicherer Blick huscht über sein Gesicht. „Wenn das für dich in Ordnung ist? Ich meine, ich weiß, es ist kein superschickes Lokal in Mayfair mit Aussicht oder so..."

Ich unterbreche seine Worte mit einem Kuss. „Ich bin sicher, dass es mir gefallen wird, mein Schatz."

Er lächelt. „Komm hier entlang."

Wir gehen durch die Tür eines belebten Restaurants und sofort strömt mir ein köstlicher Duft von Knoblauch und italienischen Kräutern entgegen. Der Kellner begrüßt Asher namentlich. Er freut sich, ihn zu sehen, schüttelt ihm die Hand und klopft ihm auf den Rücken.

„Und wer ist diese schöne junge Dame?", fragt er, als er sich zu mir umdreht.

„Das ist Zara", antwortet Asher, woraufhin der Kellner die Augenbrauen hochzieht und die Augen weit aufreißt. „Schön, dich endlich kennenzulernen, Zara", sagt er zu mir, während er meine Hand in seine nimmt und mich insgesamt dreimal auf die Wange küsst.

Der Gedanke, dass Asher mit ihm über mich gesprochen hat, erfüllt meine Brust mit Wärme.

Er wirft Asher einen vielsagenden Blick zu und schenkt mir ein verlegenes Lächeln. „Ich bin Antonio, und das ist mein Restaurant", sagt er mit einer ausladenden Armbewegung.

„Hier duftet es fantastisch", sage ich ihm.

„Das beste italienische Essen in der ganzen Stadt. Kommt, kommt. Setzt euch hierher. Ich habe deinen üblichen Tisch für dich bereit, Asher."

Antonio führt uns zu einem kerzenbeleuchteten Tisch am Fenster, wo Asher mir meinen Stuhl zurechtrückt und wir beide Platz nehmen.

„Vino?" fragt Antonio.

„Hast du Lust auf ein Glas?", fragt er mich.

„Unbedingt. Rot?"

„Eine Flasche Chianti, bitte, Antonio, und dazu dein

fantastisches Knoblauchbrot." Er wendet sich mir zu und fügt hinzu: „Für dieses Brot wirst du sterben, Zee."

„Wenn es nur halb so gut ist, wie es duftet, ganz bestimmt."

Antonio verlässt uns und ich wende mich an Asher und frage: „Dein üblicher Tisch? Bringst du viele Mädchen hierher?"

Er schüttelt den Kopf. „Du bist die Erste."

„Wirklich? Das sagst du nicht nur so?"

Er greift nach meiner Hand. „Nein. Ich habe es mir aufgespart für, na ja, für dich."

Die Schmetterlinge im Bauch sind wieder da. „Wirklich?"

„Wirklich."

Wir unterhalten uns, essen, genießen den Wein und freuen uns über die Gesellschaft des anderen. Am Ende des Abends bin ich begeistert von Antonio's, und der Mann selbst umarmt mich zum Abschied herzlich.

„Du bist genauso schön und klug, wie Asher mir erzählt hat", sagt Antonio.

„Vielen Dank, Antonio, dass du mich verraten hast", antwortet Asher mit einem verlegenen Lachen.

Aber das ist mir nicht peinlich. Ich finde es toll, dass er mit Antonio über mich gesprochen hat, und ich finde es toll, dass ich das erste Mädchen bin, das er hierher in sein besonderes Restaurant mitgenommen hat.

Wir sagen Antonio gute Nacht und gehen langsam die Straße hinunter zu Ashers Wohnung. Es ist ein schöner Abend, die Luft ist nur geringfügig kühl, und er legt seinen Arm um meine Schultern, um die Kälte abzuwehren.

„Das Lokal ist toll. Ich kann nicht glauben, dass du uns noch nie davon erzählt hast. Was wäre, wenn eine von uns gefragt hätte: 'Wer kennt einen guten Italiener in London?', und du hättest nichts gesagt?"

Er gluckst. „Ich weiß, das klingt jetzt lahm, aber ich wollte den Ort für mich behalten."

„Das ist ein bisschen lahm", scherze ich.

„Es war das erste Restaurant, als ich hier in London ankam. Ich hatte damals ein paar Probleme, und Antonio hat mir sein Ohr geliehen. Das brauchte ich und wir wurden gute Freunde. Ich denke, er ist wie ein Vater für mich. Mein Londoner Vater. Klingt das albern?"

„Ganz und gar nicht." Und ich weiß genau, worauf er anspielt: dass seine Frau ihn betrogen hat und er daraufhin nach London geflohen ist. „Warum hast du mich heute Abend hierher gebracht?" frage ich.

„Weil ich diesen Ort meines Lebens mit dir teilen wollte. Ich möchte, dass du mich ganz kennenlernst, nicht nur den Spaßvogel, der ich schon so lange bin."

„Ich möchte dich ganz kennenlernen, Asher. So sehr."

„Zee", sagt er, bleibt stehen und dreht sich zu mir, aber seine Gesichtszüge sind weniger fröhlich als vorhin, „ich war nicht gut drauf, als ich hier ankam. Ich war wohl auf der Flucht, glaube ich. Ich brauchte jemanden, mit dem ich reden konnte."

„Du hättest mit mir reden können."

„Aber weißt du, die Sache ist die. Ich konnte nicht mit dir reden. Damals nicht."

„Warum nicht?"

„Weil ich wusste, dass du mich anders sehen würdest, wenn ich mich dir gegenüber öffne und dir gesagt hätte, was ich durchmache. Und ich wollte neu anfangen, mit neuen Freunden, einem neuen Job, einer neuen Stadt und so weiter. Ich wollte weder mit dir noch mit unseren Freunden darüber reden, wie es mir wirklich geht."

„Ich verstehe schon. Du wolltest auf eine bestimmte Art und Weise wahrgenommen werden."

Seine Gesichtszüge lockern sich und er lächelt. „Es gab noch einen anderen Grund, weißt du."

„Was war das?"

„Ich fand dich verdammt süß und wollte auf keinen Fall die Sache mit dir vermasseln. Und glaub mir, damals wäre mir das passiert."

Ich nicke und beiße mir auf die Lippen. Wird er mir jetzt von ihr erzählen? Soll ich ihn fragen? Ist es jetzt an der Zeit, dass er sich endlich öffnet?

Er blickt auf den Boden und atmet tief durch und mein Herz fühlt mit ihm. Es ist so schwer für ihn und ich möchte es ihm leichter machen, aber ich habe keine Ahnung, wie. „Und jetzt?" frage ich leise.

„Jetzt verdienst du es, die ganze Wahrheit zu erfahren. Weißt du, die Sache ist die, Zee, ich bin nach London gekommen, weil ich..." Er hört abrupt auf zu sprechen, weil er plötzlich etwas über meiner Schulter fokussiert, und seine Gesichtszüge verhärten sich.

„Was ist denn, Asher?" frage ich, aber seine Augen sind wie gebannt auf das gerichtet, was er hinter mir sieht. Besorgt drehe ich mich um und sehe eine Frau vor dem Haus stehen. Sie ist ungefähr so alt wie ich, trägt ein kurzes schwarzes Kleid und hohe Schuhe, die sie superheiß aussehen lassen, hat langes kastanienbraunes Haar und ein wunderschönes Gesicht.

Ein schönes Gesicht, das mir irgendwie *bekannt* vorkommt.

„Hey, Asher", sagt sie zaghaft lächelnd mit amerikanischem Akzent und kommt ein paar Schritte auf uns zu.

Ich starre sie an und traue meinen Augen nicht.

Sie ist es.

Das ist die Frau von dem Foto.

Das ist Ashers Ex-Frau.

Sie ist hier, in Fleisch und Blut, todschick gekleidet und

lächelt Asher an, als hätte sie ihn nicht mit seinem besten Freund betrogen. Als hätte sie ihm nicht das Herz aus der Brust gerissen und es mit ihren Killer-Absätzen zertrampelt. Als wäre er nicht vor ihr hierher, nach London, geflohen.

„Kristen", sagt Asher leise, die Zähne zusammengebissen, die Gesichtszüge angespannt.

Sie macht einen weiteren zaghaften Schritt auf uns zu, und ich kann die Nervosität in ihrem Gesicht sehen.

Ich möchte ihn wegziehen, ihn zurück in sein Lieblingsrestaurant bringen, zurück zu der Stimmung, die wir eben noch gemeinsam hatten, zu dem Gefühl, dass zwischen uns eine neue, aufregende Beziehung beginnt.

Aber ich tue es nicht.

Stattdessen drücke ich seine Hand fester, um ihn wissen zu lassen, dass ich für ihn da bin. „Bist du okay?" frage ich ihn mit leiser Stimme.

Er wirft mir nur einen kurzen Blick zu, bevor er wieder zu seiner Ex-Frau Kristen schaut. „Was machst du hier?", fragt er sie mit kalter Stimme.

„Ich wollte dich sehen. Ich muss dir etwas sagen." Sie richtet ihren Blick auf mich. „Ich weiß nicht, wer du bist, aber ich vermute, du bist Ashers Date."

„Das bin ich", murmle ich.

Eine Million Gedanken schießen mir durch den Kopf.

Sie ist in London.

Liebt sie ihn immer noch?

Liebt er sie immer noch?

Soll ich gehen?

„Freut mich, dich kennenzulernen", sagt sie und streckt mir die Hand entgegen.

Ich blinzle sie an, weil ich nicht weiß, wie ich damit umgehen soll.

„Kristen." Ashers Stimme hat einen warnenden Ton.

„Was denn?" sagt sie lächelnd. „Findest du nicht, dass dein Date *deine Frau* kennen lernen sollte, Asher?" Sie schaut mich an und wartet mit einem Ausdruck süffisanter Zufriedenheit auf meine Reaktion. „Ich finde, das gehört zum guten Ton. Meinst du nicht auch?"

Ihre Worte haben nicht die Wirkung auf mich, die sie sich erhofft.

Ich werfe einen Blick auf Asher. Er sieht mich mit einem besorgten Gesichtsausdruck an.

„Zara, ich kann es erklären", beginnt er.

„Es ist okay", antworte ich und mein Herz hämmert gegen meinen Brustkorb. Wie soll man ein so emotionales und schwieriges Thema in dieser Situation ansprechen?

„Wir waren verheiratet, aber wir haben uns vor über zwei Jahren getrennt. Ich wollte es dir sagen. Ganz ehrlich, das wollte ich. Es war einfach so schwer für mich und ich..."

„Du bist weggelaufen", sagt Kristen und verschränkt die Arme vor der Brust.

Ich lege meine Hand auf seinen Arm und hebe meinen Blick zu ihm. „Es ist okay", wiederhole ich.

Er mustert mein Gesicht einen, zwei Augenblicke lang, bevor er sagt: „Du wusstest es?" Seine Stimme ist leise und fest.

Es ist, als würde alles um uns herum stillstehen.

„Ich habe beim Ausmessen ein Fotoalbum in deinem Kleiderschrank gefunden. Es fiel heraus, als ich ein paar Kartons umräumte. Da war ein Bild von dir und ihr", ich deute auf Kristen, „auf dem Einband."

Er tritt einen Schritt zurück. „Warum hast du mir nichts davon erzählt?"

Ich sehe Kristen an und bemerke ihren zufriedenen Gesichtsausdruck. Ich antworte leise, so dass nur Asher es hören kann: „Was hätte ich denn sagen sollen? ‚Ach, ich sehe, dass du verheiratet bist, aber du hast mir nie davon erzählt?' Komm schon, Asher. Das konnte ich nicht."

Ein Muskel in seinem Gesicht zuckt. „Du hast meine Sachen durchwühlt."

Ich schüttle vehement den Kopf, meine Augen weiten sich. „Nein. Das habe ich nicht. Ich habe das Album auf dem Boden gesehen, aber ich habe es nicht geöffnet. Das schwöre ich dir. Ich habe es sofort wieder in den Karton gelegt. Darauf hast du mein Wort." Ich greife nach seiner Hand, aber sie ist zu einer Faust geballt. „Ash, bitte", sage ich.

„Er kann nicht gut mit Konflikten umgehen", sagt Kristen hinter mir, und ich bin mir sicher, dass ich einen Hauch von Schadenfreude in ihrer Stimme höre. Sie hat offensichtlich jedes unserer Worte mitgehört.

Asher starrt sie an. „Lass das."

Sie hebt ihre Hände zum Zeichen der Kapitulation. „Ich meine ja nur."

Ich trete näher zu ihm und lege meine Hand noch einmal auf seinen Unterarm. Sein Körper ist wie ein unbeweglicher Felsen, seine Gesichtszüge sind wie aus Stein gemeißelt. „Asher, bitte."

Er lenkt seinen Blick von Kristen zurück zu mir. „Ich werde etwas Zeit brauchen. Ich, ähm, rufe dich später an."

„Du willst, dass ich gehe?" frage ich, und meine Stimme klingt wie die eines verängstigten kleinen Mädchens.

Ein Muskel in seiner Wange zuckt. „Ja, das will ich."

Und so nimmt unser wunderbares erstes Date ein jähes, vernichtendes Ende.

„Aber –"

„Bitte." Sein Gesichtsausdruck lässt mein Herz in zwei Teile brechen. Kummer, Fassungslosigkeit, Verrat.

Meine Kehle ist wie zugeschnürt und Panik steigt in mir auf wie ein Heißluftballon.

So kann das nicht funktionieren.

Aber so läuft es nun mal.

Ich stoße einen Seufzer aus. Ich weiß, wann ich verloren habe, und hier bin ich wirklich besiegt. „Okay. Ich gehe." Tränen treten mir in die Augen und ich blinzle sie schnell weg. Als ich mich zum Gehen wende, sehe ich Kristen an. Ihr Kinn ist hoch erhoben, ein Grinsen umspielt ihre Mundwinkel und sie schaut mich von oben herab an. Mit einem Wort, sie sieht siegreich aus.

Und das ist auch gut so.

Ich wurde entdeckt und als Lügnerin entlarvt.

Mit schwerem Herzen werfe ich Asher einen letzten Blick zu, aber er erwidert meinen Blick nicht.

Unsicheren Schrittes gehe ich davon. Ich gehe den Weg zurück, den wir gekommen sind.

Alleine.

Verzweifelt.

Die Traurigkeit in mir brodelt.

Kapitel Zweiundzwanzig

MEIN LIEBER PAPA,

noch nie hast du mir so sehr gefehlt wie heute.

Was sich vor achtundvierzig Stunden noch wie der Gipfel der Welt anfühlte, ist jetzt das genaue Gegenteil. Ich habe es vermasselt, Papa. Richtig schlimm.

Ich glaube, ich habe den Mann verloren, auf den ich immer gewartet habe, meinen besten Freund, den Mann, der mein Herz schon mit einem Lächeln zum Springen bringt.

Und ich weiß nicht, wie ich ihn zurückbekomme.

Ich wünsche mir mehr als alles andere, dass ich mit dir reden

könnte. Ich wünschte, ich könnte dich um Rat fragen. Ich wünschte...
ich wünschte, ich hätte das Foto nie gesehen.
Aber ich habe es gesehen und jetzt ist alles ruiniert.
Du fehlst mir.
Deine Za-Za xoxo

Ich suhle mich in Selbstmitleid. Ich gebe es zu, das ist es, was ich seither getan habe, schlicht und einfach. Ich suhle mich. Es sind zwei volle Tage seit dem Date mit Asher vergangen, und es ist unmöglich, ihn aus meinen Gedanken zu verbannen. Der Ausdruck auf seinem Gesicht, als er merkte, dass ich von seiner Ex-Frau wusste, verfolgt mich Tag und Nacht. Die Art und Weise, wie er mir sagte, ich solle gehen, und Kristens Gesichtsausdruck, als ob sie schon gewonnen hätte.

Die Art, wie Asher mir nicht in die Augen sehen wollte.

Von ihm fortzugehen, die beiden miteinander allein zu lassen, war das Allerschwerste, seit ich mich von meinem Vater verabschieden musste.

Was ist wohl passiert, nachdem ich gegangen bin? Hat sich Kristen für alles entschuldigt, was sie ihm angetan hat? Hat er ihr verziehen? Hat er ihr gesagt, dass er nie aufgehört hat, sie zu lieben, dass ich nur eine Bekannte bin, für die er vielleicht Gefühle hatte, die aber nichts im Vergleich zu seiner großen Liebe für sie sind?

Warum habe ich ihm nicht gleich gesagt, dass ich das mit Kristen herausgefunden hatte, als ich das Foto sah? Wenn ich in meinen dreißig Jahren eines gelernt habe, dann dass es immer besser ist, ehrlich zu sein. Wenn ich ihm einfach gesagt hätte, dass ich es gesehen habe, hätte er mit der ganzen Sache aufräumen können. Das hätte uns als Freunde näher zusammengebracht und den Grundstein für das gelegt, was zwischen uns entstehen könnte.

Aber ich habe es nicht getan. Ich hätte es tun sollen, aber ich tat es nicht.

Ich habe ihn verloren. Ich habe mein Herz verloren.

Sicher, wir haben uns Nachrichten geschickt. Wir waren schon vorher befreundet, also wäre es merkwürdig, wenn wir nicht irgendwie in Kontakt bleiben würden. Das war aber nicht sehr tiefgründig. Ich entschuldigte mich dafür, dass ich ihm nicht gesagt hatte, dass ich es wusste. Er schrieb zurück, das sei in Ordnung. Er betonte, er hoffe, dass ich gut nach Hause gekommen sei. Ich bejahte und bedankte mich für unser Date.

Und dann: nichts mehr.

Jetzt ist es Montagabend und ich war schon seit sieben Uhr früh bei ScarZar. In einem völlig sinnlosen Versuch, mich von Asher abzulenken, habe ich den Laden früh geschlossen und den ganzen Nachmittag damit verbracht, die ganze Buchhaltung und die anstehenden Termine durchzugehen. Es sieht nicht gut aus. Ich habe zu viel Lagerbestand, zu wenig Cashflow und zu viele Gemeinkosten. Kurz gesagt, ich brauche neue Inneneinrichtungskunden, und zwar sofort.

Aber ich werde nicht aufgeben. Jedenfalls noch nicht.

Also mache ich mich daran, den Laden auf Vordermann zu bringen. Dabei lege ich einen Haufen Artikel beiseite, mit denen ich eine neue Schaufensterdekoration zusammenstellen kann. Das Schaufenster ist nicht riesig, also kann ich nur ein oder zwei Stücke hineinstellen und sie dann mit Accessoires ausstatten. Ich gehe in den hinteren Raum, wo ich ein tapeziertes Wandbord entdecke und es herausziehe.

Als ich den leuchtend rosa Hintergrund mit den übergroßen Lilien betrachte, huscht ein Lächeln über mein Gesicht. Ich war begeistert, als es geliefert wurde, aber Scarlett weigerte sich, es anzubringen, weil es „zu grell" und „unpassend" sei und „du solltest einen Raum nicht nach der Farbe deines Lieblingsmantels gestalten." *Nun, Scarlett, du bist nicht mehr hier, also kommt das jetzt ins Schaufenster.* Und ich gebe zu, dass ich ihr auf überaus erwachsene Art und Weise die Zunge herausstrecke, während ich das Teil aus dem Lager zum Schaufenster schleppe – und das nicht nur metaphorisch.

Fünfundvierzig Minuten später steht das Paneel hinter einer weißen Kommode, ein königsblauer Leinenstuhl steht daneben und ein Stück weißer Musselin hängt von der Decke, als wären es Gardinen. Ich gehe nach draußen, trete einen Schritt zurück und betrachte mein Werk. Die Auslage sieht frisch, farbenfroh und verspielt aus, aber trotzdem stilvoll und elegant. Und Scarlett würde es hassen. Bei diesem Gedanken erlaube ich mir ein besonders breites Lächeln.

Ich gehe wieder rein und schalte den Computer aus. Stevie hüpft in ihrem Gehege herum, voller Welpenenergie, die sie in der letzten Stunde auf ihrem Bettchen verschnarcht hat, und ich weiß, dass sie es kaum erwarten kann, nach draußen an die frische Luft zu kommen.

Ich mache sie an ihrer Leine fest und werfe einen letzten Blick in den Laden. Mein Blick fällt von den Regalen voller Dekoartikel, Kerzen und Keramik auf die bunten Kissen und das traumhafte smaragdgrüne Samtsofa, das ich erst vor ein paar Wochen gekauft habe. Ich möchte diesen Ort nicht verlieren. Es gefällt mir hier. Ich weiß, dass das Geschäft im Sturzflug ist, seit Karina um die Ecke eingezogen ist, aber ich glaube an meinen Laden. Ich weiß, dass ich es schaffen kann, hier richtig durchzustarten.

Ich brauche nur eine Pause.

Ich schalte das Licht aus und schließe die Tür ab. „Komm Stevie. Gehen wir nach Hause." Ich drehe mich um und sehe drei bekannte Gesichter vor mir. Tabitha,

Lottie und Kennedy. Ich versuche ein Lächeln. Ich weiß, dass es bestenfalls schwach ist. „Hallo, Mädels."

„Hallo du", sagt Kennedy, während die drei mich abwechselnd umarmen. „Tolles neues Schaufenster, Zee", sagt sie, während sie sich meine neue Auslage ansieht. „Du bist gut in diesem Styling-Ding."

„Natürlich ist sie das. Sie ist eine qualifizierte Innenarchitektin", antwortet Tabitha.

Lottie hakt ihren Arm bei mir ein und wir stapfen die Gasse hinauf. „Komm schon, Zara. Wir sind gekommen, um mit dir und Stevie in den Pub zu gehen."

Der Gedanke, in einem Raum voller fröhlicher, plaudernder Menschen zu sein, lässt mein ohnehin schon schweres Herz noch schwerer werden. „Danke, aber ich bin nicht in der Stimmung für einen Drink."

„Dann trink eine Limonade", antwortet Tabitha achselzuckend. „Du kommst mit. Keine Ausreden."

Ich versuche eine andere Taktik. „Was ist mit Stevie? Sie muss nach Hause. Sie hatte einen anstrengenden Tag."

„Stevie wird das schon verkraften. Es wird ihr im Pub gefallen. Dort gibt es so viele Leute zu sehen und Gerüche zu schnuppern", sagt Lottie, während wir um die Ecke auf die Hauptstraße gehen und Stevie neben mir her trippelt.

„Sie braucht ihr Abendessen", jammere ich. Es hört sich definitiv wie ein Jaulen an.

„Genug Ausreden", beschwert sich Kennedy. „Wir akzeptieren kein Nein als Antwort."

„Und wir können ihr ja etwas im Pub bestellen. Hunde mögen doch Fisch und Chips, oder?" fragt Tabitha mit einem Lächeln.

Inzwischen haben wir Karina erreicht und ich sehe mir die neuen Schaufensterauslagen an. Das große Bett mit der wunderschönen hellgelben Bettwäsche und den Kissen, die von der Decke hängenden Papierschmetterlinge und die weißen Bälle, die wie ein Bällebad für Kinder aussehen, wirken einladend, trendig und unheimlich schick zugleich.

Ich denke an meine neue, vergleichsweise bescheidene Auslage und meine Augenlider werden heiß.

Meine Freundinnen bemerken es und bleiben langsam neben mir stehen.

Lottie drückt meinen Arm. „Deine neue Auslage sieht so viel besser aus, Zee."

„Wurde das mit den Schmetterlingen an Schnüren nicht schon zig Mal gemacht?" sagt Tabitha mit einem finsteren Blick.

„Ja, und dein Schaufenster hast du ganz allein entworfen, nicht ein ganzes Team von Leuten", fügt Kennedy hinzu.

„Ich möchte wissen, wie man mit all diesen Schmetterlingen überm Kopf überhaupt einschlafen soll?" fragt Kennedy und ein unerwarteter Impuls zu Kichern steigt in mir hoch.

„Und würde man nicht auf all diesen Bällen ausrutschen, wenn man mal nachts zum Pinkeln aufstehen muss?" fragt Tabitha. „Du würdest sagen: *Mensch, ich muss mal*, und dann würdest du deine Füße auf den Boden schwingen und sofort mit dem Gesicht in ein Kissen aus Bällen fallen." Sie ahmt einen Kopfsprung nach, und mein Kichern bricht aus mir heraus und endet in einem Schnauben.

„Braves Mädchen", sagt Kennedy mit einem strahlenden Lächeln.

„Komm schon, du." Lottie zieht mich mit. „Holen wir uns den Drink."

Zehn Minuten später sind wir im *The Lion*, wo Scarlett und ich früher regelmäßig unsere Feierabende verbracht haben.

„Hast du etwas von ihm gehört?" fragt Kennedy. Es ist

nicht nötig, Ashers Namen auszusprechen. Wir wissen alle genau, von wem sie spricht.

Mein schweres Herz erinnert mich daran, dass es immer noch randvoll mit Blei ist, egal wie toll und nett meine Freundinnen und Freunde sind. „Wir haben uns ein paar Mal getextet, aber nichts von Bedeutung. Ich glaube, er braucht im Moment etwas Abstand."

„Was ist denn mit ihm los?" fragt Kennedy. „Ich verstehe das nicht."

„Wahrscheinlich ist er mit dieser schrecklichen Person, auch bekannt als seine Ex, beschäftigt", sagt Tabitha.

„Wir wissen nicht, ob sie wirklich ein übles Miststück ist", protestiere ich.

„Doch, das wissen wir", sagen alle drei meiner Freundinnen voller Überzeugung.

Lottie streichelt meinen Arm. „Ich kann immer noch nicht glauben, dass sie einfach so aufgetaucht ist, aus heiterem Himmel. Ich meine, wie unverschämt!"

„Unverschämt ist richtig", stimmt Tabitha zu. „Ihr Timing hätte nicht schlechter sein können für unser Mädchen. Wenn ich daran denke, wird mir ganz übel. Hast du von deinen Bekannten daheim etwas dazu gehört, Kennedy?"

Sie nimmt einen Schluck aus ihrem Weinglas und stellt es wieder vor sich auf den Tisch. „Nur, dass sie hier in London ist, um ihn zu treffen. Das scheinen alle zu wissen, aber keiner weiß, warum."

„Ja", sage ich und atme schwer aus. „Das ist die große Frage."

„Was ist, wenn sie hier ist, um wieder mit ihm zusammenzukommen?" sagt Lottie.

„Oh, Asher würde auf keinen Fall zu ihr zurückkehren, nach allem, was sie getan hat. Wenn mein Mann mich mit einer von euch betrügen würde, würde ich ihm eher den Appendix abschneiden und an die Wand nageln, als ihn zurückzunehmen", sagt Tabitha und wir glauben ihr alle. Tabitha zu hintergehen, wäre keine gute Idee.

„Selbst wenn sie gekommen ist, um sich bei ihm zu entschuldigen und ihn zu bitten, zu ihr zurückzukehren, wissen wir nicht, ob er sich darauf einlassen würde", mutmaßt Kennedy.

Der Gedanke an Asher und Kristen jagt mir einen unangenehmen Schauer über den Rücken. „Können wir das Thema wechseln?" Ich halte mein Glas Limonade auf Eis hoch. „Sonst brauche ich etwas viel Stärkeres als das hier."

„Okay, dann lass uns das Thema wechseln. Ich bin dafür, dass wir darüber nachdenken, wie wir Zaras Laden retten können", schlägt Lottie vor. „Das ist zumindest etwas, bei dem wir helfen können. Oder?"

„Männer sind ein totales Rätsel", sagt Tabitha.

„Vielleicht kann ich helfen", sagt Kennedy und alle Augen richten sich auf sie. „Man munkelt, dass die Zeitschrift verkauft werden soll, also wird jetzt alles Mögliche für Features in Betracht gezogen. Sandra, meine Chefin, hat mir am Freitag erzählt, dass sie an eine Reportage über Katzenmode denkt, was für unser schickes Magazin völlig untypisch ist."

„Katzenmode? Wie, Kleider für Katzen?" fragt Lottie.

„Eigentlich sind es eher Kostüme. Anscheinend ist das ein Trend. Meerjungfrauen, Astronauten, Prinzessinnen. Wer hätte das gedacht?"

„Warum redest du über Katzen, die sich als Meerjungfrauen verkleiden, wenn wir gerade versuchen herauszufinden, wie wir Zara helfen können, ScarZar zu retten?" scherzt Tabitha, die Pragmatikerin schlechthin. Sie lässt sich vielleicht ein bisschen zu oft gehen, aber sie ist scharfsinnig und macht keine halben Sachen, wie Oma sagen würde.

„Der Laden wird nicht mehr ScarZar heißen", antworte ich.

Tabitha nickt. „Ganz klar. Du musst 'Scarlett' sofort aus dem Namen streichen – und aus deinem Leben, Schätzchen."

„Oh, das ist schon geschehen", sage ich mit einem bitteren Lachen.

„Für mich ist sie gestorben", sagt Lottie und Tabitha und Kennedy stimmen zu.

„Tot wie ein Dodo."

„Scarlett wer?"

Meine Freundinnen sind die absolut Besten.

„Wie auch immer", beginnt Kennedy, um uns wieder auf den Boden der Tatsachen zu bringen, „ich will damit sagen, dass die Redaktion, wenn sie schon Reportagen über Katzenkostüme akzeptieren, sicher auch bereit wäre, eine Reportage über die aufstrebende Innenarchitektin Zara Huntington-Ross zu machen." Sie greift nach ihrem Handy. „Ich werde Sandra gleich eine Nachricht schicken und es ihr noch einmal vorschlagen." Sie fängt an, auf ihrem Telefon herumzutippen.

Tränen der Dankbarkeit steigen mir in die Augen und ich wische sie schnell mit meinen Fingerspitzen weg, bevor sie mir über die Wangen laufen können. „Danke, Kennedy. Du bist ein Schatz."

Sie legt ihr Smartphone wieder auf den Tisch. „Erledigt."

„Das wäre eine tolle Werbung für Zee's neues Geschäft. Oh, ich weiß, wie du es nennen kannst! Es ist so einfach, ich weiß gar nicht, warum wir nicht schon früher daran gedacht haben." Lotties Grinsen ist so breit wie der Ärmelkanal. „Zara", sagt sie und strahlt uns stolz an.

„Schätzchen den Namen gibt es doch schon. Zara, die globale spanische Modekette, schon vergessen?" sagt Kennedy.

„Ach ja, richtig. Die habe ich wirklich ganz vergessen."

„Aber es ist eine tolle Idee", sage ich zu ihr. „Ich werde an dem Namen arbeiten."

Kennedys Telefon ertönt und sie nimmt es in die Hand, um das Display zu lesen. Ihr Gesicht wird ernst. „Sandra ist von der Idee nicht begeistert. Aber mach dir keine Sorgen, Schätzchen. Ich lasse nicht locker."

Mein kleiner Hoffnungsschimmer hat sich verflüchtigt. „Klar. Danke."

„Ich weiß was. Wie wäre es, wenn wir deine Online-Präsenz aufwerten, Süße?" schlägt Tabitha vor. „Ich kann das und kenne jemanden, der dir dabei helfen kann."

„Das ist eine tolle Idee! Wir können auch alle dabei helfen, dich in den sozialen Medien zu bewerben. Und wir können all unseren Freunden und Familien erzählen, wie toll du bist." sagt Lottie. „Mit Tabitha, Kennedy und mir hast du alles, was du brauchst."

Ich lächle meine Freundinnen an und gebe mein Bestes, um mich wieder aufzurappeln. „Danke, Madels. Ihr seid wirklich super."

„Und was Asher McMillan angeht? Er liebt dich. Seine Ex-Frau ist ein alter Hut. Du wirst schon sehen", sagt Lottie mit Überzeugung.

„Lottie hat Recht", fügt Kennedy hinzu. „Er braucht wahrscheinlich nur Zeit, um zu verarbeiten, dass seine Ex unerwartet hier aufgetaucht ist."

„Und dass ich ihm nicht gesagt habe, dass ich die ganze Zeit von ihr wusste", füge ich mit hängenden Schultern hinzu. „Vergiss diesen Teil nicht."

Tabitha lehnt sich in ihrem Stuhl zurück. „Er wird

schon noch zu sich kommen, Zee. Wir alle wissen, dass er verrückt nach dir ist."

„Sie hat Recht. Er nennt dich 'Frauchen', um Himmels willen", fügt Kennedy hinzu. „Und er ist dein Ersatzmann. Das muss doch etwas bedeuten."

Lottie legt ihren Arm um meine Schultern. „Und wenn er sich nicht daran erinnert, wie unglaublich du bist, ist das sein Pech, denn wir finden dich toll. Kann jemand meiner Freundin einen ordentlichen Drink bringen? Wir müssen Zaras neues, aufregendes, Scarlett-freies Innenausstattungsgeschäft feiern."

Ich lache, schüttle den Kopf und fühle mich leichter als zuvor.

Ich habe vielleicht den Mann verloren, den ich liebe, aber ich habe die besten Freundinnen, die ein Mädchen haben kann.

Kapitel Dreiundzwanzig

MEIN LIEBER PAPA,

es ist jetzt vier Tage her, seit ich Asher getroffen habe und ich fange an, die Botschaft zu verstehen. Er will mich nicht mehr und weißt du was? Das ist okay für mich. Na ja, nicht ganz „okay", eher so, dass ich versuche, es zu akzeptieren. Und ich werde es schaffen. Ich bin fest entschlossen. Du hast eine hartnäckige Tochter großgezogen. Es ging mir vor ihm gut und es wird mir auch nach ihm gut gehen. Wie man so schön sagt: Es ist besser, geliebt und verloren zu haben, als gar nicht geliebt zu haben.

Vorwärts und aufwärts, wie du zu sagen pflegtest.

Hab dich lieb. Du fehlst mir.

Deine Za-Za xoxo

„Stevie, bleib." Ich sage es mit fester Stimme zu ihr: „Ich bin hier der Boss, also komm nicht auf dumme Gedanken", und halte meine Hand in der Geste hoch, die mir Dog Diva Denise beigebracht hat. Stevie beobachtet mich aufmerksam. Ich trete zögernd zurück, die Hand immer noch in der Luft haltend.

„Wird sie stillhalten?" fragt Kennedy aus dem Mundwinkel heraus, als ich ihre Seite erreiche. „Dieser Fotograf ist super teuer, also müssen wir es unbedingt heute schaffen."

„Sie ist im Moment eigentlich ganz brav. Diese verrückte Hundelady in der Welpenschule hat sie ganz schön auf Vordermann gebracht."

Wenn ich an die Welpenschule denke, kommt mir Asher in den Sinn und ich schiebe den Gedanken an ihn schnell beiseite. Stattdessen konzentriere ich mich auf das Foto-Shooting. Wenn ich Stevie ansehe, dann bin ich stolz auf sie. Sie ist so brav und liegt auf der Kunstfelldecke am Ende des Kingsize-Bettes, das ihr winziges Format noch betont, und schaut mich mit gespitzten Ohren an.

„Oh, sie macht das so toll", sagt Kennedy.

„Ich kann dir gar nicht genug danken." Ich drehe mich zu ihr um. „Es ist kaum zu glauben, dass ich noch vor kurzem dachte, mein Geschäft würde untergehen, als Scarlett mich verließ, und jetzt werde ich in *Claudette* vorgestellt. Wenn mir das damals jemand gesagt hätte, hätte ich nicht daran geglaubt."

Kennedy grinst mich an. „Zara Huntington-Ross, Inhaberin von Za-Za Interior Design."

„Das hat einen gewissen Klang. Stimmt's?"

„Auf jeden Fall. Aber wer nennt dich 'Za-Za'? Wir nennen dich alle 'Zee'."

„Mein Vater."

In gewisser Weise habe ich mir eine Scheibe von Emma, meiner Schwägerin, abgeschaut. Sie hat ihr Sportbekleidungsgeschäft nach ihrem Vater Timothy benannt. Ich werde mein Geschäft nicht „Sebastian" nennen, denn das ist nicht nur der Name meines Vaters, sondern auch der meines Bruders, und der hat dank der Reality-TV-Shows *Dating Mr. Darcy* und *Saving Pemberley* schon mehr als genug Aufmerksamkeit bekommen.

Nein. In meinem Laden geht es um mich und nur um mich. Also änderte ich den Namen in *Za-Za*. Sicher, es klingt ein bisschen wie *ScarZar*, aber der Name kommt aus einer ganz anderen Ecke.

Er kommt aus dem Herzen.

„Also ich denke, Za-Za passt perfekt und weißt du was? Scarlett wird neongrün vor Neid anlaufen wie ein Textmarker, wenn sie diesen Artikel und all diese tollen Fotos sieht."

„Zum Glück habe ich gestern den Papierkram unterschrieben, um sie aus dem Betrieb zu nehmen."

„Das ging ja schnell."

„Du sagst das so, als ob es etwas Schlechtes wäre", antworte ich lachend. „Asher hatte Recht. Scarlett los zu werden, ist das Beste, was mir passieren konnte. Ich kann neu anfangen und mit meinem neuen Solo-Geschäft richtig durchstarten. Ich kann nur sagen, dass ich die Kunden von dir, die ihren Beitrag für die nächste Ausgabe abgesagt haben, küssen könnte. Ohne sie würden wir das heute nicht machen."

„Es hat alles geklappt, und das wird unglaubliche Dinge für Za-Za bewirken."

Ein Gefühl der Hoffnung durchflutet mich. „Ich hoffe, du hast Recht."

„Ich *weiß*, dass ich recht habe."

Der Fotograf – ein Franzose namens Pierre, der eine schwarze Baskenmütze trägt und damit jedes Klischee bedient, das ich nicht nur über Künstler, sondern auch über Franzosen habe – schießt ein Foto nach dem anderen von Stevie und dem Schlafzimmer, und ich strahle vor Stolz. Stevie sieht so niedlich aus in dem Schlafzimmer, das ich im Winter für einen Kunden renoviert habe, der uns freundlicherweise erlaubt hat, es heute zu fotografieren. Wenn ich das mal so sagen darf.

Das ist die vorletzte Station eines ganzen Tages voller Fotosessions, und Stevie war die ganze Zeit über ein wahrer Champion.

Dieser Welpe hat einen großen, saftigen Knochen verdient.

Zuerst haben wir eine Wohnküche in Knightsbridge fotografiert, die ich letztes Jahr im Hamptons-Stil umgestaltet habe, dann ein Wohnzimmer im Landhausstil mit Flügeltüren, die zu einem hübschen Garten in Maida Vale führen, und jetzt dieses Schlafzimmer im Shabby Chic. Die letzte Station heute ist Ashers Wohnung, um Fotos von einem modernen, maskulinen Raum zu machen.

Ich weiß, ich weiß. Total dumme Idee. Und wirklich, wenn Kennedy mich nicht angefleht und versprochen hätte, es selbst mit Asher zu vereinbaren, hätte ich auf keinen Fall zugestimmt. Aber sie bestand darauf, dass Bilder von seinem Wohnzimmer die Magazinstrecke abrunden würden, und als sie mir erzählte, dass Asher nicht in der Stadt sei – wahrscheinlich auf einem romantischen Kurzurlaub mit Kristen in Paris, aber darüber will ich nicht nachdenken, falls es stimmt – war ich von der Idee überzeugt.

Außerdem hatte ich so die Möglichkeit, ihm die Surfbrett-Regale zu liefern, die ich für ihn entworfen hatte, ohne ihn persönlich treffen zu müssen.

Als ich etwa eine Stunde später bei seinem Haus ankomme, habe ich nicht mehr das Gefühl, dass es eine gute Idee war. Ich versuche mein Bestes, nicht auf die Stelle auf dem Bürgersteig zu schauen, wo er mich in jener schicksalhaften Nacht weggeschickt hatte. Die Stelle, an der unsere aufblühende Liebe brutal mitten ins Herz getroffen wurde. Stattdessen zwinge ich mich zu einem Lächeln, nehme Stevie unter den Arm und weise die Lieferanten an, das Regal die Treppe hinauf in seine Wohnung zu bringen.

„Du schaffst das schon, Schätzchen", sagt Kennedy, als wir gemeinsam das Gebäude betreten.

„Bist du sicher, dass Asher nicht hier ist?"

„Wenn er hier wäre, würde ich dir das nicht zumuten. Ich weiß, wie sehr du ihn liebst, und ich weiß, wie sehr dich das alles verletzt hat. Lass uns da raufgehen, die Fotos machen und dann verschwinden. Abgemacht?"

„Abgemacht." Ich beiße mir auf die Lippen, während mir bei jedem Schritt das Herz schwerer wird. Als ich Ashers Stockwerk erreiche, halte ich inne und atme tief durch, bevor ich seine Wohnung betrete. Sofort werde ich von Erinnerungen heimgesucht. Obwohl er erst seit kurzer Zeit hier wohnt, gibt es einige davon. Wir haben zusammen ein Baseballspiel gesehen, sind durch die Wohnung gewandert und haben Ideen für die Gestaltung entwickelt, dann habe ich den Kleiderschrank ausgemessen und das Foto gefunden.

Meine Gefühle wirbeln durcheinander.

Das ist hart.

„Wo soll das hin?", fragt mich einer der Lieferanten, als er das Regal an die Tür stellt.

„Sehen Sie die Surfbretter dort an der Wand? Dort drüben, bitte."

„Natürlich."

Sie stellen das Regal an die Wand und entfernen die Schutzfolie, ich danke ihnen, als sie gehen. Während Kennedy, Pierre und sein Assistent im Wohnzimmer herumhantieren, setze ich Stevie auf den Boden, ihre Leine um mein Handgelenk, und fahre mit der Hand über das schöne, handgefertigte Holz. Es ist wunderschön gearbeitet, mit einfachen, stilisierten Wellen, die an den Strand erinnern, den er so liebt. Asher wird dieses Möbelstück lieben und es wird seine Surfbretter perfekt zur Schau stellen.

Als ich es für ihn bestellte, waren wir die besten Freunde und ich wollte ihm bei der Umgestaltung seiner Wohnung etwas Persönliches schenken. Es sollte eine Art Dankeschön dafür sein, dass er mir sein Vertrauen schenkte, als ich es am meisten brauchte. Jetzt, wo ich hier stehe und es betrachte, unsere Freundschaft auf Eis liegt und unsere junge Liebesgeschichte auf der Kippe steht, überkommen mich Gewissensbisse.

Wenn ich ihm doch nur gesagt hätte, dass ich das Foto gefunden habe.

Wenn nur seine Ex-Frau nicht aufgetaucht wäre.

Wenn nur...

Ich stoße einen Seufzer aus. Ich möchte nichts lieber, als zu ihm zu gehen, ihm zu sagen, dass ich ihn liebe und dass es mir leid tut, dass ich ihm den Fund des Fotos nicht verheimlicht habe. Ich möchte, dass er sich öffnet und mir von seiner Ehe und den Geschehnissen erzählt, dass er wirklich mit mir darüber spricht und mir die Möglichkeit gibt, für ihn da zu sein, ihm zuzuhören und ihn zu unterstützen.

Aber warum nicht? Warum kann ich das nicht? Wir waren Freunde, bevor wir ein Liebespaar wurden. Die besten Freunde. Unsere Freundschaft bedeutet uns so viel.

Es ist an der Zeit, dass ich die Hosen anziehe.

Ich muss ihn sehen.

Ich ziehe mein Handy aus der Gesäßtasche und rufe seinen Namen in meinen Kontakten auf. Bevor ich die Chance habe, zu kneifen, drücke ich auf die Anruftaste und hebe das Telefon an mein Ohr. Mein Herz klopft in meiner Brust, während ich darauf warte, dass er antwortet.

Der Anruf geht direkt auf die Mailbox.

Als ich seine sanfte, tiefe, vertraute amerikanische Stimme höre, die mir sagt, dass ich eine Nachricht hinterlassen soll, schließe ich die Augen und konzentriere mich darauf, zu sprechen. Der Piepton ertönt und ich zögere nicht.

„Hallo. Ich bin's", beginne ich mit bebender Stimme. „Ich möchte dich sehen. Können wir uns irgendwo treffen? Ich möchte mit dir über alles reden. Es fühlt sich alles so falsch an und ... ich vermisse dich, Asher. Ich vermisse dich wirklich sehr." Ich atme scharf aus, bevor ich hinzufüge: „Also... ruf mich an. Bitte."

Ich beende den Anruf und starre aus seinem Zimmerfenster auf die langsam dahinziehenden Wolken über den Schornsteinen der Stadt.

Was wird er tun, wenn er meine Nachricht erhält? Er sagte, dass er mich liebt, aber er hat eine Vergangenheit mit Kristen. Eine schwierige Geschichte. Kann unsere Liebe da überhaupt bestehen?

Eine Stimme unterbricht meine Gedanken. „Hey, Zee. Kannst du mal rüberkommen und helfen?"

Ich reiße mich aus meiner Träumerei und sehe, dass Kennedy mich ansieht.

„Klar." Ich führe Stevie zum Sofa, wo ich Ashers braune Padres-Mütze mit dem verschlungenen Schriftzug „SD" auf dem Couchtisch entdecke. San Diego. Er muss sich gestern Abend ein Spiel angesehen haben. Ich hebe sie auf und fahre mit den Fingern über den Rand. Es war

der Moment nach dem Spiel, das wir zusammen angeschaut hatten, als ich mit Sicherheit wusste, dass ich
Gefühle für ihn hatte.

Dass ich so viel mehr von ihm wollte als nur
Freundschaft.

Dass ich ihn liebe.

„Ich möchte sie auch im Bild haben", sagte Pierre und
betrachtete die Mütze in meinen Händen. „Das passt doch
zu der männlichen Junggesellen-Atmosphäre, oder?"

„Nein, ähm, ich meine, ja. Dann nehmen wir sie. Ich
werde einen Platz dafür finden." Ich lege sie auf das Sofa
und Stevie springt hoch und fängt sofort an, sie zu
beschnuppern. Mein Herz fühlt einen kleinen, traurigen
Stich. Ich streichle sie und sage leise: „Du vermisst ihn
auch. Stimmt's?"

Stevie antwortet nicht, vor allem, weil sie ein Hund ist,
aber auch, weil sie immer noch an der Mütze schnüffelt
und jeden einzelnen Hauch von Asher in sich aufnimmt.

„Ja, du vermisst ihn", murmle ich.

„Hey, Zee? Sollen die Surfbretter ins Regal?" fragt
Kennedy.

„Ich helfe dir."

„Keine Sorge. Wir haben alles im Griff. Stimmt's,
Dwayne?"

Dwayne ist Pierres Assistent, und in seinem perfekt
geschnittenen lila Anzug und den hochglanzpolierten
Lackschuhen sieht er aus, als würde er lieber alles andere
tun, als ein Surfbrett anzufassen.

„Zara ist stärker als ich. Frag sie. Ich nehme den
Welpen." Pierre löst Stevies Leine von meinem Handgelenk und setzt sich neben sie auf das Sofa.

„Vielen Dank auch, Dwayne", murmelt Kennedy und
wirft ihm einen vorwurfsvollen Blick zu.

„Was? Ich war doch gerade erst im Nagelstudio. Carlos

würde mich umbringen, wenn ich mir jetzt einen Nagel abreißen würde", erklärt Dwayne.

„Das wäre natürlich eine Katastrophe", scherzt Kennedy, aber ihr sarkastischer Tonfall ist ihm entgangen.

„Nicht wahr?", ist seine Antwort.

Kennedy verdreht die Augen. „Sind Foto-Assistenten denn nicht dazu da, zu helfen?"

„Surfbretter gehören wohl eindeutig nicht zu seinem Aufgabenbereich", erkläre ich ihr.

Gemeinsam kippen wir die Surfbretter und schieben sie in das Regal. Als wir uns zurücklehnen, um einen Überblick zu bekommen, sind wir uns einig, dass es perfekt aussieht, auf eine sehr südkalifornische, strandtypische, coole Art.

„Sein Herz wird schmelzen, wenn er das sieht", sagt Kennedy. „Das weißt du doch. Oder nicht?"

„Ich glaube, sein Herz ist zurzeit anderweitig beschäftigt."

„Das kannst du nicht wissen."

„Ich glaube schon."

Sie streichelt meinen Arm. „Es tut mir so leid, dass du das durchmachen musst."

„Dann sind wir schon zwei."

„Liebe ist beschissen."

Ich stoße einen Seufzer aus. „Ja, das stimmt."

Pierre bittet uns ins Wohnzimmer und ich mache mich daran, den Rest des Raumes für die Fotos vorzubereiten. Stevie macht wieder ganze Arbeit, indem sie sich brav hinlegt, wo man es ihr sagt, und sieht dabei bezaubernd aus, und bald haben wir die Fotos beisammen.

„Das war's!" verkündet Pierre schwungvoll, und schon packen wir zusammen und machen uns bereit zum Aufbruch.

In dem Moment höre ich einen Schlüssel im Schloss.

Mit klopfendem Herzen wende ich mich um und sehe, wie die Tür aufgestoßen wird, in der Erwartung, Asher in der Tür stehen zu sehen – und wünsche zugleich inständig, ich könnte durch ein Fenster entkommen.

Stattdessen betritt eine Frau in einem dunkelgrünen, schmal geschnittenen Hosenanzug und einer Hornbrille die Wohnung. Sie wird von einem Mann in einem marineblauen Anzug begleitet und sie lächeln mich beide an. Ihnen folgen weitere Personen, alle ähnlich gekleidet in konservativen, gut geschnittenen Anzügen und Kostümen, und sie fangen an, in der Wohnung umherzugehen, sich die Möbel und Bilder anzusehen, sich gegenseitig auf Dinge hinzuweisen und leise zu reden.

„Was ist denn jetzt los?" frage ich Kennedy.

„Ich habe keine Ahnung", antwortet sie auf eine Art und Weise, die mir suggeriert, dass sie sehr wohl eine Ahnung hat.

Ich hebe meine Augenbrauen. „Kennedy?"

„Du warst so untröstlich, Zee. Und ich weiß, wie sehr du ihn liebst."

„Was hast du getan?", frage ich entgeistert.

Sie verzieht das Gesicht.

„Kennedy?"

„Ich habe ihn angerufen und ihm gesagt, dass du hier bist. Du warst so untröstlich, Zee, und ich weiß, dass er dich liebt, auch wenn seine Ex aufgetaucht ist und sich eurem Glück mitten in den Weg gestellt hat."

„Du hast *Asher* angerufen?" Ich atme schwer, mein Herz klopft so laut bis in beide Ohren, dass ich meine eigene Stimme kaum noch hören kann.

„Bitte sei mir nicht böse."

„Aber du sagtest doch, er sei verreist, er wäre gar nicht in der Stadt."

„Ich meinte, nicht in Notting Hill."

„Aber Notting Hill ist nicht die Stadt. Die Stadt ist London. *Ganz* London."

„Details", antwortet sie, bevor sich ihr Gesicht zu einem Lächeln verzieht. „Ich glaube, er wird gleich auftauchen, um dich zu sehen."

„Wirklich?" hauche ich.

„Aber wer diese Leute sind und was sie hier tun, das weiß ich ehrlich auch nicht. Soll ich mal nachfragen?"

Ich öffne den Mund, um etwas zu erwidern, aber sie ist bereits zu der Frau im grünen Hosenanzug hinübergegangen und hat ein Gespräch mit ihr begonnen.

Und dann sehe ich ihn.

Asher.

Mein Bauch macht alle möglichen verrückten Sprünge, während ich beobachte, wie er den Raum absucht. Mein Verlangen zu fliehen wird immer größer. Ich schaue zum Fenster. Wir sind zu weit oben für einen Sprung.

Ich sollte nicht hier sein.

Ich muss gehen.

Ich schaue zurück zu ihm.

Zu spät, sein Blick trifft meinen, und ein Stromstoß lässt mich erbeben.

Im Wohnzimmer drängen sich jetzt mindestens zwanzig Leute, und ich bleibe wie angewurzelt stehen, während er sich einen Weg durch die versammelte Gruppe zu mir bahnt.

Wird er mich auffordern zu gehen? Ist er wütend?

Ich sollte nicht hier sein.

Er bleibt vor mir stehen, und ich versuche, nicht zu bemerken, wie gut er in dem marineblauen Anzug und dem frischen, weißen Hemd mit offenem Kragen aussieht. Er blickt mich mit seinen dunklen, intensiv braunen Augen an. „Hallo", murmelt er.

„H-hallo." Ich versuche, den Kloß in meinem Hals hinunterzuschlucken. Klappt nicht.

„Ich hoffe, es macht dir nichts aus, dass ich nach deinem Foto-Shooting hier auftauche?"

„Es ist deine Wohnung, also... du weißt schon."

„Es ist schön, dich zu sehen. Ich... ich habe ein paar Leute mitgebracht."

Ich lächle ein wenig. „Nur ein paar deiner engsten Freunde?"

„Kollegen und Kunden, genau genommen. Ich dachte, sie würden gerne die Arbeit von Londons aufregendster aufstrebender Innenarchitektin sehen."

„Du hast sie hierher gebracht, um mich zu sehen?" frage ich erstaunt.

„Nun ja, dich und deine Arbeit. Ich habe mir gedacht, dass die neue ScarZar, oder wie auch immer du deinen Laden jetzt nennst, – und ich hoffe, dass der neue Name deine ehemalige Geschäftspartnerin ausschließt, – ein paar neue Kunden gebrauchen könnte. Alle Leute in diesem Raum suchen nach einer Innenarchitektin."

Völlig verblüfft schaue ich in die Menge. „Alle von denen?" krächze ich, meine Stimme ist vor lauter Verblüffung ganz hinüber.

„Alle", bestätigt er, und als ich meinen Blick wieder auf ihn richte, lächelt er, seine Züge sind weich und liebevoll. „Asher, ich weiß nicht, was ich sagen soll."

„Warum gehst du nicht zu den Leuten und erzählst ihnen, was du machst. Ich werde mich einstweilen nützlich machen."

„Okay." Ich halte inne, bevor ich hinzufüge: „Danke, dass du das für mich tust. Ich... ich weiß nicht, ob ich das verdient habe."

„Geh einfach und unterhalte dich mit den Leuten, okay? Wir zwei können später reden."

Ich nicke ihm zu, während sich mein Gedankenkarussell zu drehen beginnt. Bedeutet das, dass er mir verzeiht? Bedeutet es, dass wir wieder Freunde sind?

Könnte es sogar bedeuten, dass er noch etwas von mir will?

Aber dann erinnere ich mich an Kristen und kehre mit einem dumpfen Aufprall auf den Boden der Realität zurück.

Er schenkt mir sein typisches Grinsen, bei dem mir die Knie weich werden, bevor er sich auf dem Absatz umdreht und anfängt, ein improvisierten Buffet auf dem Küchensims anzurichten: Weingläser, Wein, Käse, Chips und Cracker.

Ich blinzle ihn an. Bedient er jetzt diese Leute? *Ist das sein Plan?*

„Entschuldigen Sie, Miss? Sind Sie Zara?"

Widerwillig reiße ich meinen Blick von Asher los und sehe einen kahlköpfigen Mann mittleren Alters mit buschigen Augenbrauen und einem freundlichen, offenen Blick. Er hält Stevie in seinen Armen. „Ja, das bin ich. Ich sehe, Sie haben meinen Hund schon kennengelernt."

„Sie ist genauso süß, wie Asher gesagt hat", sagt er, während Stevie das tut, was sie immer tut: Sie versucht, an seinen Ohrläppchen zu lecken.

Ich blinzle ihn an. Asher hat diesem Mann von Stevie erzählt?

„Kann ich mit Ihnen über meine Wohnung sprechen?", fragt er. „Ich habe keine Ahnung, wie ich sie einrichten soll und ich möchte, dass es sich dort wie ein Zuhause anfühlt, jetzt, wo meine Scheidung endlich durch ist. Ich brauche einen Neuanfang, wissen Sie?"

Ein Lächeln umspielt meine Lippen und Wärme breitet sich in mir aus. „Sicher, dabei kann ich Ihnen gerne helfen. Erzählen Sie mir mehr davon."

Ich verbringe die nächsten anderthalb Stunden damit, mit potenziellen Kunden zu sprechen, während Stevie umherhüpft und die Aufmerksamkeit der Leute genießt. Mein Blick fällt immer wieder auf Asher. Er verbringt die Zeit damit, den Leuten Snacks anzubieten und ihre Weingläser aufzufüllen.

Als der letzte Gast geht, klappen Kennedy, Asher, Stevie und ich erschöpft in dem viel bewunderten Wohnzimmer zusammen.

„Asher, du bist ein Genie, dass du all diese Leute direkt nach dem Shooting hierher gebracht hast", erklärt Kennedy. „Wie viele neue Kunden hast du heute gewonnen, Zee?"

„Ich habe zwölf Termine in den nächsten zwei Wochen. Außerdem kommt dieser Sanjay morgen Mittag in den Laden, um sich die Polsterung für seine Wohnzimmersuite anzusehen. Offenbar will er einen ganzen Flügel seiner Villa umgestalten."

„Sanjay ist stinkreich", erklärt Asher. „Ein superreicher Investmentbanker."

„Genau die Art von Kunden, die du haben willst, Schätzchen", sagt Kennedy zu mir. „Ich schlage vor, wir erheben unsere Gläser auf einen absolut erfolgreichen Tag. Ein Fotoshooting für das Magazin im nächsten Monat und einen Haufen neuer Kunden für Za-Za."

„Za-Za?" fragt Asher.

„Das ist der neue Name für mein Geschäft. Das Scarlett-Element habe ich gestrichen."

Er lächelt mich an. „Schön für dich. Aber warum Za-Za?"

„So hat mich mein Vater immer genannt."

Seine Augen fixieren die meinen. „Das gefällt mir."

Ich lächle ihn zaghaft an. „Ja. Mir auch."

„Eigentlich, weißt du was? Ich werde euch zwei zusammen chillen lassen."

Kennedy steht auf.

„Bleib doch", protestiere ich.

„Nein, nein. Mir ist gerade eingefallen, dass ich noch etwas erledigen muss. Es ist superdringend." Sie wirft mir einen aufmunternden Blick zu, bevor sie den Raum verlässt. Einen Moment später taucht sie noch einmal kurz auf, sagt: „Tschüss, ihr zwei", und verschwindet dann innerhalb von zwölf Sekunden aus der Wohnung.

Asher und ich bleiben allein in seinem Wohnzimmer zurück, während Stevie auf ihrer Matte leise schnarcht.

„Also", beginne ich und weiß nicht so recht, was ich sagen soll.

„Also", erwidert er.

Wir verfallen in ein unbeholfenes Schweigen, dann sagt er: „Ich liebe das Surfbrettgestell. Hast du es extra anfertigen lassen?"

Von meinem Platz auf dem Sofa aus schaue ich zu dem Gestell an der Wand hinüber. Im sanften Abendlicht leuchtet es förmlich auf. „Das habe ich. Es hat Wellen drauf, die dich an den Strand zu Hause erinnern sollen."

„Wo denn?", fragt er, während er aufsteht und hingeht. „Ich hatte noch keine Gelegenheit, es mir genauer anzusehen."

Ich folge ihm. „Da", sage ich und zeige auf das Muster. „Ich habe sie einschnitzen lassen, aber das Muster habe ich entworfen."

Er dreht sich zu mir um. „Das ist ja fantastisch."

„Freut mich, dass es dir gefällt."

„Ich liebe es."

Ich sehe die Intensität, die in seinen Augen liegt. In einem Anfall von Dankbarkeit platze ich heraus: „Du hast heute so viel für mich getan und ich bin dir so dankbar. Ich danke dir. Ich weiß, dass in letzter Zeit einiges zwischen uns schief gelaufen ist und ich muss mich bei dir entschuldigen, weil ich dir nicht gesagt habe, dass ich die ganze Zeit wusste, dass du verheiratet bist. Das war so dumm von mir und es tut mir sehr, sehr leid. Ich hoffe wirklich, du kannst..."

Er unterbricht mich mit seinem warmen, weichen Mund, den er auf meinen drückt, und ich reiße überrascht die Augen auf. Er küsst mich? Er küsst mich! Es dauert einen Moment, bis ich begreife, was da passiert, aber dann erwidere ich den Kuss und schlinge meine Arme um ihn, während er mich mit seinen starken, muskulösen Armen näher an sich zieht.

Als sich unser Kuss vertieft, dreht sich in meinem Kopf alles vor Liebe, Erregung und Verwirrung. Es ist ein starker Cocktail, der uns für eine schwindelerregende halbe Ewigkeit aneinander fesselt.

Schließlich lösen wir uns voneinander und kommen zu Atem.

Ich bin die Erste, die spricht. „Bedeutet das...?"

„Es bedeutet, dass ich dich liebe, Zee. Ich liebe dich von ganzem Herzen."

Eine wohlige Hitze strömt durch meine Brust. Er liebt mich. Asher liebt mich! Ich bin ekstatisch. Ekstatisch und immer noch verwirrt. „Aber was ist mit Kristen? Sie wollte dich doch zurück, oder? Seid ihr zwei...?"

„Was? Nein! Das stand nie auf dem Plan."

„Aber du hast mich weggeschickt, damit ihr beide allein sein könnt." Ich versuche, den Schmerz in meiner Stimme zu verbergen.

„Ich habe dich weggeschickt, weil ich verletzt war und herausfinden musste, was sie hier macht. Ich wusste nicht, warum sie hier auftaucht, und ich habe sie bestimmt nicht eingeladen. Es ist vorbei mit ihr und mir, Zee. Erledigt.

Sie wollte einen anderen Verlauf, aber ich habe abgelehnt."

„Sie wollte dich zurück."

„Daraus wäre nie etwas geworden. Nicht mit ihr. Für mich ist sie Schnee von gestern. Ich bin schon lange über sie hinweg und endlich hat sie unsere Scheidungspapiere unterschrieben."

„Ihr seid jetzt geschieden?"

„Ja. Es ist offiziell."

„Glückwunsch", sage ich und er lacht leise.

„Es hat lange gedauert und ich bin froh, einen Schlussstrich gezogen zu haben. Und da ist noch etwas", sagt er und drückt mich. „Ich habe mich in dieses Mädchen verliebt und bin total verrückt nach ihr."

„Wirklich?"

„Oh, ja."

Radschlagen, vor Freude tanzen, in die Luft springen. Ich mache das alles gerade in meinem Kopf. Das ist ein *fantastisches* Gefühl!

„Ich liebe dich", flüstere ich, während ich sein Hemd mit meiner Hand umklammere und ihn zu einem weiteren Kuss zu mir ziehe.

Einige Zeit und eine Menge heißer Knutschereien auf seinem neuen Sofa später lege ich zufrieden meine Beine über seinen Schoß und verschränke unsere Finger ineinander. Stevie schläft immer noch tief und fest auf ihrer Matte, erschöpft von der ganzen Aufmerksamkeit vorhin.

„Ich muss mich bei dir entschuldigen, Zee", beginnt Asher. „Ich habe alles, was mit Kristen passiert ist, für mich behalten, obwohl ich dir schon lange davon hätte erzählen sollen."

„Ich verstehe schon. Du warst verletzt. Du hast Zeit gebraucht."

„Am Anfang schon. Du hast ja recht. Aber hier in einer

neuen Stadt zu sein, bedeutete, dass ich Zeit hatte, die Dinge zu verarbeiten, und ich merkte, dass ich ohne sie besser dran war. Als sie mich für meinen besten Freund Dylan verließ, war ich sehr getroffen, also habe ich meine Sachen gepackt und San Diego verlassen."

„Das muss schrecklich für dich gewesen sein."

„Dass der beste Freund hinter meinem Rücken mit meiner Frau rummacht? Ja", antwortet er mit einem Glucksen. „Aber weißt du was, Zee? Am Ende habe ich gemerkt, dass sie uns beiden damit einen Gefallen getan hat. Kristen und ich, wir haben nicht zueinander gepasst, egal wie sehr ich versucht habe, dass es funktioniert."

„Wie lange wart ihr verheiratet?

„Nicht einmal ein Jahr. Sie war meine College-Liebe. Zu der Zeit haben viele unserer Freunde geheiratet. Es machte für uns Sinn, es auch zu tun. Aber es war ein Fehler."

„Und dann bist du hierher nach London gekommen."

Er drückt meine Hand. „Die beste Entscheidung, die ich je getroffen habe."

„Bist du sicher?"

„Auf jeden Fall. Ich konnte hier ganz neu anfangen, ohne täglich daran erinnert zu werden, was passiert war. Keiner hier wusste etwas über mein Leben in San Diego. Außerdem habe ich ein unglaublich hübsches Mädchen kennengelernt, das mein Herz erobert hat."

„Wirklich? Wie heißt sie denn?" stichle ich.

„Caroline. Oder war es Carolyn?", antwortet er mit einem frechen Grinsen und erntet von mir einen Klaps auf seinen Arm.

„Du bist witzig, Schatz."

„Du weißt es, *mein Frauchen*." Er lädt das letzte Wort mit viel Bedeutung auf, während seine Augen mit meinen verschmelzen und mein Bauch einen Salto macht.

Aber ich bin etwas voreilig. Sicher, ich kann mir durchaus vorstellen, dass wir eines Tages heiraten. Vielleicht mit ein paar Kindern, ein paar Hunden und einem Hühnerstall in unserem Garten. Wer weiß?

Doch im Moment bin ich damit zufrieden, einfach nur mit Asher zusammen zu sein. Ich bin zufrieden damit, unsere Liebe zu erkunden und zu sehen, wohin sie uns führt. Zusammen.

Epilog

„SCHAU sie dir auf diesem Foto an. Ist sie nicht niedlich?"
Ich zeige auf das ganzseitige Foto und mein Herz schmilzt
beim Anblick von Stevies Gesichtchen dahin. Sie sieht wach
und intelligent aus, so als würde sie den Betrachter mit
ihrem Blick auffordern, sie bloß nicht zu sehr anzuhimmeln.

„Du weißt schon, dass du das über jedes einzelne Bild
von ihr gesagt hast. Stimmt's?" fragt Asher grinsend und
legt seinen Arm um meine Schultern, während wir auf
dem smaragdgrünen Sofa in meinem neu gestalteten
Laden namens Za-Za sitzen.

Ich muss kichern, und streichle die schlafende Stevie, die sich warm und weich an meine Seite gekuschelt hat. „Was soll ich sagen? Es stimmt einfach."

Er küsst mich lange und innig, dann antwortet er: „Wir sollten uns den Lippenstift vom Gesicht wischen. Deine Gäste werden in weniger als zwei Minuten hier sein. Wir können kaum zulassen, dass die Heldin des Tages bei der Eröffnung ihres neuen Ladens mit verschmiertem Make-up auftritt."

„Aber ich liebe deine Küsse so sehr."

„Ich verspreche, dass wir das noch öfter machen können, wenn alle weg sind."

„Daran werde ich dich erinnern, mein Lieber."

Wie aufs Stichwort klopft es an der Tür und wird immer lauter, bis es sich anhört wie ein Rudel hungriger Wölfe, die herein wollen.

„Das sind meine schweigsamen und zurückhaltenden Freundinnen", sage ich, während ich aufspringe und die Tür aufreiße. „Hallo, Mädels."

„Zee, das ist ja der Hammer! Das ist so toll!" sagt Lottie, und umarmt mich..

„Aber wie siehst du denn aus!" ruft Tabitha und starrt mich ebenso an wie Kennedy.

„Viel zu viel rumgeknutscht. Eindeutig", sagt Kennedy. „Asher, du musst dein Bestes geben, um deine Lippen heute Abend von unserer Freundin fernzuhalten."

„Ich kann nichts versprechen", antwortet er.

Tabitha sieht Kennedy überrascht an. „Ich wusste nicht, dass Amerikaner 'knutschen' sagen."

„Dieser Amerikaner ist jetzt ein Londoner", erwidert sie grinsend, dann verzieht sie das Gesicht. „Obwohl ich selbst nicht gerade viel geknutscht habe. Oder überhaupt nicht."

„Das wird sich auch noch ändern. Und zwar bald", antwortet Tabitha.

„Charlie Cavendish kommt heute Abend zu unserer Eröffnung", sage ich und warte auf ihre Reaktion.

„Warum sollte ich mich für Charlie Cavendish interessieren?", antwortet sie.

„Weil du ihn vielleicht nicht wirklich hasst? Vielleicht würdest du ihm am liebsten das Hemd vom Leib reißen und mit deinen Fingern über seinen straffen Waschbrettbauch streicheln, um ihm dabei das Gesicht abzuküssen?" schlägt Tabitha mit einem süßen, aber völlig scheinheiligen Lächeln vor.

Kennedy merkt, dass sie auf den Arm genommen wird und schnaubt. „Ich versichere euch, dass ich dazu nicht die geringste Lust habe. Und außerdem geht es heute Abend um Zee und nicht darum, wer mit Charlie Cavendish knutscht. Was ich sicher nicht tun werde. Niemals."

Wir alle vier nicken und schmunzeln sie an, auch Asher.

„Was ist?" fragt Kennedy mit großen Augen. Weil wir sie nur weiter angrinsen, sagt sie: „Geh dich mal wieder zurechtmachen, Zara. Und du auch, Asher. Niemand will seine Freunde mit roten Flecken im Gesicht bei der Eröffnung eines neuen Ladens sehen."

„Yes Madam", antwortet er, zwinkert mir zu und schlendert in den hinteren Teil des Ladens.

„Schätzchen, der Laden sieht fantastisch aus", sagt Lottie und hakt sich bei mir unter.

Asher und ich haben am Wochenende stundenlang Papierwölkchen von der Decke gehängt und weiße Prägetapeten auf Bretter geklebt, die den Hintergrund für die weißen Stühle mit den hübschen blassblauen Kissen abgeben. Wir hatten Treibholz und Muscheln gesammelt, als wir vor ein paar Wochen bei unserem allererersten Kurzurlaub zu zweit in Cornwall waren. Dort konnte ich Asher zum ersten Mal beim Surfen zusehen. Ich habe es sogar selber versucht. Sagen wir einfach, er war sexy und ich war es definitiv nicht. Aber als ich ihn nach dem Surfen mit bis zur Hüfte heruntergezogenem Neoprenanzug sah, seinen straffen, muskulösen Körper entblößt, war es die Peinlichkeit, in völlig flachem Wasser vom Surfbrett zu fallen, absolut wert.

Ich muss noch immer lächeln, wenn ich daran denke.

„Hier bekommt man ja richtig das Gefühl, nach einem ganzen Tag am Strand im schicken Designer-Haus mit Meerblick zu entspannen, während der Neoprenanzug draußen auf der Leine trocknet", erklärt Lottie.

„Das kommt alles von ein paar flauschigen Wölkchen, die an Schnüren von der Decke hängen?" fragt Tabitha lachend. „Aber im Ernst, Zee. Hier drin sieht es wirklich toll aus."

Ich strahle sie an. „Danke, Mädels."

Ich lasse meine Freundinnen in Ruhe plaudern und gehe nach hinten, um mein Make-up zu richten. Asher ist nirgends zu sehen, also klappe ich meine Puderdose auf und wische den verschmierten Lippenstift mit den Fingerspitzen weg, bevor ich eine neue Schicht auftrage.

Ich gehe zurück in den Laden und überprüfe noch einmal alles in letzter Minute. Es war Ashers Anregung, beim Catering das California Beach Feeling durchzuziehen und Mini-Tacos, Mini-Acai-Bowls, Mais-Chips mit Guacamole und tropische Früchte liefern zu lassen. Zum Trinken gibt es Margaritas, Bier und Kombucha, und Asher übernimmt die Rolle des unwiderstehlich süßen kalifornischen Barkeepers.

Das Glöckchen über der Tür kündigt die Ankunft der ersten Gäste an. Ich drehe mich um und sehe meine Familie hereinkommen. Emma begrüßt sofort ihre gute

Freundin Kennedy und mein Bruder Sebastian wirft mir ein Lächeln zu und sagt: „Gib mir zwei Minuten." Ich strahle ihn an, während Mama und Oma mich mit Umarmungen und Küssen begrüßen.

„Warum ist hier alles weiß, Zara?", fragt Oma, die aussieht als hätte sie gerade in eine Zitrone gebissen.

„Das ist ein Style-Statement, Muttchen", erklärt meine Mum. „Stimmt's, Schatz?"

„Strandschick", antworte ich.

„Es ist mir egal, was für ein Statement es ist, es fehlen Farben und du willst doch bestimmt nicht diese schmutzigen Treibholzstücke hier haben. Das solltest gerade du wissen, Zara. Du warst doch auf dieser Möbel- und Gardinenmacherschule."

„Es heißt Fachschule für Innenarchitektur, Oma, und das Treibholz ist Teil des Designs."

„Also ich finde das schrecklich merkwürdig."

„Pst, Mutti. Das ist Zaras großer Moment. Wenn sie hier schmutziges Treibholz haben will, dann müssen wir sie machen lassen", sagt meine Mum.

Asher taucht an meiner Seite auf, nimmt meine Hand in seine und erspart es mir, mein Design weiter verteidigen zu müssen. „Guten Abend, meine Damen. Ihr seht beide wundervoll aus", sagt er und Mum kichert sofort wie eine Teenagerin. Sogar Oma muss lächeln.

Das ist die Wirkung meines Freundes auf Frauen.

Mein Freund. Wow, ich liebe es, das zu sagen.

„Wir mussten uns doch für unsere liebe Zara ein bisschen in Schale werfen. Es kommt nicht jeden Tag vor, dass deine Tochter ein neues Unternehmen gründet." Sie legt ihre Hand auf meinen Unterarm und fügt hinzu: „Ich finde es toll, dass du es Za-Za genannt hast, Herzchen. Dein Vater wäre sehr stolz gewesen, wenn er gesehen hätte, was du aus dir gemacht hast."

„Danke, Mum."

Die Party geht noch eine Weile weiter, und als die meisten Leute gegangen sind, bleiben nur noch Asher, Kennedy, Lottie, Tabitha und Stevie, die nach all der Aufregung auf meinem Schoß eingeschlafen ist, zurück. Wir sitzen zusammen auf dem Boden, essen, was übrig geblieben ist, nippen an unseren Getränken und unterhalten uns. Ich lehne mich an Asher und spüre die beruhigende Wärme seines starken, kompakten Körpers neben mir.

„Schau dich an", sagt Lottie grinsend zu mir. „Du bist die alleinige Inhaberin von Za-Za, einem Laden, der schon jetzt ein Riesenerfolg ist. Und außerdem hast du auch noch deine eigene Liebesgeschichte."

Ich lächle zu Asher hoch. „Ja, das Leben ist im Moment gar nicht so schäbig."

„Schätzchen, bei dir sieht schäbig schick aus", sagt Tabitha.

Kennedy fragt: „Ist das ein Wortspiel? *Shabby chic* meinst du?"

„Ein sehr gutes Wortspiel, finde ich", antwortet sie.

„Ich freue mich jedenfalls sehr für euch", sagt Kennedy. „Wenn ihr jetzt noch zaubern könntet, um auch unser Leben in Ordnung zu bringen, wäre das großartig."

„Kein Problem. Das können wir doch machen, oder?" frage ich Asher.

„Was wollt ihr, Mädels? Profitable Geschäfte, gute Freunde oder einen heißen Typen wie mich?" Er wackelt spielerisch mit den Augenbrauen.

Ich stoße ihn an. „Du kannst dich doch nicht selbst als heißen Kerl bezeichnen. Das müssen die anderen entscheiden."

„Sie hat Recht", stimmt Tabitha zu. „Nur wir Mädchen können entscheiden, wer heiß ist und wer nicht."

„Das ist wahr", stimmen Kennedy und Lottie zu.

„Aber Asher hat recht, ich will das alles", sagt Kennedy mit einem wehmütigen Blick in ihren Augen. „Obwohl, die guten Freundinnen habe ich ja schon. Ihr seid die Besten und ihr habt mir das Übersiedeln nach London so leicht gemacht."

„Ich bin froh, dass Emma dich mitgebracht hat", antworte ich. „Ich schätze, du konntest ihr und meinem Bruder nicht ewig dabei zusehen, wie sie sich ineinander verknallen." Ich erschaudere bei dem Gedanken. „Das übertreiben die zwei wirklich ein bisschen zu sehr."

Tabitha zieht eine Augenbraue hoch. „Und ihr beide vielleicht nicht?"

Ich kichere und Asher drückt mir einen Kuss auf den Scheitel.

„Du musst dich einfach daran gewöhnen, sorry. Liebe ist nun mal so." sagt Asher und ich strahle ihn an. Mein Freund. Meine Liebe.

„Ich muss los", sagt Kennedy und steht auf. „Es war ein toller Abend, wirklich gut gemacht, Zee."

„Ich sollte auch gehen", sagt Lottie und wirft Tabitha einen Blick zu.

„Oh, ja. Ich auch", stimmt sie zu.

Wir stehen alle auf und verabschieden uns mit Umarmungen und „Ich hab euch lieb", als würden wir uns erst in einem Jahr wieder sehen.

Nun ist der Laden bis auf mich und Asher leer und wir beginnen mit dem Aufräumen. Ich sammle die leeren Gläser vom Tisch, da spüre ich, wie ein Paar Hände meine Taille umschließen. Ich drehe mich zu Asher um, der mich anlächelt. Er drückt mir einen Kuss auf die Wange und sagt: „Weißt du, wie stolz ich auf dich bin?"

„Sehr?" Ich erwidere es mit einem Grinsen.

Sein Lachen ist leise und sexy und geht mir durch

Mark und Bein. „Ich habe etwas für dich, um dich an diesen Anlass zu erinnern." Er greift in seine Jackentasche und holt eine schwarze Schachtel heraus, die so groß wie seine Hand ist und mit einem pinkfarbenen Band verschnürt. „Mach es auf."

Ich löse die Schleife ab und öffne die Schachtel. Ich schaue hinein und mein Herz macht einen Satz. „Asher, das ist wunderschön", schwärme ich. Vorsichtig ziehe ich den gläsernen Parfümflakon aus seinem Samtbett und betrachte ihn. Wie der Flakon, den er mir vor Monaten zum Geburtstag geschenkt hat, ist auch dieser wunderschön und einzigartig. Er ist schwarz gestreift, der silberne Verschluss ist kunstvoll und filigran gearbeitet. „Ist das...?" frage ich und denke an mein Pinterest-Board und den antiken Parfümflakon aus Muranoglas, den ich mir schon so lange wünsche.

„Genau."

„Aber wie hast du den bekommen? Das muss ein Vermögen gekostet haben."

Er zuckt mit den Schultern und seine Augen leuchten. „Du bist es wert. Außerdem wolltest du nicht, dass ich hier in dein Geschäft investiere, also musste ich etwas anderes mit meinem Geld anfangen."

Ich strahle ihn an, mein Herz geht über vor Liebe und Zufriedenheit.

Am Anfang waren wir die besten Freunde, und jetzt sind wir ein Liebespaar. Sich in seinen besten Freund, seinen Kunden und seinen *Ersatzehemann* zu verlieben, ist vielleicht nicht die klügste Entscheidung, aber für uns beide ist es das perfekte Ende einer perfekten Geschichte.

Und ich hätte es nicht anders gewollt.

Mein lieber Papa,
Die Dinge haben sich für dein kleines Mädchen ziemlich gut

entwickelt. Ich habe ein erfolgreiches Unternehmen, einen tollen Freundeskreis und bin in einen wunderbaren Mann verliebt.

Also mach dir bitte keine Sorgen um mich, Papa. Ich bin in guten Händen.

Du fehlst mir. Hab dich lieb.

Für immer

Deine Za-Za xoxo

Danksagung

Es hat mir riesigen Spaß gemacht, dieses Buch zu schreiben. Ich habe Zaras Figur in den Love Manor-Büchern geliebt und hatte immer vor, ihre Geschichte zu schreiben, von dem Moment an, als sie in „Dating Mr. Darcy" hinter einem Baum hervorgesprungen ist. Sie ist stark und kennt sich selbst, und ich hoffe, ich bin ihrem Charakter in diesem Buch treu geblieben.

Ich sage immer, in jeder Figur, die ich erschaffe, steckt auch ein kleiner Teil von mir selbst, Zara ist da keine Ausnahme. Wie Zara nahm ich das Leben in meinen Zwanzigern nicht allzu ernst, fand meinen 30. Geburtstag ziemlich schwierig und verliebte mich erst mit 30 in meinen späteren Ehemann. Und wie Zara verlor auch ich meinen geliebten Vater viel zu früh. Obwohl ich ihm nie so geschrieben habe wie sie es tut, vermisse ich ihn jeden Tag und denke oft darüber nach, wie sehr er es lieben würde, dass ich Schriftstellerin geworden bin.

Nicht nur das, mir ist beim Lesen dieser Geschichte ebenfalls aufgefallen, dass ich unabsichtlich meine Hündin Dizzy in dieses Buch eingebaut habe. Obwohl sie kein Jack Russell Terrier ist, ist sie Stevie so ähnlich! Vom Ohrenlecken (und Knabbern) über die immer gute Laune bis hin zu der tiefen Verbundenheit zwischen ihr und Zara, ist sie durch und durch meine geliebte Dizz.

Ich habe die besten Leser! Sie schreiben mir E-Mails, rezensieren meine Arbeiten und chatten mit mir in den sozialen Medien. Sie erzählen mir, was sie an meinen

Büchern lieben, und auch wenn ihnen ein Tippfehler aufgefallen ist, der sich irgendwie durch den Lektoratsprozess gekämpft hat, informieren sie mich darüber. Vielen Dank euch allen, ihr seid die Besten. Ich hoffe, ich schreibe weiterhin Bücher, an denen ihr Freude haben könnt.

Wie immer muss ich meiner Kritikpartnerin danken, die mir geholfen hat, dieses Buch zu dem zu machen, was es ist. Vielen Dank, Jackie Rutherford für all deine Freundlichkeit, deine Unterstützung und deine Anmerkungen. Nach vielen gemeinsamen Büchern sind du und ich ein wirklich tolles Team geworden und ich schätze unsere Freundschaft und Zusammenarbeit sehr.

Vielen Dank auch an Kim McCann und Julie Crengle für eure Korrekturlesefähigkeiten. Meine Familie unterstützt mich immer sehr, auch wenn ich manchmal etwas bücherbesessen sein kann. Vielen Dank also an euch, meinen Mann und meinen Sohn, dass ihr mich ertragt, mich inspiriert und immer für mich da seid.

Kate xoxo

Auch von Kate O'Keeffe auf Deutsch

Romantische Kleinstadt Komödien

Scheinbeziehung mit dem Griesgram

Scheinbeziehung mit Meinem Besten Freund

Scheinbeziehung mit dem Kerl von Nebenan

Romantische Komödien, die in Großbritannien spielen:

Verlieb dich nie in deine zweite Wahl

Verlieb dich nie in deinen Feind

Verlieb dich nie in deinen Schein-Verlobten

Verlieb dich nie in den, der dir entwischt ist

Königliche romantische Komödien:

Die Backup Prinzessin

Königlich Verkuppelt

Die royale Ausreißerin

Königlich Verboten

Romantische Komödien, die in Neuseeland spielen:

Ein Letztes Erstes Date

Zwei Letzte Erste Dates

Drei Letzte Erste Dates

Vier Letzte Erste Dates

Keine schlechten Dates mehr

Keine fürchterlichen Dates mehr

Keine scheußlichen Dates mehr

Weitere Titel in Kürze!

Auch von Kate O'Keeffe auf Englisch

Romantische Hockey Komödien:

Mistletoe Face Off

The Rebound Play

Offside and Off-Limits

Royale Romantische Komödien:

The Backup Princess

Royally Matched

The Royal Runaway

Royally Off-Limits

Romantische Kleinstadt Komödien:

Faking It With the Grump

Faking It With My Best Friend

Faking It With the Guy Next Door

Romantische Komödien, die in Großbritannien spielen:

Dating Mr. Darcy

Marrying Mr. Darcy

Falling for Another Darcy

Falling for Mr. Bingley (spin-off novella)

Never Fall for Your Back-Up Guy

Never Fall for Your Enemy

Never Fall for Your Fake Fiancé

Never Fall for Your One that Got Away

Romantische Komödien aus Neuseeland:

One Last First Date

Two Last First Dates

Three Last First Dates

Four Last First Dates

No More Bad Dates

No More Terrible Dates

No More Horrible Dates

Styling Wellywood

Miss Perfect Meets Her Match

Falling for Grace

Gemeinsam mit Melissa Baldwin verfasst:

One Way Ticket

Unter dem Pseudonym Lacey Sinclair:

Manhattan Cinderella

The Right Guy

Über den Autor

Kate O'Keeffe ist eine mehrfach preisgekrönte und USA Today Bestseller-Autorin, die für ihre unterhaltsamen, romantischen Wohlfühlkomödien voller Humor, Herz und Happy Ends bekannt ist. Die gebürtige Neuseeländerin hat zahlreiche beliebte Serien erschaffen und sich damit eine treue internationale Leserschaft erworben.

Mit einem Gespür für witzige und scharfsinnige Sticheleien zwischen den Charakteren und unwiderstehliche Heldinnen, die sich durch die Höhen und Tiefen des modernen Datings navigieren, erzählen Kates Romane von starken Freundschaften, komödiantischen Verwicklungen und natürlich dem manchmal holprigen, aber immer hoffnungsvollen Weg zur großen Liebe.

Wenn sie nicht gerade am Schreiben ist, liest Kate gerne romantische Komödien, schaut sich ihre Lieblingssendungen an (oder besser gesagt verschlingt sie) und verbringt Zeit mit ihren Freunden und ihrer Familie in der wunderschönen Hawke's Bay-Region in Neuseeland.